COLIN COTTERILL

Dr. Siri und der explodierende Drache

GOLDMANN
Lesen erleben

Buch

Gerade erst von seinem letzten Abenteuer in Kambodscha zurückgekehrt, und körperlich und seelisch noch schwer lädiert schlittert der einzigartige Pathologe Dr. Siri Paiboun auch schon in seinen nächsten Kriminalfall. Eigentlich hatte der betagte Leichenbeschauer von Urlaub mit seiner Gattin geträumt – Pech für Siri, dass die laotische Regierung andere Pläne mit ihm hat: Er soll die internationale Suche nach einem amerikanischen Piloten überwachen, dessen Hubschrauber ein Jahrzehnt zuvor über dem laotischen Dschungel abstürzte. Auf wundersame Weise sind zwischenzeitlich Fotos aufgetaucht, die den Totgeglaubten inmitten des Urwalds zeigen sollen. Der Suchtrupp bricht auf in den gebirgigen Norden, und schon bald entwickelt sich die Expedition, die anfangs eher an eine feuchtfröhliche Klassenfahrt denn an eine Militäroperation erinnert, zur todernsten Angelegenheit: Das plötzliche Ableben eines Teilnehmers überschattet das Suchprojekt – gefolgt von ein paar Unfällen, die dem scharfsinnigen Siri nicht ganz zufällig erscheinen. Kann er weiteres Unglück abwenden – und ganz nebenbei den Fall um den vermissten Piloten aufklären?

Autor

Colin Cotterill wurde 1952 in London geboren. Nach einer Ausbildung zum Englischlehrer begab er sich auf eine Weltreise, die viele Jahre andauerte. Er lebte lange in Australien, Japan, Thailand und Laos, wo er Englischkurse an verschiedenen Universitäten gab und sich als Sozialarbeiter engagierte. Mittlerweile ist der Hundeliebhaber und begeisterte Comiczeichner in Thailand sesshaft geworden. »Dr. Siri und der explodierende Drache« ist der achte Roman aus der mehrfach ausgezeichneten Serie um Dr. Siri Paiboun. Auch Colin Cotterills zweite Spannungsreihe, die im gegenwärtigen Thailand spielt und in deren Mittelpunkt die Kriminalreporterin Jimm Juree und ihre verrückte Familie stehen, begeistert weltweit die Leser. Colin Cotterill lebt mit seiner Frau in Chumphon, Thailand.
Mehr zu Colin Cotterill und zu seinen Büchern erfahren Sie unter www.colincotterill.com

(Alle Titel auch als E-Book erhältlich)

Colin Cotterill

Dr. Siri und der explodierende Drache

Roman

Aus dem Englischen
von Thomas Mohr

GOLDMANN

Die Originalausgabe erschien 2011
unter dem Titel »Slash and Burn« bei Quercus, London.

Dieses Buch ist auch als E-Book erhältlich.

Verlagsgruppe Random House FSC® N001967

2. Auflage
Taschenbuchausgabe Dezember 2016
Copyright © der Originalausgabe 2011 by Colin Cotterill
Copyright © der deutschsprachigen Ausgabe 2015
by Wilhelm Goldmann Verlag, München,
in der Verlagsgruppe Random House GmbH,
Neumarkter Str. 28, 81673 München
Published in agreement with the author,
c/o Baror International Inc., Armonk, New York, USA.
Umschlaggestaltung: UNO Werbeagentur, München
Unter Verwendung der Umschlaggestaltung
der Agentur buxdesign, München
Illustration: Ruth Botzenhardt
Redaktion: Martina Klüver
EM · Herstellung: Str.
Druck und Bindung: GGP Media GmbH, Pößneck
Printed in Germany
ISBN: 978-3-442-48521-5
www.goldmann-verlag.de

Besuchen Sie den Goldmann Verlag im Netz

Mein ganz besonderer Dank gilt Charles Davis, von dem ich mehr über Hubschrauber erfahren habe, als ich jemals wissen wollte, und seinen wunderbaren Reminiszenzen an die Ära der Air America, die er in dem Buch *Across the Mekong* festgehalten hat.

Ein großes Dankeschön auch zahlreichen anderen Veteranen aus jener Zeit in Südostasien, die manche gern vergessen würden, während andere sich voller Stolz an sie erinnern. Für ihre Hilfe danke ich Edmund McWilliams, MacAlan Thompson, Wallace Brown, Denny Lane und Dr. Amos Townsend.

Besten Dank auch an You Jia Zhu und ihren Bruder Jin Zhu, Polly Griffith und Steven Schipani.

Des Weiteren danke ich den üblichen Verdächtigen: Dad, Tony, Lizzie, Valérie, Kye, Kay, Martina, Robert, Bambina, Leila, David und Jess.

Mit einem herzlichen Gruß an Dr. Siris neue Besitzer in dem schicken, schlanken Hochhaus unweit des Bloomsbury Square: Ihr habt mir den Glauben an mich selbst zurückgegeben. Danke.

FORMULAR A223-79Q

AN: Richter Haeng Somboun
        p. A. Justizministerium
        Demokratische Volksrepublik Laos

VON: Dr. Siri Paiboun

BETR.: Amtlicher Leichenbeschauer

DATUM: 13.06.1976

LEBENSLAUF:

1904   Plus/minus ein Jahr – das nahm man seinerzeit
        nicht so genau. Geboren in der Provinz Khammouan,
        angeblich als Sohn Hmong-stämmiger Eltern. Ich
        selbst kann mich nicht daran erinnern.

1908   Ich werde zu einer bösen Tante abgeschoben, die mich…

1914   …der Obhut eines Tempels in Savannaketh und damit
        dem Wohlwollen Buddhas überlässt.

1920   Abschluss der Tempelschule. Keine Glanzleistung.

1921   Die Buddha-Investition zahlt sich aus: Eine überaus
        großzügige französische Gönnerin schickt mich nach
        Paris, auf dass etwas aus mir werde. In Frankreich
        muss ich von Neuem die Schulbank drücken, um zu be-
        weisen, dass ich mir meine Zensuren nicht ergaunert
        habe.

1928   Besuch der Ancienne Faculté de médecine.

1931   In Paris eheliche ich Bouasawan und trete spaßeshalber
        in die Kommunistische Partei ein.

1934   Praktikum am Hôtel-Dieu-Krankenhaus. Ich beschließe,
        doch noch Arzt zu werden.

1939   Rückkehr nach Laos.

1940   Spiel, Spaß und Spannung im Dschungel von Laos und
        Vietnam. Ich flicke kaputte Soldaten wieder zusammen
        und versuche, dem Bombenhagel zu entgehen.

1975   Ich komme in der Hoffnung auf einen friedlichen
        Lebensabend nach Vientiane.

1976   Ich werde von der Partei zwangsrekrutiert und zum
        amtlichen Leichenbeschauer ernannt. (Bei dem Gedanken
        an die mir zuteilgewordene große Ehre vergieße ich
        nicht selten heiße Tränen.)

Hochachtungsvoll,
Dr. Siri Paiboun

INHALT

PROLOG:

AUGUST 1968

Wer einmal stockbesoffen und mit bedröhntem Schädel in einer 500 000 Dollar teuren fliegenden Metallkiste gesessen hat, der weiß: Mit einem lebenden Bären in einem Käfig eingesperrt zu sein, ist ein Fliegenschiss dagegen.

Der Vollmond winkte verführerisch. Wie ein elfenbeinerner Wok hing er am weiten stahlgrauen Himmel und tauchte die Landschaft in ein schauriges Schwarzweiß. So musste die Welt für Hunde aussehen. Mittelgrauer Dschungel vor dunkelgrauen Bergen. Pechschwarze Inseln im mit Silbersplittern übersäten Fluss. Boyd konnte jedes Blatt, jeden Stein deutlich erkennen, so klar wie am Tag der Schöpfung. Er war ein Gott. *Oh, yeah.* Unterwegs in himmlischer Mission. Der allmächtige Held eines Films aus jener Zeit, als man sich noch keine Farbe leisten konnte: in der Hauptrolle Boyd Bowry auf seiner unendlichen Suche nach… Käse.

»Käse, Kleiner«, hatte er zu Marcos gesagt. »Ich bring dir einen Kanten Mondkäse mit. Den braucht man sich bloß abzusäbeln. Fritten dazu?«

»Mensch, du kannst mich mit dem Vieh doch nicht allein lassen«, hatte Marcos kleinlaut zurückgegeben. In der Käfigtür war Boyd noch einmal stehen geblieben, hatte sich umgedreht und einen letzten Blick auf die Bärin geworfen: betrunken, schnarchend, furzend, den Kopf im Futtertrog versenkt.

»Keine Angst, die tut nix, die will nur spielen. Morgen früh braust du ihr ein Tässchen Kaffee. Erzählst ihr, wie schön es gewesen ist. Und gibst ihr deine Telefonnummer.«

Worauf Marcos ihm einen eher unmilitärischen Gruß entboten hatte. Ziemlich langer Finger, das. Kein Wunder. Er kam ja auch nur selten aus der Übung. Das war jetzt wie lange her? Eine Stunde? Eine halbe? In zehntausend Fuß Höhe, über einer monochromen Welt, verlor man jedes Zeitgefühl. Darüber müsste mal jemand eine Doktorarbeit schreiben. Die Beziehung zwischen … zwischen Farbe und Zeit. Die Farbe von Minuten. Marcos hatte ihm auf Filipino Flüche und Verwünschungen hinterhergebrüllt. Der Kleine war nicht mehr ganz dicht. Lächelte in einer Tour, aber …

Moment mal. Marcos? Was für ein Quatsch. Marcos ist der Präsident, verdammt noch mal. Der Knabe im Käfig wird über kurz oder lang im Magen einer Bärin landen. Da werde ich mich doch wohl an seinen Namen erinnern können. Schließlich kenne ich ihn schon seit …

Okay, reiß dich zusammen.

Konzentration.

Käse.

Das ganze Gedöns mit der Zündung und den Instrumenten beherrschte er im Schlaf, zum Glück, denn er hatte keinerlei Erinnerung daran. Er hatte den Motor angeworfen, die Mühle in den Himmel gewuchtet, und jetzt war er auf dem Weg zum Mondimbiss. Ein Sikorsky hatte einem Chevy gegenüber jede Menge Vorteile. Erstens hatte er einen Sikorsky noch nie gegen einen Hydranten gesetzt. Zweitens hätten die Bullen ihn damit niemals geschnappt. Und drittens? Mit einem Chevy konnte man nicht auf dem Mondlicht surfen wie mit einem Sikorsky H-34.

Oh, no.

Oh, yeah.

Was für ein abgefahrener Trip. Was für ein total abgefahrener Trip. Schwerelos im Grau, den Blick starr auf den Mond gerichtet. Eine kosmische Erfahrung. Warum gab es solche Nächte eigentlich nicht mehr? Was war aus Love, Peace and Harmony geworden? Für die Affen da unten in den Bäumen gab es weder Ruhe noch Frieden. Genauso wenig wie für die fetten Eidechsen, die sich auf den Felsen wärmten. »Sorry, Freunde.« Wenigstens brauchte er sich das ohrenbetäubende Geknatter der Maschine nicht anzutun. Er hatte seinen Kopfhörer direkt in das Kassettendeck gestöpselt. The Who: Briten, aber nicht ohne, die Jungs. Getrommel wie das Sperrfeuer einer Flak.

> *I know you've deceived me, now here's a surprise*
> *I know that you have 'cause there's magic in my eyes*
> *I can see for miles and miles and miles and miles and*
> > *miles*
>
> *Oh, yeah*

Und obwohl ihm die Musik schnurstracks ins Hirn fuhr und dort hängen blieb, stellte er sich vor, dass der Song bis nach Nam im Westen und nach Thailand im Osten zu hören war und ein karmischer Übersetzungsdienst den Bauern in ihren Bambusbetten die Message übersandte. Er brüllte gegen die Musik an: »Sie haben euch verarscht, Brüder, aber ihr wisst genau, was wir getan haben, stimmt's? Ihr habt die *magic eyes*.

Ihr wisst, dass wir in einem anderen Leben die Quittung dafür kriegen werden. Worauf ihr einen lassen könnt. Aber was soll's? Drauf geschissen, Baby.«

Und in diesem Augenblick passierte es. Panik durchfuhr ihn. Weltuntergang. Erst tat es einen Rums, dann vibrierte plötzlich nichts mehr. Eben noch hatte die Landschaft ihn getragen, jetzt öffnete sich im Universum eine Falltür, und er stürzte hindurch. Schwerkraft! Irre Erfindung! Die Treibstoffanzeige blinkte wie ein Weihnachtsbaum. Es gab »Notfallroutinen«. Er konnte wahrscheinlich Hilfe rufen. Aber welcher auch nur halbwegs klar denkende Mensch hockte frühmorgens um zwei am Funkgerät und wartete auf den Notruf eines Acidheads auf Magical Mystery Tour? Und die Zeit drängte. Er hatte vierzehntausend Pfund Metall unter dem Arsch und raste mit zwanzig Kanistern einer hochexplosiven Substanz an Bord auf die Erde zu. Von wegen Rettung. Er schaltete die Rotoren ab, wartete, bis die Kiste sich einigermaßen stabilisiert hatte, öffnete seinen Gurt und stand auf. Er bedachte den Aktenkoffer auf dem Copilotensitz mit einem Lächeln. Leider hatte er keine Zeit, ihn mitzunehmen. Ihm blieben kaum dreißig Sekunden, um sich auf das Ende vorzubereiten. Und Bilanz zu ziehen.

»Nutze die Zeit gut, mein Freund.«

An wen sollte er denken? Wem ewige Liebe schwören? Wen hassen? Nein, diese Frage erübrigte sich. Spätestens morgen war der Wichser fällig. Und jetzt das. Mist. Ein einfacher Expressfahrschein zum großen Bowry-Barbecue. Gut in der Zeit. Er klappte den Copilotensitz nach hinten, kroch durch den Spalt in den Laderaum und richtete sich schwankend auf. Er hatte tausend Männer tausend Tode sterben sehen. Er wusste, welche Frage Petrus ihm als erste stellen würde.

»Wie bist du hopsgegangen? Hast du dem Schicksal ruhig ins trübe Auge geblickt? Heulsusen und Jammerlappen können wir hier oben nicht gebrauchen, Jungchen.«

Also ging Boyd es locker an. Wenn man locker bleibt, kommt einem der Tod nicht mehr ganz so endgültig vor.

Das Dorf lag im Tiefschlaf, mit zwei Ausnahmen. Sie sahen, wie der Hubschrauber vom Himmel stürzte, nicht wie ein Stein, nicht lotrecht, eher wie eine Schieferplatte, die ins Wasser klatscht. Sie sahen, wie das Fahrwerk die Baumwipfel streifte, dann ein Funke, und der große Vogel explodierte und spuckte eine ganze Galaxie von Sternen. Der eine der beiden Schlaflosen klatschte lachend in die Hände, war jedoch außerstande, jemandem von dem Schauspiel zu berichten. Der andere Zeuge – eine Frau – fiel vor Schreck von einem Baum, wobei sie sich den Kopf stieß und erblindete. Doch an dem letzten Bild, das sich ihr ins Gedächtnis brannte, gab es für sie nicht den geringsten Zweifel. Sie hatte es genau gesehen. Ein Drache war mit dem Mond kollidiert. Der war in tausend Stücke zersprungen, und die Scherben waren auf den Dschungel herabgeregnet, und nun würde die Nacht auf ewig dunkel bleiben.

1

EIN FEINES SÜPPCHEN

Dr. Siri und Madame Daeng saßen auf der Kante des muffigen Bettes und betrachteten die Leiche, die am Türknauf hing. Die beiden waren nicht eben für ihre Schweigsamkeit berühmt, doch diesmal hatte es selbst ihnen die Sprache verschlagen. Ratlos bestaunten sie den knallroten Lippenstift und die knallenge Unterwäsche. Sie atmeten die Whiskydämpfe und den Geruch von Erbrochenem und Desinfektionsmittel. Beide hatten weiß Gott viele Tote gesehen, wahrscheinlich mehr als genug. Aber so etwas hatten sie noch nicht erlebt.

»Tja«, sagte Daeng schließlich und schüttelte die frühmorgendliche Stille schaudernd ab. Der neblige Dunst sickerte durchs Fenster und kratzte sie im Hals.

»Du sagst es«, bekräftigte ihr Gatte.

»Ein feines Süppchen haben Sie uns da wieder eingebrockt, Dr. Siri.«

»Ich? Ich habe damit nichts zu schaffen.«

»Nein. *Damit* nicht. Jedenfalls nicht direkt. Aber ohne deine tätliche Mithilfe wäre es wohl kaum dazu gekommen.«

»Gute Frau, den vorliegenden Indizien nach zu urteilen wäre es früher oder später ohnehin geschehen, ob wir nun hier gewesen wären oder nicht. Und es hätte noch nicht einmal hier passieren müssen. Diese Tragödie hat ja geradezu darum gebettelt, endlich aus dem Sack gelassen zu werden.«

»Das ist zwar richtig. Aber hättest du dich nicht freiwillig gemeldet, und uns gleich mit, würden wir jetzt zu Hause am Mekongufer sitzen und verhältnismäßig friedlich unsere Nudeln schlürfen. Und nicht in diesem Loch, mit dieser Leiche und der zweifelhaften Aussicht, in einen internationalen Skandal verwickelt zu werden. Jemand anders müsste sich damit herumschlagen. Jemand, der gesund und gut zu Fuß ist und mit solchen Dingen umzugehen weiß. Aber nein. Ein letztes Abenteuer, bevor ich mich zur Ruhe setze, hast du gesagt. Was soll schon passieren?, hast du gesagt. Es kann überhaupt nichts schiefgehen, hast du gesagt. Und das haben wir nun davon. Vor fünf Wochen waren wir glücklich und zufrieden, und jetzt stecken wir bis zum Hals in Exkrementen.«

»Nun mach aber mal halblang, Daeng. Wie hätte ich es denn deiner Meinung nach verhindern sollen?«

»Muss ich dir das wirklich erklären?«

»Ja.«

»Du hättest die Nachricht bloß zerreißen müssen.«

Fünf Wochen zuvor

Es stimmte, noch vor fünf Wochen war alles ganz normal gewesen. Jedenfalls für Vientiane'sche Verhältnisse. Bis der Spuk, die Nachricht und nicht zuletzt die Amerikaner ihr Leben gründlich auf den Kopf gestellt hatten. Aber so war das nun einmal im Laos der späten Siebzigerjahre. Was soll man sagen? Das Land war immer schon rätselhaft gewesen, immer schon ein Opfer seiner Politik, seiner inneren Widersprüche und seines Wetters. Während der Norden unter dem verfrühten Beginn der Trockenzeit zu leiden hatte, setzte Taifun Joe die südlichen Provinzen unter Wasser. Am schlimmsten traf es Champasak, die Vorzeigeprovinz, wo fast die Hälfte der bäuerlichen Kooperativen des Landes angesiedelt war. Sie alle hatte der Regen in die Knie gezwungen, und die Einheimischen waren wieder einmal davon überzeugt, dass Mae Phosop, die Göttin der Reisernte, mit der Regierungspolitik, gelinde gesagt, unzufrieden war. Das Kollektivierungsprogramm stand vor dem Scheitern. Ein harter Schlag für das Landwirtschaftsministerium, das zur Vorbereitung auf diesen großen sozialistischen Plan den Grundbesitz der alten Royalisten verstaatlicht hatte.

Und als ob das Wetter noch nicht schlimm genug gewesen wäre, sorgte die Nähe des Landes zu Kampuchea, einst ein wichtiger Partner in Sachen Handel und Kultur, für weiteren Verdruss. Auf der Flucht vor den Khmer Rouge strömten Tausende über die Grenzen nach Thailand und Südlaos. Die laotische Regierung hatte zwanzig offizielle Verlautbarungen herausgegeben, in denen sie die Anschuldigungen der Roten Khmer zurückwies, sie gewähre vietnamesischen Truppen den Durchmarsch über laotisches Gebiet. Nein, hieß es, man treffe mitnichten Vorbereitungen für eine Invasion, dabei war natürlich das genaue Gegenteil der Fall. Doch da es noch immer keine richtigen Gesetze gab, konnte das Politbüro mit Fug und Recht behaupten, gegen keinerlei Rechtsvorschriften zu verstoßen. Der sechsundvierzigköpfige Oberste Rat arbeitete seit acht Jahren an der Formulierung einer nationalen Verfassung, war über den Entwurf des Schutzumschlages jedoch bislang nicht hinausgekommen. Dieses allgemeine

Durcheinander sowie der Umstand, dass Geld noch schwerer zu beschaffen war als ein eisgekühltes Bier, hatte zur Folge, dass täglich an die 150 Bürger über den Fluss nach Thailand zu entkommen suchten – 120 davon mit Erfolg. Ein Leitartikel in der *Pasason Lao* verkündete jenen vierzig Prozent der Bevölkerung, die des Lesens mächtig waren, und den zwei Prozent, die es tatsächlich interessierte, der Demokratischen Volksrepublik Laos sei es noch nie so gut gegangen.

Im Juli 1978 taten die Leute der Pathologie der Mahosot-Klinik den großen Gefallen, auf gänzlich unmysteriöse Weise das Zeitliche zu segnen. Sie starben einfach, wie es sich gehörte und geziemte, sodass es weder offene Fragen zu beantworten noch finstere Motive zu ermitteln galt. Gerade so als spürten sie, dass Dr. Siri Paiboun, der erste und einzige Pathologe des Landes, sich dem Ende seiner ungebetenen Amtszeit näherte, weshalb sie ihm keine Scherereien mehr bereiten wollten. Seit seiner Zwangsverpflichtung durch die Partei vor drei Jahren hatte der gute Doktor Monat für Monat seine Kündigung eingereicht, und sein Vorgesetzter, der in jedem Sinne kleine Richter Haeng, hatte sie Monat für Monat ignoriert. »Ein guter Kommunist«, hatte er gesagt, »gibt den Pflug nicht einfach aus der Hand und überlässt es dem Büffel, das Feld zu beackern. Er isst mit ihm, verarztet seine Wunden und schläft mit ihm.« Nur mit Mühe hatte Siri der Versuchung widerstanden, das Gerücht zu streuen, die Partei fördere die Sodomie. Er wusste, dass seine Zeit irgendwann kommen würde. Doch als es schließlich so weit war, wäre er um ein Haar selbst auf dem Seziertisch gelandet. Er hatte den Geistern der Toten Auge in Auge gegenübergestanden, und sie warteten auf ihn. Seit seiner unschönen Begegnung mit den Roten Khmer im vergangenen Mai war er noch immer auf einem Ohr taub und hatte kaum Gefühl in seiner rechten Hand. Wenn er überhaupt einmal Schlaf fand, quälten ihn Albträume. Alle waren sich einig, dass Dr. Siri sich einen friedlichen Lebensabend sauer verdient hatte.

Wenn er sich keinen Ärger einhandelte, blieben Siri nur noch knapp acht Wochen bis zu seiner Pensionierung. Dann würde er endlich das geruhsame Leben führen können, von dem er in all den Jahrzehnten im Dschungel stets geträumt hatte: morgens eine schöne Tasse Kaffee mit Blick auf den Mekong, zu Mittag eine Schüssel Nudeln im Restaurant seiner geliebten Daeng, abends ein Fläschchen Reiswhisky und ein ungepflegter Plausch mit seinem alten Freund, dem Expolitbürokraten Civilai. Und nachts dann würde er sich mit einem Keilkissen im Rücken in sein geheimes Hinterstübchen verkriechen, wo er französische Literatur und Philosophie zu lesen pflegte. Stille Stunden mit den Genossen Sartre, Hugo und Voltaire. In der Tat. Er brauchte sich bloß keinen Ärger einzuhandeln. Ein anderer hätte damit vermutlich kein Problem gehabt. Aber er war eben kein anderer. Er war Dr. Siri Paiboun: vierundsiebzig Jahre alt, seit achtundvierzig Jahren wenig engagiertes Mitglied der Partei und von zehn Jahren in Paris kulturell gründlich verdorben. In seinem Körper beherbergte er den Geist eines tausend Jahre alten Hmong-Schamanen, und seit seiner Zeit als Feldarzt an der Front war er abgestumpft, gefühllos gegen Tod und Blutvergießen, weshalb er es als sein quasi gottgegebenes Recht betrachtete, ein knurriger alter Kauz zu sein. Nein. Zwei Monate ohne Ärger, das war für einen so komplizierten Mann fürwahr kein leichtes Unterfangen.

Seit sein Rücktrittsgesuch angenommen worden war, hatte

er es mit nur einem Fall zu tun gehabt. Und gemessen an einigen seiner früheren Abenteuer hatte das Ganze diese Bezeichnung eigentlich gar nicht verdient. Die Kinder an der Mittelschule in Thong Pong waren zutiefst verstört. Einige von ihnen hatten unkontrolliert zu zittern begonnen und redeten in fremden Zungen. Die Schulschwester hatte derlei noch nie erlebt und das Gesundheitsministerium um Hilfe gebeten. Geschichten verbreiteten sich in Vientiane wie radioaktiver Niederschlag nach einem Atombombenabwurf, und so dauerte es nicht allzu lange, bis die Kunde auch die Pathologie erreichte, wo Dr. Siri und seine Kollegen schon seit Wochen untätig herumsaßen. Sofort hatte Siri sich mit seiner getreuen Gehilfin Dtui und dem Sektionsassistenten Herrn Geung auf sein altersschwaches Motorrad der Marke Triumph gequetscht und sich zur Schule aufgemacht. Da für Religion und Aberglaube unter dem neuen Regime kein Platz war, wagte niemand auszusprechen, was alle dachten: dass es in der Schule spukte. Obwohl sie darauf brannten, eine übersinnliche Ursache für die kuriose Epidemie zu finden, heuchelten Arzt und Krankenschwester bei ihrer Ankunft eifrig Desinteresse. Dtui war eine von etwa einem halben Dutzend Personen, die um Siris heißen Draht ins Jenseits wussten, und hatte nicht den geringsten Zweifel, dass in der Schule ein böser Geist sein Wesen trieb.

Der Schulleiterin zufolge verwandelten sich täglich bis zu vierzig Schüler gleich nach dem Morgenappell in Zombies und begannen unbeherrscht zu toben, zu sabbern und zu zittern. Anfangs hatte sie angenommen, es handele sich lediglich um einen Streich, mit dem sich die Schüler um die erste Stunde Marxistisch-Leninistische Theorie drücken wollten. Schließlich hatten die vom Jugendverband eingeschleusten

Spitzel schon den einen oder anderen Schabernack enttarnt. Aber das hier war einfach zu verrückt. Einige Schüler hatten sogar begonnen, wüsteste Obszönitäten von sich zu geben, mit Stimmen, die eindeutig nicht zu zwölf- oder dreizehnjährigen Kindern passten. Für Siri hörte sich das alles stark nach einer schamanischen Massenhysterie an. Aus irgendeinem Grunde hatten gar zu ausgelassene Geister die biegsamen Seelen der Kinder gekapert. Doch es musste irgendein unsichtbares Medium geben, mit dessen Hilfe sich die Dämonen bändigen ließen.

»Sagen Sie«, wandte er sich an die Direktorin, »wie läuft der Morgenappell gewöhnlich ab?«

»Nach dem üblichen Prozedere, Doktor«, antwortete sie. »Die Schüler stellen sich nach Klassen auf, ich gebe die Tageslosung aus, die Flagge wird gehisst, und das Schulorchester spielt die neue Nationalhymne.«

Die neue sozialistische Nationalhymne hatte zufälligerweise dieselbe Melodie wie die alte royalistische Nationalhymne. Nur der Text war ein anderer. Trotz der holprigen Verse und des etwas irreführenden Inhalts vermochte Siri darin an und für sich nichts Böses zu entdecken. Also bat er darum, sich die Musikinstrumente ansehen zu dürfen. Kaum hatte die Schulleiterin den Schrank im Musiksaal aufgeschlossen, war der Übeltäter auch schon gefunden. Siri zog das mit Quasten und Kronkorkenrasseln versehene Exorzismus-Tamburin heraus und sah lächelnd zu Schwester Dtui.

»Wissen Sie, was das ist?«, fragte er die Direktorin.

»Ein Tamburin?«, riet sie.

»Ein Schamanentamburin, Genossin, wie es gemeinhin bei Séancen Verwendung findet«, sagte er. »Und ein energiegeladenes noch dazu. Haben Sie irgendeine Ahnung, wie es in Ihren Besitz gelangt sein könnte?«

»Ein Beamter aus der Kreisschulbehörde hat es mitgebracht«, erinnerte sie sich. »Er sagte, es sei bei einem Royalisten beschlagnahmt worden.«

»Ich gehe jede Wette ein, dass es die Hysterie verursacht hat«, sagte er.

»Aber… aber es ist doch bloß ein Musikinstrument«, widersprach sie.

Siri bedachte die Frau im Mao-Hemd mit einem Lächeln. Sie war ein Kader aus dem Nordosten, der nur in Schwarz und Weiß zu denken vermochte und für Dimensionen jenseits der drei bekannten wenig Verständnis hatte. Und so kam es, dass sowohl in Siris Bericht als auch in dem der Direktorin von verdorbenen Süßigkeiten die Rede war, die ein schurkischer Händler vor dem Schultor verkauft habe. Und dennoch: Kaum war das Tamburin beseitigt, hatte der Spuk auch schon ein Ende.

Jetzt lag das Instrument auf Siris Schreibtisch in der Pathologie, und von Zeit zu Zeit schnippte er nur so zum Spaß mit dem Fingernagel gegen die Schellen. Schwester Dtui und Herr Geung blickten jedes Mal von ihren unwichtigen Tätigkeiten auf und seufzten. Siri entschuldigte sich und ließ kurz darauf ein neuerliches Klingeln ertönen. Seiner einzigen anderen, nicht minder nervtötenden Marotte hatte Dtui einen Riegel vorgeschoben. Sie hatte die Uhr über der Bürotür abgehängt, weil der Doktor es sich zur Gewohnheit gemacht hatte, die Minuten bis zu seiner Pensionierung zu zählen.

»Noch siebzigtausendfünfhundertfünfundvierzig Minuten«, flötete er. Dtui wusste, dass er sie mit diesem Tick nach spätestens ein oder zwei Tagen ebenso wahnsinnig machen würde wie die Schüler in Thong Hong. Und so war sie eines Tages etwas früher zum Dienst erschienen und hatte die Uhr vom Hausmeister abhängen lassen. Siri hatte sie gesagt, sie sei zur Reparatur. Da sie nie log, fragte er nicht weiter nach.

Schwester Dtui saß an ihrem Schreibtisch und hatte eine thailändische Popzeitschrift aufgeschlagen vor sich liegen. Für einen unaufmerksamen Besucher mochte es so aussehen, als ob sie heimlich davon träumte, ihre 44er-Maße in einen jener 36er-Bikinis zu zwängen, welche die TV-Starlets aus Bangkok auf den Hochglanzfotos trugen. Dabei lag zwischen den Seiten ihres Magazins ihr »Grundkurs Gynäkologie« auf Russisch. Trotz einer ungeplanten Schwangerschaft und der Geburt der inzwischen fünf Monate alten Malee hatte Dtui die Hoffnung noch nicht aufgegeben, eines Tages im Ostblock Medizin studieren zu können. Die Klinikleitung betrachtete Eigeninitiative als fragwürdigen Charakterzug, ein sicheres Zeichen dafür, dass man mit seiner Rolle in der neuen Republik nicht recht zufrieden war. Darum studierte Dtui heimlich. Obgleich sie keineswegs die Absicht hatte, ihre Tochter oder ihren Mann im Stich zu lassen und sich nach Moskau abzusetzen, rüstete sie sich nach wie vor für jenen fernen Tag, da sie die Leitung der Pathologie übernehmen würde. Wenn die Zeiten hart waren, konnte es nicht schaden, einen Traum zu haben. Und die Zeiten in Vientiane waren ohne jeden Zweifel hart.

Wenn auch anscheinend nicht für alle. In einer Ecke des Büros, hinter seinem nur selten benutzten Schreibtisch, stand Herr Geung und wippte auf den Fersen, gefangen in einer seligen Down-Syndrom-Trance. Auf Außenstehende hatte seine Krankheit zweierlei Wirkung. Die einen waren entsetzt darüber, dass ein Idiot in einer Klinik arbeiten durfte. Die anderen, unter ihnen seine zahllosen Fans in der Belegschaft, beneideten ihn um sein vermeintlich sorgenfreies Dasein. Er liebte seine Arbeit. Er war absolut loyal. Stets aufrichtig und freundlich. Herr Geung schien mit seinem einfachen, genügsamen Leben glücklich und zufrieden. Doch alle fragten sich, was wohl hinter seiner Stirn vorging. Wie konnte ein Mann in mittleren Jahren mit einer so schrecklichen Erkrankung derart mit sich im Reinen sein? Und neuerdings schien sich sein heiteres Gemüt in Sphären weit jenseits der berühmten Wolke sieben aufgeschwungen zu haben. Nur Siri und Dtui kannten den Grund für seinen Höhenflug. Obwohl Herr Geung beharrlich schwieg, sahen seine Kollegen es ihm an der Nasenspitze an. Es war die Liebe. Die Vögel taten es. Die Bienen taten es. Und Herr Geung ganz offensichtlich auch.

Andere hätten die Male am Hals ihres Freundes vielleicht als allergische Reaktion auf die Waschpulverrückstände an seinem Hemdkragen gedeutet. Doch Siri und Dtui arbeiteten in der Pathologie. Sie wussten, wie eine Bissspur aussah. Und billigten diese Praktik keineswegs. »Eine Vorstufe des Vampirismus«, hatte Siri sie genannt. Doch keiner von beiden missgönnte Herrn Geung seine erste, wenn auch nicht eben zarte Kostprobe der Liebe. Als Tudka in der Personalkantine angefangen hatte, war Geung zunächst außer sich gewesen.

»Sie hat Down… Down-Syndrom«, hatte er gesagt, in demselben herablassenden Tonfall, den er sein Leben lang zu hören bekommen hatte. »Sie … sie hat hier nichts verloren.«

Dennoch ließ sich nicht leugnen, dass Genossin Tudka eine liebenswerte und noch dazu recht hübsche junge Dame war. Weshalb Herr Geung alle Mühe hatte, seine Kollegen davon zu überzeugen, dass er sie nicht attraktiv fand. Und durch die verschlungenen Flure und Gänge ihrer Krankheit fanden

Geung und Tudka schließlich zueinander. Wie, wo und ob sie trieben, was sie trieben, wusste niemand. Nur die Waschpulverallergie an Geungs Hals und das dämliche Grinsen, das sich auf seinem Gesicht breitmachte, wenn ihr Name fiel, verrieten ihn. Er verweigerte sich allen Fragen zu diesem Thema. Wies sämtliche Unterstellungen zurück. Es war sein ... ihr Geheimnis. Dennoch bestand kein Zweifel daran, dass Herr Geung überglücklich war.

Und so vertrieb das Personal der Pathologie sich die Tage. Siri zählte die Minuten. Dtui büffelte. Geung wippte. Dann plötzlich, an einem heißen Julimorgen, kam eine Nachricht. Keiner von ihnen hätte sich jemals träumen lassen, welch gewaltige Wirkung dieses unscheinbare Blatt Papier entfalten sollte.

Schweigend widmeten die Frühstücksgäste sich der verantwortungsvollen Aufgabe, Madame Daengs Nudeln zu vertilgen. Es war, als würde man einer Büffelherde dabei zusehen, wie sie – im Sitzen – eine üppige sattgrüne Weide abgraste. Obwohl man zusätzliche Hocker herbeigeschafft und diese aufs Geratewohl zwischen den Tischen verteilt hatte, gab es noch immer nicht genug Sitzplätze. Daeng und Siri baten die Gäste höflich, ihren Platz zu räumen, sobald sie ihr Mahl beendet hatten, sodass auch andere sich ihr Frühstück schmecken lassen konnten, aber Madame Daengs Nudeln ließen sich nicht schlingen. Sie waren die besten Suppennudeln auf der ganzen Welt. Hätte man die Kritiker vom Guide Michelin ins Land gelassen, hätten sie Daengs namenloses Restaurant mit Sternen buchstäblich gepflastert. Doch trotz alledem wäre es ihr nie und nimmer in den Sinn gekommen, die Preise zu erhöhen oder die Portionen zu verkleinern. Sie wusste eben, worauf es ankam.

Siri stand neben ihr und ließ den Blick stolz über den See von gekrümmten Schultern und wackelnden Köpfen schweifen.

»Ich brauche wohl keine Angst zu haben, dass wir verhungern, wenn ich in Pension gehe«, sagte er.

Daeng blickte vom Kessel auf, förderte behutsam ein Drahtsieb voller Nudeln daraus zutage und ließ es wieder im sprudelnden Wasser versinken. Sie war eine gutaussehende Frau mit struppigem, kurzgeschnittenem grauem Haar. Sie sah stets aus, als habe sie gerade eine rasante Fahrt mit dem Motorrad hinter sich, was nicht selten tatsächlich der Fall war.

»Wobei ich mir schon so meine Gedanken mache, wie wir ohne deine dreißigtausend Kip im Monat über die Runden kommen sollen«, erwiderte sie lächelnd. »Wie viel ist das derzeit auf dem internationalen Währungsmarkt? Ein Dollar fünfzig?«

»Zwei achtzig. Die zahlreichen Vergünstigungen nicht zu vergessen.«

»Ein Dutzend Mückenspiralen. Vier Kilo schädlingsverseuchter Reis. Das eine oder andere Gartenwerkzeug. Socken. Sechs Rollen selbstzersetzendes Toilettenpapier. Ich weiß nicht, wie wir ohne all das überleben sollen.«

»Und die Benzinration.«

»Zwei Liter im Monat. Da wirst du wohl oder übel auf mein altes Fahrrad umsteigen müssen.«

»Wo soll ich denn hinfahren? Ich werde einfach von morgens bis abends um dich sein – tagein, tagaus. Du jammerst doch ständig, dass wir zu wenig Zeit füreinander haben.«

»Aber man muss es ja nicht gleich übertreiben. Zwei Stunden vor dem Schlafengehen würden mir schon genügen.«

»Ich werde dir vierundzwanzig Stunden täglich zur gefälligen Verfügung stehen. Dein ergebener Liebessklave rund um die Uhr.«

Daeng lachte und schaufelte Nudeln in eine Schüssel Brühe. Da es keine freien Plätze mehr gab, setzte sich der Gast mit seinem Essen auf die unterste Treppenstufe.

»Siri, du könntest genauso wenig vierundzwanzig Stunden still sitzen wie ich. Du würdest ständig um mich herumscharwenzeln, deine Nase überall reinstecken. Und nimm's mir nicht übel, aber wenn mir der Sinn nach einem Liebessklaven stünde, würde ich mir einen sehr viel jüngeren Mann suchen. Einen Bodybuilder. Angebote habe ich genug.«

»Ha! Da würde er es aber mit mir zu tun bekommen! Habt ihr gehört?«, rief er. »Wer auf die Idee kommt, mit meiner Frau durchzubrennen, muss es erst einmal mit mir aufnehmen.«

»Kein Problem«, sagte Pop, eine schrumplige alte Bohnenstange, deren Gewicht sich nach einer Portion von Daengs feurig-scharfer Nummer 2 mehr als verdoppelte. Er war vermutlich der einzige Gast im Restaurant, der älter war als Siri. »Sieh dich doch an«, sagte er zu Siri. »Noch keine zwei Wochen wieder auf den Beinen, gebrochene Hand, von oben bis unter voller Narben und blauer Flecken. Hä. Dich könnte ich mit einer Hand fertigmachen, besonders wenn ich Daeng dafür bekomme. Ein Schlag mit diesem Teelöffel, und du liegst flach.«

»Ach ja, Genosse?«, entgegnete Siri. »Das wollen wir doch mal sehen.«

Mit seiner gesunden Hand schnappte er sich ein Essstäbchen aus einem Glas und ging damit in Paradestellung wie ein Fechter. Pop stand auf und brachte den Teelöffel in Anschlag. Es kam zu einem Besteckduell, und die anderen Gäste feuerten die beiden Alten an, indem sie mit ihren Stäbchen laut klappernd gegen ihre Blechtassen schlugen.

Ein halbwüchsiger Knabe im weißen Hemd kam vom staubigen Gehsteig herein, warf einen verwirrten Blick auf die beiden Streithähne und schlich nervös zur Nudelköchin.

»Genossin«, sagte er. »Ich habe eine dringende Nachricht für Dr. Siri Paiboun. Bin ich hier richtig?«

»Das ist er«, antwortete sie. »Da drüben. Der kleine Junge mit dem weißen Haar und den struppigen Augenbrauen, der mit dem Stäbchen herumfuchtelt. Sie kämpfen um mich.«

Der Knabe war völlig verdattert.

»Na los. Gib sie ihm«, sagte sie. Zögernd trat er hinter Siri und tippte ihm auf die Schulter. Siri drehte sich um, und Pop nutzte die Gelegenheit und zog Siri seinen Teelöffel über das läppchenlose Ohr. Siri schrie jaulend auf und fiel in gespieltem Schmerz auf die Knie. Mit lautem Stäbchengetrommel wurde Pop zum Sieger gekürt. Kurz bevor ihn ein schmachvoller Teelöffeltod ereilte, riss Siri dem Knaben die Nachricht aus der ausgestreckten Hand, dann sank er auf den Boden der Nudelküche und starb. Kurz: ein ganz normaler Tag in Daengs Nudelrestaurant.

2

UNTERDESSEN IN METRO MANILA

Nino Sebastián hatte seine Zeit bei Air America durchaus gewinnbringend genutzt. Er hatte sparsam gelebt, sich hier und da mit kleinen Schiebereien etwas hinzuverdient und seinen Sold im Unterschied zu den Romeos vom Stützpunkt in Udon nicht in den Kneipen und Massagesalons verprasst. Nach Kriegsende war er nach Manila zurückgekehrt, hatte ein Haus gebaut, gleich nebenan eine Tankstelle eröffnet und ein Mädchen geheiratet, das ihn ohne die vierzigtausend Dollar in seiner Tasche mit dem Arsch nicht angesehen hätte. Seine Eltern zapften Benzin, seine Schwester stand am Herd des kleinen Cafés, und er und sein Bruder Oscar kümmerten sich um die Werkstatt. Alles lief bestens. Leben. Liebe. Schmieröl. Es war zwar nicht besonders abenteuerlich, aber das war nicht weiter schlimm. Wer das Abenteuer suchte, der riskierte, dass ihm die Eier weggeballert wurden. Und darauf konnte er getrost verzichten. Wenn er seinen Puls auf Touren bringen wollte, sah er sich einen Boxkampf an oder ging zum Jai alai.

Heute Abend fand ein Spiel statt: die Jets gegen Redemption. Er hatte ein hübsches Sümmchen auf die Reds gesetzt.

Er wollte mit dem Pick-up zum Stadion fahren. Unterwegs seinen Cousin Poco aufgabeln. Es war ein schwüler Abend. Er hatte geduscht und sein türkisfarbenes Glückshemd angezogen, doch er schwitzte so stark, dass er am liebsten gleich noch einmal unter die Brause gestiegen wäre. Er schaute aus dem Küchenfenster und stellte wütend fest, dass in der Werkstatt Licht brannte. Oscar war nach Samal gefahren; es konnte sich also nur um einen Kunden handeln, der es besonders eilig hatte und die Unverfrorenheit besaß, einfach das Licht einzuschalten. Manche Leute hatten mehr Mumm als Manieren. Aber der Bursche konnte ihm sonst was bieten, an seinem *pelota*-Abend würde er keinen Finger rühren.

Als Nino die Werkstatt durch die Hintertür betrat, erblickte er einen dunkelhäutigen Mann, der den Kopf unter die Haube des 61er Cadillac steckte, an dem Nino und Oscar seit vier Wochen herumschraubten.

»Tut mir leid«, sagte Nino. »Aber wir haben schon geschlossen.«

»Macht nichts«, sagte der Mann. »Ich wollte nur mal fragen, ob Sie vielleicht eine Aushilfe gebrauchen können.«

Nino musterte den Fremden von Kopf bis Fuß. Er sah nicht gerade aus wie jemand, der sich gern die Finger schmutzig machte. Eher der pingelige Typ. Hinten in seinen Haaren steckte ein Kamm, als hätte er ihn nach der morgendlichen Körperpflege dort vergessen. Manche jungen Leute hielten das für cool. Nino hielt es für bescheuert. Und wie um noch eins draufzusetzen, trug der Kerl trotz der Hitze ein Jackett, vergoss jedoch nicht einen Tropfen Schweiß.

»Nee, wir machen hier alles selbst. Ich und mein Bruder. Wir nehmen nur so viele Reparaturen an, wie wir zu zweit erledigen können. Tut mir leid.«

Der Fremde zuckte die Achseln.

»Kein Problem. Fragen kostet ja nichts.« Er warf einen letzten Blick auf den Motor. »Nehmen Sie's mir nicht übel, aber ich glaube, beim Einbau des Vergasers ist Ihnen ein kleiner Fehler unterlaufen.«

»Wie bitte?« Wenn es um Motoren ging, war Nino noch nie ein Fehler unterlaufen.

»Da«, sagte der Kerl. »Sie haben den Drosselhebel falschrum angebracht.«

Nino hastete zum Wagen und sah unter die Haube.

»Soll das ein Witz sein?«, sagte er. »Der ist hundertpr…«

Er spürte kaum, wie ihm die Nadel in den Hals drang, und im Handumdrehen war es mit Nino Sebastián vorbei.

3

PEACH

Die Regenzeit, die in Nordlaos normalerweise zwischen April und August fiel, hatte dieses Jahr schon Mitte März begonnen, und im Juni war ihr der Saft ausgegangen. Obgleich Flutwasser aus China den Mekong hatte anschwellen lassen und im Süden schwere Unwetter wüteten, hatte es in Vientiane seit einem Monat nicht geregnet. Die – in der DDR ausgebildeten – laotischen Meteorologen waren der Ansicht, dass die Industrialisierung im Westen, vor allem aber in den USA, die Umwelt nachhaltig veränderte. Sie forderten ein Symposium kommunistischer Staaten zu den Auswirkungen des Kapitalismus auf den Klimawandel. In der Demokratischen Volksrepublik Laos gab es wenig, was sich nicht den Amerikanern in die Schuhe schieben ließ, und um ehrlich zu sein, waren die meisten Vorwürfe berechtigt.

Vientiane bestand aus unbefestigten Seiten- und gepflasterten Hauptstraßen, angelegt von denselben Amerikanern, die nun das Wetter durcheinanderbrachten. Der ebenso anhaltende wie frühzeitige Regen des Jahres 1978 hatte die rote Erde aus den Gassen auf die Hauptstraßen geschwemmt. Gärten, Reisfelder und Brachen erstreckten sich in alle Himmelsrichtungen. Die Stadt war ein einziger großer Morast. Die Rinnsteine waren verstopft, die Schlaglöcher unter einer Schlammschicht verschwunden. Die Gehsteige, sofern vorhanden, befanden sich auf einer Höhe mit der Fahrbahn. Dieser riesige Matschkuchen buk in der brennend heißen Julisonne und zerfiel unweigerlich zu Staub. Eine vorbeihuschende Katze wirbelte mehr Staub auf als eine Herde Gnus, die durch die Kalahari galoppiert. Mit dem Besen war dem schwerlich beizukommen. Trotz der Hitze schlossen die Leute Türen und Fenster. Wer einen Gartenschlauch und einen Anschluss ans Versorgungsnetz besaß, spritzte jeden Morgen bei Sonnenaufgang die Straße ab. Doch schon gegen Mittag war der rote Dunst zurück. Bis zum offiziellen Beginn der Trockenzeit waren es noch gut vier Monate, und wenn es so weiterging, war Vientiane bis dahin von der Landkarte verschwunden, auf Satellitenbildern als Stadt nicht mehr zu erkennen.

Siri hatte sich seinen Reservesarong um den Kopf geschlungen, damit ihm der Staub nicht in den Mund flog. Er trug seine alte Motorradbrille mit den dunklen Gläsern und eine Castro-Mütze und sah ziemlich zwielichtig aus, als er vor dem Justizministerium hielt. Er hätte sich natürlich auch anders entscheiden und die Nachricht, mit der sein Intimfeind Richter Haeng ihn um eins in sein Büro bestellte, einfach zerreißen können. Er stand kurz vor der Pensionierung. Was konnten sie ihm da schon anhaben? Aber Siri hatte eine boshafte Ader, und nichts bereitete ihm größeres Vergnügen, als seinem Vorgesetzten auf den sprichwörtlichen Schlips zu treten. Sehr viel Gelegenheit würde er dazu nicht mehr haben. Die Wache am Tor entbot ihm einen militärischen Gruß. Der Junge war unbewaffnet und steckte in einer Uniform, die gleich drei grundverschiedene Grüntöne in sich vereinte. Siri, der immer noch als Terrorist verkleidet war, stieg von seinem Motorrad und ging zum Wachhäuschen.

»Wissen Sie, wer ich bin?«, fragte er den Jungen.

»Nein, Genosse«, lautete die Antwort, gefolgt von einem weiteren Gruß.

»Ich könnte also durchaus ein Attentäter sein, der den Richter und den Minister ermorden will. Ich könnte einen Sprengstoffgürtel unter der Jacke tragen.«

Der Junge machte ein zweifelndes Gesicht.

»Na ja, möglich wär's.«

»Und trotzdem grüßen Sie mich?«

»So lautet mein Befehl, Onkel.«

»Das ist alles?«

»Ja.«

»Himmel, hilf«, murmelte Siri, ließ den Wachsoldaten stehen und stieg die Vortreppe des Ministeriums hinauf. »Welch ein System«, sagte er laut vor sich hin. »Schnöder Schein und nichts dahinter. Das Land versinkt in Schutt und Asche, aber Hauptsache, es wird ordentlich gegrüßt.«

Oben angekommen schüttelte er den Staub aus seinen Sandalen und trat an den Empfang. Dort herrschte gähnende Leere: acht Schreibmaschinen ohne Schreibkräfte und ein großer Verwaltungsschreibtisch ohne Manivone, die Sekretärin des Richters. Wäre zufällig ein geschäftstüchtiger Dieb des Weges gekommen, hätte er die Maschinen, womöglich mit tatkräftiger Unterstützung des hilfsbereiten Wachsoldaten, ohne Weiteres zur Tür hinausbefördern und in einem wartenden *samlor*-Fahrradtaxi verstauen können. Der Laden ging vor die Hunde. Ein Glück, dass Siri ihm bald den Rücken kehren konnte.

Noch immer missgelaunt, stakste er über den offenen Korridor zu Richter Haengs Büro und stieß die Tür auf, ohne anzuklopfen. Die Tür knallte gegen etwas Großes, Weiches und öffnete sich dann. Siri betrat den kleinen Raum, der von nur einem Fenster mit kaputter Jalousie erhellt wurde. Unter Siris verbotenen Büchern befand sich auch ein prächtiger Bildband über die Wunder dieser Welt, und die Sonne, die sich durch das winzige Fenster quetschte, überzog die Wände mit einem Schattenmuster, das ihn an Stonehenge gemahnte. Im Zimmer drängte sich eine Horde ungemein beleibter Westler. Manche saßen, andere standen, die meisten trugen Uniform, und alle schwitzten, da der einsame Deckenventilator gegen die stickige Juliluft nur wenig auszurichten vermochte. Lauter ölig-weiße Männer und zwei Frauen. Eine der beiden Letzteren erinnerte Siri an einen beperückten Sumo-Ringer im Sommerkleid.

Trotz dieses Gedankens besann er sich seiner guten Kinderstube. Er ging von einem zum anderen, schüttelte Hände und sagte artig *sabai dee* – Wohlsein. Alle schlugen bereitwillig ein – bei diesen Temperaturen blieb kein Pfötchen trocken. Einige erwiderten den Gruß. Andere antworteten ihm auf Englisch, eine der vielen Sprachen, die er nicht beherrschte. Als er so die Runde machte, kam er sich vor wie ein Tourist zwischen den Steinriesen der Osterinsel. Im hintersten Winkel des Zimmers stieß er auf Richter Haeng, der an seinem Schreibtisch saß und sich an ein mattes Lächeln klammerte. Sein fettiges Haar fiel ihm in das pickelige, aufgedunsene Gesicht. Hitze und Stress waren Gift für seine Haut. Der kleine Richter litt wahrscheinlich unter beidem.

»Siri? Sind Sie's?«, erkundigte er sich.

Im ersten Moment erschien Siri die Frage reichlich absurd,

als habe der Mann quasi über Nacht das Augenlicht verloren. Doch dann fiel dem Doktor ein, dass er noch immer seine Verkleidung trug. Das Zimmer wurde etwas heller, als er seine getönte Brille absetzte, und kühler, als er Schal und Kopfbedeckung auszog. Kaum hatte er abgelegt, wirkten auch die Gäste um einiges entspannter.

»Was ist denn hier los?«, fragte Siri den Richter.

»Amerikaner.«

»Wieso? Haben sie etwas vergessen?«

»Es handelt sich um eine Delegation, Siri.«

»Und was wollen sie?«

»Ich … Ich bin … Ich …«

»Sie wissen es nicht.«

»Doch, natürlich. Aber …«

»Sie sprechen kein Englisch, stimmt's?«

»Das kann man so nicht sagen. Es ist nur ein wenig eingerostet, weiter nichts. Und Sie?«

»Ein paar Brocken, aber die dürften uns kaum weiterhelfen.«

»Ich dachte, Sie waren in Westeuropa?«

»Frankreich. Eine völlig andere Sprache. Das bisschen Englisch, das ich kann, habe ich von Seeleuten in Hafenkneipen aufgeschnappt. *Rule Britannia*«, rief er laut und reckte den Daumen in die Höhe. Alle starrten ihn entgeistert an. »Sehen Sie? Völlig nutzlos. Spricht denn keiner von ihnen Laotisch?«

»Nein.«

»Seit wann reisen ausländische Delegationen ohne Dolmetscher?«

»Es scheint etwas dazwischengekommen zu sein. Der Minister hat sie hierhergebracht und mich gebeten, sie bei Laune zu halten, bis die Dolmetscher eintreffen.«

»Haben Sie ihnen schon Ihre Richard-Nixon-Parodie vor-
geführt?«

Aber solche Scherze waren verlorene Liebesmüh bei einem
Mann bar jeglichen Humors.

»Ich weiß nicht, wovon …«

»Und wie haben Sie sie dann bei Laune gehalten, Richter?«

»Wir hatten keine Limonade mehr. Ich habe Manivone los-
geschickt, um welche zu besorgen. Ich hatte ja nicht mit ihnen
gerechnet. Das übrige Personal bereitet das Mittagessen zu.
Sie stehen jetzt seit einer Viertelstunde hier herum.«

Siri lachte.

»Aber Sie, Siri«, sagte Haeng in gestrengem Ton, »Sie kommen wie immer zu spät. Ich habe Ihnen aufgetragen, um ein
Uhr hier zu sein. Jetzt ist es Viertel nach eins.«

»Man hat mir die Uhr geklaut. Ich musste mich nach dem
Stand der Sonne richten, und die war vor lauter Staub nirgends zu sehen. Richter Haeng, hier schmoren alle im eigenen Saft, und es riecht ein wenig streng. Was halten sie davon,
wenn wir die Klimaanlage einschalten?«

»Die ist seit letzten Mittwoch defekt.«

»Und wenn wir die Leute draußen unter einen Baum stellen?«

»Das sind doch keine Schafe, Siri.«

Siri bedachte die dürstenden Gäste mit einem Lächeln.

»Sie wären sicher dankbar für ein wenig frische Luft.«

»Der Minister hat gesagt …«

In diesem Augenblick wurde die Bürotür aufgestoßen und
kollidierte mit dem Hinterteil desselben Mannes, den auch
Siri bei seinem Eintreffen gerammt hatte. Da er noch immer
an derselben Stelle stand, schien er es nachgerade zu genießen, eine Tür ins Kreuz geschmettert zu bekommen. Eine

blonde junge Frau stürzte nervös lachend ins Zimmer. Plötzlich redeten alle in ihrer Sprache durcheinander; Grußformeln, Bemerkungen und kollektives Aufatmen gaben Anlass zu der Hoffnung, dass die Delegation endlich ins Freie entlassen werden würde. Nachdem die junge Frau die Runde gemacht hatte, wandte sie sich Haeng und Siri zu und entbot ihnen einen vollendeten *nop*: Sie legte die Handflächen in Kinnhöhe aneinander, sodass ihre Nase nur Millimeter über ihren Fingernägeln schwebte, und neigte den Oberkörper in ihre Richtung.

»Verehrte Herren«, sagte sie in herrlichstem Laotisch. »Wohlsein. Ich bitte mein Zuspätkommen zu entschuldigen.«

Trotz ihres Alters und ihrer Stellung ertappten Haeng und Siri sich dabei, wie sie den *nop* erwiderten. Siri lächelte. Haeng errötete verlegen. Das Politbüro hatte die Geste als bourgeoisen Rückfall in die Zeit der Knechtschaft unter dem Joch der Royalisten verurteilt. Doch nun fand er sich einer weißen Imperialistin gegenüber, die sich in seinem Land seiner Sprache und seiner Gesten bediente, weshalb ihm nichts anderes übrig blieb, als Gleiches mit Gleichem zu vergelten. Sein Unbehagen wurde noch verstärkt durch die Tatsache, dass sie geradezu beschämend attraktiv war.

»Ich hatte einen Kurs am *lycée*«, fuhr sie lächelnd fort. »Eigentlich hätte ich höchstens zehn Minuten bis hierher gebraucht, aber mein Fahrrad hatte einen Platten, den ich erst einmal flicken musste, daher der Staub an meinem Rock und die Schweißflecken in meinem Gesicht. Normalerweise sehe ich wesentlich gepflegter aus. Wirklich.«

In Gedanken schloss Siri die Augen und lauschte dem klangvollen Singsang ihrer Stimme, die ihn an die jungen Mädchen aus der Gegend nördlich von Luang Prabang erinnerte. Es war sein bei Weitem liebster Akzent. Selbst die dicksten Frauen mit den haarigsten Zehen konnten das Herz eines Mannes mit diesem Zungenschlag im Sturm erobern.

»Wo haben Sie Laotisch gelernt?«, erkundigte er sich fasziniert.

»Meine Eltern waren Missionare in Ban Le an der Grenze bei Luang Prabang. Ich bin dort geboren«, antwortete sie.

»Sie sind Laotin«, sagte er lachend, ohne einen Anflug von Herablassung.

»Im Herzen, ja«, sagte sie. »Aber auf meinem Reisepass prangt ein Adler, und ich bin dazu verdammt, in diesem fetten, unförmigen *farang*-Körper mein Dasein zu fristen. Offiziell bin ich eine von denen.«

Sie wies mit einem Nicken zu der schweißfeuchten Delegation. Die Amerikaner fragten. Sie antwortete. Plötzlich blitzten allenthalben strahlend weiße, fachmännisch regulierte Zahnreihen. Sie hatte offenbar die richtigen Worte gefunden. Ihr diplomatisches Geschick schien ebenso beeindruckend wie ihr äußere Erscheinung. Sie war alles andere als unförmig, sondern schlankgliedrig wie ein junges Rennpferd, mit frischem, rosigem Teint. Diese junge Frau würde noch vielen Männern das Herz brechen, wenn sie es nicht längst getan hatte. Obgleich es nicht ganz leicht war, das Alter eines Westlers zu bestimmen, schätzte Siri sie auf höchstens sechzehn oder siebzehn. Dass sie Peach – Pfirsich – hieß, ließ sie nur noch appetitlicher erscheinen.

Richter Haeng, der in den wenigen noch verbliebenen Nachtclubs von Vientiane ob seiner Vorliebe für junge Damen wohlbekannt war, schien zu demselben Schluss gelangt zu sein. Er hatte sein erschlafftes Lächeln auf Vordermann gebracht und stützte das Kinn in die Hand wie ein eitler Schriftsteller in Denkerpose.

»Sie sind sehr schön«, sagte er. Die Worte eines alten Lustmolchs.

»Danke«, sagte sie. »Aber das ist ein zeitweiliges Privileg der Jugend, weiter nichts. Wahrscheinlich werde ich zu viel essen und trinken und aufgehen wie ein Hefekloß, bevor ich dreißig bin.«

Ihr Lächeln brachte das Zimmer zum Leuchten. Siri war hingerissen. Ein mythisches Wesen aus der amerikanischen Version der Ramayana war in ihrer Mitte gelandet und redete in ihrer Zunge. Obwohl sie fließend Laotisch sprach, wirkte sie wie von einem anderen Stern. Vielleicht lag es an ihrer Jugend, aber sie hatte nichts von dem sittsamen Reiz einer Laotin. Sie bot den Männern mutig die Stirn. Sie war rauherzig wie ein Soldat, und Siri konnte sich des Eindrucks nicht erwehren, dass sie ihrem Beschäler mit Freuden den Kopf abgebissen hätte, wenn sie mit ihm fertig war. Richter Haeng irrte sich gewaltig, wenn er glaubte, sich solch ein Geschöpf mit seinen üblichen Balzritualen gefügig machen zu können.

4

DER SUMO-RINGER IM SOMMERKLEID

In der Suite, die an das Büro des laotischen Justizministers grenzte, stand ein Konferenztisch aus Teakholz. Er war so groß und schwer, dass man ihn in Stücke hatte sägen müssen, um ihn in den dritten Stock hinaufzuwuchten. Die Remontage war nicht ganz reibungslos verlaufen, und nun zogen sich zwei unschöne, mit dem Schriftzug »Happy New Year« versehene Klebestreifen über die Platte, um die Fugen zu kaschieren. Auf der einen Seite des Tisches saß die amerikanische Delegation, auf der anderen die Laoten. Zwar gab es auch zwei durchaus brauchbare Tischenden, doch wie es schien, durfte dort niemand Platz nehmen. Die beiden Abordnungen belauerten einander wie zwei Footballmannschaften vor dem Anpfiff. Es waren sieben Amerikaner, die Dolmetscherin nicht mitgerechnet, und sieben Laoten.

Siri war nicht sonderlich erstaunt, als er erfuhr, dass der laotische Simultandolmetscher, Richter Haengs Cousin Vinai, mit Kehlkopfentzündung im Bett lag. Zum Leidwesen des stellvertretenden Ministers wurde die Konferenz von Peach, der Missionarstochter, geleitet, und auch wenn sich ihre Übersetzungskünste nur schwer verifizieren ließen, wirkte sie derart überzeugend, dass die beiden Parteien bald eifrig Höflichkeiten und Grußformeln austauschten. Wie alle guten Dolmetscher wurde sie rasch unsichtbar – außer für Richter Haeng, der sie über den Tisch hinweg grienend beäugte.

Justizminister Bounchu war von Haus aus Militär, was mehr oder weniger auf alle seine Kabinettskollegen zutraf, von denen einige mit dem Umstieg vom Tarnanzug auf grauen Flanell so ihre Schwierigkeiten hatten. Bounchu war sein halbes Leben Soldat gewesen und hatte die Revolution in den Höhlen von Sam Neua miterlebt. Was Wunder, dass er sich inmitten von Mörserfeuer wohler fühlte als in Diplomatenkreisen? Trotz seiner Leibesfülle und seiner grimmigen Miene wirkte er leicht verschüchtert, wie ein rasierter Eisbär in einem schlechtsitzenden Smoking. Dieses Ministerium war die Belohnung für sein heldenhaftes Leben, eher ein Pöstchen als ein Amt. Er nickte, lächelte und überließ sämtliche Entscheidungen seinen Lakaien. Er saß dem Sumo im Sommerkleid, der demokratischen Abgeordneten Elizabeth Scribner aus Rhode Island, gegenüber. Miss Scribner, die man wahrscheinlich ihres Körperumfangs wegen für diese Mission auserkoren hatte, war keine lächelnde, stets freundliche Politikerin. Im Gegenteil, und man durfte getrost vermuten, dass sie nur in den Kongress gewählt worden war, weil ihr Anblick den Leuten Angst und Bange machte.

Siri, der noch immer keinen Schimmer hatte, was er hier eigentlich sollte, lauschte erst der pompösen Ansprache des Ministers, dann der Lesung aus der umfangreichen Korrespondenz zwischen dem Missionschef des US-Konsulates in Vientiane und dem Außenministerium der Pathet-Lao-Regierung. Im April 1975 war Saigon an die Viet Minh gefallen, und acht Monate später hatten die Pathet Lao in einem wohlorganisierten Handstreich Vientiane eingenommen. Als faire Gewinner ließen sie den Amerikanern ihr Konsulat unter der Bedingung, dass sämtliche CIA-Agenten ihren Posten räumten. Zurück blieben insgesamt sechs Beamte, die Vientiane normalerweise nicht verlassen und nur gelegentlich den Mekong überqueren durften, um einen Einkaufsbummel durch Nong Kai zu machen oder sich in Bangkok zu vergnügen. Zwar hatte das State Department versucht, den einen oder anderen Schlapphut als Buchhalter oder Putzkraft einzuschleusen, doch die PL verfügten über eine umfassende Liste mit den Namen und Biografien von CIA-Mitarbeitern, die sie den überaus findigen Sowjets zu verdanken hatten. Weshalb das verbleibende Personal des Konsulates wenig mehr zu tun hatte, als selbiges in Schuss zu halten und die PL mit Memos zu bombardieren. Der Belegschaft war es ausdrücklich verboten, in Laos umherzureisen. Das Lager der US-Hilfsorganisation USAID war geschlossen und die Angestellten eilig außer Landes geflogen worden. Und so hielten sich offiziell nur noch ein paar Dutzend US-Bürger in Laos auf. Einige arbeiteten als Lehrer oder waren mit Laoten verheiratet, andere missionierten für die Quäker oder Mennoniten.

Wie aus der Korrespondenz hervorging, hatte das Konsulat vor etwa einem Jahr um die Erlaubnis gebeten, nach US-Bürgern zu fahnden, die in laotischen Kriegsgefangenenlagern festgehalten wurden. Die Laoten hatten die Amerikaner freundlich darauf hingewiesen, dass im Zuge des sogenannten »Homecoming«-Programms sämtliche militärischen und politischen Häftlinge in Laos und Vietnam ihren jeweiligen Delegationen übergeben worden seien. Nicht ohne hinzuzusetzen, dass der Krieg vorbei und es daher wenig sinnvoll sei, sie weiter festzuhalten. Doch die Vermisstenlobby in den

USA war stark, und es mehrten sich die Hinweise darauf, dass sich tatsächlich ehemalige US-Soldaten auf laotischem Gebiet aufhielten. Die PL hatten das Konsulat in gleich mehreren Memos daran erinnert, dass sich, wie im Genfer Abkommen über die Unabhängigkeit und Neutralität von Laos aus dem Jahre 1962 festgeschrieben, noch nie amerikanische Militärs auf laotischem Grund und Boden befunden hätten. Da offiziell weder Bodentruppen noch Angehörige der US-Luftwaffe in Laos stationiert gewesen waren, hatten die PL sich scherzhaft danach erkundigt, wie die vermissten Soldaten denn, bitte schön, in ein Kriegsgefangenenlager in einem neutralen Land hätten gelangen sollen. Das Hin und Her drohte in einer Sackgasse zu enden.

Da ihre Mitarbeiter weder reisen, noch nach vermissten Soldaten fahnden durften, forderte die US-Botschaft in Bangkok die laotischen Bürger auf, sich mit Hinweisen auf abgestürzte Flugzeuge und/oder die sterblichen Überreste amerikanischer Flieger an das Konsulat in Vientiane zu wenden, wo US-Beamte sie auf ihren Wahrheitsgehalt überprüfen würden. Unbestätigten Gerüchten zufolge winkte für echte Funde eine nicht unerhebliche Belohnung. Die Amerikaner hätten sich nicht träumen lassen, was das für einen Ansturm auslöste; die Warteschlange zog sich um den ganzen Block. Die Bürger hatten keine Mühen gescheut, um sich einen Passierschein zu besorgen, der es ihnen erlaubte, in die Kapitale zu reisen und ihre Mitbringsel und Andenken dort einzureichen. Andere schickten Pakete mit der wenig verlässlichen Post und exakten Angaben, wohin die Schecks zu senden seien. Ein Mitarbeiter des Zentralen Identifikationslabors in Bangkok musste sich durch Berge von Knochen wühlen – die zumeist von Schweinen stammten. Die zahllosen Zähne nicht

zu vergessen, darunter so manches Beißerchen, das einem be-
tagten Verwandten vor dessen Ableben aus dem Mund gerissen worden war. Es fanden sich aus Kronkorken gefertigte
Hundemarken und Fotos von Onkel Dtoom, der zwar ein
Albino war, aus einer bestimmten Perspektive jedoch haar-
genau wie ein US-Flieger aussah. Ein besonders hoffnungs-
froher Antragsteller schickte gar die vordere Stoßstange eines
alten Ford, der, so schwor er Stein und Bein, vom Himmel
gefallen sei, als er sein Reisfeld beackert habe.

Trotz ihrer offensichtlich zweifelhaften Herkunft musste
sämtlichen Hinweisen nachgegangen werden. Alle angeblichen Fundstellen wurden auf einer Landkarte mit einem
Kreuz markiert, und schon nach einem halben Jahr war die
Zahl der Kreuze höher als die der Soldaten im Dienst der US-
Streitkräfte. Gerade so als sei über jedem noch so entlegenen
laotischen Dorf ein Flieger abgestürzt. Dennoch konnte in all
der Zeit kein einziger von ihnen zweifelsfrei identifiziert werden, und so wurde das Programm schließlich eingestellt. Die
Washingtoner Lobby war davon nicht eben begeistert, darum
setzte die US-Botschaft auf Plan B und regte an, gemischte
amerikanisch-laotische Teams aufs Land zu entsenden und
das Beweismaterial von Fachleuten prüfen zu lassen.

All diese Vorschläge wurden an diesem langen Vormittag
in Minister Bounchus Büro in ermüdender Ausführlichkeit
erörtert. Zur Erfrischung gab es für jeden Gast eine Flasche
zuckersüßer grüner Fanta, und Pappbecher mit lauwarmem
Tee standen bereit. Die – mit dem laotischen Brauch der
Ganztagskonferenz nur unzureichend vertrauten – Amerikaner tranken gierig. Die Laoten rührten ihre Getränke kaum
an. Nach anderthalb Stunden stellte sich heraus, warum. Die
Amerikaner begannen unruhig auf ihren Sitzen herumzurut-

schen und die Beine übereinanderzuschlagen, denn sie bedurften dringend einer Toilettenpause. Doch die immense Bedeutung der Materie verbot jede Abweichung vom Protokoll. Niemand wollte gegen die Etikette verstoßen oder die Gespräche gefährden. Also versuchten sie, sich zu beherrschen. Der Kader, der die Berichte verlas, war noch nicht einmal im März 1978 angekommen. Es lagen noch ganze vier Monate vor ihnen, und die Gesichter der laotischen Delegation zierte ein mattes Lächeln.

Doch nach einer weiteren halben Stunde schien die Geduld der Kongressabgeordneten Scribner endgültig erschöpft. Sie räusperte sich höflich nickend und seufzte, bevor sie ein ernstes Wörtchen an Peach, die Dolmetscherin, richtete. Die Laoten, die derlei Unterbrechungen bei offiziellen Gesprächen nicht gewohnt waren, starrten sie entgeistert an. Peach, die sich des Fehltritts wohl bewusst war, bat mehrmals um Verzeihung, bevor sie das Anliegen der Dame übermittelte.

»Die Kongressabgeordnete Scribner möchte zu bedenken geben, dass beide Delegationen eine Kopie der fraglichen Korrespondenz erhalten haben«, sagte sie nervös. »Sie regt an, ohne weitere Umstände zur Sache zu kommen. Die Amerikaner möchten wissen, ob ihr Vorschlag angenommen ist. Sie …«

Peach errötete, und die laotischen Delegierten ahnten, dass ein weiterer Protokollverstoß bevorstand.

»Nur zu. Immer heraus damit«, drängte Siri. »Viel schlimmer kann es nicht mehr werden.«

Plötzlich ruhten aller Augen auf Siri, der lächelnd mit den Schultern zuckte. Peach fuhr fort.

»Die Kongressabgeordnete möchte den Minister daran erinnern, dass dem US-Konsulat ein Antrag auf Hilfsmittel zur Beschaffung von Reis zwecks Linderung der Folgen des letztjährigen Ernteausfalls vorliegt. Sowohl der Premierminister als auch der Präsident haben ihn unterzeichnet. Die Kongressabgeordnete geht… geht nicht davon aus, dass eine so wichtige Entscheidung an einer Meinungsverschiedenheit hinsichtlich eines unbedeutenden Antrags zur Vermisstenfahndung scheitern wird.«

Die anwesenden Laoten lächelten beflissen, und Siri konnte sich ein Schmunzeln nicht verkneifen. Abgesehen von seiner Ansprache hatte der Minister bei dieser Unterredung bislang nicht allzu viel zu tun gehabt, doch nun war sein großer Augenblick gekommen.

»Kleine Schwester«, wandte er sich mit tiefer, heiserer Stimme an die Dolmetscherin, »bitte sagen Sie der fetten Kuh, dass sie hier nicht in Washington ist. Sondern in Laos. Wir tun, was wir für richtig halten. Und wenn ihr das nicht passt, kann sie jederzeit die Heimreise antreten.«

Und er bedeutete dem Ministerialbeamten fortzufahren. Die Kongressabgeordnete schäumte vor Wut und gärte den restlichen Vormittag stumm vor sich hin. Es war fast zwölf, als die Antwort der Regierung schließlich verlesen wurde. Die US-Delegierten waren aufgedunsen wie die Klopse, ihre Vorsitzende kochte. Es blieb dem stellvertretenden Verteidigungsminister vorbehalten, die Entscheidung des Kabinetts bekannt zu geben.

»Zentralkomitee und Politbüro der Demokratischen Volksrepublik Laos haben eingehend über den Antrag der Vereinigten Staaten von Amerika beraten, die Suche nach einem mutmaßlich abgestürzten Flieger im Norden des Landes einzuleiten. Der laotische Unterausschuss für Nachkriegsangelegenheiten freut sich, Ihnen mitteilen zu können, dass Ihrem

Antrag stattgegeben wurde. Eine binationale laotisch-amerikanische Einsatzgruppe wird in die Provinz Xieng Khouang im Nordosten des Landes entsandt werden, um den Verbleib des zivilen Hubschrauberpiloten Boyd H. Bowry zu untersuchen. Ihren Angaben zufolge scheint der Genosse Bowry im August 1968 im Zuge einer« – er räusperte sich, als stünde das Hüsteln im Drehbuch – »humanitären Hilfsmission‹ in der Umgebung von Long Cheng verschüttgegangen zu sein. Nach sorgfältiger Prüfung der von Ihrem Konsulat eingereichten Namensliste hat der Ausschuss in acht Fällen positiv beschieden, als da wären:

Major Harold G. Potter – US-Soldat im Ruhestand – als Leiter des Kommandos,

Dr. Donald Yamaguchi – Rechtsmediziner von der Universität Hawaii,

Sgt. John Johnson – United States Marine Corps, in Diensten des US-amerikanischen Konsulates in Vientiane,

Mr Mack Gordon – zweiter Sekretär der US-amerikanischen Botschaft in Bangkok,

Mr Randal Rhyme – Journalist des Nachrichtenmagazins *Time*,

Miss Peach Short – Dolmetscherin.

Den genannten sechs Personen werden sich im späteren Verlauf anschließen: Senator Ulysses Vogal III. – Senator der Vereinigten Staaten, Republikaner, South Carolina, sowie Miss Ethel Chin, die Sekretärin des Senators.

Die Demokratische Volksrepublik Laos wird dem US-amerikanischen Team folgende zehn Beamte gleichberechtigt zur Seite stellen ...«

Gelangweilt lauschte Siri der Verlesung der Liste. Sie atmete den Geist des Nepotismus, den er von seiner Regierung erwartet hatte. Er kannte fast alle Kandidaten persönlich und wusste um ihre familiären und beruflichen Verbindungen zu höchsten Kreisen. Die meisten von ihnen waren inkompetent oder im besten Falle überflüssig. Der einzige Name, der ihn aufmerken ließ – eine großartige Wahl, eine wahre Koryphäe auf dem Gebiet der Medizin, von ganz und gar unzweifelhaftem Ruf –, war sein eigener, der sich am Ende der Liste versteckte. Darum also hatten sie ihn hierherzitiert. Sie besaßen noch nicht einmal den Anstand, sich vorher mit ihm zu besprechen. Also, dachte er, eher binde ich mir einen Sack Steine um meinen kleinen Freund und springe in den Mekong, als mich mit einer binationalen Einsatzgruppe nach Xieng Khouang verfrachten zu lassen. Träum weiter, Politbüro. Es sei denn …

Zur großen, geradezu sichtlichen Erleichterung der Delegierten verkündete der stellvertretende Minister, man werde nun zum Mittagessen schreiten und die näheren Einzelheiten am frühen Nachmittag besprechen. Selten hatte sich ein Amtszimmer so schnell geleert. Binnen Sekunden waren Siri und Minister Bounchu allein. Gemeinsam hatten sie zahllose Schlachten geschlagen. Siri kannte den General als aufrichtigen, aber einfachen Mann. Er wusste, dass der Soldat – und mit ihm die gesamte Dschungelelite – Siris Bildungsgrad als unüberwindliche Hürde betrachtete. Und Siris mangelnder Respekt vor der Parteilinie machte die Sache nicht eben leichter. Die alten Männer bewunderten einander für ihre Fähigkeiten; beide beherrschten ihre Kunst perfekt: Bounchu das Verstümmeln, Siri das Zusammenflicken. Aber Freunde waren sie nie gewesen und würden es auch nicht mehr werden.

»Sie wollen es mir schwermachen, nicht wahr, Siri?«, fragte Bounchu und lehnte sich auf seinem knarrenden Stuhl zurück. Er vermied es, in Siris smaragdgrüne Augen zu blicken – Augen, die schon so manchen verängstigt und verunsichert hatten.

»Im Gegenteil«, erwiderte Siri. »Ich mache es Ihnen kinderleicht.«

»Sie können nicht hierbleiben.«

»Und ob ich das kann.«

»Sie würden die Partei vor den Kopf stoßen, Siri. Und das beileibe nicht zum ersten Mal. Die Amerikaner wissen, dass wir keinen anderen Pathologen haben. Sie haben ausdrücklich um Ihre Teilnahme gebeten.«

»Sie suchen nach Knochen, Genosse. Ich kann einen Humerus nicht von einem Walpenis unterscheiden.«

»Aber wenn Sie nicht mitfahren, wären sie die Experten.«

»Sie *sind* die Experten. Ich bin nur ein umgeschulter Feldarzt. Die Amerikaner haben einen hochdekorierten Rechtsmediziner in ihren Reihen. Einen echten.«

»Tja, aber aus irgendeinem Grunde haben sie große Hochachtung vor Ihnen, Siri. Sie kennen die Fälle, mit denen Sie als Leichenbeschauer betraut waren. Und was zählt, ist das Bild, das sie sich von Ihnen gemacht haben, nicht Ihre Selbsteinschätzung. Wir brauchen jemanden, der ein geschultes Auge auf die Amerikaner hat. Und ob es Ihnen gefällt oder nicht, Sie sind der Einzige, der für diese Aufgabe in Frage kommt.«

»Mir scheint, Sie lesen keine Zeitung, Genosse Bounchu. Andernfalls hätten Sie der *Pasason Lao* unschwer entnehmen können, das ich erst vor Kurzem aus einem traumatischen Kambodscha-Urlaub zurückgekommen bin.« Er glitt mit der Fingerspitze über die hakenförmige Narbe an seiner Stirn. »Ich bin untauglich. Ich würde auf der Stelle ausgemustert.«

»Ja, ich habe davon gehört. Zugegeben, eine unschöne Geschichte.«

»Unschön? Allerdings. Folter, Hunger und Todesangst waren bisweilen etwas lästig. Von Rechts wegen dürfte ich heute gar nicht hier sein. Und genau deshalb werde ich von euch auch keine schwachsinnigen Befehle mehr entgegennehmen. Etwas Schlimmeres als die Roten Khmer könnt ihr mir schwerlich antun. Wie haben Sie sich das gedacht, Bounchu? Sie stoßen mich einfach ins kalte Wasser, sprich in diese Konferenz – übrigens eine Frechheit sondergleichen –, und erwarten allen Ernstes, dass ich nach einem Vormittag mit dem Feind in brennendem Nationalstolz entflamme und mich voller Begeisterung zu einer Knochenjagd in den Norden aufmache? Das mag bei Ihren gehirngewaschenen Kadern funktionieren, aber ich habe vierundsiebzig Jahre auf dem Buckel und werde weiß Gott nicht jünger. Meine Antwort lautet Nein. Und nochmals Nein. Sie können es sich aussuchen: Entweder lassen Sie mich wegen Befehlsverweigerung erschießen, oder Sie finden sich damit ab, dass ich Ihnen sage, wohin Sie sich Ihre Einsatzgruppe stecken können.«

Um seinen Worten den nötigen Nachdruck zu verleihen, nahm Siri einen tiefen Schluck von seiner grünen Fanta. Sie war warm und zuckersüß, und er bereute es sofort, doch die Geste erschien ihm angemessen dramatisch, eine Art visuelles Ausrufezeichen. Bounchu war nicht der Typ, der einen Wutanfall bekam. Eine seiner hervorstechendsten Führungsqualitäten war sein Pokerface. Man wusste nie, ob er einem die Hand schütteln oder seine Kalaschnikow zücken wollte. Erst als er den Mund zu einem Lächeln verzog, wusste Siri, dass ihn der Minister nicht erschießen würde.

»Siri, alter Freund«, sagte er. »Wir haben eine Menge durchgemacht.«

Ein radikaler Strategiewechsel, überlegte Siri. Die rote Fahne wurde eingezogen und an ihrer statt die weiße gehisst. Jetzt waren sie plötzlich alte Freunde?

»Ich befinde mich in einer äußerst diffizilen Lage«, sagte Bounchu milde. »Der Premierminister legt größten Wert darauf, dass diese Mission ein Erfolg wird, und hat mich eindringlich ermahnt, alles Menschenmögliche zu unternehmen, um Sie zu überzeugen. Ich möchte Sie nicht unter Druck setzen, Genosse. Ich weiß, was Sie durchlitten haben. Aber ich dachte, um der alten Zeiten willen könnten Sie mir eventuell aushelfen, nur dieses eine Mal. Fünf Tage im Norden. Ist das etwa zu viel verlangt?«

Siri schüttelte langsam den Kopf.

»Ich weiß nicht«, sagte er.

»Ich würde es als persönlichen Gefallen betrachten.«

»Es gäbe da unter Umständen eine Möglichkeit.«

»Ich bin ganz Ohr.«

»Erzähl mir das noch mal«, sagte Madame Daeng.

»Und wenn ich es dir noch so oft erzähle, ändert das nichts an der Geschichte«, versicherte Siri. »Es sei denn, du fragst mich in drei Wochen noch einmal, denn dann habe ich todsicher längst vergessen, wie es tatsächlich war, und werde mir notgedrungen etwas Unterhaltsameres einfallen lassen müssen.«

Siri versuchte, sich mit der amerikanischen Kultur vertraut zu machen, indem er Henry James' *Der Amerikaner* in französischer Übersetzung las. Doch entweder war der Übersetzer unfähig, James' mächtigem Prosagebirge das kostbare Erz abzuringen, oder James war bei den Autoren thailändischer Seifenopern in die Lehre gegangen. So oder so schwand Siris Zuversicht langsam dahin. Er bezweifelte, dass ihm das Buch die Amerikaner in den verbleibenden drei Wochen näherbringen würde. Er spielte mit dem Gedanken, auf Melville umzusteigen. In seiner Geheimbibliothek befanden sich weitere übersetzte Werke: Harper Lee, ja sogar Scott Fitzgerald. Er war fest davon überzeugt, dass man über ein Volk am meisten erfuhr, wenn man die Bücher las, die nach Ansicht ihrer Professoren die Bezeichnung »Klassiker« verdienten.

»Dann lass mich noch mal rasch zusammenfassen«, fuhr Daeng fort. Sie stand mit verschränkten Armen in der Tür des – auch als Paiboun-Gedächtnisbibliothek bekannten – Hinterzimmers. »Nenn mich meinetwegen eine Zynikerin …«

»Das würde ich niemals wagen.«

»Aber irgendwie dünkt mich das alles ziemlich unglaubwürdig.«

»Willst du damit sagen, ich lüge? Ich bin tief getroffen.«

»Siri, ich würde dich niemals der Lüge bezichtigen, selbst wenn ich es besser wüsste. Eine gute Ehefrau tut so etwas nicht. Aber du neigst bisweilen dazu, entscheidende Details auszulassen, und was übrig bleibt, mag zwar nicht direkt eine Lüge sein, hat mit der Wahrheit jedoch nicht mehr allzu viel gemein.«

»Dann fasse, aber fasse dich kurz.«

»Minister Bounchu zitiert dich in sein Büro und bittet dich, die Leitung eines Teams zu übernehmen …«

»Schon falsch. Der Leiter ist General Suvan.«

»Mag sein. Aber der sabbert viel und weiß zumeist nicht, wo er gerade ist. Bei seiner Ernennung dürfte es sich also um eine rein karitative Maßnahme handeln. Wahrscheinlich wollte ihm die Partei noch eine kleine Vergnügungsreise gönnen, bevor sie ihn aufs Altenteil abschiebt.«

»Klingt plausibel.«

»Und ohne jedes Drängen deinerseits, ohne dass du ihn bedroht oder bestochen hättest, akzeptiert der Minister deine Liste von Leuten, die mit den Amerikanern in den Dschungel ziehen sollen. Eine Liste, auf der, selbstredend rein zufällig, deine Frau, deine Krankenschwester und ihr Mann, dein Sektionsassistent und nicht zuletzt dein bester Freund stehen.«

»Und Kommandeur Lit aus Vieng Xai.«

»Den du von einem früheren Fall her kennst.«

»Ein guter Mann.«

»Und Minister Bounchu hat gesagt: ›Sehr schön, Siri. Eine vortreffliche Wahl.‹«

»So etwas in der Art, ja.«

»Siri?«

»Ja?«

»Hast du den Justizminister erpresst?«

»Wie kannst du so etwas auch nur denken?«

»Oder ihm am Ende gar damit gedroht, etwas aus seiner Vergangenheit publik zu machen? Etwas, das nur ein Arzt wissen kann?«

»Habe ich dir davon erzählt?«

»Siri?«

»Keineswegs.«

»Du weißt, dass ich früher oder später sowieso dahinterkomme.«

»Ja, aber ich genieße deine Verhörmethoden. Komm schon, Daeng. Wir werden uns königlich amüsieren.«

»Womit wir beim Zweck dieser Mission wären oder, wie du es nennst, unserer Gruppenreise in den Nordosten. Wir sollen uns mit einem Haufen amerikanischer Profis in den Dschungel aufmachen, um dort nach den Überresten eines abgestürzten Hubschraubers zu suchen.«

»Und seines Piloten.«

»Und das soll nicht anstrengend sein? Du weißt, dass du dich noch in der Genesungsphase befindest?«

»Ein Spaziergang durch den stillen Forst. Hier und da ein Bodenpröbchen nehmen. Ein leckeres Mittagessen und ein Fläschchen Reiswhisky mit freundlichen Bergbewohnern. Was gibt es Schöneres als eine Woche in der kühlen, frischen Gebirgsluft von Xieng Khouang? In Europa berappen sie ein kleines Vermögen für eine Kur in den Alpen, und hier werden wir dafür bezahlt. Und jetzt verraten Sie mir bitte, was dagegen spricht, Madame Daeng. Es gibt nicht den geringsten Grund zur Sorge.«

»Schön wär's. Denn es mag dir entfallen sein, aber noch vor kaum zwei Monaten hast du an die Tür des Todes geklopft – von innen. Du ziehst das Unglück förmlich an, Siri Paiboun.«

»Glaub mir. Diesmal kann überhaupt nichts schiefgehen.«

5

CUEBALL DAVE

Von seinem Pferdeschwanz hätte sich Cueball Dave unter keinen Umständen getrennt. Er wurde ständig darauf angesprochen. Die Leute fanden ihn peinlich. Männer über fünfzig tragen keinen Pferdeschwanz, sagten sie. Ein Akt der Verzweiflung sei so etwas, sagten sie, vor allem wenn der Schädel so weiß und kahl war wie eine Billardkugel (daher der Spitzname). Doch Cueball Dave war es egal, was die Leute sagten. Er wollte nicht aussehen wie die ganzen anderen alten Säcke. Der Pferdeschwanz war ein Signal. Er zeigte ihnen, dass er kein Banker war. Dass er eine bewegte Vergangenheit hinter sich hatte. Und die Mädels in Pattaya zogen gern an seinem kleinen Schweif.

Er führte eine komfortable Existenz. Er lebte jetzt seit zehn Jahren in Thailand und konnte noch immer kein Wort Thai. Zeitverschwendung. Alberne Laute, die ihm ums Verrecken nicht über die Lippen wollten, und außerdem sprachen fast alle Nachtschwärmer so etwas Ähnliches wie Englisch. Er hatte sich eine Einzimmerwohnung gekauft, war an dem Restaurant beteiligt, in dem er aß, hatte eine Stammkneipe, in der er trank, und ein gutes Dutzend mehr oder minder ernsthafter After-Hours-Affären. Er hatte Frau und Kinder, die irgendwo in Boston wohnten, und eine abgelaufene Fluglizenz, die in der Schreibtischschublade eines Bürokraten in DC vor sich hin gammelte. Cueball Daves Leben war angenehm unkompliziert. Andere konnten von so einem Leben nur träumen. Aber Dave wollte mehr. War ständig auf der Suche nach etwas Besserem. Und dann, im richtigen Moment, griff er zu und packte die Gelegenheit beim Schopf. Demnächst würde sich einiges ändern.

Er zog um die Häuser und feierte sein Glück. Er befand sich in einem Johnnie-Walker-Vakuum, und alles, was um ihn herum passierte, erschien ihm irgendwie irreal. Womöglich saß er gar nicht in dieser Bar. Vor seiner Nase tanzten die Fesseln und zu hohen Stöckelschuhe eines Mädchens im Bikini. Aus den Lautsprechern plärrte Sixtiesrock, und schaler, mit einer leichten Erdbeernote versetzter Schweißgeruch hing in der Luft. Ein Dutzend billige Lufterfrischer baumelten wie Christbaumschmuck hinter dem Tresen. Von der anderen Seite der Bühne machte ihm ein schnieker Homo schöne Augen. Ein angeketteter Gibbon versuchte, die Leute zum Trinken zu animieren. Vor einer Weile hatte jemand aus Versehen die Lokalrundenglocke geläutet, und als er nicht zahlen wollte, hatte der Barkeeper den Kerl vermöbelt. Dave war bei seinem dritten Deckel. An den ersten beiden hatte er so lange herumgepult, dass davon nur noch seine Initialen übrig waren. Der Säufer, mit dem er sich unterhalten hatte, war verschwunden. Er fragte sich, wie lange er wohl schon allein war. Er klammerte sich an sein Glas, als könnte er rücklings vom Hocker kippen, wenn er es losließ. In diesem Augenblick riss ihn jemand aus seiner Starre.

»Verzeihung.«

Cueball Dave verdrehte langsam den Hals, als wäre er leicht eingerostet, und sah den Homo neben sich stehen. Er war wie ein Mann gekleidet, aber in einem Laden wie diesem führte jeder Asiate irgendwas im Schilde.

»Pass auf, Kleiner. Ich …«, begann er.

»Entschuldigen Sie die Störung, aber sind Sie nicht David Leon?«

»Schon möglich.«

»Kennen Sie mich nicht mehr? Ich war einer Ihrer Flugmechaniker in Udon. Manuel Castillo. Manny. Von den Philippinen?«

»Ja, doch. Klar«, brummte Dave. Er hatte keinen Schimmer, wer dieser Knabe war, wollte aber nicht den Eindruck erwecken, dass für ihn alle Asiaten gleich aussahen. Vielleicht war er ihm tatsächlich schon mal über den Weg gelaufen. Für einen Flugmechaniker war er allerdings ein bisschen jung. Aber ein bloßer Anmachspruch konnte es auch nicht sein, denn dafür war es eindeutig etwas zu viel des Zufalls.

»Ich bin ja so froh. Ich wusste gleich, dass Sie es sind«, sagte der junge Mann.

Ehe er in Deckung gehen konnte, hatte Manuel Castillo oder wie der Bursche hieß die Arme um den Expiloten geschlungen. Sein Manschettenknopf streifte Cueball Dave im Nacken. Dann gingen die Lichter aus.

Im Baby Booby Agogo war eigentlich nie Feierabend. Mal ging es hoch her, mal herrschte Flaute, je nachdem wie voll die Bude war und wie viel Geld die Gäste daließen. Cueball Dave ließ gar kein Geld da und besetzte obendrein wertvollen Platz. Er hing jetzt schon seit einer Stunde bewusstlos über dem Tresen und ließ den Laden wie ein billiges Bumslokal aussehen. Die *Mamasan*, eine aufgeweckte alte Dame, deren

Make-up im Schein der Mood Lights grünlich schimmerte, gelangte zu dem Schluss, dass Dave – Stammgast hin oder her – ihr Wohlwollen lange genug strapaziert hatte. Sie schüttelte ihn, doch er reagierte nicht. Nachdem sie ein zweites Mal versucht hatte, ihn zu wecken, fühlte sie ihm den Puls. Sie war eine erfahrene, mit allen Wassern gewaschene Frau, und so zog sie ihm das Portemonnaie aus der Tasche, nahm bis auf zwanzig Baht alles heraus, schob es an seinen Platz zurück und rief nach dem Geschäftsführer. Wieder einmal hatte ein Gast das Baby Booby zu seiner letzten Ruhestätte erkoren.

6

KOFFER, KANAPEES UND WEISSES PULVER

Das Hotel Freundschaft in Phonsavan, dessen Fassade nicht umsonst an eine Jagdhütte erinnerte, hatte ursprünglich Gasthaus zum Schneeleoparden geheißen. Es lag in der Nähe des alten Flugplatzes und nur einen Steinwurf von der Ebene der Tonkrüge entfernt. Korsische Drogenhändler hatten das Hotel errichtet und in der Blütezeit des Opiumhandels als Quartier genutzt. Das Gebäude hatte als Lagerstätte für gepresstes Opium gedient, und die Mafiapiloten hatten die armen Schweine, die in Vietnam ihre Haut riskierten, täglich mit der weißen Ware aus ihren Heroinlabors versorgt. Nachdem die Lokalpolitik und der Krieg die Europäer zum Rückzug aus dem Drogengeschäft gezwungen hatten, war das Hotel renoviert und mit einem Anbau versehen worden. Das einzig Bemerkenswerte am Hotel Freundschaft war der Umstand, dass es überhaupt noch existierte. Es stand inmitten einer Kraterlandschaft in der am stärksten bombardierten Region des Krieges. Vom Krankenhaus bis zum Schweinekoben war alles dem Erdboden gleichgemacht worden, und nicht einmal die notorische Inkompetenz der königlich-laotischen Bomberpiloten taugte als Erklärung dafür, weshalb es noch stand, denn wie man deutlich sehen konnte, hatten sie es x-mal nur um Haaresbreite verfehlt. Die umliegende Landschaft war mit Blindgängern regelrecht gespickt, und rings um das Hotel ermahnten riesige Schilder die Gäste, unter keinen Umständen über den Zaun zu klettern.

Ob die Mitglieder der US-Vermissteneinsatzgruppe wussten, dass sie im einstigen Drehkreuz des indochinesischen Drogenhandels übernachten würden, war schwer zu sagen. Jedenfalls hatte man sie eindringlich vor den Gefahren eines gemütlichen Spaziergangs in der Umgebung gewarnt. Der Direktor des Hotels, ein kleiner, temperamentvoller Hmong namens Toua, hatte der Regierung versichert, vor dem Bau der Bungalows hinter dem Haupthaus sei das Gelände von Sprengkörpern gesäubert worden. Dennoch hatte bei der eiligen Errichtung der Bambushütten für die Vermisstenteams ein Arbeiter seine Hacke versehentlich in eine Streubombe getrieben und dabei einen Fuß verloren – ein Schicksal, das er mit vielen tausend anderen teilte. Nur wenige Einwohner von Phonsavan besaßen noch all ihre Arme, Beine und sonstigen Gliedmaßen. Zwischen 1964 und 1973 war Laos über 500 000 Mal bombardiert worden. 2,3 Millionen Tonnen Munition waren auf das Land herabgeregnet, fast die Hälfte davon Streubomben oder »Bombies«, wie sie der Volksmund zärtlich nannte. Von denen wiederum ein Drittel nicht explodiert war. Oder besser gesagt: noch nicht. Seit dem Waffenstillstand hatten die teuflischen kleinen Kerlchen weitere 20 000 Opfer gefordert. Die Operation Rain Dance hatte die Ebene der Tonkrüge ab 1969 mit Bomben buchstäblich überschüttet, und kein Räumkommando dieser Welt würde die Region je von der Gefahr befreien können. Zur allgemeinen Erleichterung war es seit der Ankunft der laotischen und amerikanischen Delegationen im Hotel Freundschaft zu keinem bedauerlichen Zwischenfall gekommen. Trotzdem drückte Direktor Toua seine nicht mehr vorhandenen Daumen.

Das Führungspersonal der beiden Delegationen war in gegenüberliegenden Flügeln des Hotels untergebracht, in recht schlichten, aber sauberen Zimmern, während sich das Fußvolk mit den Bungalows hinter dem Haus begnügen musste. Entschieden hatte dies Richter Haeng, der aller sozialistischen Rhetorik zum Trotz über ein ausgeprägtes Klassenbewusstsein verfügte. Der Personenschutz bestand aus zwei älteren Herren mit museumsreifen Musketen, die offenbar rund um die Uhr Dienst taten, denn sie waren allgegenwärtig. Obwohl der klapprige Generator auf Hochtouren lief und unablässig vor sich hin rumpelte und lärmte, gab es nur von sechs bis neun Uhr abends Strom. Folglich mussten die Gäste sich anderweitig behelfen. Die Lichtkegel zahlloser Taschenlampen stachen durch die Vorhänge des amerikanischen Westflügels, und ebenso laute wie unverständliche Stimmen wurden von der kühlen Brise in die pechschwarze Nacht hinausgetragen.

Im Ostflügel hatte sich General Suvan, der Leiter des laotischen Teams, zeitig zu Bett begeben. Der alte Soldat verbrachte einen Großteil des Tages mit Dösen oder Schlafen. Selbst wenn er wach war, ließ seine schlaffe Gesichtshaut ihn matt und müde wirken. Richter Haeng und sein Cousin Vinai, der laotische Dolmetscher, teilten sich ein Doppelzimmer. Geheimnisvolles Gemurmel drang durch die dünnen Gipswände ihres verdunkelten Gemachs. Diese drei waren die einzigen »nicht verhandelbaren« Mitglieder der laotischen Delegation. Minister Bounchu musste das Gesicht wahren, wenigstens zum Schein.

Am äußersten Ende des Ostflügels saßen mehrere Personen im Kreis um einen Kreis aus Kerzen, die ein Dutzend Flaschen Reiswhisky erhellten. Die Flaschen hatten handgeschriebene Etiketten und mit Plastik umwickelte Pappverschlüsse, was an ihrer Herkunft keinen Zweifel ließ. Der Inhalt jedoch war exzellent. Zur Verdünnung diente Papayasaft aus einheimischer Produktion, und statt eines Büfetts gab es Corned Beef aus der Dose und Grahamkräcker, beides Diebesgut aus dem reichhaltigen Lebensmittelvorrat der Amerikaner.

»Wie lange wollen die eigentlich hierbleiben?«, fragte Civilai. Die ehemalige Politbüronervensäge war seinem besten Freund Siri in puncto Pensionierung um zwölf Monate zuvorgekommen und hatte einen nicht unerheblichen Teil dieser Zeit mit Essen zugebracht. Während er jahrelang als Strichmännchen mit kahl werdendem Kugelkopf durchs Leben gewandelt war, schwollen seine diversen Körperteile langsam, aber sicher an, allen voran sein Bauch. Zwar konnte man ihn beim besten Willen nicht als fett bezeichnen, doch trug der alte Mann sein Ränzchen voller Stolz vor sich her wie ein Mönch seine funkelnagelneue Bettelschale.

»Sie haben es eher mit der Esskultur«, erklärte ihm Siri. »Wie die Thais. Wir hingegen sind eine Trinkkultur. Glück auf!«

Er erhob sein Glas, und alle, die auf der Grasmatte versammelt saßen, taten es ihm nach. Sie erwiderten begeistert, wenn auch mit gedämpfter Stimme: »Glückauf!« Und leerten ihren fruchtigen Schlummertrunk in einem Schluck.

»Und noch einer auf Malee«, fuhr Siri fort, »die wunderschöne Tochter von Schwester Dtui und ihrem stattlichen Galan, Inspektor Phosy.« Wieder erhob das kleine Kollektiv die Gläser und leerte sie. »Malee ist zum ersten Mal eine ganze Woche von ihren Eltern getrennt. Wollen wir hoffen, dass sie in der Staatskrippe keine schlechten Gewohnheiten annimmt.«

»Ihr Wort in Buddhas Ohr«, warf Dtui ein.

»Und«, sagte Siri, »da es am Flughafen Wattay wie üblich recht chaotisch zuging und ich noch keine Gelegenheit hatte, ihn richtig vorzustellen, möchte ich euch mit unserem alten Freund Kommandeur Lit von der Staatssicherheit bekannt machen. Der Minister hat darauf bestanden, einen Sicherheitsbeamten ins Team aufzunehmen, und ich kann mir niemanden vorstellen, der für diesen Posten besser geeignet wäre.«

Da sie es tunlichst vermeiden wollten, Richter Haeng auf ihre kleine Soirée aufmerksam zu machen, fiel der Beifall zwangsläufig verhalten aus. Lit war ein großer, schlaksiger Brillenträger, steif wie ein Teakholzbrett. Sein Lächeln wirke ungekünstelt, und sein Blick war messerscharf.

»Lit ist vor Kurzem befördert und zur dritten Garnison in Vientiane versetzt worden«, fügte Siri hinzu. »Ich hatte das Vergnügen, in Vieng Xai mit ihm zusammenzuarbeiten, und ich weiß, dass er eine Zierde für unser Team sein wird.«

Siri hätte noch mehr erzählen können. Zum Beispiel, dass der junge Offizier von Schwester Dtui seinerzeit so angetan gewesen war, dass er sie um ihre Hand gebeten hatte. Doch da Dtui seinen Antrag abgewiesen hatte und ihr jetziger Gatte neben ihr saß, gelangte Siri zu dem Schluss, dass diese Mitteilung allenfalls zu einem Ringkampf mit Inspektor Phosy führen würde. »Lit«, sagte er, »den einen oder anderen in unserer Runde kennen Sie noch nicht. Der Herr zu meiner Linken ist unser Sektionsassistent und der fleißigste junge Mann in ganz Vientiane: Geung Watajak. Aber Geung, Sie brauchen doch nicht aufzust… Na schön, wie Sie wollen.«

Obgleich er nur Papayasaft trank, hatte Geung sichtlich Mühe, sich zu erheben. Der Flackerschein der Kerzen schien ihn zu verwirren. Als er sich wieder berappelt hatte, erhob er sein Glas und sagte:

»Ich … ich … bin sehr stolz.«

Mit diesen Worten kippte er sich seinen Saft hinter die Binde wie ein Glasgower einen Humpen Scotch, und sie sollten nie erfahren, worauf er so stolz war. In Anbetracht von Geungs »Verfassung« hatte Siri erwartet, dass er sich mit der Entscheidung schwertun oder sich am Ende weigern würde, sie in den Norden zu begleiten. Doch Geungs Loyalität gegenüber seinen Kollegen, die ihn einmal fast das Leben gekostet hatte, war unerschütterlich. Er hatte noch nie mit ihnen auf Reisen gehen dürfen. Stets war er daheim geblieben, um die Heerscharen von Kakerlaken zu bekämpfen oder neue Gäste in der Kühlkammer einzuquartieren. Als sie ihm mitgeteilt hatten, dass er sie begleiten dürfe, hatte sein Gesicht zu leuchten begonnen wie die Lampions beim That-Luang-Fest. Die Liebe spielte für Herrn Geung offenbar eine untergeordnete Rolle. Er sprach schon seit zwei Wochen von nichts anderem mehr als von der Reise, und genau so lange hatte er gebraucht, um seine Siebensachen zu packen. Da er nichts besaß, hatte er die halbe Pathologie in seinem riesigen Koffer untergebracht. Sie stießen auf ihn an, leerten ihre Gläser und schenkten sich rasch nach. Geung ließ sich wieder auf der Matte nieder, und Siri stellte Lit die übrigen Delegierten vor.

»An der Seite von Schwester Dtui, die Sie ja bereits kennen«, sagte er mit einem Augenzwinkern, »sitzt Vientianes einziger kompetenter Polizeibeamter, Inspektor Phosy.« Neben seiner dicken, rotwangigen Frau wirkte Phosy sehr viel schmächtiger, als er tatsächlich war. Dabei bestand er fast nur aus Muskeln. Er bedankte sich mit einem tiefen, übertrieben demütigen *nop* für den Applaus.

»Als Nächstes«, sagte Siri, »eine lebende Legende, unermüdliche Kämpferin im geheimen Widerstand gegen die Franzosen, Spionin mit tausend Gesichtern, die dem Feind stets ein Schnippchen schlug, eine Frau mit einem so gewaltigen Intellekt, dass sie mich geehelicht hat« – ein Stöhnen machte die Runde –, »und die beste Nudelköchin auf diesem und wahrscheinlich auch jedem anderen Planeten. Darf ich vorstellen, Madame Daeng.«

Nachdem sie ihren Applaus entgegengenommen hatte, wies Daeng den Doktor darauf hin, dass die Kerzen um einiges kürzer geworden waren, seit er zu sprechen begonnen hatte.

»Ganz recht«, bekräftigte er. »Womit wir beim letzten Mitglied unserer kleinen Abordnung wären, einer jungen Dame, die ...«

»Und ich?«, fuhr Civilai pikiert dazwischen. »Was ist mit mir?«

»Was soll mit dir sein?«

»Habe ich es etwa nicht verdient, ordentlich vorgestellt zu werden?«

»Du hast mir tausendmal gesagt, dass du das nicht nötig hast, großer Bruder.«

»Das gilt nur für Leute, die mich ohnehin schon kennen.«

»Ich dachte, dich kennt jeder. Und sei es nur vom Hörensagen.«

»Sie haben mich aus dem Verkehr gezogen. In ew'ger Nacht verblasst selbst die Erinnerung an den hellsten Stern.«

»Alsdann«, sagte Siri. »Dieser alte Herr, diese verglühende Sternschnuppe war einmal der Genosse Civilai aus dem

Politbüro. Einst stand er licht und klar am Firmament – eine Autorität, ein Mann mit Macht und Einfluss. Jetzt ist er der Stabsmarschall der Speisekammer. Ein patentierter Pastetenpolitkasper. Ein diplomierter Dinnerdiplomat. Ein …«

»Lass gut sein. Sie haben's kapiert«, sagte Civilai und genehmigte sich noch ein Corned-Beef-Kanapee.

»Und nun zu unserem Gast«, fuhr Siri fort. »Den ich in unserem informellen Kreis hiermit herzlich willkommen heiße: Fräulein Peach Short. Ja, ohne Frage eine Spionin aus dem fernen Westflügel, aber, wie Richter Haeng sogleich bemerkte, eine Spionin, die dem Auge schmeichelt.«

Nachdem sie sich höflich für die Einladung bedankt hatte, blickte Peach ernst in die Runde.

»Ihnen ist hoffentlich klar, dass ich noch nicht alt genug bin, um Alkohol zu trinken?«, kicherte sie.

»Ach was!«, rief Civilai. »So jung kommen wir nie wieder zusammen. Wir sind hier in Laos. Bei uns gehen die Uhren etwas schneller. Schwester Dtuis Töchterchen ist bereits zweimal in Folge zur Cocktailmeisterin ihrer Kinderkrippe gekürt worden. Außerdem handelt es sich um ein Experiment. Wir wollen herausfinden, wie laotisch Sie tatsächlich sind. Sie können sprechen wie ein Laote, aber können Sie auch trinken wie ein Laote?«

»Er hat recht«, sagte Daeng. »Wer sich nicht wenigstens ein Mal in aller Öffentlichkeit zum Narren gemacht hat, ist keiner von uns.«

»Wenigstens ein Mal«, bestätigte Civilai.

Peach holte tief Luft, leerte ihr Glas auf einen Zug und griff nach der Flasche. Der Jubel fiel etwas zu lautstark aus. Mit etwas Glück hatte das Geschrei der Amerikaner ihn übertönt.

»Wie alt sind Sie eigentlich?«, fragte Dtui.

»Ich werde in einem Monat achtzehn.«

»Seht ihr?«, sagte Civilai. »Würde sie einem Bergvolk entstammen, hätte sie schon mindestens vier Bälger. Aber wo hat die Tochter eines Missionars das Trinken gelernt, mein holdes Kind?«

»Mom und Dad zogen mit uns in ein abgelegenes Dorf«, sagte sie. »Sie haben meine Brüder, meine Schwester und mich zu Hause unterrichtet und uns ansonsten mit den Dorfkindern herumstromern lassen. Sie vertrauten darauf, dass wir genügend gesunden Menschenverstand besaßen, um zu wissen, was falsch und richtig ist. Trotzdem haben wir natürlich Sachen angestellt, die wir ihnen bis heute nicht gebeichtet haben. Nach dem Motto: Was ich nicht weiß, macht mich nicht heiß. Das ist vermutlich die Strafe dafür, dass sie all ihre Kinder nach Früchten genannt haben.«

»Auch die Jungen?«, fragte Civilai.

»Melon und Mango.«

»Die Armen.«

»Und wo ist Ihre Familie jetzt?«, wollte Daeng wissen.

»Der örtliche Kader hat sich höflich bei ihnen erkundigt, ob sie eventuell etwas dagegen hätten, das Land zu verlassen. Als die PL an die Macht kamen, wurden die meisten unabhängigen Missionare ausgewiesen. Meine Eltern waren vermutlich zu arm. Die laotischen Behörden haben nur bei den Religionsgemeinschaften ein Auge zugedrückt, die genug Geld hatten, um es in Entwicklungsprojekte zu stecken.«

Siri lächelte. Die junge Frau nahm kein Blatt vor den Mund. Hätte Richter Haeng sie nicht ständig angeschmachtet und sich stattdessen angehört, was sie zu sagen hatte, er hätte sie gehasst.

»Warum sind Sie nicht mitgegangen?«, fragte Phosy.

»Wohin? Nach Indiana? Nie im Leben. Ich wüsste nicht, was ich dort sollte. Ich habe mit diesen Leuten nichts zu tun. Ich bin hier zu Hause. Also habe ich mich um eine Lehrerstelle zum örtlichen Tarif beworben und wurde genommen. Zum Leben ist es zu wenig, aber diese Reisen sind ein willkommenes Zubrot. Mom und Dad sind stocksauer auf die Kommunisten. Im Augenblick sammeln sie Geld für die Unterstützung der Aufständischen. Wahnsinnig christlich, was?«

»Das sollten Sie vielleicht lieber für sich behalten«, meinte Dtui.

»Na ja. Man kann sich seinen Vater eben nicht aussuchen.«

»Die Güte eines Vaters ist groß wie ein Berg«, sagte Daeng, die zu jeder Gelegenheit ein laotisches Sprichwort parat hatte.

»Ich habe meine eigenen Augen und Ohren, Tante«, entgegnete Peach. »Wovon man gehört hat, das muss man auch gesehen haben. Und wenn man es gesehen hat, muss man mit dem Herzen entscheiden. Ich habe entschieden. Ich bleibe hier.«

Noch ein laotisches Sprichwort.

»Alsdann«, sagte Siri. »Wie Madame Daeng ganz richtig bemerkte, sind Kerzen nicht für die Ewigkeit gemacht. Bevor man uns ins Bett scheucht oder einer von uns wegen Schlafwandelns standrechtlich ins Nirwana befördert wird, möchte ich Peach bitten, uns in aller Kürze mitzuteilen, was sie vom amerikanischen Kontingent über unsere Mission erfahren hat.«

»Na endlich«, sagte Genosse Lit.

»Wie schön, dass wenigstens einer im Bilde ist«, sagte Civilai.

»Also gut«, begann Peach. »Eigentlich sollte Richter Haeng Sie informieren, aber der scheint aus irgendeinem Grunde keine Lust zu haben. Er hat mich gebeten, das für ihn zu übernehmen. Folgendes konnte ich in Erfahrung bringen. Oder wurde mir bei der Vorbesprechung gesagt. Wir sind hier, um Captain Boyd Bowry beziehungsweise seine sterblichen Überreste zu finden. Als er 1968 verschwand, war er vierundzwanzig Jahre alt, sprich falls er noch am Leben ist, wäre er heute vierunddreißig. Er war als Hubschrauberpilot für Air America im thailändischen Udon Thani stationiert. Ich nehme an, Sie wissen, was es mit Air America auf sich hat?«

»Durchaus, aber vielleicht könnten Sie uns die amerikanische Sicht der Dinge rasch erläutern«, schlug Siri vor.

»Okay«, fuhr Peach fort. »Hoffentlich habe ich nichts Wesentliches vergessen. Kurz und gut, Air America war – und ist, wenn mich nicht alles täuscht – eine von der CIA finanzierte und betriebene Fluggesellschaft. Nachdem das Genfer Abkommen die Stationierung ausländischen Militärpersonals untersagt hatte, flog sie in Laos sogenannte ›Hilfseinsätze‹. Natürlich rekrutierte die CIA auch weiterhin Soldaten, hauptsächlich Piloten der Marines wie Bowry. Man zog ihnen die Uniform aus und behauptete, es handele sich um Zivilpiloten im Dienst eines Privatunternehmens. Und sie transportierten weiß Gott nicht nur Reis. Captain Bowry flog zwei Jahre lang Einsätze hinter der laotischen Grenze. Wie Sie sicher wissen, gab es keine hundert Kilometer von hier zwei CIA-Stützpunkte. Einen in Sam Thong, wo sich ein Flüchtlingslager für Angehörige vertriebener Bergvölker befand. Und einen zweiten in Long Cheng, der Basis der CIA-Geheimarmee. Dort waren General Vang Po und seine Hmong-Truppen stationiert. Sie wurden von der CIA für den Kampf ausgebildet. Zeitweilig war Long Cheng mit all seinen Soldaten,

US-Beratern und Piloten die zweitgrößte laotische Stadt nach Vientiane. Es gab dort so viele Spione, dass die Amerikaner es Spook Heaven oder Spook City – die Stadt der Schlapphüte – tauften. Aber das ist nur der Hintergrund. Uns geht es um ein spezifisches Detail. Captain Bowry.«

»Warum gerade er?«, fragte Phosy. »Weshalb steht von all den Fliegern, die angeblich hier verschüttgegangen sind, ausgerechnet dieser Mann in Washington ganz oben auf der Liste?«

»Gute Frage.« Peach nickte. »Soweit ich sehe, geht es in erster Linie um Macht und Einfluss.«

»Und Geld«, setzte Civilai hinzu. »Letztlich dreht sich alles immer nur um Geld.«

»Da könnten Sie recht haben«, bekräftigte Peach. »Captain Bowry ist beziehungsweise war der Sohn von Senator Walter Bowry aus South Carolina. Wie es scheint, lässt er seinen Sohn seit zehn Jahren suchen. Er sitzt in ein paar wichtigen Ausschüssen und bestimmt die US-Außenpolitik maßgeblich mit. Wahrscheinlich ist es ihm und seinen Kumpanen zu verdanken, dass aus dem Entwicklungshilfe-Etat erhebliche Mittel für Laos freigesetzt wurden. Das stieß auf heftigen Widerstand. ›Warum sollen wir den Feind aufpäppeln?‹ Und so weiter. Ein Schlag ins Gesicht aller Antikommunisten. Sie dürfen also getrost annehmen, dass er seine Finger im Spiel hatte.«

»Und warum diese plötzliche Aufregung, das Ganze ist immerhin zehn Jahre her?«, fragte Daeng.

»Am 10. Juni erhielt der Senator eine Reihe angeblich in Laos aufgenommener Fotos«, antwortete Peach. »Darauf war ein Weißer zu sehen, der durch die Gitterstäbe eines Bambuskäfigs späht. Auf einem der Bilder sieht es ganz so aus, als hätte er einen Aktenkoffer bei sich, der offenbar brisantes Material enthält. Der Mann war vermutlich Mitte bis Ende dreißig. Er hatte einen Bart, war braungebrannt – und wesentlich dünner, als sein Vater ihn in Erinnerung hatte, trotzdem war Bowry davon überzeugt, dass es sein Sohn ist. Die Qualität der Fotos ließ zu wünschen übrig, und der Rest der Familie war sich nicht ganz so sicher, aber für den Senator gibt es nicht den geringsten Zweifel.«

»Er stand nicht zufällig neben einem Straßenschild?«, fragte Civilai. »Oder hielt eine Ausgabe der Staatszeitung in der Hand?«

Peach schüttelte den Kopf.

»Nur er in einer Hütte, soviel ich weiß«, sagte sie.

»Dann lässt sich unmöglich mit Bestimmtheit feststellen, wann oder wo die Aufnahmen gemacht wurden«, fuhr Civilai fort. »Eine Hütte ist eine Hütte ist eine Hütte. Und die könnte ebenso gut in einem Vergnügungspark in Hong Kong stehen. Stimmt's oder hab ich recht?«

»Du hast immer recht«, sagte Siri. »Aber der springende Punkt ist doch, dass die Fotos zu einer Reaktion geführt haben – erst wurde Geld lockergemacht und dann mittels einiger gewiefter diplomatischer Schachzüge diese Mission auf die Beine gestellt. Und hier sind wir nun, ein erstklassiges Team, das allein auf Grund seiner soliden Ermittlungsarbeit in früheren Fällen mit diesem ehrenvollen Einsatz betraut wurde. Die Partei hätte keine geeigneteren Kandidaten für die Suche nach Boyd Bowry finden können. Und so nehme ich es denn auf meinen Eid, dass wir der Familie des jungen Mannes den ersehnten Seelenfrieden bringen werden.«

Auf dieses feierliche Gelöbnis stießen sie an.

»Wie viel wissen wir?«, erkundigte sich Lit.

»Über sein Verschwinden?«, fragte Peach und klappte ihren Notizblock auf. Sie nahm einen tiefen Schluck aus ihrem Glas und las vor.

»Es geschah am Abend des 8. August 1968. Bowry und sein philippinischer Flugmechaniker hatten sich in der Kantine der Forward Air Controllers am Stützpunkt Long Chen mächtig volllaufen lassen. Sie befanden sich in Begleitung eines Piloten namens Mike Wolff. Er war bei den FAC, die sich The Ravens nannten. Wie es scheint, hatten sie irgendwo ein bisschen LSD aufgetrieben und drehten völlig durch. So stiegen Bowry und Sebastián unter anderem zu dem Maskottchen der Abteilung in den Käfig, einem Schwarzbären, der zum Glück gerade seinen Bierrausch ausschlief. Dann, gegen zwei oder drei Uhr morgens, verkündete Bowry, er wolle mit seinem Helikopter eine Spritztour machen. Sebastián versuchte, ihm das auszureden, war jedoch zu high, um ihn daran zu hindern. So stand das übrigens nicht im offiziellen Bericht der Air America. Offiziell gab es Probleme mit dem Antrieb, und der Hubschrauber stürzte in den Bergen ab. Unsere Version geht auf die Aussagen des FAC-Piloten, mit dem er sich in der Kantine betrunken hatte, und des Mechanikers zurück. Ihren Angaben zufolge stieg Boyd Bowry in den Nachthimmel auf, und eine halbe Stunde später hörten sie eine Explosion. Bei Tagesanbruch schickten sie eine Such- und Rettungsmannschaft los, aber da sie nicht wussten, in welche Richtung er geflogen war, und sie weder ein Notrufsignal empfangen noch Wrackteile gefunden hatten, brachen sie die Suche nach fünf Tagen ab.«

»Wenn sie die Explosion gehört haben, kann er ja nicht allzu weit gekommen sein«, sagte Lit.

»Und sonst nichts, bis die Fotos aufgetaucht sind?«, fragte

Dtui. »Keine Hinweise aus der Bevölkerung oder dergleichen?«

»Nichts.«

»Irgendeine Ahnung, wer die Fotos geschickt hat?«, fragte Phosy.

»Sie kamen in einem versiegelten, an den Militärattaché persönlich adressierten braunen Umschlag in der US-Botschaft in Bangkok an. Kein Stempel. Keine Marke. Er lag einfach im Kasten, zusammen mit der normalen Post. Auf der Rückseite der Fotos stand ›Laos '78‹.«

»In lateinischen Buchstaben?«, fragte Kommandeur Lit.

»Ja.«

»Dann stammen sie also nicht von einem Kopfgeldjäger, der auf eine Belohnung aus ist«, bemerkte Civilai beiläufig. »Normalerweise geht es um Geld.«

»Das sagtest du bereits.« Siri lächelte. »Wie hat die Botschaft den Piloten identifiziert?«

»Anhand eines Fotos«, antwortete Peach, »auf dem das abgerissene Heck des Hubschraubers zu sehen war. Es trug die Registriernummer H32. Und das war Bowrys Maschine.«

»Hat die amerikanische Delegation die Bilder mitgebracht?«, erkundigte sich Madame Daeng.

»Da müsste ich nachfragen.«

»Das könnte uns helfen, das Suchgebiet einzugrenzen«, sagte Phosy. »Die Flora.«

»In unterschiedlichen Höhenlagen wachsen unterschiedliche Pflanzen«, setzte Kommandeur Lit hinzu.

»Falls auf den Bildern Einheimische zu sehen sind, könnten wir sie eventuell anhand ihrer Kleidung identifizieren«, sagte Daeng. »Dann wüssten wir wenigstens, nach welcher Volksgruppe wir suchen.«

»Das gilt auch für den Piloten«, ergänzte Siri. »Nach all den Jahren trägt er vermutlich die Kleidung, die er von ihnen bekommen hat. Das könnte uns einen Hinweis geben.«

»Die Webart eines Sarongs«, sagte Daeng.

»Oder die Bauweise der Bambushütte«, gab Phosy zu bedenken. »Die ist von Region zu Region verschieden.«

»Stimmt«, sagte Kommandeur Lit. »Fotos lassen eine Menge Rückschlüsse zu, wenn man weiß, wonach man suchen muss.«

Plötzlich bemerkten sie, dass ihr amerikanischer Gast den Wortwechsel mit großen Augen und einem verzückten Lächeln auf den Lippen verfolgte.

»Ist Ihnen etwas eingefallen?«, frage Siri.

»Nein.«

»Sondern …?«

»Leute, ihr …«

»Was?«

»Ihr habt's echt drauf.«

»Immer langsam mit den jungen Pferden«, sagte Civilai lachend. »Sonst steigt Ihr Lob uns noch zu Kopf.«

»Nein, im Ernst. Erst habe ich gedacht, Dr. Siri hätte Sie nur auf die Liste gesetzt, damit er mit seinen Freunden und Verwandten einen Gratisausflug ins Gebirge machen kann. Vetternwirtschaft, verstehen Sie? Das ist hierzulande schließlich nichts Besonderes. Aber …«

»Ja?«

»Sie sind wirklich gut. Sie wissen genau, was Sie tun.«

»Zu gütig«, sagte Daeng. »Darauf müssen wir noch einen trinken.«

»Ich meine es ernst«, sagte Peach.

»Ich auch«, entgegnete Daeng. »Und es würde mich nicht wundern, wenn Sie im Lauf der Woche Zeugin weiterer Geniestreiche und Geistesblitze würden. Ziehen Sie sich warm an.«

Siri musste lächeln. Es imponierte ihm, wie selbstverständlich sich Peach in die laotische Umgebung fügte. Für ihr Alter wirkte sie ausgesprochen reif und lebensklug.

Corned Beef und Kräcker vertrugen sich wider Erwarten blendend mit dem Reiswhisky aus der Provinz Xieng Khouang, insbesondere wenn man sie mit reichlich Senf bestrich. So leerten sie Flasche um Flasche, die mäandernden Gespräche kreisten um eine Vielzahl von Themen, und mit dem Nachtnebel kam auch die Trunkenheit. Bevor jeder seiner Wege ging und bettwärts wankte, gelobten sie, nicht zu rasten und zu ruhen, bis sie den jungen Flieger gefunden hatten. Siri ermahnte sie noch einmal, die beschilderten Latrinen zu benutzen, statt über den Zaun zu hüpfen. Die heutigen Prothesen, lallte Civilai, nachdem er sich mehrmals erfolglos an dem Wort versucht hatte, seien dem guten, alten Stelzfuß zwar haushoch überlegen, aber noch lange kein vollwertiger Ersatz für echte Beine. Die Einzigen, die sich in dieser Nacht nicht auf die Suche nach ihrem Quartier machten, waren Siri und Daeng. Siri hatte gerade aufbrechen wollen, da erinnerte ihn seine Frau daran, dass die Zusammenkunft in ihrem Zimmer stattgefunden hatte. Was allerdings auch ihr erst wieder eingefallen war, als sie ihre Arbeitshose an der Gardinenstange hatte hängen sehen. Da die Gäste jeder eine Kerze mitgenommen hatten, um sich heim zu leuchten, standen nur noch zwei Wachsstummel auf der Grasmatte. Schatten tanzten träge an den Wänden.

»Ganz schön kalt hier oben«, sagte Daeng.

»Dann sollten wir uns schleunigst ein wenig aneinanderkuscheln«, schlug Siri vor.

Sein Versuch, die Kerzenflammen auszublasen, endete in einer wahren Hust- und Keuchorgie.

»Vielleicht sollten wir mit dem Kuscheln doch noch ein Weilchen warten«, meinte Daeng.

»Keine Sorge. Das passiert mir nur, wenn ich heftig ausatme. Einatmen kann ich sehr gut.«

Er befeuchtete seine Finger und drückte die letzte Flamme aus. Das Zimmer hätte ebensogut mit schwarzem Samt verhängt sein können, so undurchdringlich war die Finsternis. Sie umschifften die Insel aus Flaschen und Gläsern und tasteten sich vorsichtig zum Bett. Wie es so seine Gewohnheit war, legte Siri sich ans Fenster. Die Steppdecke auf dem Bett war so dick, dass er beinahe eines Wagenhebers bedurft hätte, um sie hochzustemmen und sich darunterzuzwängen. Er streckte die Hand nach seiner Frau aus.

»Meine Güte, du bist ja gar nicht kalt«, sagte er.

»Gemach. Ich bin gleich bei dir«, antwortete sie.

Zu seinem Erstaunen kam ihre Stimme nicht etwa aus dem Bett, sondern aus der Zimmermitte.

»Oje.«

Siri wand sich unter der Steppdecke hervor, so schnell er konnte.

»Was ist?«, fragte Deang.

»Haben wir eine Taschenlampe mitgenommen?«

»Natürlich.«

»Dann sollten wir sie schnellstens einschalten. Ich glaube, ich bin dir soeben untreu geworden.«

Nach ausgiebiger Suche förderte Daeng die Lampe zutage und richtete den Lichtstrahl auf eine Beule unter der Bettdecke.

»Wer, um alles in der Welt …?«, fragte Daeng.

»Also, ich weiß nur eins. Es ist definitiv kein Mann.«

Er hievte die Decke herunter, und da lag – schlafend wie ein Stein – Peach Short.

»Siri?«

»Ich hatte keine Ahnung. Ehrenwort.«

»Es haben sich schon Paare aus geringfügigeren Gründen scheiden lassen.«

»Ich dachte, das wärst du.«

»Und wann ist dir klargeworden, dass … Nein, so genau will ich es gar nicht wissen. Wir bringen sie am besten in ihr Zimmer. Sie hat einen langen Tag vor sich.«

»Sie sieht so friedlich aus. Sollen wir sie nicht vielleicht doch lieber …«

»Siri!«

»Das war ein Scherz, Liebste.«

Allem Gezurre und Gezerre zum Trotz erwachte Peach auf dem Heimweg nicht aus ihrem trunkenen Schlummer. Dafür waren Daeng und Siri fix und fertig, als sie in ihr Zimmer zurückkamen. Kaum lagen sie unter der Decke und hielten Händchen, hörte man nur noch ihre gleichmäßigen Atemzüge. Ein neues Abenteuer nahm seinen Anfang. Sie wussten nicht, welche Überraschungen der nächste Tag für sie bereithielt. Nur eines war so sicher wie das Om im Tempel: Ihre junge amerikanische Dolmetscherin würde einen gewaltigen Kater haben.

7

EISBRECHER AHOI!

Als es an der Tür klopfte, hatte Siri das Gefühl, dass eine Abrissbirne gegen die Innenseite seines Schädels krachte. Daengs Stöhnen verriet ihm, dass es ihr nicht besser ging. Wenn es tatsächlich schon Morgen war, ließ der Tag sich das nicht anmerken. Der Frühnebel quoll durchs offene Fenster und waberte wie Trockeneis rings um das Bett. In der Ferne hörte man das dumpfe Artilleriefeuer der vereinten vietnamesisch-laotischen Streitkräfte, die am Phu-Bia-Berg gegen das letzte Widerstandsnest der Hmong vorrückten. Während die Amerikaner friedlich in ihren Betten schlummerten, kämpften ihre früheren Verbündeten um ihr Leben. Der Lärm war das einzige Indiz dafür, dass die Dämmerung hereingebrochen war. Das Klopfen hielt an.

»Verzieh dich«, sagte Siri, an seinen Kater und den ungebetenen Besucher gerichtet.

»Also, dieser Reiswhisky...«, krächzte Daeng, und ihre Stimme klang, als würde sie mit der Zunge Kieselsteine schaufeln.

»Ich habe vergessen, dich vor den Folgen zu warnen«, gestand Siri.

»Ich fühle mich wie …«

»Ich auch.«

»Hat da gerade jemand geklopft, oder habe ich so laut mit den Wimpern geklimpert?«

Schaudernd kroch Siri unter der warmen Steppdecke hervor und schlich auf Zehenspitzen über den eiskalten Fußboden zur Tür. Peach stand breit grinsend auf der Schwelle.

»Morgen, Doktor«, sagte sie fröhlich und zwängte sich an Siri vorbei ins Zimmer. »Ich hätte Ihnen ja gern Donuts und Kaffee mitgebracht, aber das nächste Café ist etwa sechshundert Meilen entfernt.«

Daeng lugte über die Bettdecke.

»Wie kann es sein, dass Sie schon munter sind?«, fragte sie. »Gestern Abend lagen Sie praktisch im Koma.«

»Ich habe die Konstitution eines Missionars. Wir kommen ziemlich schnell wieder auf die Beine.«

»Haben Sie … äh, irgendeine Erinnerung an gestern Abend?«, fragte Siri.

»Aber sicher«, antwortete sie lächelnd.

»Ach, wirklich?«

»Ja. Ich habe auf Ihrem Bett ein kleines Nickerchen gemacht und bin dann in meinem Zimmer aufgewacht. Es war wohl keine sonderlich schlaue Idee, an mit Benzin gepanschtem Reiswhisky meine Trinkfestigkeit unter Beweis zu stellen. Wer …?«

»Der Doktor und ich«, sagte Daeng und entledigte sich der Bettdecke.

»Nett von Ihnen.«

»Nichts zu danken. Dienst am Kunden. Was verschafft uns diese zweifelhafte Ehre?«

»Programmbesprechung. Wissen Sie nicht mehr? Ich habe

Ihnen doch versprochen, Sie jeden Morgen davor zu warnen, was Ihnen tagsüber alles droht.« Sie schlug ihr Notizbuch auf. »Okay, heute beginnen wir mit dem Kennenlernfrühstück um halb acht. Und wenn wir uns dann alle kennengelernt haben, fliegen wir zusammen nach Long Cheng.«

»Weil?«, fragte Daeng.

»Weil Boyd Bowry dort das letzte Mal lebend gesehen wurde.«

»Und die Amerikaner glauben, dass man ihn dort irgendwo in einem Spind vergessen hat?«

»Ich glaube kaum, dass es dort noch Spinde gibt«, sagte Siri. »Meines Wissens ist von dem ursprünglichen Außenposten nicht mehr viel übrig. Nachdem er überrannt wurde, haben Mutter Natur und Plünderer ihm endgültig den Rest gegeben.«

»Mag sein«, sagte Peach, »aber aus irgendeinem Grunde wurden die Bewohner der umliegenden Dörfer angewiesen, sich mit ihrer Kriegsbeute dort einzufinden. Haben Sie die schwere Artillerie gehört? Das bedeutet, dass wir einen ziemlich großen Umweg fliegen müssen, um den Auseinandersetzungen zu entgehen. Wir brauchen wahrscheinlich über eine Stunde bis nach Spook City. Die Einsatzgruppe wird dort ihr Basislager aufschlagen, und wir gehen die Zeugenaussagen und das Beweismaterial durch, bis wir auf eine aussichtsreiche Spur stoßen. Und dann beginnen wir mit den Ermittlungen.«

»Dann gibt es vermutlich Lunchpakete?«, fragte Daeng und massierte sich die Schläfen mit den Daumenspitzen.

»Ich glaube, über ausreichende Verpflegung müssen wir uns keine Sorgen machen, Madame Daeng«, sagte Peach lachend. »Der Hubschrauber, der uns hierhergebracht hat, konnte kaum abheben, weil der Proviant so schwer war. Das gesamte Team musste sich in die Kanzel quetschen. ›Es darf nicht eine Dose Frühstücksfleisch zurückbleiben‹, lautete die Parole.«

»Und alle, die auf der Liste standen, sind auch erschienen?«, wollte Siri wissen.

»Mehr oder weniger. Senator Vogal und seine Sekretärin Miss Chin sind auf Standby.«

»Was soll das heißen?«

»Das soll heißen, dass sie vielleicht nicht kommen. Trotzdem mussten sie für beide eine offizielle Genehmigung einholen, nur für den Fall, dass …«

»Was?«

»Dass wir Erfolg haben. Wenn wir den Piloten oder seine sterblichen Überreste finden, kreuzt der Senator todsicher hier auf. Ansonsten verbringt er die nächsten fünf Tage im Bangkoker Oriental und lässt es sich gut gehen. Falls es uns gelingt, einen Durchbruch zu erzielen, fliegen sie ihn ein. Dann hält er sein Gesicht in die Kameras, schüttelt jede Menge Hände und diktiert den Journalisten etwas in den Block. Zu Hause gibt es einen Riesenwirbel. Schlagzeilen. Ich bezweifle, dass er auch nur über Nacht hierbleiben wird. Sie werden ihn noch am selben Tag in die Zivilisation zurückschaffen, und er kann nach Hause fliegen. Klappe zu, Affe tot.«

»Und was will er dann überhaupt hier?«, frage Daeng.

»Er ist ein führender Vertreter der Vermisstenlobby. Wenn sie auch nur einen Überlebenden finden, lässt sich damit jede Menge Geld für weitere Suchaktionen lockermachen. In Washington ist das ein heikles Thema. Wer die Veteranen – und damit das Militär – unterstützt, klettert die Karriereleiter rasch nach oben. Außerdem ist er Senator Bowrys bester

Freund. Ihre Kinder haben zusammen im Sandkasten gespielt. Er kannte Boyd. Die Familie hat ihn gebeten, die Ermittlungen im Auge zu behalten.«

»Aber die Ärmel hochkrempeln und uns beim Graben helfen will er nicht«, bemerkte Siri.

»Das ist auch gar nicht nötig«, sagte Peach. »Er ist in Bangkok. Für den Durchschnittsamerikaner im Fernsehsessel sitzt er damit praktisch mitten im laotischen Dschungel. ›Senator Ulysses Vogal III. ist nach Südostasien gereist, wo er eine binationale Einsatzgruppe für die Suche nach vermissten US-Soldaten leitet.‹ Klingt doch gut. Kein Mensch fragt nach, ob er in den Wäldern von Nordlaos Blut und Wasser schwitzt oder im Dschungel Cocktails schlürft. Das Wort ›Asien‹ genügt, um den Amis Angstschauer über den Rücken zu jagen. So oder so, er wird ein Held sein. Wenn wir Boyd finden, prangt sein Foto auf der Titelseite der *Post*: Er mit dem jungen Mann im Arm und Schweißflecken unter den Achseln. Sie und Ihr Team werden mit keiner Silbe erwähnt. Sie fallen unter die Rubrik ›einheimische Helfer‹.«

»Und wenn der Bursche tot ist?«, fragte Daeng.

»Dasselbe in Grün. ›Nach langer Suche trägt Senator Vogal die sterblichen Überreste des heldenhaften Sohnes seines besten Freundes mit gramgebeugtem Haupt über das Rollfeld und besteigt die TWA-Maschine, die ihn in die Heimat zurückbringen wird.‹ Das weibliche Wahlvolk wird ihm zu Füßen liegen. Die Stimmen der Landbevölkerung sind ihm sicher.«

»Für ein so junges Ding sind Sie erfrischend zynisch«, meinte Daeng.

»Madame Daeng, versuchen Sie doch mal, als Weiße in Südostasien aufzuwachsen, während die Amerikaner tagtäglich Bomben vom Himmel regnen lassen. Die Grenzen zwischen ihnen und uns und Recht und Unrecht sind mitunter ziemlich fließend. Leute wie Vogal haben sich für die Intervention in diesen Breitengraden starkgemacht, um die Welt vor der Übernahme durch die Kommunisten zu bewahren. Es war ein politisches Experiment, um dem Präsidenten zu neuer Popularität zu verhelfen. Nichts weiter als ein Propagandastück, um die gutgläubigen Wähler Nordamerikas an der Nase herumzuführen.«

Eine Zeitlang herrschte Schweigen. Der Nebel wallte.

»Na schön«, sagte Siri schließlich. »Da wir noch nicht einmal mit der Suche nach dem Piloten begonnen haben, wird es vermutlich noch ein Weilchen dauern, bis wir ihn finden. Womöglich brauchen wir den Senator gar nicht beim Cocktailschlürfen zu stören. Aber nun wollen wir erst einmal das Kennenlernfrühstück hinter uns bringen, und das hoffentlich ohne größere Zwischenfälle und Katastrophen. Oder sehen Sie beim gemeinschaftlichen Reisbrei irgendwelche Kalamitäten auf uns zukommen, kleine Pfirsichblüte?«

»Wollen Sie das wirklich wissen?«, fragte sie.

»Major Harold Potter möchte die laotischen Delegierten herzlich willkommen heißen und seine Hochachtung für all das zum Ausdruck bringen, was die sozialistische Regierung der Demokratischen Volksrepublik Laos in den vergangenen drei Jahren erreicht hat.«

Richter Haengs Cousin Vinai, der Direktor des Staatlichen Übersetzungsdienstes, stand auf einem wunderschön geschnitzten, aber etwas wackligen Podium am Ende des Speisesaals. Die Zuhörer saßen an zwei langen, parallel stehenden Tischen. Das Hotel Freundschaft war einst ein gewöhnliches

Restaurant gewesen. Die Wände waren aus robustem, handgesägtem Holz gefertigt und die Stützpfeiler tief in den Boden eingerammt. Doch das Blechdach hatte man durch Betonpfannen ersetzt, und abgesehen von Türen und Fensterrahmen war beim Neubau nur wenig Holz verwendet worden. Vielleicht war der Speisesaal deshalb der einzige gemütliche Raum. Es war, als würden die Geister der Korsen von den massiven Dachbalken entspannt auf ihre einstige Herberge hinunterblicken. Selbst die unvermeidlichen Frühstücksreden fielen zur Abwechslung recht moderat aus.

Siri wandte sich an Daeng.

»Und dazu genügen dem Major circa vier Wörter?«

»Das Englische scheint mir doch sehr viel bündiger zu sein als das Laotische«, befand Daeng.

Siri hatte an einem laotischen *lycée* die Grundlagen des Französischen erlernt und diese Kenntnisse in seiner Zeit in Paris stetig erweitert, es jedoch nie für nötig gehalten, sich mit der englischen Sprache abzuplagen. Cousin Vinais Wiedergabe der Begrüßungsrede des amerikanischen Majors klang zwar durchaus überzeugend, aber Siri hatte keine Ahnung, wie genau die Übersetzung war. Die unterschiedliche Anzahl der Wörter und die verwirrten Gesichter von Peach und Schwester Dtui nährten seinen Verdacht, dass damit möglicherweise etwas nicht stimmte. Obwohl Cousin Vinai als Chefdolmetscher fungierte, hatte er seit ihrer Ankunft in Phonsavan jeglichen Kontakt mit den Ausländern gemieden. Der Richter hatte angedeutet, dass Vinai wegen seiner Kehlkopfentzündung seine Stimme für den ersten Tag der Mission schonen wollte. Dieser Tag war nun gekommen, und wie es schien, hatte er General Suvans Ansprache nach dessen Manuskript Wort für Wort übersetzt.

Links von Vinai am VIP-Tisch, der von Plastikhibiskus förmlich überquoll, saß General Suvan in voller Paradeuniform, die nicht halb so imposant aussah, wie der Name vermuten ließ. In jedem anderen Land hätte man ihn vermutlich für einen Postboten gehalten. Obwohl er genau so alt war wie Siri, wirkte der Doktor neben dem kahl werdenden Greis wie ein Teenager. Suvans Bewegungen waren matt und kraftlos, und seine Reaktionen verrieten seine mangelnden Reflexe. Die dreiseitige Rede, die er soeben gehalten hatte, lag vor ihm auf dem Tisch. Vinai hatte eine eigene Kopie. Während der Rede waren Spiegeleier mit Speck und Kannen mit dampfendem Pulverkaffee aufgetragen worden, doch da keine der beiden Parteien einen Fauxpas begehen wollte, hatte niemand es gewagt, den Anfang zu machen. Und so sahen die Gäste verdrossen zu, wie ihr Frühstück langsam kalt wurde. Noch eine halbe Stunde, und das Essen wäre vollends ungenießbar; nicht zuletzt deshalb hatte der amerikanische Major sich vermutlich kurz gefasst. In diesem Augenblick griff Richter Haeng, der zur Linken Suvans Platz genommen hatte, in seine Aktentasche und zog ein Papierbündel daraus hervor, das doppelt so dick war wie das des Generals. Cousin Vinai förderte eine ebenso umfangreiche Übersetzung zutage. Der Richter schob seinen Stuhl nach hinten, doch Siri kam ihm zuvor und sprang auf.

»Wenn Sie gestatten, werter Herr Richter«, sagte er und fragte sich, ob das nicht ein Widerspruch in sich war. Hätten Blicke töten können, hätte Richter Haeng mit blutbefleckten Fingern über Siris Leiche gestanden.

»Da es sich um einen besonderen Anlass handelt«, fuhr Siri fort, »möchte ich anregen, aus Rücksicht auf unsere amerikanischen Gäste und ihre Kultur mit dem Essen zu beginnen, während wir Ihrem ohne jeden Zweifel ebenso aufschlussreichen wie humorigen Vortrag lauschen.«

Zwar wusste er noch immer nicht sehr viel über die amerikanische Kultur, geschweige denn ob man in den Vereinigten Staaten während einer Rede aß – bei Henry James stand darüber kein Wort –, aber er hatte Hunger. Und dem begeisterten Applaus nach zu urteilen, der sich erhob, kaum dass die Gäste die Übersetzung vernommen hatten, waren auch sie am Verhungern. Und so ging Richter Haengs Rede samt ihrer mutmaßlich englischen Übersetzung im lauten Klappern amerikanischer Messer und Gabeln und gedämpftem Stimmengewirr unter. Niemandem entging, dass Haeng den Doktor die ganze Zeit hasserfüllt anstarrte. Siri schien das nicht zu kümmern. Er nutzte die Gelegenheit, um die bunte Ansammlung von Amerikanern zu betrachten, die ihm gegenübersaßen.

Potter, der Major a. D., trug ein großes, geblümtes Hawaiihemd, grüne Shorts mit einer beeindruckenden Anzahl geräumiger Taschen, klobige Stiefel und eine Dodgers-Baseballmütze. Zu seinem Teint fiel Siri kein besseres Wort ein als »reif«. Potters Kopf war rot und aufgedunsen, als hätte man ihn kopfüber in kochendes Wasser getaucht und ein Weilchen sieden lassen, die Folge einer Erweiterung der Blutgefäße. Seine Nase war ein knallroter Golfball. Siri gelangte zu dem Schluss, dass er dem Alkoholismus anheimgefallen war. Ebenso unmäßig war er beim Essen. Peach, die neben ihm saß, beobachtete mit offenem Mund, wie er einen Berg Kartoffeln in sich hineinschaufelte.

»He, Schätzchen«, sagte er.

Peach drehte sich unwillkürlich nach der Bedienung um, die er herbeigerufen haben musste. Doch es war niemand zu sehen.

»Reden Sie mit mir, Major?«

»Sie sind doch die Dolmetscherin, oder?«

»Ja.«

»Sollten Sie uns dann nicht mitteilen, was die beiden Knaben zu sagen haben?«

»Also« – sie warf einen Blick über die Schulter –, »einer dieser beiden Knaben ist Richter Haeng, und er hält gerade eine lange Rede über die Toleranz der Pathet Lao gegenüber ihren einstigen imperialistischen Unterdrückern. Und der andere Knabe übersetzt sie ins Englische.«

»Was?« Der Major ließ zum ersten Mal die Gabel sinken, spitzte die Ohren und lauschte Cousin Vinai. »Das soll Englisch sein?«

»Ich glaube, schon.«

»Ich verstehe kein Wort. Haben die denn keinen Dolmetscher?«

»Genosse Vinai ist der Chefdolmetscher, Major.«

»Und was ist mit der dicken Frau?«

»Welche dicke Frau, Sir?«

»Na, die gestern in unserem Hubschrauber mitgeflogen ist. Ihr Englisch war eigentlich ganz gut.«

»In unserem Hubschrauber?«

»Ja, haben Sie sie nicht gesehen? Sie war die einzige Laotin an Bord.«

»Ich war im Laderaum hinter einer Wand aus Konservenbüchsen eingeklemmt. Nein, sie ist mir nicht weiter aufgefallen.«

»Hm. Aber sie war verdammt gut.«

Nachdem die Richter Haeng/Cousin Vinai-Doppelconférence beendet und das Geschirr abgetragen war, trank die illustre Runde Kaffee und wartete auf die Hauptattraktion. Peach fasste den Major am Arm.

»Ihr Auftritt, Major«, sagte sie.

Potter wischte sich mit einer Papierserviette den Mund und hievte sich in die Senkrechte. Er begann laut und eindringlich zu sprechen und hielt dann plötzlich inne. Aller Augen ruhten auf Cousin Vinai, der gierig eine Schüssel Reissuppe vertilgte. Er winkte Peach mit seinem Löffel.

»Übernehmen Sie das, kleine Schwester«, sagte er. »Ich habe noch nichts gegessen.«

Und so schlüpfte Peach ein weiteres Mal in die Rolle der Dolmetscherin. Sie erklärte, um das Eis zwischen den Teilnehmern der Mission zu brechen, habe Major Potter sich ein kleines Spielchen ausgedacht. Es handele sich um eine besondere Variante der Scharade, von der außer Siri und Civilai kein Laote je gehört hatte. Siri knirschte mit den Zähnen. Um einer Scharade überhaupt irgendetwas abgewinnen zu können, musste man sternhagelvoll sein und nicht verkatert oder stocknüchtern, wie jetzt. Aber jeder Widerstand war zwecklos. Sergeant Johnson, der wahrscheinlich schwärzeste Schwarze, den Siri in Laos je zu Gesicht bekommen hatte, verteilte mit entschuldigender Geste Pappschilder. Er war ein Marineinfanterist und arbeitete im US-Konsulat in Vientiane. Er hatte eine dröhnende, honigsüße Stimme und ging leicht vornübergebeugt, als stemme er sich gegen einen imaginären Wind, wie ein ausgehungerter Nebraska-Mensch, der mit der Evolution Schritt zu halten versucht. Weshalb sein Lächeln einem stets als Erstes ins Auge sprang, und es war ein wunderbares Lächeln. Es passte perfekt in sein stattliches Gesicht mit den glänzenden Augen, denen nichts entging.

Auf den Schildern standen die Namen aller Anwesenden, auf Laotisch und auf Englisch, und die Karten waren mit einer Schnur versehen, damit man sie sich um den Hals hängen konnte.

»Der Himmel steh uns bei«, sagte Civilai. »Haben die Chinesen während der Kulturrevolution nicht so etwas Ähnliches gemacht? Wie demütigend.«

»Sei kein Spielverderber, Bruder«, entgegnete Siri.

»Leichter gesagt als getan.«

Zu allem Übel sprangen die Amerikaner nun auch noch auf und schoben ihre Tische und Stühle an die Wand. Da die Laoten es nicht besser wussten, taten sie es ihnen nach, bis sich die beiden Teams Auge in Auge gegenüberstanden, ohne Schutz und Schild. Die Symbolik war eindeutig. Ob die Idee auf seinem Mist gewachsen war oder auf eine Direktive aus Washington zurückging, sollten sie nie erfahren, aber nun trat Major Potter vor und sagte: »*Kwoi soo* Harold.«

Die Laoten staunten nicht schlecht. Hatte der Major soeben tatsächlich und auf Thai verkündet, er nenne einen Kampfpenis sein Eigen? Eine kühne Behauptung, wenn sie denn stimmte. Sie zerbrachen sich den Kopf und suchten krampfhaft nach einer anderen möglichen Bedeutung. Dtui wurde fündig.

»Ah, *koi su* Harold«, sagte sie. »Mein Name ist Harold.«

Erleichtert wiederholten die Laoten den Satz, und langsam, aber sicher brach das Eis von ganz allein. Es konnte eigentlich nur noch besser werden. Bei dem Spiel ging es darum, auf Englisch und Laotisch seinen Namen zu nennen und sodann pantomimisch darzustellen, welche Tätigkeit man ausübte, bis die gegnerische Mannschaft diese erraten hatte. Der Major lieferte eine veritable Galavorstellung und begann mit großer Geste zu marschieren, zu schießen und zu salutieren, doch die Laoten schwiegen stumm. Alle wussten, dass er ein Major im Ruhestand war, aber sie wollten die peinliche Situation gebührend auskosten. Kurioserweise wuchs sein Enthusiasmus, je mehr die amerikanischen Delegierten lachten. Sie waren ein erstaunlicher Menschenschlag und kannten anscheinend keine Scham. Schließlich rief Richter Haeng begeistert aus: »Er ist Soldat.«

Das wurde übersetzt, und die Amerikaner und Herr Geung klatschten johlend Beifall.

»Er ist Soldat«, sagte Herr Geung lachend.

Das entzückte die Laoten, die zusehends in Spiellaune gerieten. Selbst General Suvan erwachte zum Leben. Seine Soldatenpantomime war der des Majors verblüffend ähnlich, wenn auch etwas schwerfälliger, doch er freute sich, als jemand richtig riet und er völlig entkräftet auf einen Stuhl sank. Das Spiel ging weiter und war in vielerlei Hinsicht ein Erfolg. Civilai machte gleich mehrere obszöne Vorschläge, die Peach jedoch wohlweislich nicht übersetzte. Sämtliche Amerikaner wussten sofort, dass Daeng sie nur auf den Arm nahm, als sie ihnen die einfache Nudelverkäuferin vorspielte, und Herr Geung konnte der Versuchung nicht widerstehen und machte allerlei Geräuscheffekte, während er den Brustkorb einer imaginären Leiche durchsägte. Peach war als Letzte an der Reihe. Sie versuchte, mit Handbewegungen das Gespräch zwischen zwei Menschen darzustellen, und als Herr Geung sie daraufhin zielsicher als Entenzüchterin identifizierte, erntete er damit den größten Lacher des gesamten Vormittags.

Als es Zeit wurde, den Speisesaal zu räumen, allen Widrigkeiten und nicht zuletzt der Temperatur zum Trotz, gab es kein Eis mehr, das man hätte brechen müssen. Alle schwatzten fröhlich durcheinander und versuchten sich stammelnd und stotternd an der Sprache des jeweils anderen. Man schüttelte sich die Hände, lächelte und lachte ohne besonderen Grund. Wäre der Krieg doch nur nach ähnlichen Regeln geführt worden.

Nur einer schien nicht geneigt, in die Melodie von Friede, Freude, Eierkuchen einzustimmen. Bis dato hatte Richter Haeng mit Siri noch kein einziges Wort gewechselt. Seit der Doktor die Liste der Teilnehmer geändert hatte, herrschte zwischen ihnen eisiges Schweigen. Doch nun, da alle in Verbrüderungslaune waren, ging er schnurstracks auf den alten Pathologen zu und ergriff dessen linke Hand wie ein Greifkran einen Sack Reis. Ein boshaftes Lächeln spielte um seine Lippen.

»Ich habe Ihnen noch nicht dafür gedankt, dass Sie die Teilnehmerliste, deren Zusammenstellung mich geschlagene vier Wochen gekostet hat, einfach so mir nichts, dir nichts vom Tisch gewischt haben«, knurrte er durch zusammengebissene Zähne. »Ich weiß nicht, wie Ihnen das gelungen ist, Siri, wie Sie den Minister zur Zustimmung genötigt haben, aber eines kann ich Ihnen garantieren: Das werde ich Ihnen nicht vergessen. In hundert Jahren nicht. Wenn Sie glauben, mir in die Suppe spucken zu können, dann haben Sie sich geschnitten, Siri Paiboun. Sie haben tüchtige Männer und Frauen von der Liste gestrichen, ehrbare Kader mit Macht und Einfluss, nur um sie durch Idioten, Hausfrauen und senile Soziopathen zu ersetzen.« (Was Siri eher auf Civilai denn auf sich selbst bezog.) »Und dann besitzen Sie auch noch die Unverfrorenheit, mich am Nasenring durch die Manege zu zerren. Damit haben Sie sich wahrlich keinen Gefallen getan. Ein guter Kommunist schüttelt einem Genossen nicht die Hand und stößt ihm gleichzeitig das Messer in den Rücken.«

Siris Lächeln war nicht minder maliziös.

»Um dieses Kunststück fertigzubringen, würde ich wohl einen Krummsäbel benötigen«, sagte Siri. »Oder, besser, eine Sichel. Ja, das könnte klappen. Sonst müsste ich die Hand ja erst loslassen, um Ihnen die Klinge in den Rücken zu stoßen. Aber bis dahin wüssten Sie vermutlich längst, was ich im Schilde führe, stimmt's?«

»Was wollen Sie damit…?«

»Mein lieber Richter Haeng, ich habe es nicht nötig, Sie zu hintergehen. Wenn Sie mir noch ein einziges Mal mit heuchlerischem Lächeln drohen oder meine Freunde und Verwandten beleidigen, bekommen Sie es mit mir zu tun. Und was Sie bisher mit mir erlebt haben, ist nichts im Vergleich zu dem, was Ihnen blüht, wenn Sie mich nicht in Ruhe lassen. Sie sind nicht mehr mein Vorgesetzter. Sie sind weiter nichts als ein lästiger kleiner Beamter.«

Er zog seine Hand aus der feuchten Umklammerung und ließ den lächelnden Richter wutschäumend zurück.

Bevor sie die Hubschrauber bestiegen, nahm Major Potter den verdutzten Vinai nicht sonderlich diskret beiseite und schlang dem Dolmetscher den Arm um die Schultern, als seien sie seit Jahren die besten Freunde. Der Major brüllte, um die anderen auf sich aufmerksam zu machen, zeigte auf Vinai und sagte ein paar Worte. Einen Blick wie den Vinais hatte Siri zuletzt in den Augen eines Hirsches gesehen, den sie während des Krieges in eine Sackschlucht getrieben hatten. Er schien zu sagen: »Heute Abend brate ich am Spieß.« Vinai sah sich verzweifelt nach Peach um, doch die war nirgends zu entdecken. Er war auf sich allein gestellt.

»Der… äh, Major möchte seine Bewunderung für die Errungenschaften der Pathet Lao in ihren ersten drei Regierungsjahren zum Ausdruck bringen«, sagte Vinai.

Richter Haeng und General Suvan klatschten Beifall, doch

die anderen sahen sich in ihrem anfänglichen Verdacht bestätigt. Siri warf Dtui einen fragenden Blick zu; die schüttelte den Kopf. Major Potter ergriff von Neuem das Wort. Vinai, der noch immer nach Peach Ausschau hielt, sagte: »Der Major ist zutiefst betrübt über die Verwüstung … die der Bombenregen in dieser Gegend angerichtet hat.«

Wieder applaudierten Haeng und Suvan. Siri seufzte.

»Vinai, bitte fragen Sie den Major, ob er schon einmal in Laos gewesen ist«, rief Civilai.

»Nein, es ist das erste Mal«, antwortete Vinai, ohne zu übersetzen.

»Fragen Sie ihn«, sagte Civilai.

»Ich …?«

»Fragen Sie ihn.«

Vinai drehte sich zu dem Major um, blickte in sein aufgedunsenes Gesicht und sprach leise mit ihm. Potter lauschte aufmerksam und bat ihn dann um eine Erklärung. Wieder redete Vinai auf ihn ein. Der Major nahm den Arm von Vinais Schultern und sah sich um, vermutlich nach Peach. Der Amerikaner wiederholte seine Worte und artikulierte jede Silbe derart deutlich, dass selbst Herr Geung ihn verstanden hätte. Vinai, der sich durchaus darüber im Klaren war, dass er seine Glaubwürdigkeit verspielte, sagte: »Der Major war schon einmal hier … auf Urlaub.«

Wie die US-Kavallerie erschien Peach im letzten Augenblick und rettete die Lage. Wie es schien, wollte der Major allen Teilnehmern Glück wünschen, ein paar allgemeine Regeln festlegen und die beiden Teams danach in Untergruppen einteilen. Von Urlaub keine Silbe. Seine Rede war noch nicht beendet, da hatte Cousin Vinai sich längst davongestohlen.

Während die anderen die Hubschrauber beluden, machten

Siri, Kommandeur Lit und Civilai sich auf die Suche nach dem Dolmetscher. In seinem Zimmer wurden sie fündig und stellten ihn zur Rede. Phosy hatte die Rolle des guten, bösen und einzigen Polizisten zugewiesen bekommen. Die anderen beiden schauten derweil bedrohlich drein.

»Genosse Vinai«, begann Phosy.

»Ja?«, sagte Vinai.

»Die englische Sprache.«

»Was ist damit?«

»Sind Sie mit ihr vertraut?«

»Ich bin der Leiter des dem Justizministerium unterstellten Staatlichen Übersetzungsdienstes.«

»Gratuliere. Aber meine Frage lautete: Sprechen Sie Englisch?«

»Ich habe ganze Schriftsätze ins Laotische übersetzt.«

»Aus dem Englischen?«

»Unter anderem.«

»Also sprechen Sie Englisch?«

Betretenes Schweigen machte sich breit, während Vinai an der Zimmerdecke nach einer Antwort suchte.

»Nicht direkt.«

Die Laoten fühlten sich verpflichtet, die Amerikaner von dieser Wende der Ereignisse zu unterrichten. Im Grunde blieb ihnen auch gar nichts anderes übrig. Der Verlust eines Dolmetschers wirkte sich erschwerend auf ihre Arbeit aus. Sie machten sich auf die Suche nach Peach und brachten sie ins Zimmer des Majors, wo der alte Soldat auf der Kante seiner Matratze hockte und eine Karte der Umgebung studierte. Zwischen seinen Füßen lugte eine Kiste Whisky unter dem Bett hervor. Um sie zu verbergen, verschränkte er die Beine. Sie versuchten, so diplomatisch und demütig wie möglich aufzutreten, und erklärten ihm, Vinai sei zwar ein ausgewiesener Fachmann im Umgang mit englischen Texten, habe jedoch leider nur selten Gelegenheit, die Sprache auch zu sprechen, und obendrein die größte Mühe, den Akzent der Amerikaner zu verstehen. Was den Major nicht weiter zu beeindrucken schien.

»Major Potter meint, das ist kein Problem«, übersetzte Peach. »Dann nehmen wir eben einfach die Dicke.«

Siri nahm an, dass der Major von Dtui sprach. Ja, sie war ... nun, nicht direkt fett, jedenfalls nicht nach amerikanischen Maßstäben, auch wenn sich eine gewisse Ähnlichkeit mit einem Ei kaum leugnen ließ. Und sie verfügte ohne jeden Zweifel über einen umfangreichen Wortschatz, der ihr beim Gespräch mit einem Rechtsmediziner zweifellos zupassgekommen wäre. Aber wie konnte der Major davon wissen? Er blickte zu Phosy, dessen gerunzelte Augenbrauen von ähnlicher Verwirrung zeugten.

»Woher weiß der Major von Dtuis Englischkenntnissen?«, erkundigte Siri sich bei Peach.

»Er meint nicht Dtui«, sagte sie nach kurzem Zögern.

»Sondern ...?«

»Die dicke, bärbeißige Laotin, die gestern in unserem Hubschrauber mitgeflogen ist. Ich selbst habe sie gar nicht bemerkt. Der Major sagt, sie spricht fließend Englisch.«

»Abgesehen von den beiden Piloten waren für Ihren Flug keine Laoten vorgesehen«, sagte Kommandeur Lit. »Ich habe die Passagierlisten extra noch einmal überprüft.«

»Sie kam zu spät. Ihr Hubschrauber war schon abgeflogen, da haben wir sie mitgenommen.«

»Aber auch unser Team war komplett«, wandte Phosy kopfschüttelnd ein. »Darum sind war ja gestartet. Es fehlte niemand.«

»Und wo ist sie jetzt?«, fragte Civilai. »Mir sind beim Frühstück jedenfalls keine fremden Laoten aufgefallen.«

Peach fragte den Major. Der lachte und stand umständlich auf, wobei er mit der Ferse unauffällig die Kiste unter das Bett zurückschob. Er legte den Arm um Civilai und trat mit ihm ans Fenster. Den Einführungskurs zum sensiblen Umgang mit Angehörigen fremder Kulturen hatte er offenbar versäumt. Er zog den verschossenen Vorhang beiseite und deutete auf eine Stelle weit jenseits des Zauns, fast zwanzig Meter im Sperrgebiet. Dort saß, in einem Liegestuhl und angetan mit einem orangefarbenen Badeanzug, eine dicke, runde Frau mit dunkler Brille und Sonnenhut. Und das, obwohl noch kaum ein Sonnenstahl durch den Frühnebel drang.

»Um Himmels willen«, sagte Kommandeur Lit. »Dieses Gebiet ist noch nicht von Blindgängern geräumt. Hat sie die Schilder etwa nicht gesehen? Was treibt sie denn da? Hat sie den Verstand verloren? Wer ist sie?«

Doch die anderen Laoten wussten nur zu gut, wer ihnen da nach Xieng Khouang gefolgt war, und es war keine *Sie*.

Tante Bpoo war in Vientiane so berühmt wie Eros in London und Jesus in Rio. Ein Mann, ohne den geringsten Zweifel: kompakt wie ein Klumpen Klebreis, mit tiefer Stimme, mächtigem Schmerbauch – und einer fatalen Vorliebe für Frauenkleider. Er saß am Straßenrand, las den Leuten aus der Hand und sagte ihnen die Zukunft vorher, doch mit seinen Zebrastreifentops und limettengrünen Hotpants konnte er keinem Laoten etwas vormachen. Einem Hubschrauber voller Amerikaner hingegen schon, vorausgesetzt man steckte ihn in ein

Seidenkostüm, spachtelte ihn mit Make-up zu und setzte ihm eine Dauerwellenperücke auf. Denn genau das war geschehen.

Siri war alles andere als wütend. Vielmehr beeindruckte ihn das Raffinement, mit dem die Wahrsagerin zu Werke gegangen war. Dass Tante Bpoo Englisch sprach, war ihm zwar neu, wunderte ihn aber eigentlich nicht. Er oder, besser, sie – denn sie wurde lieber »sie« genannt – war eine bemerkenswerte … Frau. Obwohl sie vorgab, ihre Wahrsagerei sei Schwindel, ein bloßer Vorwand, um mit den Leuten zu plaudern, Freundschaften zu schließen und ihren Platz in der laotischen Gesellschaft zu finden, wusste Siri aus eigener Anschauung und Erfahrung, dass sie eine unheimliche Gabe besaß. Hinter all ihrer Verschrobenheit und ihren unergründlichen Gedichten, ihren schwankenden Stimmungen und wechselnden Geschlechtern verbarg sich ein Mensch, der tatsächlich die Zukunft schauen konnte. Siri brauchte jemanden wie sie, jemanden, der ihm half, mit der Geisterwelt fertigzuwerden. Doch bislang hatte sie sich stets dumm gestellt. Er fragte sich, ob sich hier, in der Wildnis von Phonsavan, wo sie ihm nicht entkommen konnte, nicht vielleicht ein vernünftiges Wort aus ihr herausbringen ließe. Aber all das hatte Zeit. Fürs Erste mussten sie Bpoo dazu überreden, sich etwas Anständiges anzuziehen und sie nach Spook City zu begleiten.

8
SPOOK CITY

Die beiden Hubschrauber näherten sich Long Cheng. Gerade hatten sie das zehn Minuten weiter nördlich gelegene Sam Thong überflogen. Inzwischen war es verlassen, doch Anfang der Siebzigerjahre hatte es 150 000 Flüchtlinge beherbergt. Die Amerikaner hatten Journalisten dorthin geflogen, damit die über das humanitäre USAID-Programm berichten konnten. Sie wollten der Welt zeigen, welche Anstrengungen sie unternahmen, um der Unmenge von Armen zu helfen, die vor den Angriffen der Pathet Lao flohen, wie es in den offiziellen Verlautbarungen hieß. Was die Regierungsbeamten der Presse wohlweislich verschwiegen, war der Umstand, dass die Flüchtlinge in Wahrheit den US-Bombardements zu entkommen suchten. Ganze Regionen wurden evakuiert, damit die Hmong-Kämpfer der CIA ausreichend Platz zum Spielen hatten. Nachdem man sie aus ihrer Heimat verjagt hatte, mussten all diese Vertriebenen von den US-Streitkräften aus der Luft versorgt werden. Was die Journalisten auch nicht wussten: Nur ein paar Kilometer hinter den Hügeln lag das eigentliche Zentrum des Krieges, die Ausgangsbasis der Luftwaffe, die von hier aus bis zu tausend Einsätze täglich flog – Long Cheng.

Die Hubschrauber überquerten einen Bergsattel und braus-
ten hinunter ins Tal von Long Cheng. Das Glanzstück des
geschotterten Flugplatzes war die hoch aufragende Kalk-
steinwand am Ende der Piste. Die Flieger nannten sie die
senkrechte Luftbremse, denn wenn man über das Ende der
Landebahn hinausschoss, gab es keine bessere Methode, um
das Tempo zu drosseln, allerdings auch keine tödlichere. Vielen der umstehenden Baracken fehlte das Blechdach, und
heruntergekommene Bambushütten erstreckten sich bis hoch
hinauf in die Hügel. Doch hier und da regte sich etwas, und
vielleicht würde die Siedlung eines Tages zu neuem Leben
erwachen. Die Hubschrauber landeten neben der alten Roll-
bahn. Ein paar Dutzend Ponys waren an Rohren und Sträu-
chern festgebunden. Schon tummelten sich mehrere hundert
Menschen in den Ruinen von Spook City. Wahrscheinlich
waren ihnen abstruse Gerüchte zu Ohren gekommen, nach
denen die Amerikaner tausend Dollar für alte Knochen und
Wrackteile bezahlten. Einige waren tagelang unterwegs gewesen, um zu diesem abgelegenen Außenposten zu gelangen.
Man hatte angenommen, dass nur seriöse Antragsteller diese
Mühe auf sich nehmen würden. Hätten sie ihr Lager an einer Hauptstraße aufgeschlagen, wären die Sucher mit Fundsachen überschüttet worden. Und, wie Kommandeur Lit ganz
richtig angemerkt hatte, wenn die Explosion von Bowrys Helikopter noch in Long Cheng zu hören gewesen war, konnte
er nicht allzu weit gekommen sein. Die Landbewohner näherten sich den beiden Hubschraubern mit geschlossenen Augen, zum Schutz gegen den Staub, den die Rotoren aufwir-
belten. Die Teams schleppten ihre Ausrüstung einen flachen
Abhang hinunter und einen schmalen Pfad entlang. Der Ein-
fachheit halber wollten sie General Vang Paos einstige Resi-

denz beziehen – ein zweistöckiger Betonbau, der an ein Vorstadtmotel erinnerte und hier ebenso fehl am Platz wirkte wie die Schlapphüte in Anzug und Krawatte, die ihn errichtet hatten. Trotz der fehlenden Möbel war es fast so komfortabel wie das Hotel Freundschaft. Und da der größte Teil der Bombardements hier seinen Ausgang genommen hatte, konnte man durchaus einen Spaziergang unternehmen, ohne Angst haben zu müssen, in die Luft gejagt zu werden.

Siri blieb Tante Bpoo bei dem Gang über das Gelände dicht auf den Fersen und hoffte auf eine Gelegenheit, sie unter vier Augen zu sprechen. Als sie an einer verfallenen Betonbaracke vorbeikamen, packte er sie am Arm und stieß sie durch die offene Tür.

»Ich könnte schreien«, sagte sie.

Sie machte einen Schritt auf den Eingang zu, doch Siri versperrte ihr den Weg.

»Schreie ist man hier oben gewohnt«, sagte er. »Damit ernten Sie bestenfalls ein Schulterzucken.«

»Und wenn ich Ihnen eins über den Schädel ziehe?«

»Mir eins über den Schädel ziehen? Also wirklich, Bpoo. Manchmal sind Sie alles andere als feminin.«

»Wie kommen Sie auf die Idee, dass ich feminin sein möchte?«

»Sie tragen einen Sarong und einen Büstenhalter.«

»Sie haben mir ja keine Zeit gelassen, mich zurechtzumachen. Eigentlich wollte ich heute ein Kleid anziehen.«

»Und das ist nicht feminin?«

»Das sind weiter nichts als Gewänder. Um unsere Blöße zu bedecken. Kleider machen kein Geschlecht. Wenn Sie einen Sattel tragen würden, wären Sie dann ein Esel?«

»Wenn ich einen ganzen Schrank voll von den Dingern

hätte, dürfte man mich mit Fug und Recht ein Langohr schimpfen, ja.«

»Ehrlich, Dr. Siri. Trotz Ihres vorgerückten Alters gibt es für Sie offenbar nichts Wichtigeres, als was andere über Sie denken. Sie sind ja schrecklich eitel.«

»Was wollen Sie hier?«

»Sie haben mich in einen Hubschrauber verfrachtet.«

»Ich meine in Xieng Khouang. Wie sind Sie bloß auf die Idee gekommen, den blinden Passagier zu spielen?«

»Ich mag Amerikaner.«

Siri machte auf dem Absatz kehrt und ging zur Tür hinaus. Das laotische Wort *bpoo* bedeutete Krabbe, und es war allgemein bekannt, dass man einer Krabbe schwerlich Blut abtrotzen konnte. Die Erfahrung hatte ihn gelehrt, dass man aus Bpoo kein vernünftiges Wort herausbekam, wenn sie nicht in Redelaune war. Kaum war er in die Sonne hinausgetreten, hörte er sie sagen:

»Sie werden sterben, Siri.«

Lächelnd drehte er sich um.

»Den Sarg haben Madame Daeng und ich schon ausgesucht. Er ist mit einem batteriebetriebenen Ventilator ausgestattet, falls es mir darin gar zu stickig wird. Das kostet natürlich extra, aber das bin ich mir wert.«

»Ich meine, im Lauf der nächsten fünf Tage.«

»Und Sie sind nur mitgekommen, um mir dabei zuzusehen?«

»Nein. Um es zu verhindern.«

»Und wo waren Sie all die anderen Male, die ich gestorben bin?«

»Diesmal begnügt sich der Schnitter nicht mit halben Sachen. Diesmal geht er aufs Ganze. Sie werden so tot sein wie ein Dodo oder Dinosaurier.«

»Im Ernst? Aber ich dachte, Sie sind ein Scharlatan. Sie haben mir selbst gesagt, dass Sie sich das alles nur ausdenken.«

»Stimmt.«

»Und?«

Seufzend lüpfte Tante Bpoo ihren Sarong und ließ sich unelegant auf einem Haufen Leichtbausteine nieder.

»Siri, Sie können einem wirklich auf die Nerven gehen. Sie und all die kettenklirrenden Geister, die Sie mit sich herumschleppen. Die wissen schon, dass Sie zu dämlich sind, um mit ihnen zu sprechen, aber sie sind nun einmal auf Sie angewiesen. Was, glauben Sie, werden sie wohl davon halten, wenn ihr Portal zu den Lebenden mit Brettern vernagelt und einem Vorhängeschloss gesichert wird?«

»Woher wissen Sie von den Geistern?«

»Sie senden mir hin und wieder eine Botschaft.«

»Dann bringen sie es mir bei. Ich bin zu allem bereit. Ich möchte mit ihnen kommunizieren. Ich möchte wissen, was sie mir sagen wollen. Ich habe die Nase voll von ihren kryptischen Andeutungen. Ich möchte mit ihnen ein Tässchen Instantäther trinken und von ihnen lernen.«

»Schätzchen, das ist eine Gabe, die nicht jeder hat. Mich hat die Natur in dieser Hinsicht überreich beschenkt. Die Geister zeigen mir Dinge, die ich lieber gar nicht sehen würde. Und Sie? Sie haben keinen Funken Talent. Ihr komischer Schamane hat sich keinen Gefallen getan, als er sich in Ihnen häuslich eingerichtet hat. Sie sind eine Sackgasse für die Geisterwelt.«

Siri setzte sich im Schneidersitz vor Bpoo auf die Erde.

»Wer sind sie? Wen haben Sie gesehen?«

»Den einen oder anderen.«

»Zum Beispiel?«

»Gott, wie langweilig. Ihre Mutter, Ihren Exköter, ein gutes Dutzend verwirrter Geister, die Sie nach und nach aufgegabelt haben. Und dann ist da noch ein steinalter Knacker, der nach Geschichte förmlich stinkt.«

»Yeh Ming. Mein Schamanengeist. Sprechen sie mit Ihnen?«

»Manchmal. Zumindest die, die mal als Menschen auf Buddhas Erdboden gewandelt sind. Der Köter knurrt und sabbert bloß. Keine Ahnung, was er will.«

»Und worüber reden sie mit Ihnen?«

»Das sage ich Ihnen nicht.«

»Warum nicht?«

»Weil ich nicht Ihr Fräulein vom Amt bin. ›Huhu, R-Gespräch für Dr. Siri. Ihre Mutter ist in der Leitung. Übernehmen Sie die Gebühren?‹ Ich bitte Sie. Ich habe wahrhaftig Besseres zu tun.«

»Nicht viel.«

»Arschloch!«

Bpoo stand auf und stürzte zur Tür.

»Es tut mir leid«, rief Siri ihr hinterher. »Wirklich. So war das nicht gemeint. Sie haben mit Sicherheit Besseres zu tun.«

»Allerdings.«

In der Tür blieb sie stehen, drehte sich jedoch nicht um.

»Ich wusste es. Also … wann werde ich sterben?«

Sie schwieg.

»Bpoo?«

»Bald. In ein oder zwei Tagen.«

»Haben Sie irgendeine Ahnung, wie Sie das verhindern könnten?«

»Nicht die geringste.«

»Na, dann viel Glück. Sie haben meine volle Unterstützung.«
Bpoo drehte sich um und lehnte sich gegen den Türpfosten.
»Ich ... äh ...«

»Ja?«

»Es könnte etwas mit einem Finger zu tun haben, der in Ihrem Ohr steckt.«

»Was? Der Tod oder das Gegenmittel?«

»Ich weiß nicht. Sagt Ihnen das irgendetwas?«

»Klingt nicht unbedingt nach einer angenehmen Todesart.«

»Nein, weiß Gott nicht. Aber ich könnte mich auch irren. Ich werde in meinen bösen Träumen Augen und Ohren offen halten, bis ich etwas Genaueres weiß.«

»Danke.«

»Keine Ursache. Wie wär's mit einem Gedicht?«

»Mit dem allergrößten Vergnügen.«

An Bpoos ebenso traditionellen wie sinnlosen Gedichten führte kein Weg vorbei. Zum Glück hatten sie normalerweise nur eine Strophe. Andere hätten sie vielleicht auf versteckte Bedeutungen hin abgeklopft, doch Siri zog es vor zu nicken, »interessant« zu murmeln und das Weite zu suchen.

Sie hob an:

Die Zukunft sieht
   Wie von Osten her ein Sturm aufzieht
                     Heiliger Krieg
  Die arabische Bestie   *mordet, raubt*
  Funken tanzen
     Feuerlanzen
       Unsere Töchter, Staub
 Die schuldlosen
    Söhne zerschmettert im Namen Gottes.

»Fertig?«, fragte Siri.

»Ja.«

»Interessant.«

Der erste Kommentar zu der Zusammensetzung der Menschenmenge kam von Schwester Dtui. Es waren entweder Frauen, Kinder oder Männer über sechzig, die sich zur offiziellen Fundstückpräsentation versammelt hatten. Der Krieg hatte eine ganze Generation kräftiger junger Männer ausgelöscht. Und wozu? Sie bewunderte die Zähigkeit der Leute, die – in der Hoffnung auf eine bescheidene Belohnung – die beschwerliche Reise durch die Hügel auf sich genommen hatten. Am liebsten hätte sie ihnen allen etwas gegeben, dabei hatte Dtui kaum mehr als sie. Die meisten von ihnen würden mit leeren Händen in ihr Dorf zurückkehren. Sie bezweifelte, dass sie sich die Mühe machen würden, ihre reichen Gaben wieder mit nach Hause zu nehmen. Die einen hatten auf Ziegenkarren halbe Granathülsen voller Einzelteile herangeschafft. Andere hatten Plastikplanen auf der Erde ausgebreitet und ihre bunt zusammengewürfelten Knochen zu kompletten, grotesk verrenkten Skeletten zusammengesetzt. Wieder andere hatten Andenken mitgebracht. Einer hatte sich ein altes Helmfutter über den Kopf gestülpt, das aussah wie ein Lampenschirm. Ein anderer trug Kampfstiefel, die ihm fünf Nummern zu groß waren. Ein altes Ehepaar hatte seinen blonden, dunkelhäutigen Enkel angeschleppt und wollte Unterhalt für ihn einklagen. Es herrschte eine Atmosphäre wie auf einem riesigen Vermisstenflohmarkt, größer und beeindruckender, als der laotische Teil der Einsatzgruppe es sich jemals hätte träumen lassen. Die Verzweiflung im Nordosten war offensichtlich groß.

Die Teams errichteten drei Stände und unterwiesen die Einheimischen in der hohen Kunst des Schlangestehens. Einige Antragsteller schienen zu glauben, damit seien ihre Chancen auf das Dreifache gestiegen. Waren sie an einem Tisch abschlägig beschieden worden, reihten sie sich sogleich in die nächste Schlange ein. Auch die Verständigung machte Schwierigkeiten. Die Dorfbewohner entstammten den verschiedensten ethnischen Gruppen, und kaum einer sprach fließend Hochlaotisch. Inspektor Phosy beherrschte drei Sprachen des Nordens, Richter Haeng immerhin zwei. Dtui sprach ein paar Brocken Khmu, und da er in gleich vier Thaidialekten leidlich bewandert war, bekam auch Cousin Vinai endlich Gelegenheit, sich nützlich zu machen. Lit und (wenn die Geister ein Einsehen hatten) auch Siri sprachen Hmong. Auf diesen verschlungenen Kanälen wurden die Informationen an die Amerikaner weitergeleitet, die sie sich von Dtui, Peach und Tante Bpoo übersetzen ließen.

Gegen Mittag des ersten Tages war abzusehen, dass allein das Aussieben der Falschmünzer und Prämienjäger weitaus länger dauern würde als die fünf Tage, die ihnen zur Verfügung standen. Sie mussten die Betrüger irgendwie eliminieren. Wie so oft, wenn Not am Mann war, hatte Dr. Siri eine Idee. Zur Mittagszeit verschwand er mit einer Dose Corned Beef und einem Seil in den Hügeln. Als er eine halbe Stunde später wiederkam, hing an dem Seil ein Hund. Es war ein großes, wildes, schmutzig graues Tier. Nachdem ihm gut sieben Jahre kein Mensch auch nur die geringste Beachtung geschenkt hatte, fand es die plötzliche Aufmerksamkeit sichtlich verwirrend. Es war halb verhungert, und mit dem Corned Beef war Siri in seinen blutunterlaufenen Augen unversehens zum Heiligen aufgestiegen.

»Siri, das ist ja ein potthässlicher Köter«, sagte Daeng lachend.

»Stimmt«, bestätigte Siri. »Ein Bad würde ihm gewiss nicht schaden.«

»Bad hin, Bad her, hässlich bleibt hässlich.«

»Und Köter bleibt Köter.«

Siri warf Köter in eine der Zementwannen, die ihnen als Wassertröge dienten, und schrubbte ihn mit einem Strohbesen. Als er der Wanne schließlich entstieg, war er zwar noch immer schmutzig grau und hässlich, aber dafür hielt er das Hundehaupt stolz emporgereckt und roch auch nicht mehr ganz so streng. Siri nahm ihn wieder an das Seil, drehte mit ihm eine Runde um Long Cheng und ließ ihn schnüffeln, wo er wollte. Dann sorgte der Doktor dafür, dass sich das Gerücht verbreitete, Köter sei ein Knochenhund des US-Militärs. Er könne Tier- und Laotenüberreste aufspüren wie ein Trüffelschwein nämliche Pilze. Wer Gebeine zur Begutachtung mitgebracht habe, müsse sie von Köter beschnuppern lassen. Und wer bei dem Versuch ertappt werde, sie mit dem Schienbein eines Bären oder dem Schulterblatt einer toten Tante übers Ohr zu hauen, werde schnurstracks hinter Gittern, wenn nicht gar vor einem Erschießungskommando landen.

Es war weiter nichts als Klatsch und Tratsch, doch die Rückkehr des Feindes nach Long Cheng verlieh dem Gerücht die nötige Glaubwürdigkeit, und Köter hatte seine zweite Runde über das Gelände noch nicht beendet, da waren zwei Drittel der Dorfbewohner auch schon verschwunden und hatten ihre angeblichen Fundsachen zurückgelassen. Womit die Lösung des Problems in greifbare Nähe gerückt schien. Als Peach dem Major die frohe Kunde überbrachte, kam Potter mit ausgebreiteten Armen auf Siri zu. Nur Köters gezieltes Schnappen nach des Majors rechter Hand bewahrte Siri davor, von ihm geherzt und gedrückt zu werden. Dafür entboten Potter und die anderen Amerikaner ihm zum Dank dafür, dass er ihnen die Arbeit wesentlich erleichtert hatte, einen ungelenken *nop*. Dennoch waren sie bis halb sechs damit beschäftigt, Antragsteller zu befragen, die mitgebrachten Souvenirs zu sichten und die Fundorte auf einer Karte zu verzeichnen. Und doch hatten sie, als sie schließlich in die Helikopter stiegen, das untrügliche Gefühl, dass sie nichts Brauchbares vorzuweisen hatten. Noch vier Tage bis ultimo.

Erst als sie wieder im Hubschrauber saßen, erkannte Richter Haeng, dass es sich bei der dicken Laotin um niemand anderen handelte als Tante Bpoo. Sein Entsetzen kannte keine Grenzen. Sie war ein weiterer Stachel in seinem Fleisch.

»Was, in Lenins Namen, machen Sie hier, Mann?«, brüllte er gegen den Rotorenlärm an.

»Mir geht es sehr gut, danke der Nachfrage, Herr Richter. Und Ihnen?«

»Ich habe Sie etwas gefragt.«

»In der Tat, und zwar in ziemlich unhöflichem Ton. Was halten Sie davon, wenn wir noch einmal von vorn anfangen, und diesmal in gebührender Form?«

»Sie lassen den nötigen Respekt vermissen. Sie wissen, wer ich bin und wie viel Macht ich habe. Ich werde Sie festnehmen und ins Zuchthaus werfen lassen.«

»Und weswegen, wenn ich fragen darf, mein kleiner Kadi?«

»Landfriedensbruch. Widerrechtliche Behinderung eines staatlichen Projekts.«

»Ah, aber ich habe eine Buchung.«

»Eine was?«

»Eine Reservierung, im Hotel Freundschaft. Ich steige immer dort ab, wenn ich im Norden weile. Ich habe hier Urlaub gemacht, als der nette rotgesichtige Major mich in sein Team einlud. Und wer kann dazu schon Nein sagen?«

»Ich glaube nicht an einen Zufall. Wie sind Sie hierhergekommen?«

»Mit dem Bus.«

»Zeigen Sie mir Ihren Passierschein.«

»Der liegt in meinem Zimmer. Aber das wussten Sie natürlich, Sie hinterhältiger kleiner Teufel. Ihnen ist ja kein Vorwand zu fadenscheinig, um in das Schlafzimmer einer Dame zu gelangen.«

»Wie können Sie es wagen? Sie sind eine Missgeburt, eine Laune der Natur. In der neuen Republik ist für Typen wie Sie kein Platz.«

»Ah, verstehe. Für Vannasack Symeaungxay, Thidavanh Bounxouay und Doungleudy Phoudindong gibt es darin durchaus ein Plätzchen, aber nicht für Tante Bpoo?«

Haeng lehnte sich zurück, und die Farbe wich aus seinem Gesicht.

»Wie ...?«, begann er.

»Ich weiß zufällig, dass das die Namen der drei jungen Frauen sind, für die Sie in Vientiane Zimmer angemietet haben. Im Dezember wird eine vierte hinzukommen, Latsamy Thongoulay, aber die werden Sie erst noch kennenlernen. Trotzdem dürfte sich das Ministerium brennend für ihre Geschichte interessieren.«

Haeng senkte die Stimme.

»Das ... das ist Erpressung.«

»Noch nicht. Ich bin mir noch nicht ganz im Klaren darüber, was ich von Ihnen möchte. Erst wenn ich das entschieden habe, ist es Erpressung.«

Um sich in dem lärmenden Helikopter überhaupt verständigen zu können, hatten sie die Köpfe zusammengesteckt. Ehe Haeng eine passende Antwort einfiel, hauchte Bpoo ihm einen Kuss auf die Wange. Haeng sprang auf, suchte sich einen anderen Platz und wischte sich fluchend den Lippenstift aus dem Gesicht. Ein Katastrophenausflug, zwei Stachel im Fleische. Kein Respekt. Die Leute hatten einfach keinen Respekt. Aber er hatte einen Plan. Noch bevor diese Mission beendet war, würden sie ihn beneiden und bewundern für das, was er demnächst zu tun gedachte. Ja, sie würden ihm Respekt zollen. Jeder Einzelne von ihnen.

Zurück in Phonsavan, übergossen sich die meisten Laoten mit Wasser aus den Tonkrügen in den Gemeinschaftsbaderäumen. Die Amerikaner warteten lieber, bis bei Sonnenuntergang der Generator angeworfen wurde und die Pumpen Wasser in ihre zimmereigenen Bäder beförderten. Im Laotenflügel übte sich nur Richter Haeng in solcherlei Geduld. Das Abendessen wurde um sieben serviert: eine Fusion aus laotischer und westlicher Küche, interpretiert vom Hmong-Küchenpersonal, das für den Hmong-Hoteldirektor und dessen Ehefrau tätig war.

Die Hmong waren ein geteiltes Volk. Wer den Kürzeren gezogen und sich auf die Seite der Amerikaner geschlagen hatte, hauste jetzt in Flüchtlingslagern oder schlug ein letztes vergebliches Gefecht in den Bergen. Wer die Kommunisten unterstützt hatte, führte ein ähnliches Leben wie zuvor. Viele wurden aus ihrer Bergheimat verschleppt, um auf den Feldern und in den Städten zu arbeiten. Einige fielen Krankheiten zum Opfer, die es in höheren Lagen nicht gab. Andere, wie Herr Toua, der Direktor des Hotels Freundschaft, nutzten ihr Know-how und ihren Unternehmergeist für kommerziellere Zwecke. Er war davon überzeugt, dass diese amerikanisch-laotische Mission nur der Auftakt war für unerschöpfliche Touristenströme, die Phonsavan in das Luang Prabang des Nordostens verwandeln würden. Weshalb er weder Kosten noch Mühen scheute.

Im Speisesaal saß man nicht mehr getrennt. Die Tische standen wie in einem gewöhnlichen Restaurant im Raum verteilt. Und nach einem gemeinsamen Tag an der Front fand sich ein amerikanischer Journalist womöglich neben einem laotischen Soldaten, ein laotischer Polizist samt Gattin neben einem schwarzen Sergeant, ein japanisch-amerikanischer Rechtsmediziner neben einem Tranvestiten unbekannter Herkunft, ein laotischer General neben einem amerikanischer Major und einer jungen Dolmetscherin wieder.

»Sagen Sie ihm, dass ich in Nam war, Schätzchen«, begann Potter. Irgendwie war es ihm gelungen, sich schon vor dem Essen einen leichten Whiskyrausch anzutrinken, und Peach lehnte sich zurück, um seiner Fahne zu entgehen. Sie gab die Mitteilung an General Suvan weiter.

»Sechs Jahre, sechs gottverdammte Jahre war ich da«, fuhr er fort. »Sagen Sie ihm das.«

Sie sagte es ihm, doch der General zeigte keine Reaktion. Potter musste das Gespräch allein bestreiten.

»Verzeihen Sie meine Offenheit, aber für uns waren das alles *chinks* und *dinks* und *zips*. Schlitzaugen, weiter nichts.«

»Es ist nicht ganz leicht, das zu übers…«

»Dann geben Sie sich ein bisschen Mühe, Schätzchen. Sie schaffen das schon. Aber der springende Punkt ist: Für uns waren sie Untermenschen, weil das Pentagon es uns so eingetrichtert hatte – skrupellose, ungebildete, namenlose Heiden. Und genau so führten sie auch Krieg. Da gab es keinen Ngoo Yen und keinen Fat Dook, keinen Ehemann oder Vater oder ehemaligen Lehrer. Nur einen Haufen Schlitzaugen. Darum haben wir sie unterschätzt. Wie kann man gegen jemanden kämpfen, den man nicht versteht? Wie kann man jemanden töten, den man nicht liebt? Das ist der springende Punkt. Man braucht einen leidenschaftlichen Grund, um einen Menschen zu töten. Verstehen Sie? Und keiner von uns hatte diese Leidenschaft. Jetzt habe ich aber eine ganze Menge gequatscht. Wollen Sie das dem General nicht mal eben verklickern, Schätzchen?«

Peach wusste weder, wie sie Potters Erguss übersetzen sollte, noch, ob der General ihr überhaupt zuhörte. Auf dem Tisch stand Bier, und er hatte sein erstes Glas mit einer Hingabe hinuntergestürzt, die sie von ihm nicht gewohnt war. Die Amerikaner hatten ein Dutzend Kisten Bud eingeflogen. Es war eiskalt, denn es hatte den ganzen Tag in dem Wassertrog hinter dem Haus gelegen. Da Bier in Laos Mangelware war, versprach es einen besonderen Genuss, eine kühle Labsal nach dem ersten harten Arbeitstag. Eins musste man den Amerikanern lassen: Die Kunst der Verführung beherrschten sie aus dem Effeff.

»Das hätten wir von Anfang an tun sollen«, sagte Potter und spießte ein Würstchen auf. »Miteinander sprechen. Im Grunde seid ihr doch alles nette Zeitgenossen, und wissen Sie, was mir an euch so gut gefällt? Eure Bescheidenheit. Wir sind maßlos. Ihr seid bescheiden. Wissen Sie, was die Vietcong getan haben, nachdem sie uns den Stuhl vor die Tür gesetzt hatten? Sie haben eine Schadenersatzforderung über fünfzig Milliarden Dollar gestellt. In Form einer Restaurantrechnung, adressiert an Kissinger persönlich. Die trauen sich was. Ha! Eine gottverdammte Rechnung. Der General hat doch bestimmt einen Haufen Fragen, die er einem amerikanischen Soldaten gern mal stellen würde. Oder?«

Peach fragte nach. Der General lächelte, murmelte etwas und widmete sich wieder seinem Bier.

»Dem General fällt gerade keine ein«, übersetzte Peach.

»Kein Wunder. Kein Wunder. Das ist ja auch eine hochemotionale Angelegenheit. Ich kann das sehr gut nachempfinden. Ich habe selbst eine ganze Weile gebraucht, um mit meinen Gefühlen zurechtzukommen. Und meine Dämonen zu exorzieren. Dieses ganze unnütze Töten. Die Zerstörung. Eines Tages habe ich mir gesagt: ›Hey, das sind Menschen, auf die wir hier schießen. Es muss doch eine bessere Lösung geben.‹ Und das ist sie, Schätzchen. Das ist die Lösung. Ein Bierchen in Ehren. Liebe deinen Feind. Ich bin so stolz, dass ich hier sein darf. Prost.« Er erhob sein Glas und stieß mit dem General an. »Jawoll. So ist's recht. Sind Sie sicher, dass er keine Fragen hat?«

Peach gab keine Antwort und fragte auch nicht noch einmal nach. Potter exorzierte seine Dämonen nicht. Er ertränkte sie, einen nach dem anderen. Und jetzt klammerten sie sich an seine Knöchel und zogen ihn mit sich in die Tiefe. Sie konnte das nicht länger mit ansehen. Er war für seinen Posten denkbar ungeeignet. Leute wie Potter mussten weg. Und dafür würde sie schon sorgen.

Siri, Daeng und Civilai hatten keine amerikanische Gesellschaft. Sie fühlten sich ein wenig ausgeschlossen. Am Nebentisch steckten gleich zwei Amerikaner die Köpfe zusammen. Mack Gordon, der zweite Sekretär der Bangkoker Botschaft, war Ende dreißig und hatte einen mächtigen Wanst; mit seinem wettergegerbten Aussehen erinnerte er an einen zerzausten Hund, der auf der Ladefläche eines Pick-ups steht und die Schnauze in den Wind hält. Sein Lächeln reichte von einem Ohr zum anderen, und seine Zunge schien zu groß für seinen Mund. Er unterhielt sich mit Randal Rhyme von der Zeitschrift *Time*. Siri und Civilai kannten Woody Allen aus seinen Filmen, und Rhyme musste sein Bruder sein; Woody war der Größere und Muskulösere mit dem volleren Haupthaar.

»Das ist Rassismus in Reinkultur«, befand Civilai. Er versuchte, mit bloßer Hand eine Bierdose zu zerquetschen, doch die Firma Budweiser schien die Büchsen zu verstärken, bevor sie selbige in ferne Länder exportierte. Dafür verpasste er ihr ein paar eindrückliche Dellen.

»Sie haben wahrscheinlich von euch beiden gehört«, sagte Daeng. »Und wer setzt sich schon freiwillig an diesen Tisch und lässt sich von euch durch den Kakao ziehen?«

»Dabei sind wir doch lammfromm, nicht wahr, Siri?«, widersprach Civilai. »Warum kriegen alle anderen einen ab, nur wir nicht? Sie haben offenbar Order, sich mit uns zu verbrüdern, uns das Gefühl zu geben, wir seien eine einzige große Familie. Das Ganze dient einzig und allein dem Zweck, uns einzulullen, uns friedlich und versöhnlich zu stimmen. Es würde mich nicht wundern, wenn sie uns was ins Bier getan hätten.«

»Hmm. In den Genuss dieser Civilai'schen Verschwörungstheorie komme ich zum ersten Mal«, sagte Daeng lachend. »Während die Russen, die Chinesen und die Vietnamesen uns mit Geld und Konsumartikeln ködern, erobern die Amerikaner uns klammheimlich mit Liebe und Tourismus.«

»Alles andere haben sie ja schon versucht«, rief Civilai ihr ins Gedächtnis.

»Und warum sind sie dann nicht hier und hofieren und umschwärmen uns?«, fragte Daeng.

»Weil sie verdammt clever sind. Sie wissen, dass ich ihr Komplott durchschaut habe, darum üben sie sich in Zurückhaltung. Sie treiben ein doppeltes … Egal. Ich hätte nicht übel Lust, ihre kleine Versammlung zu sprengen und ihnen eine handgreifliche Lektion in Sachen Gastfreundschaft zu erteilen.«

Siri lachte. »Wenn ich dich nicht besser kennen würde, was offensichtlich nicht der Fall ist, müsste ich wohl zu dem Schluss gelangen, dass du lediglich beleidigt bist, weil wir keinen Amerikaner zum Spielen haben. Du bist eifersüchtig.«

»Und ich wette ein halbes Dutzend Büchsen Freibier, dass Sie es nicht wagen, an ihren Tisch zu gehen«, setzte Daeng hinzu.

»Madame, das Wörtchen ›feige‹ werden Sie im Civilai'schen Diktionär vergeblich suchen.«

Er erhob sich majestätisch, schnappte sich drei ungeöffnete Dosen Bier von einem Blechtablett und marschierte damit an den Nebentisch. Ohne eine Sekunde zu zögern, bot Sekretär Gordon ihm einen Stuhl an, und sie gaben sich die Hand.

»Er hat es tatsächlich getan«, sagte Siri.

»Und wie es scheint, haben sie sogar so etwas wie eine gemeinsame Sprache gefunden«, bemerkte Daeng. »Sie lachen.«

»Also, nicht um alles Geld der Welt würde ich mich an die Gegenseite verkaufen«, sagte Siri.

»Ich auch nicht.«

»So viel Wasser kann gar nicht den Mekong hinunterfließen, dass ich auch nur ein Wort mit ihnen wechseln würde.«

»Eher stürze ich mich kopfüber in einen Brombeerstrauch.«

»Ich würde dich wieder herausziehen.«

»Danke.« Sie nippte an ihrem Bier und blickte sich um. »Sag mal, der *farang* mit der Glatze und der Brille ist doch Journalist, oder?«

»Ja. Warum?«

»Dreh dich nicht um. Er kommt auf uns zu.«

»Wimmle ihn ab, Daeng.«

»Zu spät.«

Rhyme von *Time* stand vor ihnen und setzte ein unwiderstehliches Lächeln auf. Seine dicken Brillengläser ließen seine blauen Augen auf doppelte Größe anschwellen.

»Wow!«, sagte er und dann in fließendem Französisch: »Madame Daeng und Dr. Siri Paiboun, live und in Farbe. Wie aufregend. Es ist mir eine große Ehre. Ich kann Ihnen gar nicht sagen, wie sehr ich mich darauf gefreut habe, Ihre Bekanntschaft zu machen.«

Ohne eine Sekunde zu zögern, bot Siri ihm einen Stuhl an.

9

DER SCHWANZ DES DRACHEN

Der zweite Tag der Mission begann mehr oder weniger genauso wie der erste. Die Helikopter landeten auf dem Stützpunkt, die Teams schleppten ihre Gerätschaften in Vang Paos Haus und stellten die Klapptische auf. Als Sankt Siri dem Hubschrauber entstieg, wedelte Köter so heftig mit seinem Stummelschwanz, dass es ihn glatt von den Pfoten riss. Um ihre Freundschaft zu besiegeln, hatte Siri ihm die Reste seines Frühstücks mitgebracht. Nach kaum zehn Sekunden waren das Essen, die Zeitung, in die er es gewickelt hatte, nebst ein paar Happen Erde im gefräßigen Schlund des Hundes verschwunden.

Ob die Leute die Nacht über ausgeharrt hatten, war schwer zu sagen, doch wie es schien, standen alle noch an ihrem Platz. Die Teams bildeten drei Gruppen und machten sich daran, die Fundsachen zu untersuchen. Eine beeindruckende Kollektion von Gegenständen erwartete sie: Aluschalen, Schnürsenkel, ein komplettes Arsenal von Zippo-Feuerzeugen und nicht zuletzt ein mechanisches Spielzeug ohne Batterien. Woher die blecherne Barkeeperfigur stammte, wusste niemand, doch seine Besitzer behaupteten, sie sei das Geschenk eines

Piloten, der sich in letzter Sekunde aus einem brennenden Hubschrauber habe befreien können. Man musste sie für ihre Dreistigkeit bewundern.

Eine Stunde war vergangen, und noch immer hatte niemand eine glaubhafte Verbindung zu Captain Bowry herstellen können. Bis eine Gruppe alter Männer und junger Knaben eintraf, die ganz in Schwarz gekleidet waren und ihre Sarongs wie Turbane auf dem Kopf trugen. Aus Bambushalmen hatten sie eine Art Trage gezimmert. Darauf lag, mit Seilen festgezurrt, das Leitwerk eines Helikopters mit noch intakter Steuerschraube. Feierlich, wie Sargträger, setzten sie es vor Vang Paos Haus ab und traten respektvoll einen Schritt zurück.

»Donnerwetter«, sagte Siri. Er stand von seinem Tisch auf und kehrte den Hmong-Frauen, die ihm einen Goldzahn verkaufen wollten, den Rücken. Er trat neben die Trage, und nach und nach gesellten sich die anderen Teammitglieder zu ihm. Jemand stieß einen leisen Pfiff aus. Allem Anschein nach hatte eine Explosion das Leitwerk des Helikopters abgerissen. Das Metall an der Unterseite war zerfetzt und rußgeschwärzt. Der Rest war dunkelgrün und trug keinerlei Hoheitszeichen, doch der weiße Schriftzug H32 war deutlich zu erkennen.

»Das ist er«, sagte Dtui. »Der auf den Fotos. H32.«

Major Potter hatte ihnen die Bilder, die in der Botschaft in Bangkok eingegangen waren, gleich am ersten Tag gezeigt, und nun hielt er die Aufnahme des Leitwerks in die Höhe und verglich sie mit dem Neuzugang. Seine Aufregung verriet, dass es sich um ein und dasselbe Fundstück handelte. Er wusste nicht, wen er zuerst umarmen sollte. Er blaffte Peach an, die sich daraufhin zu den Sargträgern umdrehte und sie auf Laotisch fragte, wo sie das Wrackteil gefunden hatten. Sie lächelten und nickten, gaben aber keine Antwort. Sie probierten es auf Hmong, Khan und Lu, bis Phosy mit seinem Phuan schließlich einen Treffer landete. Die Phuan hatten in dieser Gegend einst ihr eigenes Fürstentum besessen. Doch da Feindseligkeit und Gewalt nicht eben zu ihren Stärken zählten, waren sie im Zuge vieler kriegerischer Auseinandersetzungen stark dezimiert und schließlich von den Siamesen in die Sklaverei gezwungen worden. Laut der Volkszählung des Jahres 1977 waren in Laos nur noch rund zehntausend von ihnen übrig. Aber dies musste ein ziemlich isoliertes Häuflein sein, wenn sie keine andere Sprache beherrschten. Phosy führte sie zu einem Hühnerohrringbaum, ließ Wasser kommen, und während sie tranken, erzählten sie ihm von ihrer zweiwöchigen Wanderung mit dem Schwanz des Drachen. Der Inspektor zeigte ihnen eine Landkarte, und obwohl sie nicht begriffen, wie es möglich war, ein so riesiges Stück Urwald auf handliches Maß zu schrumpfen und obendrein auf ein Stück Papier zu drucken, gelang es ihnen irgendwie, Phosys Zeigefinger anhand der Sonnenauf- und -untergänge, der Berge, Täler und Flüsse zu ihrem Heimatdorf zu führen.

Nach zwanzig Minuten kam Phosy zu den anderen zurück. Aller Augen ruhten auf den Neuankömmlingen. Phosy zeigte ihnen einen Punkt auf der Karte, Ban Hoong im Osten, wo die Gruppe ihre Reise angetreten hatte. Mit dem Hubschrauber war das Dorf von hier aus in knapp vierzig Minuten zu erreichen.

»Das ist näher an Phonsavan als an Long Cheng«, bemerkte Dtui.

»Ihre Schamanin hat sie hierhergeschickt«, übersetzte Phosy. »Angeblich hat sie im Traum ein Zeichen gesehen.«

»Könnte es nicht auch sein, dass sie den Aufruf der Regierung im Radio gehört hat?«, fragte Civilai.

»Das glaube ich kaum«, antwortete Phosy. »Sie ist seit sieben Jahren tot. Es war ihr letzter Wille, dass sie den Schwanz des Drachen bei den reichen Oberherren in Spook City abliefern.«

Peach übersetzte das den Amerikanern.

»Damit sind dann wohl wir gemeint«, sagte der Major. »Haben sie Ihnen auch verraten, wie sie zu dem Drachenschwanz gekommen sind?«

Phosy erzählte weiter.

»Eines Nachts gab es eine Explosion, und als sie am nächsten Morgen wach wurden, stellten sie fest, dass dieses Ding durch das Dach ihrer Versammlungshütte gekracht war. Die Schamanin erzählte ihnen, sie habe in einem Baum gesessen – ich werde den Verdacht nicht los, dass sie nicht ganz bei Sinnen war – und einen Drachen mit dem Mond zusammenstoßen sehen. Dabei sei der Mond in tausend Stücke gesprungen. Sie konnten sie nicht vom Gegenteil überzeugen, denn sie war in dieser Nacht erblindet. In Anbetracht der vorliegenden Indizien hält es der Anführer der Gruppe jedoch für wahrscheinlicher, dass der Drache ein Helikopter war.«

»Haben sie noch andere Wrackteile gefunden?«, fragte Lit.

»Sieht ganz so aus.«

»Und warum hat nur ihre Schamanin die Explosion gesehen?«

»In dieser Gegend herrschte schon immer reger Flugverkehr: Bombardements, Flakfeuer, Abstürze, der Abwurf nicht genutzter Munition. Im Krieg wurden die Phuan von beiden Seiten bedroht und heimgesucht, ihre jungen Männer zum Kriegsdienst eingezogen. Sie hatten Angst. Insofern ist es nicht weiter verwunderlich, dass nachts niemand aus dem Haus stürzte, um nachzusehen, was da explodiert war. Sie zogen sich einfach die Decke über den Kopf und hofften, dass der Spuk bald vorübergehen würde.«

Als das zu den Amerikanern durchgedrungen war, trat Sergeant John Johnson vor.

»Hat vor der Explosion vielleicht jemand etwas Ungewöhnliches gehört?«, fragte er.

»Zu diesem Thema gibt es die ausführliche Aussage einer Frau, die in der fraglichen Nacht wachgelegen hat«, sagte Phosy. »Sie hatte Angst vor Hubschraubern, und der hier war bereits ein paarmal am Himmel gekreist. Sie war davon überzeugt, dass er es auf ihr Dorf abgesehen hatte. Dann plötzlich, sagt sie, sei der Motor ausgegangen, als hätte der Helikopter sich in der Stille des Himmels versteckt. Und dann gab es einen Knall.«

Johnson wollte wissen, wie viel Zeit zwischen dem Aussetzen der Motors und der Explosion vergangen sei.

»Sie sagt, etwa zehn Atemzüge«, antwortete Phosy. »Hat das etwas zu bedeuten?«

»Unter Umständen.«

»Haben die Dorfbewohner eine Leiche gefunden?«, fragte Siri.

»Nein«, erwiderte Phosy. »Aber die Vegetation in dieser Gegend ist ziemlich dicht.«

»Lag das Heck die ganze Zeit in ihrem Dorf?«, erkundigte sich Major Potter.

»Es hatte anscheinend einen Ehrenplatz in der Versammlungshütte, auf die es gefallen war«, sagte Phosy.

»Können sie sich vielleicht erinnern, ob jemand in ihr Dorf gekommen ist und ein Foto geschossen hat?«

Phosy gab die Frage an die Gruppe weiter und zeigte ihnen die Fotos aus der Botschaft. Sie bestätigten, dass eins davon in ihrer Versammlungshütte aufgenommen worden war, konnten sich aber nicht entsinnen, dort jemanden mit einer Kamera gesehen zu haben. Im Dorf gebe es keine, sagten sie. Auch erkannten sie weder die Hütten noch den Amerikaner wieder.

»Dann sehe ich nur eine Möglichkeit«, sagte Potter. »Wir fliegen in ihr Dorf und schlagen dort unsere Zelte auf, das heißt natürlich nur, wenn General Suvan und Richter Haeng nichts dagegen haben.«

Haeng erklärte der Dolmetscherin, er habe gerade denselben Vorschlag machen wollen. Der General nickte und fragte, wann es Mittagessen gebe. Und so mussten zig enttäuschte, aber letztlich unehrliche Bergbewohner die Heimreise antreten, und die jungen laotischen Piloten lenkten die beiden russischen Mi8-Hubschrauber gen Osten, in einem weiten Bogen, um die Flugverbotszone zu umgehen. An Bord befanden sich zwanzig verwirrte Phuan, die zum ersten Mal im Himmel schwebten und sich vor Angst fast in die Hosen machten. Vier von ihnen hatten sich schon vor dem Start ausgiebig in die just zu diesem Zweck verteilten Plastiktüten erbrochen. In der Luft taten die anderen es ihnen nach. Der zweite Helikopter transportierte das Heck eines Sikorsky-H34, das in einer Hängematte schaukelte.

Da die Greise und Knaben aus Ban Hoong ihr Dorf noch nie von oben gesehen hatten und die Piloten es zusammen auf kaum fünfhundert Flugstunden brachten, blieb es Sergeant Johnson überlassen, sie anhand der Karte und diversen Orientierungspunkten am Boden an ihr Ziel zu lotsen. Wie ein Stuntman lehnte er sich aus der offenen Ladeluke und machte Peach, die mit den Piloten per Kopfhörer verbunden war, unverdrossen Zeichen. Für alle anderen an Bord wies der grüne Teppich, auf den sie durch Wolkenfetzen und Nebelschwaden hinunterblickten, keinerlei Besonderheiten auf, doch der Sergeant war ein Meister seines Faches und geleitete sie zielsicher in den Schoß von Ban Hoong. Die Hütten waren so baufällig, dass der Wind der Rotoren sie fast dem Erdboden gleichmachte. Siri fragte sich, ob der Ort vielleicht verlassen war. Es war kein Mensch zu sehen. Als die Dorfbewohner merkten, dass sie zu Hause angekommen waren, sprangen sie dankbar aus den Helikoptern, obwohl die Rotoren sich noch immer wie wild drehten. Einer nach dem anderen kamen Frauen und Kinder aus den wackeligen Pfahlbauten wie Feldmäuse nach einem Monsun. Obwohl die Heimkehrer ganze zwei Wochen fort gewesen waren, schien die Wiedersehensfreude recht verhalten.

In seiner Zeit im Dschungel hatte Siri viele solcher Dörfer gesehen. Es bestand aus einer Ansammlung simpler Grasmattenkonstruktionen auf Pfählen, in die man über eine Bambusleiter gelangte. Unter den Hütten drängten sich einfache Webstühle, altersschwache Ackergeräte und diverse Nutztiere. Es war wie eine Reise in die Vergangenheit. Nur die Wellblechdächer entlarvten das zweihundert Jahre alte Dorfidyll als Fälschung. Aber es war malerisch gelegen. Auch jetzt noch, kurz vor zehn, hing der Nebel in den umliegenden Bergen, und die Sonne war ein undeutliches Eigelb hinter einem Spitzenvorhang. Die Luft war frisch und kitzelte Siri in der Kehle. Ein plätschernder Gebirgsbach lieferte die musikalische Begleitung. Die Minutenzeiger der amerikanischen Armbanduhren krochen merklich langsamer über das Zifferblatt. Der Takt der Zeit hatte sich gewandelt.

Einigen war das entschieden zu viel. Die US-Botschaftsangestellten, Rhyme von *Time*, Richter Haeng und Cousin Vinai flogen mit einem der Hubschrauber weiter nach Phonsavan, wo sie auf dem Postamt Schlange stehen würden, um ihre Ferngespräche nach Vientiane anzumelden. Es war höchste Zeit, die frohe Kunde zu verbreiten. Die anderen stellten ihre Klapptische unter dem stark beschädigten Grasdach der Versammlungshütte auf. Siri erkundete derweil die Umgebung und schlenderte mit Köter durch das Dorf. Lächelnd nickte der Doktor Leuten zu, mit denen er nicht sprechen konnte, und inspizierte die traurigen Gartenzäune und vernachlässigten Pflanzen, welche die Grenzen der einzelnen Grundstücke markierten. Er hoffte, etwas Sehenswertes zu entdecken, konnte sich jedoch des Eindrucks nicht erwehren, dass dieses Dorf mit seinen Söhnen gestorben war.

Das einzig Unnormale in einem ansonsten völlig normalen Dorf war vielleicht der Junge, der auf dem winzigen Dorfplatz saß und Siris Aufmerksamkeit auf sich zog. Er war fünfzehn oder sechzehn und hockte im Schneidersitz auf der nackten Erde. Zwei oder drei Fliegen schwirrten um seinen Kopf. Vor ihm standen ein Dutzend Glasgefäße verschiedener Provenienz: Cola, Mineralwasser, ein Vaselinetopf. Und in jedem Behälter befand sich ein Insekt von unterschiedlicher Art und Größe, vom Käfer bis zur Pferdebremse. Und hätte er genauer hingesehen, wäre dem aufmerksamen Besucher vermutlich nicht entgangen, dass sich ein dünner Faden durch den Deckel jeder Flasche zog und sich um den Bauch der gefangenen Insekten schlang, sodass sie, wenn man sie aus ihrem Kerker befreite, nicht weiter fliegen konnten, als der Faden reichte. Und hätte fraglicher Besucher sich die Zeit genommen, hätte er vielleicht sogar bemerkt, dass die Fliegen, die unermüdlich ihre Runden um den Kopf des Knaben drehten, mit Faden an seiner Baseballmütze befestigt waren. Allein das Einfangen der Insekten erforderte unermessliche Geduld. Der Doktor sprach ihn an, doch der Junge stieß nur ein kehliges Lachen hervor und ignorierte den alten Mann. Köter war von dem Schauspiel wie gebannt. Es dauerte nicht lange, bis auch andere Mitglieder des Teams sich um den Insektencowboy geschart hatten. Zwei Amerikaner fotografierten ihn. Alle waren sich einig, dass es zwar furchtbar grausam sei, aber eben auch unglaublich *cool*. Ar, der Dorfvorsteher, gab sich als sein Erzeuger zu erkennen. Vater wie Sohn hatten Wangenknochen, auf denen man Teller hätte stapeln können.

»Mein jüngster Sohn, Bok«, wandte er sich an Phosy. »Er war noch nie ganz richtig im Kopf. Er kann nicht sprechen.«

»Macht er sonst noch etwas?«, fragte Phosy.

»Er ist davon überzeugt dass er fliegen kann, wenn er nur genug Insekten fängt«, sagte Ar. »Aber natürlich sterben sie alle noch am selben Tag. Darum muss er ständig für Nachschub sorgen. Ich habe ihm schon x-mal gesagt, dass er Tausende von den Viechern bräuchte, um abzuheben, aber er gibt nicht auf. Wenn sich nur etwas mit längerer Lebensdauer finden ließe ...«

Ar hatte offenbar gründlich über dieses Projekt nachgedacht. Als glaubte er tatsächlich, dass sein Sohn wieder normal werden würde, wenn die Insekten ihn in den Himmel hoben.

Aber angeleinte Insekten haben einen begrenzten Unterhaltungswert. Und so trafen sich die beiden Teams in der Versammlungshütte und berieten über das weitere Vorgehen. Ar deutete in die Richtung, in der ihre Schamanin den Drachen mit dem Mond hatte zusammenstoßen sehen. Nach dem Mittagessen wollten sie über den Hügel zur Absturzstelle wandern.

»Eins ist Ihnen hoffentlich klar«, sagte Civilai. »Wenn sich die Explosion tatsächlich dort drüben ereignet hat und das Leitwerk hier gelandet ist, dürfte der Suche nach dem Piloten ein ähnlicher Erfolg beschieden sein wie dem Versuch, im Politbüro ein Gramm gesunden Menschenverstand zu finden.«

»Nicht unbedingt«, meinte Lit. »Ein Hubschrauber ist quasi ein geschlossener Käfig aus Metall. Selbst wenn es zu einem Brand gekommen ist, könnten sich im Cockpit noch Überreste befinden.«

»Also, ich weiß nicht«, sagte Dtui. »So viele Kosten und Mühen, und das alles wegen eines Mannes. Ich finde das irgendwie ungerecht. Diese Hügel sind förmlich übersät mit Toten, deren Überreste man nie bergen wird.«

»Ach, Dtui«, sagte Civilai und schickte sich an, eine seiner berühmten »Sie glauben doch nicht im Ernst«-Tiraden vom Stapel zu lassen. »Sie glauben doch nicht im Ernst, dass es bei dieser Mission darum geht, eine Leiche zu bergen? Hier geht es um sehr viel mehr. Hier arbeiten die leeren Kassen Vientianes mit den Bankern von der Wall Street Hand in Hand.«

»Aber ja doch, Civilai«, sagte Daeng. »Wir machen das alles nur des Geldes wegen.«

»Seien wir doch mal ehrlich, werte Madame Daeng. Weil wir furchtlos und unerschrocken auf dem Rücken des vietnamesischen Tigers reiten, müssen wir uns wie unsere Nachbarn gegen China stellen. Letzten Monat hat unser Premierminister die Chinesen im Parlament als eine Bande internationaler Reaktionäre bezeichnet. Dadurch werden wir einen unserer großzügigsten Geldgeber verlieren.«

»Ich dachte, du hasst niemanden so sehr wie die Chinesen«, sagte Siri lachend.

»Unsinn. Ich hasse alle niederträchtigen Usurpatoren gleichermaßen. Aber selbst einem senilen Trottel wie dir, mein lieber Siri, dürfte nicht entgangen sein, dass unsere geliebten Führer unseren früheren Feinden Avancen machen, seit Peking in Ungnade gefallen ist. Die Thais, ein Volk von korrupten kapitalistischen Pornografen, sind plötzlich unsere wichtigsten Verbündeten. Unsere Entschlossenheit hat Risse bekommen, und Fernseher und Motorräder sickern hindurch. Von Kulturaustausch ist die Rede. Ein berühmtes kurzberocktes Schlagersternchen soll bei unserem nächsten That-Luang-Fest auftreten.«

»Nan… Nan… Nanthida. Finde ich gut«, meinte Geung.

»Vorsicht, Geung«, sagte Dtui. »Wir wollen doch niemanden eifersüchtig machen, oder?«

Geung wurde rot wie eine überreife Chilischote.

»Seht ihr?«, sagte Civilai. »Schon korrumpiert. Und jetzt unterstützen wir auch noch das Comeback der CIA. Wenn das so weitergeht, fliegen sie demnächst ihre Beatles ein, um unsere Jugend zu verderben.«

»Die Beatles kommen meines Wissens aus England«, entgegnete Dtui.

»Die sind doch alle gleich. Kulturterroristen.«

»Du hattest gestern Abend hoffentlich ausreichend Gelegenheit, all das auch dem Burschen von der Botschaft auseinanderzusetzen«, warf Siri ein.

»Sieht ganz so aus«, sagte Peach, die sich von der Amerikanern herübergeschlichen hatte. »Major Potter lässt fragen, ob Sie heute Abend eventuell mit ihm dinieren möchten, Onkel Civilai. Er interessiert sich sehr für Ihre Theorien.«

»Nur er und ich?«, fragte Civilai.

»Nun ja, wenn Sie in den nächsten sechs Stunden nicht gerade Englisch lernen – oder er Laotisch –, werde ich wohl mit am Tisch sitzen müssen. Tut mir leid. Aber ich werde versuchen, mich möglichst still zu verhalten, wie ein Gecko an der Wand. Was meinen Sie?«

»Ihr Traum ist wahr geworden«, sagte Daeng lachend. »Von Angesicht zu Angesicht mit einem imperialistischen Tyrannen.«

»Richten Sie dem Major aus, ich bin dabei«, sagte Civilai.

»Gut«, befand Peach. »Wenn Sie Glück haben und die Jungs von der Botschaft nach Bangkok durchkommen, machen Sie vielleicht sogar die Bekanntschaft eines Senators. Er übernachtet heute in Vientiane und fliegt morgen ein. Der Präsident war leider verhindert.«

»Wow«, sagte Dtui mit ihrem besten amerikanischen Akzent. »Ein waschechter Senator.«

»Warum geht auf einmal alles so schnell?«, fragte Daeng.

»Das dürfte mit der Entdeckung des Leitwerks zusammenhängen«, antwortete Peach. »Die Aussicht auf ein paar werbewirksame Fotos. Eingeborene bestaunen das Wrack des Helikopters. In ein, zwei Tagen kann er vielleicht sogar einen Totenschädel in die Kameras halten. Das bringt Punkte.«

»Wall Street«, brummte Civilai.

Am Dorfrand hatte Tante Bpoo ihre Grasmatte ausgebreitet und war in ihren Badeanzug geschlüpft, um sich ein wenig zu sonnen. Die Dorfbewohner kamen und gafften. Nicht wenige von ihnen waren zu dem Schluss gelangt, dass ihre Schamanin die Wahrheit gesagt hatte. Der Himmel hatte sich aufgetan, und alle dunklen Engel waren auf sie herabgefallen. Aber das hatten sie sich selber zuzuschreiben. Sie hätten den Schwanz des Drachen rechtzeitig vergraben sollen.

10

LA PLAINE DES ALAMBICS

Der einzige lebende Einbrecher Vientianes zu sein hatte einen entscheidenden Vorteil: Die Leute waren so sehr davon überzeugt, gar nicht beraubt werden zu *können*, dass sie ihre Türen nicht mehr verriegelten. Zugegeben, nur sehr wenige besaßen etwas, für das es sich lohnte, seinen Hals zu riskieren. Die Zeiten waren hart und entbehrungsreich, und die meisten Einwohner der Hauptstadt hatten ihre Wertsachen längst gegen Lebensmittel eingetauscht. Eg trauerte den vielen Nächten nach, in denen er vertrackte Schlösser hatte aufbrechen oder durch ungünstig gelegene Fenster hatte steigen müssen. Eg war der geborene Einbrecher. Mitte vierzig, mit einem derart nichtssagenden Gesicht, dass ihn niemand identifizieren konnte. Nicht einmal Leute, die ihn von klein auf kannten. Er war schlank und sehnig, ein Muskelpaket, flink und leichtfüßig in seinen gummibesohlten Turnschuhen. Seine Augen gewöhnten sich rasch an die Dunkelheit, weshalb er keine Taschenlampe brauchte, die schon so manchem Einbrecher zum Verhängnis geworden war. Dass man ihn nie geschnappt hatte, war der schlagende Beweis für seine Fähigkeiten. Während seine früheren Kollegen auf den Gefängnisinseln im Nam-Ngum-Stausee verschmachteten, konnte Eg in Ruhe seinem Beruf nachgehen. Natürlich musste er vorsichtig sein. Die PL fuhren bewaffnet Streife und schossen auf jeden, der sich nicht an die Ausgangssperre hielt.

Manche Hausbesitzer machten es ihm so einfach, dass er sich vor Lachen am liebsten auf die Schenkel geklopft hätte. Zum Beispiel heute Morgen. Am Scherengitter ein Vorhängeschloss, das selbst ein Vierjähriger problemlos hätte knacken können, nebst der Bekanntmachung: »Madame Daeng ist bis zum 31. August verreist. Wir bitten unsere Stammgäste um Verständnis.« Die Läden links und rechts davon geschlossen. Und gegenüber nichts als die reißenden Fluten des Mekong. Es war zwanzig vor drei, und wenn sich die Polizeistreife denn blicken ließ, dann erst zur vollen Stunde. Es war ein Klacks, ein Kinderspiel. Eg stahl sich um die Ecke, sprang über einen nicht allzu hohen Zaun und durchquerte den Garten, der an Madame Daengs Grundstück grenzte. Er spähte über die Mauer. Ein Dutzend Hühner und ein großer, ulkig aussehender Vogel, der bestimmt einen prächtigen Braten abgegeben hätte. Offensichtlich kam tagsüber jemand vorbei, um nach dem Rechten zu sehen und sie zu füttern. Kein Hund. Keine Alarmanlage. Kein Problem. Und – war das zu glauben? An der Rückwand lehnte eine Leiter. Sie forderten es geradezu heraus. Er tat ihnen praktisch einen Gefallen.

Die Vögel machten kaum einen Mucks, als er lautlos über die Mauer glitt und die Leiter unter ein Fenster stellte. Sekunden später war er hinaufgestiegen, schob ein Stemmeisen zwischen Holz und Rahmen, und mit einem leisen Knacken sprang das Fenster auf wie eine alte Muschel. Wiederum Sekunden später war er im Haus. Es roch muffig, wie in einem Klassenzimmer. Er machte die Augen zu, zählte bis fünf und öffnete sie wieder. Und da waren sie, überall, vom Boden bis zur Decke – Bücher. Mehr Bücher als in der Nationalbibliothek. Und nicht irgendwelche Bücher, sondern ausländische, mit Rückenprägung, in einer Sprache, die er nicht lesen konnte. Er hockte sich im Schneidersitz in die Zimmermitte und grinste. Heute war sein Glückstag. Manchmal meinte Fortuna es besonders gut mit ihm. Madame Daeng hatte ein ganzes Zimmer voller Bücher. Fünf bis zehn Jahre für den Besitz illegalen Schrifttums. Im Kulturministerium war man daran gewiss brennend interessiert. O ja. Eg, der Einbrecher, war im Begriff, eine ganz neue Laufbahn einzuschlagen.

Die Gäste des Hotels Freundschaft hatten die interkulturelle Integration zur Kunstform erhoben. Fast alle hatten einen neuen Freund. Im Zuge der Verbrüderung hatten sich selbst Ehepaare getrennt. Auf jedem Tisch standen eine Flasche Johnnie Walker sowie ein Bataillon von Mineralwasserflaschen. Da das Hotel für nur drei Stunden Strom hatte, gab es kein Eis, was nach dem dritten Glas allerdings keine große Rolle mehr spielte. Sie hatten diesen kleinen Seelentröster bitter nötig. Die Teams waren auch am zweiten Tag nicht untätig geblieben, konnten jedoch noch nicht einmal einen Schneidezahn vorweisen. Von einem Rotor oder einer Polsterfeder ganz zu schweigen. Ein Tisch war leer. Die Männer, die nach Phonsavan gefahren waren, um die Resultate des Tages durchzugeben, steckten vermutlich noch immer in der Schlange auf dem Postamt fest. Sie waren bereits seit sechs Stunden fort, und bei ihrer Rückkehr würde ihre Laune vermutlich nicht die beste sein. Ein lächelnder Johnnie Red erwartete sie.

Tante Bpoo hatte eine brennende Kerze in den Speisesaal

mitgebracht. Sie hatte sich Dr. Yamaguchi ausgeguckt und ihn mittels ihrer körperlichen Reize von den anderen fort an einen Tisch in der Ecke gelotst – ein romantisches Dinner zu zweit. Aus ihrer reichhaltigen Garderobe hatte sie ein auffallendes karmesinrotes Seidenkleid mit Spaghettiträgern gewählt. Dank eines Paars mattschwarzer Stöckelschuhe war sie gut fünf Zentimeter größer als der Pathologe. Phosy hatte den Entführungsversuch beobachtet, und da ihm der alte Mann leidtat, setzten Geung und er sich zu ihnen. Bpoos Begeisterung hielt sich in Grenzen. Sie konnten sie nur mit Mühe dazu überreden, die Dolmetscherin zu spielen. Doch nachdem sie schließlich eingewilligt hatte, genoss Phosy den Abend mit dem Amerikaner. Obwohl er weder eine Brille noch Pomade im Haar trug, hätte Yamaguchi auf einem Foto etwa so japanisch ausgesehen wie Kaiser Hirohito. Er hatte denselben angespannten Gesichtsausdruck, als trüge er die Last einer dreitausend Jahre alten Dynastie auf seinen Schultern. Dabei war Yamaguchi so amerikanisch wie Kaugummi, wovon sein breitbeiniger Gang beredtes Zeugnis ablegte. Seine Haltung war ebenso aufrecht wie sein Charakter. Sein hervorstechendstes Merkmal aber war seine Lautstärke. Civilai vertrat die Theorie, dass die Amerikaner ihre Kinder, genau wie die Chinesen, in der Grundschule zu weit vom Lehrerpult entfernt platzierten, sodass sie schon in jungen Jahren dazu erzogen wurden, sich ausschließlich schreiend zu verständigen. Da es in den meisten laotischen Schulen keine Möbel gab, konnten die Schüler sich um den Lehrer scharen und sich in zivilisierter Lautstärke mit ihm unterhalten. Die Dezibelstärke von Yamaguchis Tischgeplauder übertraf die eines Nebelhorns bei Weitem.

Um fünf Minuten vor neun tat der röchelnde Generator

ratternd und scheppernd seine Absicht kund, sich demnächst zur Ruhe zu begeben, und so machten Siri, Köter und Civilai es sich mit einer halben Flasche Johnnie auf der Hotelveranda bequem. Die Postler und ihr Helikopter waren noch immer nicht zurück. Siri, der einen quälend langweiligen Abend mit General Suvan und dessen wirren Reminiszenzen hinter sich hatte, war zweierlei aufgefallen. Zum einen der stechende Brandgeruch. Als er ihm das erste Mal in die Nase gestiegen war, hatte er angenommen, der Koch habe das Abendessen anbrennen lassen. Gegen acht Uhr schließlich war er derart intensiv geworden, dass Siri sich entschuldigt und einen Rundgang über das Hotelgelände unternommen hatte, um sich zu vergewissern, dass das Gebäude nicht in Flammen stand. Toua, der Hoteldirektor, hatte ihm versichert, es handele sich vermutlich um Bauern aus dem Dorf, die die oberirdische Vegetation verbrannten, um das Land nutzbar zu machen. Siri war mit der Brandwirtschaft hinreichend vertraut. Seit Jahrhunderten setzten Nomadenstämme das dichte Gestrüpp und Unterholz in Flammen und nutzten die Asche als Dünger. Drei oder vier Mal brachte der Boden reiche Ernte, dann war das Erdreich ausgelaugt, und die Stämme zogen weiter. Nach zehn Jahren hatte sich das Land erholt und war bereit für die nächsten Wanderbauern. Die Hmong aus der Umgebung bauten hauptsächlich Reis, Mais und Opium an, und alle drei Pflanzen erforderten diese Form der Rodung. Trotzdem konnte Siri sich mit Touas Antwort nur bedingt anfreunden.

Dann waren da noch die Flugbewegungen. Kurz nach acht waren die ersten Maschinen gestartet, summa summarum etwa fünfzehn Stück. Siri glaubte, eine Reihe verschiedener Typen erkannt zu haben. Und alle flogen sie gen Westen. Angesichts der mangelnden Erfahrung der Piloten fand er es bemerkenswert, dass die laotische Luftwaffe ausgerechnet nachts flog. Für dieses Rätsel hatte ihm auch der Direktor keine einleuchtende Erklärung liefern können.

Siri und Civilai saßen in zwei knarrenden Rattansesseln vor dem Hoteleingang und blickten auf die Ebene der Tonkrüge. Nur dass es dort nichts zu sehen gab. Links und rechts von ihnen blitzte hin und wieder eine Taschenlampe oder der Flackerschein einer Kerze durch ein Zimmerfenster, doch vor ihnen war nichts. Das schwärzeste Schwarz, das sie je erlebt hatten.

»Als würde man auf den Rand der Zeit starren«, sagte Civilai. Der Scotch brachte den Dichter in ihm zum Vorschein.

Die tiefhängenden Wolken verhüllten den Mond und die Sterne, und als die Leute zu Bett gingen, verschwand ein Zimmer nach dem anderen. Bald herrschte ein perfekter Quantenzustand; Siri und Civilai und Köter waren weiter nichts als ein Teil des Universums, vereint im großen schwarzen Haferbrei von Natur und Metanatur. Es war ein bewegender Moment, der nur von einer der beflissenen Kellnerinnen gestört wurde, die ihnen eine Kerze in einer Glaskugel brachte. Sie stellte sie zwischen ihnen auf den Tisch und tastete sich ins Haus zurück. Das Licht reichte kaum bis zu den Zaunpfählen, die aus dem wabernden Nebel ragten. Doch die beiden alten Knaben konnten einander recht gut erkennen. Es war kalt, und sie trugen dicke Jacken, aber keine Schuhe. Und so sahen sie ihren Zehen beim Wackeln zu, lauschten dem Hüsteln und Gähnen der Leute, die sich bettfertig machten, und Köter, der sich laut schlabbernd das Gemächt leckte. Gierig atmeten sie die rauchige Nachtluft und den Nektar des unverdünnten Whiskys.

»Wo steckt eigentlich Daeng?«, fragte Civilai schließlich.

»Der heutige Tag war ein bisschen viel für ihre Arthritis«, antwortete Siri. »Sie dachte, wir würden von morgens bis abends am Tisch sitzen und uns Notizen machen, darum hat sie auf festes Schuhwerk großzügig verzichtet. Köter ist kurzfristig für sie eingesprungen.«

»Und wie geht es *dir*?«

»Ich bin ziemlich geschafft, aber ich werd's überleben.«

Eine Zeitlang genossen sie die Ruhe.

»Sie sind da draußen«, sagte Siri.

»Wer?«

»Die Tonkrüge.«

»Ja. Wenn es hier Touristen gäbe, würde ich sie mit Scheinwerfern anstrahlen lassen, damit man sie von hier aus sehen kann; du weißt schon, diese Scheinwerfer, die in einem fort die Farbe wechseln. Quietschrosa und Limettengrün. Vielleicht sogar Feuerwerk; Wunderkerzen oder so.«

»Wie geschmackvoll.«

»Und kein Wort über Bestattungsurnen und dergleichen. Damit würden wir die Touristen bloß vergraulen.«

»Dann dienten sie deiner Meinung nach also einem anderen Zweck?«

»Siri, welcher halbwegs klar denkende Mensch würde seine toten Verwandten freiwillig zusammenfalten und in einen Tonkrug quetschen?«

»Manche Krüge haben zwei Meter Durchmesser.«

»Trotzdem. Reine Kraft- und Zeitverschwendung, wenn man Totenwache halten muss.«

»Und wie lautet die Theorie des weisen Civilai?«

»Na, das liegt doch auf der Hand. Diese Region war für ihre Hunderennen berühmt. Händler und Kaufleute kamen von nah und fern, um ihr sauer Erspartes auf eine Mischlingstöle zu setzen.«

Köter hob – vermutlich zufällig – den Kopf.

»Und da sie glaubten, sich an den Gästen eine goldene Nase verdienen zu können«, fuhr Civilai fort, »stellten die Einheimischen Buden und Verkaufsstände auf. Sie töpferten sich Krüge, je größer desto besser, und brauten Reiswhisky darin.«

»Dann sind es also Destillen?«

»Was sonst?«

»*La plaine des alambics.* Die Ebene der Destillen. Hmmm, gefällt mir.«

»Nur dass Reiswhisky auf natürliche Art und Weise fermentiert und keine Hitze benötigt. Ist der Krug erst einmal fertig, geht alles wie von selbst.«

»Ich nehme an, du hast von der berühmten französischen Archäologin gehört, die nach umfangreichen Untersuchungen zu dem Schluss gelangte, es könne sich eigentlich nur um Bestattungsurnen handeln?«

»Kein Wunder. Sie war eine berüchtigte Prohibitionistin. Da konnte sie ja wohl schlecht nach Hause fahren und allen erzählen, sie habe eine antike Kultur von Schnapsnasen und Hurenböcken entdeckt, oder? Sie musste sich etwas anderes einfallen lassen.«

»Durchaus möglich. Dumm nur, dass sie in den Krügen menschliche Überreste gefunden hat.«

»Siri, diese Krüge sind riesig. Der stärkste Whisky befindet sich immer am Boden des Kruges. Der Verkäufer füllt ihn ständig mit Wasser auf. Und ein Trinker, der etwas auf sich hält, würde sich niemals mit dieser verwässerten Plörre zufriedengeben, stimmt's? Er taucht sein Schilfrohr in den Krug und saugt das Sediment direkt in seinen Schlund. Aber das Zeug hat es in sich. Logisch, dass es dabei gelegentlich zu Kollateralschäden kommt.«

»Bist du mit dieser These mal bei der UNESCO vorstellig geworden?«

»Ach, die sind doch längst im Bilde. Glaub mir, die wissen Bescheid.«

Wieder huldigten sie der Stille, doch ein Mann wie Civilai konnte nicht lange schweigen.

»Ich habe Richter Pickelgesicht und Cousin Sprachgenie gar nicht zurückkommen sehen«, sagte er.

»Ich auch nicht. Sie haben sich wahrscheinlich kopfüber ins Nachtleben von Phonsavan gestürzt.«

»Damit dürften sie eine gute Viertelstunde beschäftigt sein.«

»Man kann nie wissen. Die Sünde lauert überall.«

»Unter anderem dieses Thema haben der Major und ich heute Abend ausführlich erörtert. Wie es aussieht, sind wir ein paar Jahre zu spät in Vientiane einmarschiert. Wir haben die Gomorra-Phase verpasst.«

»Ich dachte, du wolltest einen pensionierten Major der US-Armee in eine Diskussion über den Zusammenbruch der amerikanischen Kultur verwickeln. Und ihm deine Theorien zu der Frage darlegen, warum sie in Vietnam eine Niederlage einstecken mussten und weshalb die Millionen und Abermillionen Dollar, die sie nach Laos gepumpt haben, schnurstracks in den Taschen der fetten Royalisten gelandet sind.«

»Das habe ich auch getan.«

»Und?«

»Er teilte meine Ansichten.«

»Voll und ganz?«

»Mehr oder minder.«

»Was für ein Spielverderber.«

»Du sagst es. Ergo blieb uns wenig anderes übrig, als uns ausgiebig über Suff und Sex zu unterhalten.«

»Ach, deshalb hast du Tante Bpoo an euren Tisch gerufen und Peach vorzeitig entlassen?«

»Sie ist erst siebzehn, Siri. Es gibt vermutlich ein Gesetz, das es zwei alten Männern verbietet, sich vor einer Minderjährigen über Schweinkram zu verbreiten. Tante Bpoo war da sicherlich die bessere Wahl, und sie kennt sich aus. Im Ernst, kleiner Bruder. Ich hatte ja keine Ahnung. Potter ist damals von Saigon extra nach Vientiane geflogen, um sich irgendwelche Freakshows anzusehen. Die abartigsten Dinge, die man im Westen allenfalls vom Hörensagen kannte und die längst Eingang ins *Guiness-Buch der Rekorde* gefunden hätten, gäbe es darin eine entsprechende Rubrik. Ehrlich, ich bezweifle, dass ich zwanzig Zigaretten gleichzeitig rauchen könnte… nicht mal mit dem Mund.«

»Nun kennen wir uns schon so lange, und ich hatte bis heute keinen Schimmer, dass du dich für Sex interessierst.«

»Das ist eine ansteckende Krankheit, Siri. Major Potter ist davon geradezu besessen. Er hat kein noch so pikantes Detail ausgelassen. Ein oder zwei Mal habe ich sogar Tante Bpoo erröten sehen.«

»Ich kann mich nicht entsinnen, dass einer von euch beiden angewidert aufgesprungen und empört aus dem Saal gestürmt wäre.«

»Es war sehr lehrreich, Siri. Ich bin jetzt vierundsiebzig, und es stimmt: Man lernt nie aus. Ich kann es kaum erwarten, Madame Noy davon zu erzählen, wenn ich nach Hause komme.«

Siri lachte.

»Sie wird bestimmt entzückt sein. Was sagt eigentlich Potters Frau dazu?«

»Er ist derzeit unbeweibt. Drei Mal verheiratet, drei Mal geschieden.«

»Warum wohl hält sich meine Verwunderung in Grenzen?«

»Und saufen kann der Mann, du liebe Güte. Er hatte eine Flasche ganz für sich allein. Er trank abwechselnd ein paar Schlucke Whisky und dann ein Tässchen Kaffee, damit er einen halbwegs klaren Kopf behielt. So etwas habe ich noch nie erlebt. Ich dachte, wir beide könnten einiges vertragen, kleiner Bruder, aber gegen den Mann sind wir die reinsten Amateure.«

»Alles eine Frage der Übung, Civilai.«

Siri schenkte ihnen nach.

»Hast du ihm, abgesehen von Geschichten aus den Rotlichtvierteln Vientianes, sonst noch was entlocken können?«, fragte er.

»Fast hätte ich das eine oder andere Geheimnis aus ihm herausgekitzelt. Er hat angedeutet, dass an dieser Mission etwas faul ist. Dass längst nicht alles Gold ist, was hier glänzt. Er meinte, wir Laoten hätten womöglich einen Verräter in unseren Reihen. Aber da war er schon jenseits von John und Walker. Und als der Hoteldirektor hereinkam und verkündete, demnächst werde der Generator abgeschaltet, schwieg der Major plötzlich still. Ich werde ihn morgen noch mal ein wenig löchern. Es gibt schließlich nichts Schöneres als einen hübschen kleinen Skandal. Und kaum jemanden auf diesem Planeten, der keine Leichen im Keller hat.«

»Ich könnte glatt einen Privatfriedhof eröffnen.«

»Das liegt ja wohl in der Natur der Sac...«

Das Knattern von Hubschrauberrotoren zerriss die nächtliche Stille. Im Dunkeln schien es aus allen Himmelsrichtungen widerzuhallen und raubte ihnen die Orientierung. Sie wussten gar nicht mehr, wohin sie schauen sollten.

»Ah, die glorreiche Rückkehr von Richter Haeng und seinen Jungs nach einer durchfeierten Nacht im Bureau de Poste von Phonsavan«, sagte Civilai.

»Nicht ganz ungefährlich so ein Nachtflug«, befand Siri. »Warum haben sie den Hubschrauber nicht einfach hinter der Kneipe stehen lassen und sich einen Esel genommen? Zur Not hätten sie sogar zu Fuß gehen können. Das dauert höchstens eine halbe Stunde.«

Der Lärm wurde ohrenbetäubend, und der Helikopter schwebte über dem Hotel, fegte diverse Betonpfannen vom Dach und ließ Schutt und Staub auf die beiden alten Zechkumpane niederregnen. Schützend hielten sie die Hände über ihre Gläser. Der Pilot hatte das Gebäude offenbar erst in letzter Sekunde gesehen. Der Scheinwerfer des schaukelnden Hubschraubers leuchtete senkrecht nach unten, und blendend weißes Licht schwappte nach allen Seiten wie Wasser aus einem Eimer. Siri und Civilai sonnten sich wie abgehalfterte Varietékünstler in seinem Glanz. Sie winkten. Der Helikopter steuerte den ungepflasterten Hotelhof an, wirbelte eine Unmenge von Staub auf und landete auf einem Rad. Einen Augenblick lang glaubten die beiden, er werde kippen, doch dann setzte auch das zweite Rad auf, und zitternd und bebend kam die Flugmaschine zum Stehen. Der Motor grollte, die Rotoren liefen aus, und der Staub tanzte im grellen Licht, bis der Scheinwerfer erlosch. Die einzige Lichtquelle war nun die Kerze auf dem Rattantisch, die kurioserweise noch brannte.

»Meinst du, sie kommen in friedlicher Absicht?«, brüllte Civilai.

Erst eine, dann zwei, dann drei Taschenlampen erhellten das Innere des Helikopters. Die Ladeluke wurde geöffnet, die Gangway herabgelassen, und zwei Gestalten stiegen aus. Im Schein der Taschenlampen glaubte Siri die Umrisse von Sergeant Johnson und dem Zweiten Sekretär Gordon ausmachen zu können, die sich unter dem Abwind der Rotoren duckten. Sie streckten die Hände nach der Ladeluke, und ein Arm erschien. Beide ergriffen ihn und geleiteten einen Mann in Weiß die Stufen hinab. Alle drei Taschenlampen richteten sich nun auf den Unbekannten, den Star des Schauspiels. Er war ein körperlich unscheinbarer Mann von Ende fünfzig mit ebenso langem wie spärlichem Blondhaar, das er sich über die schimmernde Glatze gekämmt hatte. Er trug weiße Schuhe, passend zu dem frisch gebügelten weißen Zweireiher mit zugeknöpftem Jackett, das eine allzu zügellose rote Krawatte im Zaum zu halten versuchte. Die Hose war ausgestellt. Als er den Erdboden betrat, machten sich seine dünnen, strähnigen Haare selbstständig und tanzten im Luftzug wie Tiefseeanemonen. Johnson und Gordon hakten sich bei ihm unter und zerrten ihn mit sich in Richtung Hoteleingang. Als er Siri und Civilai auf der Veranda sitzen sah, schüttelte der Neuankömmling seine Eskorte ab, trat auf die beiden alten Männer zu und begrüßte sie herzlich. Während er ihnen enthusiastisch die Hände schüttelte, richtete er den Blick verstohlen auf eine kleine Chinesin, von der im schummrigen Licht kaum mehr zu erkennen war als knallrote Lippen, umrahmt von einem schwarzen Bubikopf. Wie es schien, hatte sie weder Augen noch Nase, dafür besaß sie eine beeindruckende Kamera. Es blitzte, und die Punkte vor ihren Augen vollführten noch immer wilde Tänze, als der Unbekannte längst im Haus verschwunden war. In seinem

Gefolge befanden sich Richter Haeng, Vinai und Rhyme von *Time*, ein bunter, wenngleich recht kurzer Karnevalsumzug, der Siri und Civilai nachgerade den Atem raubte.

Der Hubschraubermotor gab einen letzten Stoßseufzer von sich. Dann war wieder alles ruhig, bis auf das Ticken eines müden alten Mi8 und das träge Surren seiner Rotoren.

»Wer war der Fremde im weißen Anzug?«, fragte Civilai.

»*L'Empereur est arrivé*«, antwortete Siri.

Sie gingen zu dem Hubschrauber, wo die beiden Piloten taten, was getan werden musste, um die Bestie zur Ruhe zu betten. Zwischen ihren Zähnen klemmten kleine Stabtaschenlampen, während sie sich am Motor zu schaffen machten.

»Was war denn das?«, erkundigte sich Siri.

Der jüngere erteilte bereitwillig Auskunft. Er schien kaum alt genug, um ohne Stützräder Rad zu fahren.

»Der Senator sollte eigentlich über Nacht in Vientiane bleiben und morgen eingeflogen werden, Genosse«, sagte er. »Aber die Leute von der Flugsicherung meinten, unter den gegebenen Umständen wäre es vielleicht besser, wenn er direkt hierherfliegt. Das Militär hat ihn am Flughafen Wattay abgeholt und zur Landebahn in Phonsavan gebracht. Dort haben wir ihn abgeholt.«

»Was denn für Umstände?«, fragte Civilai.

»Der Rauch, Genosse. Die ganze Sonderzone liegt unter einer geschlossenen Rauchdecke.«

»Brandrodung?«

»Die kostet uns jedes Jahr zwei bis drei Monate Flugzeit. Der Rauch hängt wie Blei in den Bergen. Wenn dann auch noch der Nebel dazukommt, ist das, als würde man durch dicke Suppe fliegen. Es lassen sich keinerlei Orientierungspunkte mehr ausmachen, und um ehrlich zu sein, der Instrumentenflug gehört nicht gerade zu unseren Stärken. Heute Abend haben wir nicht nur Rauch und Nebel, sondern auch keinen Mond. Normalerweise dauert der Flug aus der Stadt hierher nur ein paar Minuten. Trotzdem wären wir fast in das Hotel gekracht. Eigentlich wollten wir gar nicht starten, aber der Richter hat darauf bestanden. Es war ziemlich haarig, das können Sie mir glauben, Genosse. Und sie haben gerade erst mit dem Abbrennen begonnen. In ein, zwei Tagen können Sie hier die Hand vor Augen nicht mehr sehen. Ich bezweifle, dass wir in nächster Zeit irgendwohin fliegen werden.«

Siri und Civilai kehrten an ihren Platz zurück.

»Findest du das nicht auch ein bisschen seltsam?«, fragte Siri.

»Was?«

»Wir haben August.«

»Und?«

»Wer betreibt denn im August Brandrodung? Zweck der Übung ist es doch eigentlich, die Trockenzeit abzuwarten und dann das Gestrüpp abzubrennen, um die Felder neu bestellen zu können. Ich weiß, die Regenzeit ist dieses Jahr ein wenig kürzer ausgefallen als sonst, aber die Vegetation ist noch feucht. Das qualmt doch wie der Teufel.«

»Und du glaubst …?«

»Ich frage mich lediglich, ob es dafür nicht vielleicht ganz andere als landwirtschaftliche Gründe gibt. Die umliegenden Gebiete sind nach wie vor von regierungsfeindlichen Guerillastreitkräften besetzt. Sie könnten das Land aus allen möglichen Gründen abfackeln.«

»Vielleicht hat die PL-Luftwaffe mit den neuen Kampfflugzeugen sie nervös gemacht. Wenn meine greisen Ohren mich nicht täuschen, gab es heute Abend jede Menge Flugbewegungen. Ich wette, sie haben den Flugplatz geräumt, damit sie hinterher nicht hier festsitzen. Dafür lohnt es sich wahrscheinlich, ein paar Berge in Brand zu setzen.«

»Da hast du recht.«

»Ich habe immer recht. Wenn wir Fernsehen hätten, würde ich in sämtlichen Quizshows abräumen. Und jede Woche eine neue Waschmaschine gewinnen.«

Sie tranken eine Weile vor sich hin und dachten nach.

»Was glaubst du, wo sie ihn unterbringen?«, fragte Civilai.

»Wen? *L'Empereur*? Wo auch immer sie ihn einquartieren, er wird schnell merken, dass er nicht mehr im Oriental ist. Ich habe gehört, die Thais haben fließend Wasser ohne Streptokokken.«

»Betten ohne Wanzen, die weder knarren noch komisch riechen? Klingt wie das Paradies auf Erden.«

»Das wird ihm die Laune mächtig verhageln. Er wird die ganze Nacht kein Auge zutun, bei Einbruch der Dämmerung seinen Fototermin absolvieren und zusehen, dass er Land gewinnt, bevor der Rauch zu dicht wird. Weshalb wir wahrscheinlich keine Gelegenheit mehr haben werden, mit ihm das eine oder andere Bierchen zu zischen und über die Dominotheorie zu lachen.«

»Schade.«

11

BAUMOTTERN

Senator Ulysses Vogal III. war mit der unsichtbaren Sonne aufgestanden, auch wenn er sich streng genommen gar nicht hingelegt hatte, denn der werte Herr hatte es nicht gewagt, seinen kostbaren Körper auf eine Matratze mit derart auffälliger Vorgeschichte zu betten. Er hatte die Nacht in einem Sessel durchwacht, gehüllt in eine eigens mitgebrachte Decke, und dem Minutenzeiger seiner Armbanduhr bei ihrem langen und beschwerlichen Weg über das Leuchtzifferblatt zugeschaut. Seine persönliche Assistentin war eine Sino-Amerikanerin namens Ethel Chin, deren chinesische Vorfahren vor einem knappen Jahrhundert in die USA eingewandert waren, Zeit genug, um die chinesische Sprache gründlich zu verlernen. Sie hatte dem Senator etwas zu essen aufs Zimmer bestellt, doch der hatte nur einen flüchtigen Blick daraufgeworfen und dann beschlossen, sich mit einem Keks und einer Tasse Kaffee zu begnügen. Er hatte zu arbeiten. Schon um sieben stand er auf dem Vorplatz des Hotels Freundschaft und überwachte das Ausheben einer Grube, die tief genug war für das Leitwerk des Sikorsky. Obwohl man alle nur erdenklichen Sicherheitsmaßnahmen getroffen hatte, blieb der

Senator auf Abstand. Das Wrackteil wurde in das Loch hinabgelassen und mit einer dünnen Schicht Erde bedeckt. Dann schossen Ethel Chin und Rhyme von *Time* mehrere Fotos von dem Senator, der das Leitwerk auf Knien wieder ausbuddelte. Es folgten weitere Bilder, auf denen der Senator strahlend wie ein Angler neben dem ausgegrabenen Wrackteil stand, sowie eine Reihe von Schnappschüssen, auf denen Vogal mit ernster Miene einer Gruppe kommunistischer Eingeborener lauschte: ein Stamm bestehend aus Daeng, Dtui, Geung, Phosy und Lit. Sie saßen im Kreis um den großen, in weiße Schlaghosen gewandeten Führer und lauschten seinen weisen Worten, nachdem Rhyme ihnen versichert hatte, das Bild werde in *Time* erscheinen. Er versprach, jedem ein Exemplar zu schicken. Der Redakteur würde vermutlich nicht einmal bemerken, dass die Füße sämtlicher Zuhörer auf den amerikanischen Ältesten zeigten, weil er nicht wusste, dass dies als ausgesprochen unhöflich und respektlos galt.

Und Siri sollte recht behalten. Es war noch nicht einmal Frühstückszeit, da hatte der Senator seine schweißgefleckte Hose auch schon wieder ausgezogen und saß im weißen Anzug und mit seiner Reisetasche zwischen den Knien auf der unbequemen Bank des Mi8. Er wäre wohl gern überall gewesen, bloß nicht hier. Sein Lächeln war verflogen, und aus seiner Miene sprach Besorgnis. Alle anderen standen im Frühnebel und warteten auf den Start des Helikopters. Doch die Maschine stand still. Die Rotoren bewegten sich nicht. Vogal brüllte Ethel Chin an, die ihrerseits Peach anbrüllte. Die Dolmetscherin nickte, trat ans Cockpitfenster und wandte sich an den Piloten.

»Der Senator hat festgestellt, dass Sie nicht fliegen«, sagte sie. »Gibt's ein Problem?«

Der junge Hauptmann hatte in sein Funkgerät gesprochen.

»Wir bekommen keine Starterlaubnis«, antwortete er. »Über den Bergen hängt dichter Rauch. Und zwar auf beiden Seiten, im Norden und im Süden. Da will niemand ein unnötiges Risiko eingehen. Wir sollen hierbleiben, bis die Luft rein ist. Mal sehen, wie die Lage sich entwickelt.«

Peach nickte, schlenderte gemächlich zur Ladeluke des Helikopters und übermittelte die Nachricht mit einem laotischen Lächeln. Über ihre Schulter hinweg beobachteten die Umstehenden, wie der Senator reagierte. Er brüllte, tobte und fluchte wie ein Reisbauer. Peach behauptete mit verschränkten Armen ihre Stellung. Doch noch bevor die Tirade ein ungnädiges Ende fand, kehrte sie dem Hubschrauber den Rücken und ging seelenruhig davon. Der Senator schrie. Sie ignorierte ihn.

»Ich wette fünf Dollar, dass sie die Brocken hinschmeißt«, sagte Civilai.

»Du hast keine fünf Dollar«, rief Siri ihm ins Gedächtnis.

Das greise Duo stand in der letzten Zuschauerreihe, in der Hand einen Becher Kaffee, im Kopf einen kolossalen Kater. Sie hatten den Fototermin absichtlich versäumt und waren fest entschlossen, auch den Start des Helikopters zu versäumen, doch die Maschine rührte sich nicht von der Stelle. Als der Senator bemerkte, dass er beobachtet wurde, kletterte er die Gangway hinunter und vollführte eine Geste, die einige später als einen höflichen *nop* deuteten, während andere behaupteten, er habe lediglich eine Mücke totgeschlagen. Dann gesellte er sich zu Peach, die an einem Baum lehnte, und redete leise auf sie ein. Er senkte den Kopf und legte die rechte Hand auf sein Herz. Peach zuckte die Achseln, und der Senator revanchierte sich mit einer Umarmung, auf die der Major stolz gewesen wäre.

»Sie t… t… tun es«, sagte Herr Geung mit erschrockener Miene. Was die Umstehenden mit schallendem Gelächter quittierten.

»I wo«, entgegnete Dtui. »Es ist eine Umarmung, weiter nichts.«

»Es ist Liebe.«

»Das möchte ich doch stark bezweifeln«, sagte Dtui lächelnd. »Was Sie allerdings nicht davon abhalten sollte, Ihre Freundin Tukda zu umarmen.«

Geung nahm die Farbe eines pensionierten US-Army-Majors an.

»Ich … Ich tue so etwas nicht. Ich …«

»Schon gut, mein Lieber. Sie müssen nicht darüber sprechen, wenn Sie nicht wollen. Das ist allein Ihre Sache.« Sie senkte die Stimme. »Aber wenn Sie mit jemandem reden wollen – egal worüber –, bin ich jederzeit für Sie da.«

»Nnnnnnix zu sagen.«

»In Ordnung. Kein Problem.«

Obwohl sich die Absturzstelle südlich des Hotels befand, hätten sie einen großen Bogen nach Osten oder Westen fliegen müssen, um die Kampfhandlungen zu umgehen. Beides hätte sie geradewegs in den Rauch geführt. Und da die Vorschriften der PL-Luftwaffe bei Smog selbst Kurzstreckenflüge ausdrücklich untersagten, konnten die beiden Hubschrauber nicht starten. Die Piloten wurden bis auf Weiteres im Haus des Ortsvorstehers in Phonsavan untergebracht. Aber es war noch nicht alles verloren. Toua, der freundliche Direktor des Hotels, ritt auf seinem Pony in die Stadt und kehrte mit zwei Lastwagen samt Fahrern und Trägern im Schlepptau zurück. Es gab eine unbefestigte Piste, auf der die Teams sich Ban

Hoong bis auf einen Kilometer nähern konnten. Von dort aus würde es per pedes weitergehen. Toua hoffte, dass die Amerikaner eine kleine Spende für Benzin und die Fahrer und Träger erübrigen konnten, deren schwer verdientes Geld kaum reichte, um ihre Familien zu ernähren. Potter versprach ihm, sich darum zu kümmern.

Der Senator, der die körperlichen und seelischen Strapazen des Vormittags noch nicht verkraftet hatte, entschied sich dagegen, mit den Vermisstenteams ins Suchgebiet zu reisen. Ethel Chin und er wollten im Hotel Freundschaft warten, bis sich der Rauch verzogen hatte. Da kein Windhauch wehte, war derlei äußerst unwahrscheinlich. Aus Höflichkeit, wie er sagte, erklärte sich auch General Suvan bereit, im Hotel zu bleiben. Obwohl Richter Haeng sich erbot, ihnen Gesellschaft zu leisten, bestand der General darauf, dass er an der Absturzstelle gebraucht werde.

Je tiefer die Laster in die Hügel vordrangen, desto intensiver wurde der Brandgeruch. Hin und wieder flatterten schwarze Flocken vorüber wie verkohlter Schnee, und Siri verspürte ein Kratzen in der Kehle, das sich früher oder später zu einem Hustenanfall auswachsen würde. Für die Strecke, die der Hubschrauber in knapp zwanzig Minuten zurücklegte, brauchten die altersschwachen Lastwagen über eine Stunde. In den Bergen hatte der Monsun entlang der Lehmpiste tiefe Furchen hinterlassen, doch die Erdrutsche, zu denen es in der Regenzeit regelmäßig kam, waren zum Glück beseitigt. Links und rechts der Straße lagen die zersägten Stämme umgestürzter Mammutbäume und warteten darauf, abgeholt zu werden. Da keines der Teammitglieder mit dem Terrain vertraut war, mussten sie sich auf die Ortskenntnis der Lkw-Fahrer verlassen. Als Letztere irgendwo im

Nirgendwo von der Straße abbogen und verkündeten, dies sei der Ausgangspunkt für die Wanderung nach Ban Hoong, konnten die Passagiere schwerlich widersprechen.

»Bist du sicher, dass du das durchhältst?«, wollte Siri von Daeng wissen.

»Ich schwöre dir, Siri, wenn du mich das noch einmal fragst, reiche ich die Scheidung ein«, sagte sie. »Ich laufe jeden Tag hundert Kilometer zwischen dem Nudelkessel und den Tischen hin und her, ohne dass du je auch nur ein Wort darüber verloren hättest. Wo ist der Unterschied?«

»Es gibt keinen.« Siri nickte. »Abgesehen von den reißenden Flüssen, Steilhängen, schartigen Felsen, Giftspinnen, Tigern, Scharfschützen und Blindgängern natürlich, die ich bei meinem letzten Besuch in der Nudelküche übersehen haben muss. Außerdem kennt man das aus tausend Filmen. Der Verwundete bleibt hinter dem Rest der Gruppe zurück. ›Geht ohne mich weiter‹, ruft er. ›Ich komme später nach.‹ Aber er weiß, dass er verloren ist, darum verwendet er drei seiner letzten vier Pistolenkugeln dazu, die Indianer aufzuhalten, die ihm dicht auf den Fersen sind, und spart die letzte für sich selbst auf. Die Rothäute überwältigen ihn und hacken ihn mit ihren Tomahawks in Stücke, bevor er dazu kommt, sich eigenhändig von seiner Marter zu erlösen.«

»Und du glaubst, das könnte auch mir passieren?«, fragte Daeng und hievte die Rucksäcke von der Ladefläche.

»Wenn es John Wayne passieren kann …«

»Hatte er in fraglichem Film zufällig Rheuma?«

»Rheuma, Pfeilwunde, ist doch Jacke wie Hose.«

»Haben Civilai und du eigentlich mal nachgerechnet, wie viele Jahre eures Lebens ihr im Kino vergeudet habt?«

Siri griff nach seinem gebrochenen Herzen.

»Civilai!«, rief er seinen Freund, der auf dem anderen Lastwagen saß. »Daeng ist der Meinung, wir hätten unser Leben im Kino vergeudet. Was soll ich tun?«

»Für einen Tattergreis bist du noch ziemlich gut in Schuss«, schrie Civilai zurück. »Du findest ruckzuck eine neue Frau.«

»Nehmen Sie sich in Acht, Genosse«, rief Daeng. »Der Weg führt über schmale Felsvorsprünge an steilen Abhängen entlang. Ich wäre untröstlich, wenn Sie einen Unfall hätten.«

»Sie wollen mir doch nicht etwa drohen?« Civilai lachte. »Da müssen Sie aber sehr früh aufstehen, wenn Sie mich überlisten wollen, Genossin Nudelköchin.«

»Das werden wir ja sehen, alter Mann.«

Trotz Siris Unkenrufen und seiner heimlichen Sorge um die eigene Gesundheit erwies sich die Strecke als verhältnismäßig harmlos. Der gut ausgetretene Pfad schlängelte sich über sanfte Hügel und umging einige der höheren Gipfel. Trotzdem hielt Civilai gebührenden Sicherheitsabstand zu Madame Daeng. Die Teams marschierten in einer langen Polonaise den schmalen Weg entlang. Köter lief bei Fuß wie ein Rassehund bei einer Leistungsschau. Die Träger schleppten das schwerere Gepäck, und das Tempo erinnerte eher an eine Landpartie für ältere Damen denn an einen Geländemarsch. Der einzige Laut, abgesehen von den schweren Stiefeltritten, kam von Richter Haeng, der sich seiner fiktiven Beinverletzung besonnen hatte und nun alle paar Schritte keuchend und ächzend stehen blieb, um sich auf einen Ast zu stützen. Siri wies Daeng darauf hin, dass es noch vor vier Wochen das andere Bein gewesen war, das dem Richter solches Ungemach bereitet hatte. Die ganze Expedition war es leid, sich Haengs Geschichte von seinem einsamen Überlebenskampf im Dschungel anzuhören, nicht einmal in der ungemein sarkastischen Übersetzung Tante Bpoos, die heute einen besonders glamourösen gelben Hosenanzug trug.

»Können wir ihn nicht irgendwie zum Schweigen bringen?«, fragte Siri.

Sie durchquerten ein enges Tal voll seltsamer Bäume mit dichtem Blattwerk.

»Richter Haeng«, rief Daeng vom Ende der Prozession. »Verzeihung. Ich wollte Sie nicht unterbrechen.«

Der Richter wandte den Kopf.

»Was gibt's denn, Madame Daeng?«, fragte er. Die Stimmen hallten von den steilen Felswänden wider.

»Sie sind ja quasi berühmt für Ihre umfassende Kenntnis der Wälder hier oben im Norden.«

»Ja, in gewissen Kreisen gelte ich wohl als eine Art Experte«, antwortete er lächelnd. »Ein guter Kommunist ist wie ein Baum. Er steht stark und aufrecht, doch er weiß, wann er sich dem Wind zu beugen hat. Er trägt reiche Frucht, ist aber gern bereit, seine Nüsse den Bedürftigen zu überlassen. Warum fragen Sie?«

»Ich haben nur gerade überlegt, was das für Bäume sind, in deren Schatten wir hier wandern«, sagte sie. »Ich war zwar noch nicht allzu oft im Norden, aber ich glaube, im Süden gibt es eine ähnliche Art. Dort nennt man sie *ngoo dtok*.«

Siri bemerkte, dass seine Frau die Schnalle ihres Ledergürtels geöffnet und selbigen verstohlen aus den Schlaufen ihrer Kampfhose gezogen hatte. »Sie wissen nicht zufällig, ob es sich um dieselben Bäume handelt?«, setzte sie hinzu.

»Ich habe davon gehört«, log der Richter. »Ich möchte Sie nicht mit ihren lateinischen Namen langweilen oder den eher kuriosen Bezeichnungen, die einheimische Botaniker ihnen gegeben haben, aber ja, ich glaube, es handelt sich um *ngoo dtok*.«

»Dann können wir ja von Glück sagen, dass wir nicht im Süden sind«, fuhr Daeng fort, die den Namen selbstverständlich frei erfunden hatte. »Denn bei uns in Champasak ist der *ngoo dtok* das Revier der berüchtigten Baumotter. Was hier hoffentlich nicht der Fall ist.«

»Der was, Genossin?«

»Der Baumotter, Herr Richter. In den Bäumen wimmelt es förmlich von den Viechern. Hochgiftige Schlangen, die sich als Zweige tarnen.« Die einheimischen Träger starrten ängstlich zu dem Blattwerk über ihren Köpfen empor. »Es gibt kein bekanntes Gegenmittel zu ihrem Gift. Ein Biss von einer Baumotter und es ist vorbei, ein langer, langsamer, schrecklich qualvoller Tod.«

Sie hielt den aufgerollten Gürtel in der Hand und nahm Civilai damit sorgfältig ins Visier.

»Sie warten, bis ihre Beute sich direkt unter dem Baum befindet«, fuhr sie fort, »und konzentrieren sich auf eine besonders empfindliche Stelle, Hals, Handgelenk … Glatze. Sie sind erstaunlich zielsicher. Man tritt nichtsahnend unter ihren Zweig und … zack!«

Sie schwang den Gürtel, der sich in der Luft entrollte und um Civilais linke Schulter schlang. Mit einem Ausruf des Entsetzens schüttelte er die vermeintliche Baumotter ab, doch der Träger direkt hinter ihm begann zu schreien wie am Spieß. In blinder Panik rannte er davon und entledigte sich des lästigen Gepäcks, indem er es einfach zu Boden fallen ließ.

Die enge Schlucht verstärkte den Knall der Explosion, und der Druck riss den entlaufenen Träger von den Füßen und schleuderte ihn gegen die Felsen. Auch andere brachte die

Wucht der Detonation zu Fall. Siri und Daeng verspürten einen starken Luftzug, dann plötzlich herrschte lähmende Stille. Alle blickten verwundert um sich. An der Stelle, wo einer der abgeworfenen Rucksäcke gelandet war, klaffte ein rauchender Krater. Hustend und mit blutverschmierter Stirn wälzte sich der Träger auf den Rücken. Dr. Yamaguchi und Dtui eilten zu ihm, um ihn zu verarzten. Siri wandte sich an seine Frau.

»Erstklassige Arbeit, altes Mädchen«, meinte er.

»Mit einer so durchschlagenden Wirkung hatte ich wahrhaftig nicht gerechnet«, gestand sie.

»Kann mir vielleicht jemand verraten, was hier los ist?«, rief Major Potter. Mit ein paar Sekunden Verspätung kam auch Peaches Übersetzung an.

»Weiß jemand, wessen Rucksack das war?«, fragte Siri.

Da die Träger sich alles schwere Gepäck von den Ladeflächen der Lastwagen geschnappt hatten, um ihren Lohn zu rechtfertigen, wusste auf Anhieb niemand eine Antwort. Die Teammitglieder klaubten Taschen und Rucksäcke zusammen, um festzustellen, wessen Gepäck fehlte. Am Ende war es der Major selbst, der mit leeren Händen dastand. Er scharrte verlegen mit den Füßen.

»Sieht aus, als wäre es Potters Rucksack gewesen«, sagte Peach.

Eine kleine Menschenmenge hatte sich um das qualmende Erdloch versammelt. Was auch immer dort explodiert war, hatte sich buchstäblich in Rauch aufgelöst.

»Weiß der Major zufällig noch, was sich in dem Rucksack befand?«, erkundigte Phosy sich bei Peach.

Der alte Soldat stand im Schatten eines Otterubaums und machte ein betrübtes Gesicht. Peach ging zu ihm. Civilai gab Daeng ihren Gürtel zurück.

»Ich würde sagen, der Triumph ist mein«, sagte er mit einem ironischen Lächeln auf den Lippen.

Daeng hatte nicht die Absicht, ihm zu widersprechen, zumal Richter Haeng wutentbrannt in ihre Richtung marschiert kam. Sein Hinkebein schien vergessen.

»Sehen sie? Sehen Sie?«, rief er. »Der Volksmund hat doch recht: Alter schützt vor Torheit nicht. Habe ich Sie nicht x-mal gewarnt, dass diese kindischen Streiche uns noch einmal ins Verderben stürzen werden?«

»In diesem Fall dürfte sie einem Menschen damit das Leben gerettet haben«, fuhr Phosy dazwischen. »Hätte der Träger das Gepäck nicht abgeworfen, hätte er jetzt keinen Kopf mehr. Was auch immer sich in dem Rucksack befand, hätte jeden Moment hochgehen können.«

Peach stand neben Potter, der sich geistesabwesend mit den Fingern durch das kurze weiße Haar fuhr. Das schlechte Gewissen stand ihm ins Gesicht geschrieben.

»Major«, sagte sie. »Was war das?«

»Ich verstehe das nicht«, murmelte er. »Das ist unmöglich. Ich habe doch alles genauestens überprüft. Wie immer.«

»Hatten Sie etwa Sprengstoff in Ihrem Rucksack?«

»Eigentlich nicht.«

»Und uneigentlich?«

»Das Dynamit kann's nicht gewesen sein.«

»Major Potter. In Ihrem Rucksack war Dynamit?«

»Ja, schon. Aber es war völlig ungefährlich.«

12

DAS TOTENFELD

Sie machten Frühstückspause, und die verrauchte Luft wurde von Stunde zu Stunde unerträglicher. Eher aus Gewohnheit denn aus Notwendigkeit hatten sie zwischen den Bäumen eine Plane aufgespannt. Die Sonne hatte sich an diesem Tag noch nicht gezeigt. Smogfetzen zogen vorüber wie geisterhafte schwarze Leichenwagen. Der Frühnebel lag unter einer endlos weiten Wolkendecke gefangen. Das Team kam sich vor wie die Füllung eines rußigen Soufflés. Die Laoten saßen, mit Ausnahme von Richter Haeng und Cousin Vinai, im Kreis, tranken Kaffee aus einer Thermoskanne und aßen in Plastik verpackte NASA-Astronautennahrung. Die zwar nach nichts schmeckte, ihnen bei einem eventuellen Wiedereintritt in die Erdatmosphäre jedoch sicherlich zugutekommen würde.

»Also«, fragte Civilai, »verstehe ich das richtig? Der Major hatte fünf Stangen Dynamit in seinem Rucksack und wundert sich darüber, dass sie explodiert sind?«

»Er schwört Stein und Bein, dass er die Zündkappen entfernt hatte«, antwortete Tante Bpoo. »Angeblich waren sie so sicher wie Selleriestangen.«

»Mit dem kleinen Unterschied, dass Sellerie im Allgemeinen niemandem den Kopf abreißt«, entgegnete Dtui.

»Die ersten fünf Jahre seiner Laufbahn hat er beim Zeugkorps Dienst getan und Ausrüstung, Waffen und Munition an die Soldaten verteilt«, sagte Phosy. »Da sollte man doch annehmen, dass er weiß, wie man eine Stange Dynamit unschädlich macht.«

»Er ist ein Säufer«, rief Daeng ihm ins Gedächtnis. »Er kippt sich beim Mittagessen eine halbe Flasche Whisky hinter die Binde, und dann geht er auf sein Zimmer und genehmigt sich die andere Hälfte. Danach entschärft er ein halbes Stündchen hochexplosiven Sprengstoff, bevor er volltrunken in Morpheus' starke Arme sinkt. Macht dieses Szenario hier außer mir noch jemanden nervös?«

»Ich weiß nicht.« Siri schüttelte den Kopf. »Er ist ein Profi. Hätte er nicht alles noch einmal genauestens überprüft, als er heute Morgen aufgestanden ist?«

»Er ist ein Profi, der vor der Pensionierung seines Postens enthoben wurde«, sagte Kommandeur Lit.

»Was?«

»Sie haben richtig gehört.« Lit nickte. »Wir haben ein paar Erkundigungen über ihn eingezogen. Er ist erst siebenundfünfzig. Er hatte noch ein paar Jahre vor sich. Aber die Amerikaner feuern ihre Stabsoffiziere nicht einfach. Sie legen ihnen vielmehr nahe, ihren Hut zu nehmen. Wie es aussieht, war seine Alkohol- und Sexsucht seinen Vorgesetzten ein Dorn im Auge. Also stellten sie ihn vor die Wahl: entweder Rücktritt aus gesundheitlichen Gründen oder unehrenhafte Entlassung.«

»Er ist erst siebenundfünfzig?« Dtui war entsetzt. »Ich war mir hundertprozentig sicher, dass er älter ist als Sie, Dr. Siri.«

»Ah, aber ich bin weder sexsüchtig noch Alkoholiker«, wandte Siri ein.

»Stimmt«, bekräftigte Madame Deang. »Der Doktor könnte jederzeit mit dem Trinken aufhören.« Als sie merkte, dass alle sie anstarrten, sagte sie: »Wieso? Stimmt doch.«

»Zurück zu Major Potter«, fuhr Civilai gerade noch rechtzeitig dazwischen. »Wenn der Mann ein solches Sicherheitsrisiko darstellt, warum darf er dann mit Sprengstoff hantieren?«

»Und wie kommt er dazu, diese Mission zu leiten?«, ergänzte Dtui.

»Vermutlich läuft das bei ihnen genauso wie bei uns«, gab Phosy zu bedenken. »Eine Belohnung für dreißig Jahre treue Dienste. Auf Staatskosten einmal um die halbe Welt. Und der Name eines hochrangigen Offiziers auf der Personalliste macht sich immer gut, nicht wahr?«

»Außerdem kennt er sich in der Region ziemlich gut aus«, setzte Lit hinzu. »Er war sechs Jahre in Vietnam. Er ist beim hiesigen US-Konsulat ein und aus gegangen. Wenn mich nicht alles täuscht, hat er für den amerikanischen Gesandten in Ho-Chi-Minh-Stadt gearbeitet.«

»Sie haben wahrscheinlich nicht damit gerechnet, dass er so viel persönliches Engagement beweist«, sagte Civilai. »Sie dachten wahrscheinlich, General Suvan und er sitzen von morgens bis abends Cocktails schlürfend in bequemen Liegestühlen und lassen uns die Drecksarbeit erledigen.«

»Das glaube ich keine Minute«, widersprach Siri. »Die Leute vom Konsulat sitzen seit drei Jahren in Vientiane fest. Jetzt haben sie zum ersten Mal Gelegenheit, ins Landesinnere zu reisen und sich ein Bild von den Zuständen dort zu machen. Sie haben ihre Leute mit Sicherheit sorgfältig ausgesucht. Es gibt ohne Zweifel einen guten Grund, weshalb Major Potter hier ist.«

»Um uns alle ins Jenseits zu befördern, wenn Sie mich fragen«, meinte Tante Bpoo. Und ließ ohne Vorwarnung ein Gedicht vom Stapel.

Die Bombe auf Rädern
> *Entlässt ihre süßen Gase*
> *In die Atmosphäre, wo sie Metastasen*
Bilden   die den Schild zerstören
Ein tödliches Leck
> *Bricht das Eis, lässt Wellen*
> *Zu Fluten anschwellen*
Häuser ertrinken
> *Versinken, zu spät*

»Interessant«, sagte Civilai.

Da den anderen dazu wenig einfiel, spülten sie ihre Becher aus, sammelten die Plastikverpackungen ein und gesellten sich zu den Amerikanern. Die erste Stunde hatten sie damit verbracht, die mutmaßliche Absturzstelle mit rosa Nylonschnur in fünfzig Meter große Quadranten einzuteilen. Abgesehen von der Aussage der Schamanin gab es keinen konkreten Anhaltspunkt dafür, dass der Hubschrauber hier abgestürzt war. Und obwohl die Dorfbewohner sie voller Zuversicht in dieses Tal östlich des Ortes geführt hatten, war die Suche bislang ergebnislos verlaufen. Trotzdem machten sie weiter.

Auf dem Weg zu ihrem Quadranten rückte Herr Geung seiner Freundin Dtui etwas zu dicht auf die Pelle.

»Was ist denn?«, fragte sie und wandte sich zu ihm um.

»Ich…«

»Ja?«

»Ich… habe einen Brief geschrieben. U… u… und Sie sollen ihn lesen.«

Was Dtui nicht zuletzt deswegen erstaunte, weil Geung noch vor einem Monat gar nicht hatte schreiben können. Jedenfalls wenig mehr als seinen Namen, die Namen von Dtui und Siri, Daeng, Malee und Foremost (seiner Lieblingseiscreme). Schwerlich genug für einen Brief. Und obwohl sie es ihm seit drei Jahren beizubringen versuchten, war es um seine Lesekünste nur unwesentlich besser bestellt.

»An wen ist er denn?«, fragte sie.

»An eine Freundin.«

»Kenne ich sie?«

»Ja.« Er lächelte und zog ein zusammengerolltes Bündel Papier aus seiner Gesäßtasche. Zögernd reichte er es ihr. Dtui entrollte die eng beschriebenen Blätter. In der ersten Zeile auf Seite eins stand das Wort »Tukda«. Er hatte offenbar geübt. Gefolgt von Symbolen, die entfernt an Meisenknödel erinnerten. Er hatte jede Seite, jeden freien Zentimeter damit bedeckt. Auf der letzten Seite schließlich prangte, in Schönschrift, sein Name.

»Gut so?«, fragte er.

»Meinen Sie, Tukda weiß, was Sie ihr damit sagen wollen?«

»D… d… das sind Herzen.«

»Ah, natürlich. Wusste ich's doch.«

Dtui sah sich den Brief etwas genauer an. Und in der Tat, einige der Knödel hatten durchaus Ähnlichkeit mit einem Herzen. Sie zog ihren Freund an sich und drückte ihn.

»Umarmung«, sagte Geung und blieb steif wie ein Besenstiel. »Ist der Brief gut?«

»Kann Ihre Freundin Tukda lesen?«

»Nein.«

»Sie wird sich sehr darüber freuen.«

Er machte sich von ihr los.

»W... weinen Sie?«

»Das ist nur der Rauch, Schätzchen. Nur der Rauch.«

Es war der dritte Tag, sechzehn Uhr dreißig, und sie hatten noch immer nichts gefunden. Vierzehn Personen hatten Stunden über Stunden damit verbracht, das Suchgebiet zu durchkämmen, ohne Erfolg. Keine Metallsplitter, keine Patronenhülsen, keine Zähne. Nichts. Sie hatten die Quadranten mit Macheten und Gartenhacken umgegraben und sie auf Knien wieder eingeebnet. Dabei hatten sie sich auf das Wort von Dorfvorsteher Ar verlassen müssen, der hoch und heilig versichert hatte, dass das Areal nie bombardiert worden und im Umkreis von zwanzig Kilometern kein Dorfbewohner, Wasserbüffel oder Hund je durch einen Blindgänger ums Leben gekommen sei. Trotzdem zögerten die Teams, allzu tief in die harte Erde zu graben. Tante Bpoo, die nicht zu den bezahlten Suchern gehörte, hatte derweil in einer Hängematte gelegen, Siri bei der Arbeit zugesehen und auf sein vorzeitiges Ableben gewartet. Sie hatte ihm versichert, wenn seine Zeit gekommen sei, wisse sie, was sie zu tun habe. Er konnte nur hoffen, dass ihn der Tod nicht gerade dann ereilen würde, wenn sie eins ihrer berühmten Nickerchen hielt.

Eine Zeitlang buddelte Siri Seit an Seit mit dem Zweiten Sekretär Gordon. Der Amerikaner sprach ein paar Brocken Thai, was ihnen die Verständigung wesentlich erleichterte. Um das Eis zu brechen, stellte Siri ihm zunächst ein paar persönliche Fragen. Gordon war unverheiratet, ein Karrierediplomat, der eines Tages zum Botschafter aufzusteigen hoffte. Während des Krieges war er vier Jahre in Ho-Chi-Minh-Stadt – dem seinerzeitigen Saigon – stationiert gewesen. Er hatte im Jahr des Pferdes das Licht der Welt erblickt, was ihm ebenso wichtig zu sein schien wie die Tatsache, dass Siri ein Drache war. Schließlich und endlich kam Siri zur Sache.

»Hatten Sie zufällig Gelegenheit, Captain Boyds Personalakte einzusehen?«, fragte er.

Gordon zögerte.

»Ja.«

»Gab es in der Vergangenheit des Piloten noch andere dunkle Flecken?«, erkundigte er sich. »Hat er regelmäßig Alkohol und Drogen konsumiert?«

»Meines Wissen nur dieses eine Mal«, antwortete Gordon. »Ich glaube, er trank nicht einmal übermäßig viel.«

»Und sonst keine disziplinarischen Probleme?«

»Seine Akte war tadellos.«

»Aber die Leute von Air America haben die wahren Umstände seines Verschwindens in dieser Nacht vorsätzlich verschleiert. Vielleicht haben sie auch andere Verfehlungen unter den Teppich gekehrt.«

»Wissen Sie, Doktor, trotz ihrer offensichtlichen Verbindungen zur CIA und zur Regierung war Air America ein ganz normales Unternehmen. Wenn einer ihrer Piloten Mist baute, wurde ihm umgehend der Stuhl vor die Tür gestellt. Schließlich gab es genug abenteuerlustige junge Männer, die sich nach so einem Job die Finger leckten.«

»Aber irgendeinen Grund muss es doch geben. Was hat unseren Bilderbuchpiloten so sehr aus der Bahn geworfen, dass er plötzlich den Verstand verloren hat?«

»Ich habe keine Ahnung.«

»Haben Sie Zugang zu den Vernehmungsprotokollen?«

»Sie meinen die Mitschriften der Befragungen, die Air America nach dem Absturz durchgeführt hat?«

»Genau die.«

»Die Botschaft in Vientiane besitzt eine Kopie. Ich hatte leider keine Gelegenheit, sie einzusehen. Aber ich meine mich entsinnen zu können, dass sie den philippinischen Mechaniker und einen der Ravens eingehend vernommen haben. So nannten sie die Verrückten von der Forward Air Control. Die Piloten, die über die Grenze flogen und die Bombenangriffe leiteten. Das waren die drei, die sich an fraglichem Abend haben volllaufen lassen. Der Raven ist ein paar Wochen nach Boyds Verschwinden gefallen.«

»Gibt es irgendeine Möglichkeit, eine Kopie der Protokolle hierherzuschaffen?«

»Das wird von Stunde zu Stunde unwahrscheinlicher. Auf dem Postamt gibt es keinen Fernschreiber, und einfliegen lassen können wir sie ja wohl schlecht.«

»Wissen Sie, ob von den Leuten hier einer den vollständigen Bericht gelesen hat?«

»Major Potter hat ihn vor unserer Abreise gründlich studiert. Er müsste eigentlich wissen, was die Zeugen ausgesagt haben.«

Siris Instinkt verriet ihm, dass ihre Suche ihnen keinerlei Hinweis auf den Verbleib Boyd Bowrys liefern würde. Irgendetwas ging hier nicht mit rechten Dingen zu. Weshalb ihm ein wenig Unterstützung aus dem Jenseits ausnahmsweise einmal sehr zupasskommen wäre. Doch seit seiner Ankunft in Xieng Khouang ließen die Geister ihn weitgehend in Frieden. Und das war gleich in mehrfacher Hinsicht ein Segen. Vor seiner Abreise waren seine Träume von den Seelen schlechtgelaunter Hmong bevölkert gewesen, die er nicht mehr loswurde und die an ihm klebten wie Motten an trocknender Farbe. Sie hatten ihn so viel Kraft gekostet, dass seine wachen Stunden erholsamer gewesen waren als der Schlaf. Hier im Norden schlummerte er wie ein Baby und hatte keinerlei Erinnerung an nächtliche Begegnungen mit dem Übernatürlichen. Wie immer trug er seinen weißen Steintalisman an einem dünnen Haarzopf um den Hals, betrachtete ihn inzwischen jedoch eher als Schmuckstück denn als Kraftfeld gegen die bösartigen *phibob*. Selbst sein Mutterengel hatte den Flug verpasst. Seit fast einem Jahr verfolgte ihn die alte Dame mit den betelnussroten Lippen auf Schritt und Tritt und erteilte ihm Warnungen und unergründliche Ratschläge. Falls Tante Bpoos Prophezeiung zutraf, konnte er ein wenig spirituelle Verstärkung weiß Gott gut gebrauchen. Stattdessen war er gezwungen, getreu dem Vorbild seines langjährigen Helden Kommissar Maigret von der Pariser Sûreté, seinen Verstand zu benutzen. Nie war ein hilfreicher Geist zur Stelle, wenn man ihn wirklich brauchte.

Er brach die Suche nach Überresten, die sie ohnehin nie finden würden, ab und machte sich auf die Suche nach Inspektor Phosy. Nach kurzer Beratung spazierten sie zusammen über den Hügel hinunter nach Ban Noong, wo ein jeder seiner Arbeit nachzugehen schien. Die Reisschäler schälten, die Kornstampfer stampften, und die Hühnerrupferinnen rupften zeit- und selbstvergessen vor sich hin. Der Sohn des Ortsvorstehers saß noch immer mit seiner Insektensammlung auf dem Dorfplatz. Im Augenblick taten drei von ihnen aktiven Dienst und schwirrten am Ende ihrer Fadenfesseln um seinen Kopf. Der Schirm seiner Mütze diente ihnen als Landeplattform. Während Siri und Köter ihm mit demselben faszinierten Gesichtsausdruck zusahen, rief Phosy die Dorfältesten zu einer Ad-hoc-Sitzung zusammen.

»Wir graben an der Stelle, zu der Sie uns geführt haben«, begann Phosy. »Wir haben uns gefragt, ob dort schon einmal jemand aus dem Dorf auf Wrackteile gestoßen ist.«

Die Ältesten steckten die Köpfe zusammen, und Phosy setzte sich auf die Bank, die man ihm zugewiesen hatte. Die Antwort lautete Nein.

»Dann gibt es also, abgesehen von dem Leitwerk, das Ihnen aufs Dach gefallen ist, keinerlei konkrete Anhaltspunkte dafür, dass die Behauptung Ihrer Schamanin zutrifft und der Hubschrauber tatsächlich dort abgestürzt ist«, fuhr Phosy fort.

Die Antwort lautete Nein.

»Wie alt war Ihre Schamanin?«

»Zweiundneunzig«, lautete die Antwort.

»Und sie war im Vollbesitz ihrer geistigen und körperlichen Kräfte?«

»Nein, sie war total übergeschnappt«, lautete die Antwort.

»Und was hat diese verrückte Alte gesagt, als am nächsten Morgen alle wach wurden?«

»Nichts«, lautete die Antwort. »Sie war bewusstlos, nachdem sie mit dem Kopf gegen einen Ast geprallt war. Sie ist erst nach drei Tagen wieder zu sich gekommen.«

»Und als sie aufwachte, was hat sie da gesagt?«

»Sie hat gesagt, der Himmelsdrache sei mit dem Mond zusammengestoßen, und der sei explodiert und östlich von hier in den Dschungel gestürzt.«

»Und sie war sich ganz sicher, was die Absturzstelle betraf?«

»Ja.«

»Haben Sie Brandgeruch oder Rauch bemerkt, als sie in die Richtung gingen?«

»Nein«, sagten sie.

»Und fanden Sie das nicht merkwürdig?«

»Doch.«

»Aber Sie haben die Worte der Frau nicht infrage gestellt.«

»Sie war seit sechzig Jahren unsere Schamanin gewesen. Sie hatte viele von uns zur Welt gebracht. Es wäre respektlos gewesen, ihre Worte anzuzweifeln. Sie hatte uns noch nie belogen.«

Siri betrat die Versammlungshütte. Er und Phosy berieten sich.

»Hat sie auf ihre alten Tage vielleicht irgendwelche seltsamen Symptome entwickelt?«, fragte Phosy. »Besondere Verhaltensauffälligkeiten oder dergleichen?«

Wieder steckten sie die Köpfe zusammen.

»Ja, da gab es etwas«, sagten sie.

Die Teams klaubten ihre Ausrüstung zusammen und wollten sich eben auf den Rückweg zu den Lastern machen, als Siri und Phosy freudestrahlend aus dem Dschungel marschiert kamen.

»Sie haben gut lachen«, sagte Richter Haeng. »Wir ackern und schuften wie die Bauern, während Sie beide sich verdrücken. Bilden Sie sich bloß nicht ein, wir hätten das nicht bemerkt. Sie haben hoffentlich eine gute Ausrede auf Lager, sonst werden Sie auf Ihren Tagessatz wohl oder übel verzichten müssen.«

»Würde es Ihnen genügen, wenn wir die tatsächliche Absturzstelle gefunden hätten?«, fragte Siri.

»Wo?«, erkundigte sich Madame Daeng.

»Wie?«, wollte Civilai wissen.

Peach gab die Nachricht an die Amerikaner weiter, und sie scharten sich um Siri und den Inspektor. Phosy erzählte ihnen von der zweiundneunzigjährigen Schamanin, die im Alter plötzlich angefangen hatte, Dinge durcheinanderzubringen und das Gegenteil von dem zu sagen, was sie meinte. Nein hieß ja. Und links hieß rechts.

»Sie litt am sogenannten Gerstmann-Syndrom«, erklärte Siri. »Es macht sich besonders stark bemerkbar, wenn es um Richtungsangaben geht. Die Sprecherin ist nicht verwirrt. Sie sieht ein Ereignis tatsächlich spiegelbildlich. In diesem Fall hat sie den Mond anscheinend im Osten explodieren sehen. Sie beobachtete, wie der Hubschrauber abstürzte und der Wald in Flammen aufging. Als sie aus ihrem Koma erwachte, war sie davon überzeugt, dass sich das Unglück genau hier ereignet hatte, während sich die Absturzstelle in Wirklichkeit westlich des Dorfes befand. Wir haben also in der entgegengesetzten Richtung gesucht und sind knapp zwei Kilometer von hier fündig geworden.«

»Aber das ist absurd«, sagte Haeng. »Nur zwei Kilometer vom Dorf entfernt, und niemand hat etwas bemerkt?«

»Die Dorfbewohner fanden dort nur eine verbrannte Fläche vor. Sie nahmen an, dass einer der geflohenen Hmong-Stämme sie brandgerodet hatte, um das Land nutzbar zu machen. Was in dieser Region angesichts der Zwangsumsiedlung zahlreicher Dörfer nicht weiter verwundert. Überall in diesen Bergen gibt es ausgedehnte Brandflächen. Und es sieht auch nicht wie eine Absturzstelle aus. Keine Wrackteile oder Trümmer – nur ein schwarzes, baumloses Stückchen Erde. Die Dorfbewohner fürchten sich davor. Obwohl seit dem Absturz zehn Jahre vergangen sind, wächst dort immer noch kein Grashalm. Sie nennen es das Totenfeld.«

Kaum hatte er die Übersetzung vernommen, begann Sergeant Johnson auch schon, wild gestikulierend auf die Dolmetscherin einzureden.

»Das legt den Schluss nahe, dass die Explosion äußerst heftig war und das Feuer eine enorme Hitze entwickelte«, sagte Peach. »In diesem Fall muss der Helikopter leicht entzündliche, vermutlich hochexplosive Stoffe transportiert haben. Ein gewöhnlicher Hubschrauberabsturz hätte niemals solche Spuren der Verwüstung hinterlassen. Der Sergeant möchte wissen, ob es dort einen Krater gibt.«

»Es gibt einen Teich«, sagte Siri. »Einen großen Teich ohne jedes Leben. Er könnte ursprünglich ein Krater gewesen sein. Das Komische ist nur, dass er sich am Rand der Lichtung befindet. Einen Krater erwartet man je eigentlich eher in der Mitte.«

»Aber woher wollen Sie wissen, dass es sich tatsächlich um die Absturzstelle handelt?«, fragte Richter Haeng.

»Dort ist in jedem Fall etwas niedergegangen«, antwortete Siri, stülpte seine Umhängetasche um und schüttete sie aus. Alle scharten sich um den kleinen Berg von Gegenständen. »Wir waren nur eine halbe Stunde dort, aber wir haben das hier gefunden.«

In dem Haufen entdeckten sie einen geschmolzenen, aber noch intakten Tankverschluss, diverse leicht verformte Bolzen und Schrauben und etwas, das wie der Abzug einer Pistole aussah. Der größte Metallsplitter hatte in etwa die Ausmaße eines Daumens. Zwar gab es keinen eindeutigen Hinweis darauf, dass es sich tatsächlich um Überbleibsel von Hubschrauber H32 handelte, doch der Fund stimmte die Sucher zuversichtlich. Wären die dicke Luft und der düstere Nach-mittagshimmel nicht gewesen, hätten sie sich auf der Stelle zum Totenfeld aufgemacht. Auf dem Rückweg zu den Las-tern sprachen alle aufgeregt über ihre Pläne für den nächs-ten Tag.

Der Träger, der die morgendliche Explosion verursacht hatte, war zwar mit blauen Flecken übersät, hatte sich jedoch erstaunlich gut erholt. Er sagte, es sei beileibe nicht das erste Mal gewesen, dass er um ein Haar in die Luft geflogen sei, und vermutlich auch nicht das letzte. Auf Drängen Richter Haengs hatte sich Madame Daeng für ihren Streich entschuldigt und den Trägern versichert, sie habe sich die Baumottern nur aus-gedacht. Trotzdem hielten sie den Blick stets himmelwärts ge-richtet und waren sichtlich erleichtert, als sie endlich bei den Lastern ankamen. Die Fahrer wurden geweckt, und der Kon-voi holperte über steinige Lehmpisten zurück nach Phonsavan.

Siri und Phosy saßen mit Major Potter auf der Ladefläche eines der beiden Fahrzeuge. Potter war den ganzen Tag über seltsam still gewesen. Tante Bpoo fungierte als Dolmetsche-rin. Zum Erstaunen und Entzücken des Majors ahmte der Transvestit nicht nur seine Stimme, sondern auch seine Ma-nierismen und Marotten auf täuschend echte Art und Weise nach. Die kleine Vorstellung heiterte den alten Soldaten merk-lich auf. Siri und Phosy wollten wissen, was genau die Explo-sion vom Vormittag verursacht hatte.

»Ich versuche schon den ganzen Tag dahinterzukommen«, sagte Bpoo als Potter. »Ich habe so etwas noch nie erlebt.«

»Wäre es eventuell möglich, dass Sie das Dynamit ver-sehentlich scharf gemacht haben, als Sie gestern Abend … müde waren?«, fragte Siri.

»So müde kann ich gar nicht sein, dass ich solchen Bockmist baue«, sagte der Major. »Selbst wenn ich sturzbetrunken wäre, würde mir nie ein derartiger Fehler unterlaufen. Haben Sie schon mal mit Dynamit zu tun gehabt?«

Und ob. Phosy wusste, dass gesichertes Dynamit nicht bei der leisesten Erschütterung explodierte, es sei denn, es war alt und instabil. Die Sprengstoffe, die beim Militär Verwendung fanden, hatten eine enorme Entwicklung durchgemacht, seit Herr Nobel bei seinen Experimenten Freunde und Verwandte in die Luft gejagt hatte.

»Und haben Sie Ihren Rucksack noch einmal überprüft, als wir heute Morgen aufgebrochen sind?«, fragte Siri.

»Nein«, sagte der Major. »Ich hatte das Dynamit schon vorgestern eingepackt und eigentlich nicht die Absicht, es zu benutzen. Aber es lag die ganze Nacht unter meinem Bett, und die Zünder steckten in einer anderen Tasche. Sie sind noch vollzählig vorhanden. Ja ja, ich weiß, was ihr denkt«, sagte er. »Ich trinke ganz gern mal einen über den Durst. Also habt ihr euch in den Kopf gesetzt, dass ich im Suff eine Dummheit gemacht habe.«

Weder Phosy noch Siri versuchten, ihn vom Gegenteil zu überzeugen. Bpoo fuhr – als Potter – fort.

»Eins kann ich Ihnen sagen. Ich war weiß Gott oft genug betrunken. Aber ich bin nicht lebensmüde. Der Rucksack ist explodiert, weil jemand wollte, dass er explodiert.«

»Dann vermuten Sie also Sabotage?«, fragte Siri.

»Glauben Sie mir, was passiert ist, tut mir wirklich leid, aber mit Inkompetenz hatte das nichts zu tun. In dreißig Jahren habe ich nie einen Fehler gemacht. Nicht ein einziges Mal. Aber wenn Sie nichts dagegen haben, würde ich jetzt gern das Thema wechseln und über, sagen wir, versauten Sex sprechen.«

Die Laoten waren entsetzt. Sie fragten sich, ob sie die Übersetzung womöglich falsch verstanden hatten. Siri wandte sich an Tante Bpoo.

»Was hat er gesagt?«

»Es tut mir leid, aber er hat gesagt, er würde jetzt gern das Thema wechseln und über, ähm, Sex sprechen«, antwortete sie.

»Das ist nicht Ihr Ernst.«

»Doch, er … Na schön, aber er hätte bestimmt die eine oder andere interessante Geschichte beizusteuern«, sagte Bpoo lächelnd. »Er ist kein Kind von Traurigkeit.«

Siri lachte.

»Bpoo, Sie sind Dolmetscherin. Sie können nicht einfach irgendwas erfinden. Und jetzt verraten Sie uns bitte, was er wirklich gesagt hat, ja?«

»Wie Sie sich vielleicht erinnern, bin ich mitnichten Dolmetscherin. Ich bin Wahrsagerin und eine stadtbekannte Lebedame. Und dieses ganze Gerede über Dynamit langweilt mich zu Tode. Wenn Sie seriöse Arbeit wünschen, müssen Sie sich an den feuchten Teenagertraum da drüben wenden. Das Leben ist zu kurz, um Trübsal zu blasen.«

Der Major fühlte sich ausgeschlossen. Er fiel Bpoo ins Wort, und sie gerieten in eine hitzige Debatte, bis sie sich zu guter Letzt erbot, ihm aus der Hand zu lesen, und sich in der Welt der Deutungen verlor.

13

LIPPENROT UND SPITZENHÖSCHEN

Wäre die Sonne zu sehen gewesen, hätten sie bei ihrer Ankunft im Hotel deren Untergang bewundern können. Das Gebäude war in dichten Nebel gehüllt, wie ein geisterhafter Greis in einem rauchumwölkten Ohrensessel. Der Senator und seine Sekretärin saßen mit geborgten Wollschals um den Hals auf der vorderen Veranda und schrieben auf ihr Flipchart für ihre nächste gefährliche Mission. Vor ihnen standen Kaffeebecher, flankiert von allerlei Heftern und Ordnern. Siri kletterte vom Lastwagen und machte eine Bestandsaufnahme seiner Schmerzen und Wehwehchen, indem er sämtliche Knochen knacken ließ. Es war erstaunlich, wie viele Melodien sein Gerippe im Lauf der Jahre zu spielen gelernt hatte. Civilai und er trugen sich nicht selten mit dem Gedanken, sich in einem klassischen Orchester als Schlagzeuger zu verdingen. Aus sicherer Entfernung sah er zu, wie die Teams das Gebäude betraten. Wie die Menschen miteinander umgingen, verriet doch immer wieder eine ganze Menge über sie.

Richter Haeng eilte auf zwei kerngesunden Beinen zu dem Senator, machte eine tiefe Verbeugung und entbot ihm einen *nop*, wie er sonst ausschließlich blaublütigen Urgroßmüttern vorbehalten war. Was umso bemerkenswerter schien, als der Richter aus seiner Abneigung gegen diesen Brauch gewöhnlich keinen Hehl machte. Obgleich Haeng den ganzen gestrigen Abend katzbuckelnd um ihn herumscharwenzelt war, erkannte der Senator ihn offenbar nicht wieder. Er nickte nur und machte ein Gesicht, als ob er sagen wollte: »Wer, zum Teufel, ist der Kerl?« Beide hielten verzweifelt nach einem Dolmetscher Ausschau, doch es war keiner in der Nähe, und so begnügten sie sich notgedrungen mit einem beidhändigen Handschlag und Worten, die weder der eine noch der andere verstand. Haeng führte eindeutig etwas im Schilde.

Der Senator nahm die Amerikaner mit Scherzen und Frotzeleien in Empfang. Siri sah, wie Major Potter sich an ihm vorbeidrückte, ohne ihn eines Blickes zu würdigen. Soweit er sich entsinnen konnte, hatten die beiden bislang kein Wort gewechselt. Die Laoten begrüßte der Senator lachend mit einem frisch gelernten *Sawatdee krap*; das war zwar Thai, aber wen störte das schon? Tante Bpoo kniete vor ihm nieder und küsste seinen Ehering. Dann leckte sie ihm augenzwinkernd den Finger ab. Als der Senator sich davon erholt hatte, klopfte er Herrn Geung so lange auf den Rücken, bis Ethel Chin endlich ein Foto davon geschossen hatte, und warf Madame Daeng dann einen Handkuss zu. Die erwiderte sein Lächeln und teilte ihm auf Südlaotisch mit, er müsse wohl ein naher Verwandter der gemeinen Sumpfeidechse sein. Die anderen Laoten ergingen sich in landestypischen Höflichkeiten und ließen den Würdenträger mit dem Gefühl zurück, kulturelle Brücken gebaut und alte Wunden geschlossen zu haben.

An diesem Abend erschienen alle in dicken Jacken zum Essen. Seit die Sonne die Erde nicht mehr erwärmen konnte, war die ohnehin kühle Luft noch eisiger geworden. Wieder hatte man die Tische umgestellt. An der Stirnseite des Saals stand eine lange Tafel, von der aus der Imperator auf die ungewaschenen Massen herabblicken konnte. Seine Hoheit thronte in der Mitte. Zu seiner Linken saß mit ausdrucksloser Miene General Suvan, von dessen Kinn eine verirrte Nudel baumelte. Zur Rechten des Senators stand der leere Stuhl von Major Potter. Daneben kauerte Richter Haeng in einem auffallend hässlichen hellblauen Safarianzug. Noch hatte er es nicht gewagt, den Stuhl des Majors zu besetzen, doch er beäugte ihn begierig. Wie üblich versuchte er Peaches Aufmerksamkeit auf sich zu lenken, vermutlich in der Annahme, dass der Anzug ihn unwiderstehlich machte. Wie üblich ignorierte sie ihn.

Der amerikanische Lebensmittelvorrat schien unerschöpflich. Heute stand eine Art Fertiglasagne auf dem Speiseplan – schmackhaft, aber ein echter Härtetest für dritte Zähne. Wie immer floss der Johnnie Walker Red in Strömen, doch selbst Civilai übte sich in Mäßigung. Die Dosis macht das Gift.

»Wo steckt denn unser Katastrophenmajor?«, fragte Daeng.

»Er kontrolliert wahrscheinlich seine Dynamitbestände«, sagte Phosy.

»Ich vermute eher, dass er dem Senator aus dem Weg gehen möchte«, setzte Siri hinzu. »Ich an seiner Stelle würde es genauso machen.«

»Und wenn ihm etwas fehlt?«, fragte Dtui. »Vielleicht hatte er ja einen Herzanfall. Normalerweise lässt er keine Mahlzeit aus. Ich finde, es sollte jemand nach ihm sehen.«

Civilai stand auf.

»*Bravo, mon frère*«, lobte Siri.

»Ich wollte nur rasch zur Toilette«, sagte Civilai. »Es könnte allerdings ein Weilchen dauern. Es läuft leider nicht mehr so wie früher. Wenn du verstehst, was ich meine.«

»In deinem Alter kannst du froh und dankbar sein, wenn überhaupt noch etwas läuft.« Siri lachte.

Civilai trippelte im Slalom zwischen den Tischen hindurch und vollführte zu den samtweichen Klängen der Carpenters, die aus den Lautsprecherboxen perlten, ein kleines Tänzchen. Zum Ergötzen der Amerikaner, die begeistert Beifall klatschten. Die beiden Delegationen saßen wieder streng getrennt. Nur Tante Bpoo und Dr. Yamaguchi hatten gemeinsam an einem der hinteren Tische Platz genommen und unterhielten sich angeregt. Endlich hatte sie ihn allein erwischt, und er schien die ungeteilte Aufmerksamkeit zu genießen.

Als Civilai an den Tisch zurückkam, wirkte er irgendwie zerstreut.

»Wie geht's ihm?«, fragte Dtui.

»Wem?«

»Na, dem Major«, half sie ihm auf die Sprünge. »Sie wollten doch an seine Tür klopfen.«

»Ah, ja. Stimmt. Wollte ich. Ich… Mist. Das habe ich völlig vergessen.«

»Bananen«, sagte Madame Daeng.

»Hä?«

»Sind gut fürs Gedächtnis.«

»Ja. Ja, stimmt«, sagte er und setzte sich, machte jedoch keine Anstalten, dieses Versäumnis wiedergutzumachen. Siri konnte sich des Eindrucks nicht erwehren, dass mit seinem Freund eine Veränderung vor sich gegangen war, seit er sich ein paar Minuten zuvor auf die Toilette verabschiedet hatte.

Da sich die zähe Lasagne nur mit erheblichen Mengen Johnnie Red hinunterspülen ließ, tranken sie an diesem Abend alle mehr als nötig. Nach einer Stunde hatte sich der Major immer noch nicht blicken lassen. Dtui klopfte an seine

Tür, doch es kam keine Reaktion. In Siris Bewusstsein spielte sich Erstaunliches ab. Die Zeit schien heftigen Schwankungen unterworfen, ein kurzer Galopp hier, ein trunkenes Taumeln dort. Die dunklen Stunden nach neun Uhr abends rückten unaufhaltsam näher, und plötzlich sprachen alle mit Micky-Maus-Stimme und leerten in atemberaubendem Tempo ihre Gläser. Er war die einzige Konstante in einer Welt, die sich immer schneller zu drehen schien. Seine Sinne waren wacher als sonst. Der Whisky tat nicht die gewohnte Wirkung. Zeitweilig hatte er das Gefühl, sein Stuhl sei einen Meter höher als die der anderen. Er ließ den Blick durch den Speisesaal schweifen und sah alles gestochen scharf. Der weiße Talisman auf seiner Brust vibrierte. Er brauchte sich nicht umzudrehen, um sich zu vergewissern, dass Tante Bpoo von ihrem Tisch zu ihm herüberstarrte. Es bestand eine jähe Verbindung zwischen ihnen, als zerrte sie an seinem Seil, dessen Ende sich um seine Hüften schlang. Er fragte sich, ob dies der Moment seines Ablebens war; vielleicht war ihm ein Stück Lasagne in der Kehle stecken geblieben, und er bekam keine Luft. Wenn ja, war es ein ruhiger Tod; ein Tod, den er eher von außen beobachtete, denn am eigenen Leib erlebte. Er drehte sich zu Bpoo um, doch die schüttelte den Kopf. »Noch nicht, Siri. Noch nicht.«

Als er sich wieder zum Tisch umwandte, war etwas Bemerkenswertes geschehen. Es war, als ob die Szene geschnitten worden sei. Der Film hatte ein paar Dutzend Bilder übersprungen, und während der Saal noch vor Sekunden lärmend voll gewesen war, herrschte nun weitgehend Leere. Er wusste nicht, wann und wie die Mehrzahl der Gäste verschwunden war, aber nur ein paar versprengte Nachzügler waren noch übrig. Die lange Tafel war jetzt unbesetzt, und die meisten Amerikaner waren gegangen. Daeng saß zwischen ihm und den unverwüstlichen Laoten gegenüber. Er drehte sich nach Tante Bpoo um, doch der Tisch, wo sie eben noch gesessen hatte, war nun leer.

»Alles in Ordnung?«, fragte Daeng.

Sie nahm seine Hand. Dtui lachte über eine Bemerkung ihres Mannes. Civilai zeigte Geung einen Gabeltrick. Siri konnte keinen klaren Gedanken fassen. Seine Lunge pfiff und rasselte wie nach schwerer körperlicher Anstrengung. Seine Finger waren eiskalt, und er hatte einen sonderbaren Geruch in der Nase. Was war das? Kohlrabi?

»Ich glaube, ja«, antwortete Siri.

»Du bist so still«, sagte sie.

»Daeng?«

»Ja, teurer Gatte?«

»Ich stelle dir jetzt eine seltsame Frage. Nur, damit du dich nicht wunderst.«

»Ich fände es sehr viel verwunderlicher, wenn du mir keine seltsamen Fragen stellen würdest.«

»Ich meine es ernst.«

Sie machte ein ernstes Gesicht.

»Bin ich weg gewesen?«, fragte er.

Sie blickte in seine wässrigen grünen Augen und merkte, dass mit ihm etwas nicht stimmte.

»Du warst eine halbe Stunde draußen«, sagte sie. »Du bist eben erst wiedergekommen.«

»Hast du mich hereinkommen sehen? Auf meinen eigenen zwei Beinen, meine ich?«

»Ja, natürlich.«

»Ich bin also nicht – wie soll ich sagen? – aus dem Nichts erschienen?«

»Nein. Warum? Was ist denn los?«

»Ich habe keinerlei Erinnerung an diese halbe Stunde. Eben noch saß ich in diesem überfüllten Saal und freute mich des Lebens, und jetzt – Schnitt – bin ich plötzlich stocknüchtern und verwirrt. Habe ich zufällig gesagt, wohin ich wollte?«

»Nein. Du bist in Richtung Toilette marschiert. Als du nicht wiederkamst, dachte ich, du hast vielleicht Probleme mit der Verdauung. Geung wollte nach dir sehen, aber du warst nicht da. Du kannst dich an nichts von alledem erinnern, was?«

»Ich komme mir vor, als hätte ich eine beschwerliche Reise hinter mir. Als hätte ich etwas … verloren.«

»Mit Ihnen kommt wirklich nie Langeweile auf, mein lieber Dr. Siri.«

»Ach, was gäbe ich für ein wenig Langeweile.«

Ihnen blieben noch fünf Minuten, bis der Generator über Nacht abgeschaltet wurde; fünf Minuten, um zu duschen, sich zu rasieren, die Zähne zu putzen und unter die Bettdecke zu schlüpfen, zum Schutz gegen die bitterkalte Nachtluft. Dabei war überstürzte Eile gar nicht vonnöten; die klapprigen Rotoren des Generators ratterten munter weiter, und auch der Strom fiel nicht um Punkt neun aus. Dadurch gewannen sie sieben Minuten zusätzlicher Zeit, die sie in gespannter Erwartung verbrachten. Siri lag, röchelnd und keuchend, wach und kramte in seinem Gedächtnis nach der verlorenen halben Stunde, ohne Erfolg. Und als sich der Lärm des Generators schließlich legte und die Lichter ausgingen, herrschte mit einem Mal drückende Stille. Als ob sie am Ende der Geschichte angekommen seien und jemand das Buch zugeschlagen hätte.

Die panischen Schreie eines Vogels rissen ihn aus dem Schlaf, eines Vogels, dem er in seiner Zeit im Dschungel oft begegnet war. Er war braun und zerzaust wie ein Flederwisch, und sein

Ruf konnte Tote wecken. Seinen richtigen Namen wusste er bis heute nicht; er wusste nur, dass ein Tag, der mit dem Schrei des Flederwischvogels begann, nichts Gutes verhieß. Und nur Sekunden nachdem die unheilbringende Fanfare des Vogels erschollen war, hämmerte es wie wild an der Tür. War es etwa schon Morgen? Es war noch zu dunkel, um die Umrisse des Weckers auszumachen, von der Uhrzeit nicht zu reden.

· »Was ist?«, rief er.

Die Stimme, die durch die Tür drang, gehörte einem Hmong und klang gehetzt.

»Yeh Ming, sind Sie schon wach?«

Es war unheimlich, wie viele Hmong um Siris Verbindung zu dem uralten Schamanen wussten, der in seinem Körper wohnte, und wenn Not am Mann war, wandten sie sich an Yeh Ming und nicht an Siri. Madame Daeng erwachte aus dem Tiefschlaf.

»Was wollen sie denn?«, fragte sie.

»Hilfe vom Alten.«

»Können sie ihn nicht einfach mitnehmen und uns schlafen lassen?«

»Ich fürchte, wir sind einzeln nicht zu haben.«

Als Siri unter der Bettdecke hervorkroch, klatschte ihm die Morgenkälte wie ein Schneeball ins Gesicht. Er schnappte sich seinen Mantel und trabte zur Tür. Die Luft roch nach Ruß. Hoteldirektor Toua stand im Schatten hinter der Tür. Sein Gesicht war bleich wie Pfannkuchenteig.

»Könnten Sie bitte mitkommen, Yeh Ming?«, fragte er. »Eine Katastrophe ist geschehen.«

Siri hatte die Sprache der Hmong nicht erlernt, nein, er war eines Morgens aufgewacht und hatte festgestellt, dass er sie fließend beherrschte. Wenn auch nur in bestimmten Situationen, und er hatte den dunklen Verdacht, dass sein innerer Schamane je nach Bedarf den Schalter umlegte. Er griff nach seiner Hose und schlüpfte in seine Sandalen. Als er wieder an die Tür kam, war der Direktor verschwunden. Da Siri nicht wusste, in welche Richtung er gegangen war, entschied er sich für den Speisesaal: Während er sich den Korridor entlangtastete, bemerkte er mit einem Mal den Flackerschein einer Sturmlaterne in der Ferne. Das alte Parkett knarrte unter seinen Sohlen. Toua erwartete ihn am anderen Ende des Speisesaals und machte ihm ein Zeichen, ihm in den Westflügel zu folgen. Die letzte Tür war nur angelehnt. Mit zitterndem Finger deutete der Hoteldirektor auf den Spalt. Ein vertrauter Geruch hing in der Luft.

»Er wollte jeden Morgen um halb sieben seinen Kaffee«, sagte er. »Meine Frau hat ihn gefunden.«

Siri versuchte die Tür aufzustoßen, doch die ließ sich nicht öffnen. Er nahm einen zweiten Anlauf. Wieder ohne Erfolg. Und so blieb ihm nichts anderes übrig, als sich durch den Spalt zu zwängen. Er schob erst die Schulter, dann den Kopf hindurch. Die Brust erwies als zu breit für die schmale Öffnung, und auf halbem Wege blieb er stecken. Immerhin konnte er jetzt ins Zimmer sehen. Die Vorhänge waren aufgezogen, die großen Fenster weit geöffnet. Die Dämmerung hatte ihre liebe Mühe, sich gegen die Dunkelheit zu behaupten. Das Zimmer war in schmutzig graues Tageslicht getaucht, getrübt vom allgegenwärtigen Nebel. Auf dem Fußboden zu seiner Linken erblickte er zwei dicke, nackte Beine; die gereckten Zehen zeigten zur Zimmermitte. Er stemmte sich gegen die Tür, bis sie schließlich ein wenig nachgab und er ins Zimmer stolperte. Jetzt hatte er einen unverstellten Blick auf den Toten, der in sitzender Haltung am Türknauf hing. Den Doktor konnte so leicht nichts erschüttern.

Er hatte weiß Gott genug bizarre Todesfälle gesehen, doch beim Anblick des erhängten Majors machte selbst er große Augen. Ein Makramee-Seil schlang sich zweimal um Potters Hals und war am Türknauf festgebunden. Er war nackt bis auf einen Damenschlüpfer, dunkelrot mit schwarzer Spitze, der ihm ein paar Nummern zu klein war. Der Saum schnitt in sein Fett wie eine Aderpresse. Eine postmortale Erektion lugte unter dem Gummibund hervor. Er trug Lippenstift, und das Insekt auf seiner Wange entpuppte sich bei näherem Hinsehen als Schönheitsfleck, wie er auch der Wirtin eines Edelpuffs wohl angestanden hätte.

Obwohl es eigentlich nicht nötig war, suchte Siri nach einem Puls. Fehlanzeige. Die Leiche war kalt und verströmte den typischen stechenden Geruch. Er nahm die Hand des Majors und bewegte den Arm vor und zurück. Natürlich musste er auch die niedrige Temperatur in Betracht ziehen, aber die fortgeschrittene Leichenstarre ließ darauf schließen, dass der Mann bereits seit sechs bis acht Stunden tot war.

»Oh!«, ertönte eine Stimme.

Er hob den Blick und sah Madame Daeng, die den Kopf durch den Türspalt steckte. Sie war sichtlich schockiert.

»Das ist allerdings befremdlich«, sagte sie. »Ist er …?«

»Worauf du dich verlassen kannst.«

Dr. Siri und Madame Daeng saßen auf der Kante des muffigen Bettes und betrachteten die Leiche, die am Türknauf hing. Die beiden waren nicht eben für ihre Schweigsamkeit berühmt, doch diesmal hatte es selbst ihnen die Sprache verschlagen. Ratlos bestaunten sie den knallroten Lippenstift und die knallenge Unterwäsche. Sie atmeten die Whiskydämpfe und den Geruch von Erbrochenem und Desinfektionsmittel. Beide hatten weiß Gott viele Tote gesehen, wahrscheinlich mehr als genug. Aber so etwas hatten sie noch nicht erlebt.

»Tja«, sagte Daeng schließlich und schüttelte die frühmorgendliche Stille schaudernd ab. Der neblige Dunst sickerte durchs Fenster und kratzte sie im Hals.

»Du sagst es«, bekräftigte ihr Gatte.

»Ein feines Süppchen haben Sie uns da wieder eingebrockt, Dr. Siri.«

»Ich? Ich habe damit nichts zu schaffen.«

»Nein. *Damit* nicht. Jedenfalls nicht direkt. Aber ohne deine tätliche Mithilfe wäre es wohl kaum dazu gekommen.«

»Gute Frau, den vorliegenden Indizien nach zu urteilen wäre es früher oder später ohnehin geschehen, ob wir nun hier gewesen wären oder nicht. Und es hätte noch nicht einmal hier passieren müssen. Diese Tragödie hat ja geradezu darum gebettelt, endlich aus dem Sack gelassen zu werden.«

»Das ist zwar richtig. Aber hättest du dich nicht freiwillig gemeldet, und uns gleich mit, würden wir jetzt zu Hause am Mekongufer sitzen und verhältnismäßig friedlich unsere Nudeln schlürfen. Und nicht in diesem Loch mit dieser Leiche und der zweifelhaften Aussicht, in einen internationalen Skandal verwickelt zu werden. Jemand anders müsste sich damit herumschlagen. Jemand, der gesund und gut zu Fuß ist und mit solchen Dingen umzugehen weiß. Aber nein. Ein letztes Abenteuer, bevor ich mich zu Ruhe setze, hast du gesagt. Was soll schon passieren?, hast du gesagt. Es kann überhaupt nichts schiefgehen, hast du gesagt. Und das haben wir nun davon. Vor fünf Wochen waren wir glücklich und zufrieden, und jetzt stecken wir bis zum Hals in Exkrementen.«

»Nun mach aber mal halblang, Daeng. Wie hätte ich es denn deiner Meinung nach verhindern sollen?«

»Muss ich dir das wirklich erklären?«

»Ja.«

»Du hättest die Nachricht bloß zerreißen müssen.«

»Ich glaube, wir sollten Inspektor Phosy wecken«, sagte Siri. »Ich bleibe hier beim Major. Und wenn du den Hoteldirektor bitten könntest, den Zweiten Sekretär Gordon und Dr. Yamaguchi aus dem Bett zu holen, wäre ich dir dankbar.«

»Wird gemacht.«

Und weg war sie.

Siri besichtigte den Tatort, wobei er sorgfältig darauf achtete, nichts anzurühren. Er wusste, dass es nicht lange dauern würde, bis es hier von Neugierigen wimmelte, und dann wäre es zu spät, um die kleinen Ungereimtheiten zu bemerken, die für die Ermittlungen womöglich von größter Bedeutung waren. Das Zimmer glich denen im Ostflügel aufs Haar. Es roch stark nach Alkohol und Erbrochenem, doch nichts wies darauf hin, dass sich der Major übergeben hatte. Auf der kleinen, geschnitzten Frisierkommode entdeckte er das Lippenrot und einen wasserfesten Filzstift. Das Bett war ungemacht, aber nicht zerwühlt, als ob jemand zwar darin gelegen, nicht aber geschlafen hätte. Auf dem Fußboden lag eine leere Whiskyflasche. Der Verschluss war nirgends zu sehen. Unter dem Bett fand er eine Kiste mit acht weiteren, noch ungeöffneten Flaschen und vier leeren Fächern. Nicht schlecht, dachte Siri, in nur drei Tagen. Auf dem Nachttisch standen eine Thermoskanne mit kaltem Kaffee und daneben ein benutzter Becher.

Die Zeit reichte gerade noch für einen flüchtigen Blick ins Bad. Der Geruch nach Schnaps und Erbrochenem war hier sehr viel stärker. In der Dusche ein kleines Bündel Kleider und so etwas wie ein Bettvorleger. Sie sahen aus, als habe sie jemand mit Wasser ausgespült. Er hörte Stimmen vor der Tür.

Siri drehte sich um, und ein kalter Schauder lief ihm über den Rücken. Beim Anblick des schwach beleuchteten Hotelzimmers hatte er ein beängstigendes Déjà-vu-Erlebnis. Er wusste nicht, wann oder wie, aber er war schon einmal hier gewesen – nach Einbruch der Nacht.

Inspektor Phosy hatte allen außer dem Zweiten Sekretär Gordon, Dr. Yamaguchi und Peach, deren Sprachtalent benötigt wurde, strengstens untersagt, das Zimmer zu betreten. Kaum hatte Peach einen Blick auf den Leichnam geworfen, war sie auch schon ins Bad gestürzt, um sich zu übergeben. Sie vergaßen ständig, wie jung sie war. Aber sie hatte sich rasch wieder erholt und versicherte ihnen, während sie den Blick starr aus dem Fenster gerichtet hielt, sie sei durchaus zum Dolmetschen in der Lage. Als ihrer aller Vorgesetzter hatte sich Haeng an einem der beiden alten Wachposten vorbei ins Zimmer gedrängelt. Er hatte darauf bestanden, das Gepäck und die Schubladen des Majors zu durchsuchen, und sogar die Matratze angehoben, um zu sehen, ob sich etwas darunter verbarg. Als er schließlich zufrieden war – womit, wusste niemand recht zu sagen –, hatte er den Rückzug angetreten und die anderen sich selbst überlassen. Vogal war kurz und mit kreidebleicher Miene in der Tür erschienen und hatte Mack Gordon eilig zu einer Besprechung mitgenommen.

Siri und Yamaguchi hatten den Major inzwischen vom Türknauf losgemacht, ein Kunststück, das ihnen durch den Laufknoten, zu dem der Major das Seil geschlungen hatte, wesentlich erleichtert wurde. Er war als Potters Notbremse gedacht gewesen; man brauchte bloß am losen Ende zu ziehen, und schon öffnete sich die Schlinge. Doch diesmal war der alte Soldat nicht schnell genug gewesen. Er war schwer wie ein

Jeep. Da die Erektion partout nicht abschwellen wollte, hatten sie die Leiche Peach zuliebe in ein Bettlaken gewickelt. Alles deutete auf Tod durch Erhängen hin. Zwischen Kinn und Kehlkopf befand sich eine deutliche Strangmarke. Die Gesichtshaut war fahl, die Augen quollen aus den Höhlen. Rings um den Mund getrockneter Speichel. Mit dem erotischen Aspekt des Todes waren sowohl Siri als auch der Amerikaner vertraut. Siri hatte derlei nur einmal erlebt; der Tod eines Nachbarn in Paris. Der Mann hatte eine Neigung zu devianten sexuellen Praktiken gehabt und sich im Schlafanzug an einer Kleiderstange in einem Wandschrank erhängt. Die Stange war gebrochen, und er war zu Boden gestürzt und hatte das ganze Haus aufgeweckt. Wie sich herausstellte, hatte Yamaguchi bereits zahlreiche Opfer autoerotischer Unfälle obduziert; offenbar war dieser Zeitvertreib auf Hawaii ähnlich beliebt wie Frisbeewerfen. Siri gelangte zu dem Schluss, dass die Perversen im Westen schlicht und einfach zu viel Zeit hatten. Obgleich er davon überzeugt war, dass sich der Major versehentlich selbst getötet hatte, schien den Amerikaner irgendetwas zu beunruhigen. Yamaguchi zog sich in sein Zimmer zurück, um in dem Handbuch nachzuschlagen, das er sich als Urlaubslektüre mitgebracht hatte.

Wie jeden Morgen waren die Frühstückstische reich gedeckt, doch nach den Ereignissen der vergangenen Nacht hielt der Appetit der meisten Teammitglieder sich in Grenzen. Sergeant Johnson und Gordon wollten anschließend auf Touas Ponys in die Stadt, um das Konsulat über den Stand der Dinge zu unterrichten. Richter Haeng, der nicht die Absicht hatte, sein Schicksal einem wilden Tier anzuvertrauen, forderte einen der beiden Laster an und ließ sich gemütlich nach Phonsavan kutschieren, um dem Ministerium Meldung zu machen. Im Hotel Freundschaft hatte sich die Geschichte rasch herumgesprochen, und alle waren sich einig, dass diese Tragödie das Ende der Mission bedeutete. Keine Frage, sobald sich der Rauch verzogen hatte, würden sie den Rückweg nach Vientiane antreten. Einzig Tante Bpoo beurteilte den Exitus des Majors als »starken Abgang für einen Perversen«. Andere Meinungen reichten von Ekel bis Mitleid. Civilai erschien verspätet zum Frühstück, geplagt von einem mörderischen Kater und noch dazu völlig ahnungslos.

»Wie bitte?« sagte er, nachdem sie ihm in groben Zügen auseinandergesetzt hatten, was passiert war.

»Ich bezweifle, dass er sich umbringen wollte«, sagte Siri. »Es war vermutlich ein autoerotischer Unfall.« (Da es im Laotischen dafür keine Entsprechung gab, hatte er auf das Französische zurückgegriffen.) »Ich nehme doch an, du weißt, was das ist?«

»Selbstverständlich«, antwortete Civilai. »Wenn man es mit seinem Auto treibt. Ich liebe meinen Citroën über alles.«

»Civilai!«, tadelte Daeng.

»Pardon. Schlechter Witz zur falschen Zeit.«

»Takt war noch nie deine Stärke«, meinte Siri.

»Ich möchte allerdings bezweifeln, dass der Major gestern Abend noch zu erotischen Höchstleistungen imstande war«, sagte Civilai. »Sex, auch mit sich selbst, ist ein Akt der Leidenschaft. Ich muss zwar ziemlich tief in meinem Gedächtnis kramen, aber wenn ich mich recht erinnere, erfordert das eine gewisse Wachheit der Sinne. Die Erregung wird so groß, dass man sich Erleichterung verschaffen muss. Als ich den Major zuletzt gesehen habe, war er fertig mit sich und der Welt und hat geschnarcht wie ein Wildschwein.«

»Als du ihn wo gesehen hast?«

»In seinem Zimmer. Ich bin gestern Abend dort gewesen.«

»Haben Sie uns nicht erzählt, Sie hätten vergessen, nach ihm zu schauen?«, fragte Daeng.

»Was blieb mir denn anderes übrig? Ich konnte ja wohl schlecht vor allen Leuten verkünden, dass der Leiter der Mission stockbesoffen war. So besoffen, um genau zu sein, dass er sich nicht einmal mehr die Stiefel ausziehen konnte. Und seinen Mageninhalt im ganzen Zimmer verteilt hatte.«

»Und Sie haben ihn gesäubert?«

»Und ihm die Stiefel ausgezogen.«

»Wie bist du in sein Zimmer gekommen?«, wollte Siri wissen.

»Es war nicht abgeschlossen. Ich habe angeklopft und die Tür aufgemacht.«

»Bist du sicher, dass er betrunken war und nicht krank?«

»Ich bitte dich, Siri. Ich weiß, wie ein Betrunkener aussieht. Er roch wie eine Whiskybrennerei. Er sah aus wie du an dem Abend, als Madame Daeng deinen Heiratsantrag angenommen hat.«

»So schlimm?«

»Er lallte so sehr, dass ihm ständig die Zunge aus dem Mund fiel.«

»Aber es war doch erst sieben, als Sie zu ihm hinaufgegangen sind«, gab Madame Daeng zu bedenken. »Allerhöchstens halb acht. Wie schafft es jemand, der so trinkfest ist wie Potter, sich in derart kurzer Zeit derart die Nase zu begießen?«

»Ich kann zwar nicht aus eigener leidvoller Erfahrung sprechen«, sagte Civilai, »könnte mir aber durchaus vorstellen, dass es genügt, sich innerhalb von, sagen wir, einer Stunde ein Fläschchen vierzigprozentigen Whisky zu Gemüte zu führen. Er hielt die leere Flasche noch in der Hand.«

Siri nickte. »Was genau hast du getan, als du ihn gefunden hast?«

Civilai brach ein Stück Baguette ab, tauchte es in ein sehr kaltes, sehr zerlaufenes Eigelb und schob es sich in den Mund. Siri und Daeng warteten geduldig, bis er es mit einem guten Schluck Kaffee hinuntergespült hatte.

»Er lag bäuchlings und mit dem Gesicht nach links auf seinem Bett«, begann Civilai. »Er hielt die leere Flasche in einer Hand und versuchte, mit der anderen seine Schnürsenkel zu lösen. Als ich ihm mit seinen Stiefeln helfen wollte, stellte ich fest, dass sein Hemd mit Whisky und Erbrochenem besudelt war. Nachdem ich ihn seiner Stiefel entledigt hatte, zog ich ihm das Hemd aus. Keine leichte Übung, das kann ich euch sagen. Statt auf die Bettdecke hatte er sich artig und gesittet auf den Bettvorleger übergeben, also warf ich selbigen mitsamt dem Hemd in die Dusche, goss ein wenig Desinfektionsmittel darüber und drehte den Wasserhahn auf. Ich bin vielleicht der Barmherzige Samariter der Betrunkenen, aber ihre Klamotten schrubben, nein, das geht denn doch zu weit.«

»Und du hast ihn auf dem Bett liegen lassen?«, fragte Siri.

»Es war kalt im Zimmer. Beide Fenster standen sperrangelweit offen. Also habe ich ihn zugedeckt. Ich habe das Licht ausgemacht, den Verriegelungsknopf gedrückt und die Tür hinter mir ins Schloss gezogen. Wie gesagt, ich kann mir nicht vorstellen, dass er nach einem solchen Besäufnis noch amouröse Gefühle entwickelt hat.«

»Ich auch nicht«, bekräftigte Siri. »Es sei denn, er hat irgendein Aphrodisiakum genommen, als er wieder zu sich kam. Irgendetwas hat ihn stimuliert. Er war noch immer sexuell erregt, als wir ihn gefunden haben.«

»Vielleicht erholen sich Amerikaner schneller als wir«, gab Civilai zu bedenken. »Von null auf hundert in fünf Sekunden.«

»Trotzdem, Bruder. Irgendwie passt das alles vorne und hinten nicht zusammen.«

Der Senator hatte sich mit Dr. Yamaguchi, Rhyme von *Time* und Sekretär Gordon besprochen. Peach teilte General Suvan ihre Überlegungen mit. Plötzlich zerstreute sich die kleine Gruppe, und Vogal klopfte mit einem Löffel auf den Tisch, um sich Gehör zu verschaffen. Es dauerte eine Weile, bis endlich Ruhe herrschte.

»Liebe Kollegen, Brüder und Schwestern«, hob er an. Peach stand auf und begann mit Feuereifer, simultan zu übersetzen. Dass jemand zur gleichen Zeit sprach wie er, brachte den Senator sichtlich aus dem Konzept, trotzdem hielt er wacker durch.

»Ich möchte mein persönliches Bedauern über die Vorfälle der vergangenen Nacht zum Ausdruck bringen«, sagte er. »Dies ist eine Blamage für meine Landsleute, die Sie hoffentlich nicht als Affront auffassen werden. Major Harold Potter war ein großer Soldat und Patriot. Wie so viele von uns, die auf dem Schlachtfeld schwere Traumata erlitten haben, hatte er mit seinen ganz persönlichen Dämonen zu kämpfen. Die Dämonen des Majors haben obsiegt. Sobald die Umstände es erlauben, werden wir seinen Leichnam den Hinterbliebenen überstellen. Aber ich bin sicher, Major Potter hätte gewollt, dass diese Mission ein Erfolg wird. Er war ein Kämpfer, der niemals aufgab, mochte der Gegner auch noch so übermächtig sein. Ich weiß, dass sein Geist nun zu uns herabblickt und uns mahnt, sein Andenken zu ehren, indem wir nicht mit leeren Händen heimkehren, sondern mit froher Kunde von dem abgestürzten Flieger. Im Namen des Senats der Vereinigten Staaten von Amerika beschwöre ich Sie, die Suche fortzusetzen. Frisch voran, meine laotischen Freunde.«

Er bedankte sich für den ausbleibenden Applaus, vollführte einen weiteren grotesk missglückten *nop*, setzte sich und begann zu essen. Die Laoten stocherten auf ihren Tellern herum.

»Noch so ein Büttel der Wall Street«, meinte Civilai. »Die Sponsoren der heutigen Veranstaltung sitzen ihm im Nacken und verlangen Resultate. Was stört da eine Kleinigkeit wie der Tod eines großen Soldaten und Patrioten? Ich wette, er hat für jeden von uns so eine Rede parat, für alle Fälle.«

»A… aber unseren Lohn kriegen wir trotzdem«, sagte Geung.

»Das ist die richtige Einstellung, Herr Geung«, sagte Daeng lachend. »Solange wir unseren Anteil bekommen, spielt es keine Rolle, wenn ringsum alle verrecken wie die Fliegen. Es ist schließlich bloß ein Job.«

Beim Frühstück herrschte gedrückte Stimmung. Da niemand so recht wusste, was er tun sollte, saßen alle da und unterhielten sich in gedämpftem Tonfall. Es war kurz nach acht, als sie hörten, wie erst der Laster und dann die Ponys zurückkehrten. Gordon scharte in einer Ecke des Speisesaals die Amerikaner um sich. Richter Haeng scheuchte das laotische Team auf die Veranda, wo der Nebel noch immer so dicht war, dass man kaum bis zum Hotelzaun sehen konnte. Da Siri der Rauch auf die Lunge schlug, hustete er ununterbrochen. Der Richter warf ihm finstere Blicke zu, in der festen Überzeugung, dass Siri wieder einmal mutwillig eine Einsatzbesprechung sabotierte.

»Genossen«, sagte Haeng. »Ich habe mit dem Minister telefoniert. Genau wie ich ist er der Ansicht, dass wir die Gelegenheit beim Schopf packen und unsere Mission fortsetzen müssen. Wir waren uns einig, dass der Selbstmord des schwulen Majors uns einen enormen politischen Vorteil verschafft. Und wenn wir jetzt auch noch die Gebeine des Piloten finden, halten wir das Heft des Handelns in der Hand. Ein guter Sozialist...«

Madame Daengs Hand schnellte in die Höhe.

»Herr Richter!«, rief sie.

»Ja, Madame Daeng?« Er war sichtlich verärgert, weil sie ihn bei einer seiner berühmten Losungen unterbrochen hatte. Hätte der General nicht neben ihm gesessen, hätte er ihren Zwischenruf vermutlich ignoriert.

»Gehe ich recht in der Annahme, dass Sie und der Minister nach wie vor dem Justizministerium unterstellt sind?«

»Was ist denn das für eine alberne Frage? Das versteht sich doch wohl von selbst.«

»Und wie lässt sich Ihr Vorgehen mit dem Prinzip von Recht und Anstand vereinbaren? Können Sie den Mann nicht einfach in Würde sterben lassen?«

»Wer auch nur einen Funken Würde im Leib hat, verkleidet sich nicht als Frau und erdrosselt sich. Das ist eine einmalige Chance.«

»Das ist Erpressung.«

Der Richter wandte sich an Siri.

»Können Sie Ihre Gattin nicht ausnahmsweise mal an die Kandare nehmen?«

Siri lachte.

»Noch sitzt die Kandare straff und fest. Sie sollten sie mal erleben, wenn ich sie von der Leine lasse. Dann hätten Sie wirklich Grund zu hinken.«

Das Gelächter war weitaus freundlicher als der Morgen. Selbst der General konnte sich ein Kichern nicht verkneifen. Richter Haeng war sich durchaus bewusst, dass man sich über ihn lustig machte. Die Zornesröte stieg ihm ins Gesicht, und seine Pickel leuchteten wie winzige Lampions.

»Wir treffen uns in zwanzig Minuten bei den Lastern«, bellte er. »Alle außer Ihnen, Siri.«

»Oje. Was habe ich denn nun schon wieder ausgefressen?«

»Der Minister wünscht eine Obduktion.«

Siri zog die Nase kraus.

»Was? Hier?«, entgegnete er.

»Es sei denn, Sie wollen die Leiche eigenhändig nach Vientiane schleppen. Wo sonst?«

»Und wozu, wenn ich fragen darf?«

»Damit wir ein Verbrechen ausschließen können. Oder was dachten Sie?«

Da jeder wusste, dass er in einer Plastiktüte eine mobile Pathologie mit sich herumtrug, konnte er sich schwerlich damit herausreden, dass ihm das nötige Instrumentarium fehlte.

»Dr. Yamaguchi ist in dieser Kunst vermutlich sehr viel bewanderter als ich«, sagt er.

»Gut. Er wird Ihnen nämlich assistieren.«

»Mist. Dann brauche ich mein Sektionsteam. Herrn Geung und Schwester Dtui.«

»Die sind als Sucher eingeteilt.«

»Dann rühre ich keinen Finger!«

»Müssen Sie jedes Mal den Trotzkopf spielen, Siri?«

»Ohne mein Team keine Obduktion.«

»Siri! Sie …«

Was konnte er schon tun? Ihn entlassen?

14

ÜBERSETZUNG ÜBERFLÜSSIG

Die Obduktion fand in dem alten Lagerhaus statt, wo sich einst Opiumplatten gestapelt hatten. Es hing noch immer ein leiser Hauch von Rausch und Delirium in der Luft. Der Betonbau hatte ein Wellblechdach und war nach einer Seite hin offen. An der Rückwand befanden sich ein Ausguss und eine Betonwanne mit brackigem Wasser. Sie hatten einen großen rechteckigen Tisch in der Raummitte aufgestellt und eine Plastikplane darübergebreitet. Trotz guten Zuredens und gezielter Fußtritte weigerte Köter sich beharrlich, seinen Platz unter dem wackligen Gestell zu räumen, wohl weil er hoffte, dass etwas Fressbares für ihn abfiel. Mangels handelsüblicher OP-Kittel trugen Siri und sein Team schwarze Plastikmüllsäcke, in die sie Löcher für Kopf und Arme geschnitten hatten. Sie waren übereingekommen, Peach das unwürdige Schauspiel zu ersparen. Das Mädchen hatte halbherzig protestiert, schien jedoch erleichtert, Dtui das Dolmetschen überlassen zu können. Die Krankenschwester bewegte sich auf vertrautem Terrain. Zwar fehlten ihr die erforderlichen Englischkenntnisse für eine gepflegte Dinnerparty, doch für die Sektion einer entzündeten Blase reichte es allemal. Es waren noch zwei weitere Personen zugegen. Sekretär Gordon fungierte aus rechtlichen Gründen als Beobachter. Und Tante Bpoo hatte dem Richter kurzerhand beschieden, dass sie auf Urlaub hier sei und keineswegs die Absicht habe, einen Lastwagen zu besteigen. Sie musste Siri im Auge behalten.

»Ist die Familie des Majors damit einverstanden?«, fragte Dr. Yamaguchi niemand Bestimmten.

»Er hatte keine nahen Verwandten«, antwortete Gordon. Er hob den Blick, um sich zu vergewissern, dass Dtui ihnen folgen konnte. Lächelnd reckte sie den Daumen. »Er hatte zwei Kinder mit einer seiner Ehefrauen«, fuhr er fort, »aber die haben den Kontakt schon vor Jahren abgebrochen. Die einzige Familie, die ihm geblieben ist, war die Armee.«

Sie sahen zu, wie Herr Geung dem dicken Major das viel zu kleine Spitzenhöschen auszog. Er drehte den massigen Körper pietätvoll hin und her, als sei er leicht wie eine Feder.

»Der Mann weiß, was er tut«, wandte Yamaguchi sich an Siri.

Dtui verzichtete auf eine Übersetzung.

»Er ist die Nummer eins in unserem Team«, sagte sie. »Ich bin die Nummer zwei.«

Yamaguchi lachte. Er besaß einen gesunden Humor und ein strahlendes Lächeln. Hätte man ihn doch nur ein wenig leiser stellen können.

»Nett von Ihnen, dass Sie Dr. Siri überhaupt mitgenommen haben«, sagte er.

Siri war zu nervös, um zu bemerken, dass über ihn gesprochen wurde. Es war seine erste Obduktion im Beisein eines Experten, und er wusste nur zu gut, dass sein Können beträchtliche Lücken aufwies. Er war Chirurg aus Passion und Pathologe nur deshalb, weil den Posten sonst niemand hatte haben wollen. Er forderte Yamaguchi auf, sich bei Bedarf zu Wort zu melden, und begann mit der äußeren Leichenschau. Er machte einige Bemerkungen zum allgemeinen Zustand der Leiche, den Verheerungen des Alkoholismus, dem einen oder anderen blauen Fleck und nicht zuletzt dem eher schwach dimensionierten Penis, der nach wie vor in Habachtstellung stand. Siri war durchaus nicht entgangen, dass der Pathologe beim Auffinden der Leiche einen fragenden Blick auf das gute Stück geworfen hatte. Da der Amerikaner im Umgang mit autoerotischen Unfällen einige Erfahrung hatte, erkundigte sich der Doktor, ob dies eine normale Erscheinung sei.

»Ich habe schon viele postmortale Erektionen gesehen«, sagte Yamaguchi. Er sprach langsam und wartete, bis Dtui übersetzt hatte. »Aber nur in zwei Fällen waren sie das Resultat geschlechtlicher Erregung«, fuhr er fort. »Einmal wurden wir in ein Haus gerufen, wo ein recht korpulenter Mann beim Verkehr mit seiner äußerst schmächtigen Ehefrau das Zeitliche gesegnet hatte. Da ihr die Kraft fehlte, sich von ihm zu befreien, und sein Penis noch erigiert war, mussten wir ihn quasi wie einen Eisenbahnwaggon von ihr entkoppeln.«

Tante Bpoo, die mit dem Rücken zu ihnen in einem Liegestuhl saß, half bereitwillig mit Metaphern aus, wenn Dtui nicht weiterwusste.

»Im zweiten Fall handelte es sich eine autoerotische Handlung, genau wie diese hier«, fuhr Yamaguchi fort. »Mit dem kleinen Unterschied, dass die Schnur gerissen und das Opfer vornübergekippt war. Sprich in beiden Fällen lag das Opfer mit dem Gesicht nach unten. Die Erektion blieb nur deshalb erhalten, weil sich das Blut den Regeln der Schwerkraft entsprechend setzte und gerann. Als ich den Major heute Morgen sah, war ich auf den ersten Blick etwas verwirrt, weil er in sitzender Haltung gestorben ist. Eigentlich hätte das Blut aus dem Glied abfließen müssen und nicht in die Schwellkörper hinein. Ich habe in meinem Handbuch nachgesehen, ob derlei physisch wahrscheinlich ist, aber ein solcher Fall ist darin nicht beschrieben. Um jeden Irrtum auszuschließen, müsste ich mich mit einem Urologen beraten, ich kann mir allerdings nicht vorstellen, wie es dazu gekommen sein könnte.«

Siri wusste, dass die Amerikaner es lieber gesehen hätten, wenn ihr Major nicht an den Folgen einer Perversion gestorben wäre. Er hatte Hochachtung vor der Erfahrung Yamaguchis, doch er kannte den Mann bestenfalls flüchtig. Siri lebte in einer Welt, in der Ärzte von den Behörden ständig angehalten wurden, etwas zu sehen, das nicht existierte, oder aber etwas zu *über*sehen, das geeignet war, ein schlechtes Licht auf die Partei zu werfen. Und im imperialistischen Westen ging es gewiss nicht sehr viel anders zu.

»Mit anderen Worten, Sie glauben nicht, dass er in der Haltung gestorben ist, in der er aufgefunden wurde?«, fragte Dtui.

»Man lernt nie aus«, erwiderte Yamaguchi. »Die Geschichte der Medizin ist eine einzige Aneinanderreihung von Anomalien und rätselhaften Phänomenen.«

Eine diplomatische Antwort. Kein Wunder, es war schließlich nicht seine Obduktion. Dennoch gab sie dem Doktor den einen oder anderen Denkanstoß. Auch er vermochte sich die ganze Sache nicht recht zu erklären. Er hob die diversen Kinne des Majors ein wenig an und betrachtete die Strangmarke aus der Nähe. Die Quetschung zog sich wie ein rotschimmerndes Makramee-Halsband oberhalb des Kehlkopfes um Potters Hals. Die Hände waren zu Fäusten geballt, und rings um die Wunde gab es keinerlei Kratzer oder Fingernagelspuren, die darauf hingedeutet hätten, dass das Opfer versucht hatte, sich zu befreien. Herr Geung und Yamaguchi halfen ihm, die Leiche auf den Bauch zu drehen. Zu seinem Erstaunen wies die Rückseite der Schenkel kaum Totenflecke auf, aber das mochte daran liegen, dass der Major sich erhängt hatte. So sah es zumindest aus. Alles schien zusammenzupassen. Bis Siri sich vorbeugte, um den Verlauf der Strangmarke zu inspizieren. Ächzend richtete er sich wieder auf und wich einen Schritt zurück. Als Yamaguchi Siris verblüffte Miene bemerkte, trat auch er an den Tisch. Er legte den Kopf schief und blickte Siri zweifelnd an.

»Was? Was ist?«, fragte Dtui.

»Sehen Sie selbst«, sagte Siri.

Dtui richtete ihre ganze Beobachtungsgabe auf die Quetschung, doch ohne Erfolg.

»Denken Sie daran, wo er gefunden wurde«, half Siri ihr auf die Sprünge.

»Er saß hinter der Tür und baumelte am Türknauf«, sagte Dtui, »ganz so … als hätte er sich erhängt. Aber … Genau. Das ist es. Wenn er sich tatsächlich erhängt hätte, müsste die Strangmarke aussehen wie ein umgekehrtes Y«, setzte sie hinzu.

»Stattdessen …?«

»Stattdessen zieht sie sich kreisförmig um seinen Hals wie ein Halsband. Aber das bedeutet …«

»Es bedeutet, dass Yamaguchi mit seinem Verdacht richtig lag. Major Potter ist weder in sitzender Haltung gestorben noch durch Erhängen. Ich würde sagen, er wurde erdrosselt, vermutlich als er auf dem Bauch unter der Bettdecke lag. Darum haben wir auch keine Abwehrverletzungen gefunden. Er hat gar nicht erst versucht, die Garotte zu lockern.«

Yamaguchi setzte Sekretär Gordon diese Hypothese auseinander, der daraufhin ebenso verwundert dreinschaute wie Dtui.

»Wie steht es mit dem erotischen … Teil?«, fragte Dtui.

»Sie meinen die Erektion? Ich habe keine Ahnung. Er hatte ziemlich viel getrunken, insofern könnte sie schlicht und einfach von einer vollen Blase herrühren. Wenn er bäuchlings im Bett lag, ist es höchstwahrscheinlich im Schlaf dazu gekommen.«

»Also hat jemand die ganze Sache inszeniert.«

»Das ist die einzig logische Erklärung. Es würde mich nicht wundern, wenn ihn jemand betäubt hätte.«

»Warum?«

»Wenn die US-Botschaft davon überzeugt wäre, dass ihr Vertreter unter äußerst peinlichen Umständen ums Leben gekommen ist, würde sie vermutlich versuchen, dies zu vertuschen. Die Amerikaner wären in der Defensive, und das würde unsere Verhandlungsposition erheblich stärken. Handelte es sich dagegen um einen schnöden Mord, würden sie uns die Schuld in die Sandalen schieben, und das Blatt hätte sich gewendet.«

»Doc? Der Sprengstoff.«

»Daran habe ich auch gerade gedacht.«

»Hätte er sich mit seinem eigenen Dynamit in die Luft gejagt, hätten sie es auf seine Trinkerei geschoben. Das wäre nicht ganz so peinlich gewesen wie das hier, aber immer noch schlimm genug. Ein Säufer als Sprengstoffexperte.«

»Irgendjemand wollte ihn nicht nur umbringen, sondern auch seinen Ruf ruinieren. Und nachdem der erste Versuch gescheitert war, hat er oder sie sich das hier einfallen lassen.«

Sie blickten auf und sahen, dass Yamaguchi und Gordon

sie über die Leiche hinweg anstarrten. Dtui und Siri starrten zurück. Eine Zeitlang herrschte Schweigen.

»Was jetzt?«, fragte Dtui.

»Entweder behalten wir unseren Verdacht für uns und entwickeln mit Hilfe unseres Fanclubs einen konkreten Plan«, sagte Siri, »oder wir lassen die Amerikaner an unseren Gedanken teilhaben.«

»Vielleicht sind sie ja längst von selbst darauf gekommen.«

»Alles andere würde mich auch wundern. Sie sind ja schließlich nicht auf den Kopf gefallen. Und ich an ihrer Stelle würde davon ausgehen, dass *wir* dahinterstecken. Wenn wir jetzt schweigen, machen wir damit alles nur noch schlimmer.«

»Sämtliche Indizien sprechen gegen uns«, bekräftigte Dtui.

Siri, Dtui, Herr Geung, Tante Bpoo, Yamaguchi und Gordon ließen die Leiche Leiche sein, machten es sich in Liegestühlen bequem und gingen den Fall Schritt für Schritt durch. Natürlich waren die Amerikaner zu denselben Schlussfolgerungen gelangt. Gemeinsam fassten sie zwei Entschlüsse. Erstens, auf die Obduktion des Majors zu verzichten. Er war so schon genug gestraft. Sein Name war beschmutzt, und sie mussten einen Weg finden, ihn reinzuwaschen. Also kamen sie überein, die Leiche in eine Plastikplane zu wickeln und ein kühles Plätzchen für sie zu suchen in der Hoffnung, dass der Smog sich bald verzog, damit sie den Toten in die USA ausfliegen lassen konnten.

Zweitens, und das barg ein gewisses Risiko, beschlossen sie, außer Inspektor Phosy niemandem vom Ergebnis ihrer Untersuchung zu berichten. Der Mörder durfte unter keinen Umständen erfahren, dass sie die Finte durchschaut hatten. Siri wollte Civilai und Daeng einweihen, doch das behielt er wohlweislich für sich. Irgendjemand hatte keine Mühe gescheut, den Major umzubringen. Und würde den Teufel tun, unnötige Aufmerksamkeit auf sich zu lenken. Da sie von explosivem Terrain umgeben waren, ließ sich das Hotel Freundschaft nur durch den Haupteingang betreten. Wer in den Westflügel wollte, musste am Speisesaal vorbei. Ergo gehörte der Täter entweder zum Personal oder aber zu einem der beiden Teams. Sie erstellten eine Liste von Verdächtigen. Das Hotel hatte vier Angestellte, einschließlich des Direktors und seiner Frau, sowie drei Aushilfen, die jeden Morgen aus der Stadt kamen und das Essen für die Gäste zubereiteten. Die beiden alten Wachmänner konnten kaum ihre Musketen halten, und doch kamen auch sie mit auf die Liste. Ebenso die Träger, die eigentlich schon vor Einbruch der Dunkelheit wieder ins Dorf hatten zurückkehren sollen. Schließlich war es durchaus möglich, dass sie sich auf dem Gelände versteckt gehalten hatten. Der Major wog über hundert Kilo, und seine Leiche war vom Bett zur Tür geschleift und mühsam in die Senkrechte gehievt worden. Der Mörder war also entweder sehr stark, oder es gab nicht nur einen, sondern mehrere Täter. Falls Letzteres zutraf, konnte niemand ausgeschlossen werden.

Siri ließ die Mitglieder der laotischen Delegation Revue passieren und überlegte, für wen er sich nicht verbürgen konnte. Er kam auf vier. An vierter Stelle rangierte Kommandeur Lit. Siri kannte ihn nur flüchtig und hielt ihn für fleißig und intelligent. Aber er war eben auch ein loyaler Kader der Staatssicherheit und ein äußerst engagiertes Mitglied der Partei, das die Befehle des Politbüros niemals infrage stellte. Tante Bpoo wäre hocherfreut gewesen, hätte sie gewusst, dass sie den dritten Platz auf seiner Liste einnahm. Er wusste nichts über ihre Vergangenheit, vor allem aber hatte er keinen Schimmer, weshalb sie fließend Englisch sprach. Auf Platz zwei folgte Cousin Vinai, der sich unter Vorspiegelung falscher Tatsachen ins Team geschmuggelt hatte. Doch der Spitzenplatz gebührte Richter Haeng. Siri wusste selbstverständlich, dass der Richter nicht den Mumm hatte, eigenhändig ein Verbrechen zu begehen, aber er war durchaus in der Lage, einen Killer anzuheuern. Haeng war ein verschlagener Bursche, der auf mehreren Hochzeiten gleichzeitig tanzte und sich schon seit ihrer Ankunft verdächtig verhielt. So hatte er zum Beispiel ohne Angabe von Gründen darauf bestanden, das Zimmer des Majors zu durchsuchen. Hinzu kam, dass Siri ihn auf den Tod nicht ausstehen konnte.

Das raffinierte Vorgehen des Täters sprach dafür, dass es sich nicht um irgendeinen freilaufenden Irren handelte, der einen Groll gegen Amerikaner hegte. Ein rein politisches Motiv schied also aus. Doch um herauszufinden, was tatsächlich dahintersteckte, brauchten sie mehr Informationen über die Mission. Noch gab es reichlich offene Fragen: Warum war der vermisste Pilot in der Nacht seines Verschwindens durchgedreht? Und was hatte Potter mit der Andeutung gemeint, an der Suchaktion sei etwas faul? Sekretär Gordon borgte sich eins der beiden Ponys und ritt nach Phonsavan. Er hatte einen engen Freund bei der Botschaft, der Kopien des Dossiers über Boyd Bowry anfertigen konnte. Er versprach, ihnen die Unterlagen schnellstmöglich zukommen zu lassen, auf welchem Weg auch immer.

Die dezimierten Suchteams waren bereits zur Absturzstelle aufgebrochen. General Suvan lag noch in seinem Bett und war hoffentlich nicht tot. Senator Vogal saß auf der Veranda und sah mit Ethel Chin Papiere durch. Das Hotelpersonal ging seinem Tagwerk nach. Dtui beschloss, dass es nicht schaden könne, der Küche eine Stippvisite abzustatten und ein wenig mit den Frauen zu plaudern. Klatsch und Tratsch waren bisweilen hilfreich. Ohne sie und die offenbar untergetauchte Tante Bpoo blieb Siri und Yamaguchi als Mittel der Verständigung nur ihre hundertjährige Berufserfahrung auf dem Gebiet der Medizin. Bpoo schien sich immer dann klammheimlich zu verdrücken, wenn es körperliche Arbeit zu verrichten galt. Mit Geungs Hilfe schleppten sie die Leiche in den hinteren Teil der Anlage und betteten sie in einen mit Stroh und Tabakblättern ausgelegten Bombenmantel. Die andere Hälfte des Gehäuses machte den Sarkophag komplett. Dann bauten sie ihre Ad-hoc-Pathologie wieder ab und gaben sich die Hand.

Siri, Köter und Herr Geung machten sich Tante Bpoos Verschwinden zunutze und unternahmen einen Alleingang nach Phonsavan. Der Rußgehalt der Luft war noch gestiegen. Die Übung stellte Siris Lunge auf eine harte Probe, aber ein fahrbarer Untersatz war nirgends aufzutreiben. Geung litt unter der ungewohnten Kälte. Seit seiner Ankunft liefen ihm Augen und Nase. Siri und er boten einen jämmerlichen Anblick. Sie kamen am Flugplatz vorbei, dem zweitgrößten in Laos. Noch bis vor zwei Tagen hatte er eine riesige Flotte von russischen Antonows und MiGs beherbergt. Der Sinn dieser Stationierung mochte sich Siri nicht recht erschließen, mussten die Schwerlastfluggzeuge und Kampfjets doch jedes Jahr für drei Monate an andere Standorte ausweichen, wenn die Brandrodungssaison begann.

Das noch junge Phonsavan war eine zusammengewürfelte Ansammlung von eilig errichteten Bretterverschlägen und bestenfalls halbfertigen Häusern, die allem Anschein nach im Schneckentempo hochgezogen wurden, ein Ziegel pro Tag. Seit die Provinzregierung beschlossen hatte, das völlig heruntergekommene Xieng Khouan endgültig aufzugeben und das Örtchen Phonsavan zur neuen Hauptstadt zu ernennen, lautete die Parole »Abwarten und Tee trinken«. Würden die Leute, die hierherzogen, bleiben oder würden sie aus nostalgischen Gründen irgendwann in das einst malerische Xieng Khouan zurückkehren? Der Wiederaufbau von Phonsavan hatte 1973 begonnen und schien völlig planlos zu verlaufen. Es war, als ob sich jeder, der eine Schubkarre und einen Stapel Holz besaß, eine Hütte bauen konnte, wo es ihm beliebte. Und so mangelte es nicht an Formen, wohl aber an Farbe. Wie in Vientiane hatte der Staub alles in ein großes sepiafarbenes Panorama verwandelt. Er bedeckte die Wände und die Streuner, die auf den ungeteerten Straßen schliefen, und lag schwer auf den kümmerlichen Pflanzen in den Gärten. Selbst dem armseligen Markt fehlten die leuchtenden Farben von Blut, Obst und Gemüse, die jedes anständige Dorfzentrum prägten. Eine bescheidene Auswahl von eher exotisch anmutenden Tieren, die man aufgeknüpft hatte wie Verbrecher, weiter nichts.

Siri und Geung überquerten die Hauptstraße und näherten sich dem kleinen Postamt just in dem Moment, als es in die Luft flog. Genau genommen tat es einen lauten Knall, und dann fiel der Funkmast auf das Gebäude und brachte das halbe Dach zum Einsturz. Der Zweite Sekretär Gordon war gerade auf den Parkplatz hinausgetreten und wollte eben sein Pony besteigen, als es sich wiehernd aufbäumte und die Straße hinunterpreschte. Gordon blickte verblüfft um sich und lief ins Gebäude zurück. Siri und Geung zwängten sich durch die Eingangspforte, sprangen die Vortreppe hinauf und eilten ihm hinterdrein. Der eingestürzte Teil des Daches befand sich gegenüber vom Schalter, hinter dem der einzige Postbeamte stand, verdattert, aber unverletzt.

»Ist hier außer Ihnen sonst noch jemand?«, fragte Siri.

»Nur ich«, sagte der Beamte.

Gordon starrte auf die Telefonzelle, die er erst Sekunden zuvor verlassen hatte. Eine halbe Minute später, und er wäre Kleinholz gewesen, wie der Barhocker, auf dem er beim Telefonieren gesessen hatte.

»Scheiße«, sagte er.

Manche Wörter bedurften keiner Übersetzung.

Als alle Trümmer beseitigt waren, verließen Siri und Geung das Postamt und machten sich auf den Weg zurück ins Hotel Freundschaft. Es war ein Wunder, dass es keine Toten gegeben hatte. Normalerweise standen die Leute vor dem einzigen Telefonanschluss des Dorfes Schlange, doch seit das Vermisstensuchteam den Apparat dauerbenutzte, machten die Einheimischen um das Bureau de Poste einen großen Bogen.

»Es tut mir leid, dass Sie keine Gelegenheit mehr hatten, Ihre Freundin anzurufen«, sagte Siri zu Herrn Geung.

»Ein Glück, dass ich nicht so schnell laufen kann«, erwiderte Geung lächelnd.

»Ihre Beine haben uns das Leben gerettet, Geung.«

Geung fand das unglaublich komisch und lachte, bis sie bei der Kreuzung angekommen waren. Der Staub hatte ihre Schuhe grau-rot verfärbt, und Siri bekam kaum genug Luft zum Sprechen. Der rauchige Horizont schien von allen Seiten näher zu rücken. Siri überlegte, ob der Anschlag auf das Postamt etwas mit den anderen Vorfällen zu tun hatte. Er benutzte Herrn Geung als Echokammer.

»Meinen sie, es hängt alles zusammen?«, fragte Siri.

»Ich …«

»Ich meine die Explosionen gestern und heute.«

»Ich …«

»Und der Mord an Potter. Meinen Sie, es handelt sich um gezielte Anschläge auf die Amerikaner? Es müsste schon mit dem Teufel zugehen, wenn all das bloßer Zufall wäre.«

»Ich hab …«

»Nur wozu das Ganze? Um einen Keil zwischen uns zu treiben? Oder aus Protest gegen die Suchaktion? Wollten Sie etwas sagen?«

»Ich hab's gesehen.«

»Was haben Sie gesehen, mein Freund?«

»W… w… wie jemand durchs Fenster geklettert ist.«

Er gickelte noch immer.

»Durchs Fenster des Majors?«

»Ja.«

»Wann?«

Siri blieb stehen und sah Geung an.

»G… g… g… gestern Abend«, antwortete Geung kichernd.

»Wen? Wen haben Sie gesehen?«

»Hören Sie auf. Sie bringen mich zum Lachen.«

»Geung. Sagen Sie mir, wen Sie gesehen haben.«

»Sie.«

15

ABSTURZ FÜR EILIGE

Die Wanderung zur neuen Helikopterabsturzstelle war ohne Zwischenfälle verlaufen. Keine Explosionen. Keine Baumottern. Keine Verzögerungen. In Ban Hoong hatten sie kurz Rast gemacht und waren dann auf schnellstem Weg zum Totenfeld weitermarschiert. Der einzige Dorfbewohner, der sich ihnen angeschlossen hatte, war Vorsteher Ars Sohn Bok. Er folgte ihnen in sicherem Abstand mit vier oder fünf Gläsern und Flaschen auf dem Arm. Zwei angeleinte Käfer schwebten über seiner Mütze wie die Fühler einer nervösen Ameise.

Die Teams erreichten den Rand einer Lichtung, die sich vor ihnen erstreckte wie ein See aus dunklem Rost. Es stimmte: Hier wuchs fast nichts mehr. Die wenigen Pflanzen hatten sich redlich bemüht, doch jetzt ragten sie braun und leblos aus dem Boden. Ehemals stolze, hochgewachsene Bäume glichen ausgebrannten Zigarrenstummeln. Wenn die Landgeister dies tatsächlich zu ihrem Garten erkoren hatten, waren sie jämmerliche Gärtner. Die Teams stapften zur anderen Seite der Lichtung, wo sich der Teich befand. Er hatte keinerlei Ähnlichkeit mit einer natürlichen Quelle, die am Ende eines heißen Tages die ersehnte Kühlung bot. Er war trübe und verschmutzt. Der ganze Ort hatte etwas Unheimliches.

»Das ist keine gewöhnliche Absturzstelle«, sagte Peach. Sie hatte sich mit Sergeant Johnson unterhalten. »Er hat schon viele Absturzstellen gesehen. Normalerweise wird dabei eine Menge Wald verbrannt, aber der Hunger des Dschungels kennt keine Grenzen. Nach kaum drei Monaten hat er das Land zurückerobert und sämtliche Spuren des Absturzes überwuchert. Dann stößt man nur noch per Zufall auf Wrackteile. Das Unglück liegt jetzt zehn Jahre zurück, und trotzdem wächst hier noch immer nichts. Er glaubt, dass der Hubschrauber etwas an Bord hatte, das die Umgebung völlig verwüstet hat. Nicht einmal Agent Orange hat eine derart verheerende Wirkung.«

Der Sergeant trat ans Ufer des Teiches und sprach, als wollte er die Geister beschwören.

»So etwas habe ich in meiner ganzen Dienstzeit noch nicht gesehen. Aber eins ist so sicher wie das Amen in der Kirche. Wenn der Hubschrauber tatsächlich hier heruntergekommen ist, hat es den Piloten in so winzige Stücke gerissen, dass wir schnellstens ein Mikroskop anfordern sollten.«

Alle teilten diese Ansicht, und niemand hatte eine plausible Erklärung dafür, dass sich der Krater am Rande und nicht in der Mitte der Lichtung befand. Dennoch brannten sie darauf, mit der Suche zu beginnen. Sie waren davon überzeugt, dass sie etwas finden würden, mit dessen Hilfe sich der Helikopter zweifelsfrei identifizieren ließ. Sie breiteten eine Plastikplane neben dem Krater aus, auf der sich schon bald Granatsplitter, Plastikfetzen, Tankdeckel und Draht aus dem umliegenden Dschungel stapelten. Zwar fanden sie keinerlei Erkennungszeichen, aber es gab bestimmt irgendwo eine Werkstatt, die das gefundene Material einem bestimmten Maschinentyp zuordnen konnte. Die Technik war inzwischen so weit fortgeschritten, dass sich anhand eines einzigen Bolzens das Fabrikat eines Helikopters feststellen ließ. Hofften sie. Fehlte nur noch der Pilot.

Und so ließ es sich schwerlich vermeiden, dass sich jemand nasse Füße holte. Der Krater war der Mittelpunkt der Explosion, also steckten dort vermutlich Trümmer und Wrackteile im Boden. Obwohl der Teich erbärmlich stank, zögerte Sergeant Johnson keine Sekunde und meldete sich freiwillig. Sofort schnellte auch Kommandeur Lits Hand in die Höhe. Er hatte nicht die Absicht, sich von einem Amerikaner übertrumpfen zu lassen. Inspektor Phosy schließlich vervollständigte das dreiköpfige Tauchkommando, wenn auch nur, weil er keine Lust mehr hatte, Schrauben aufzusammeln. Er musste schleunigst eine konkrete Spur finden, damit sie endlich Schluss machen konnten. Ein Schädel wäre nicht schlecht, vorzugsweise mit Pilotenhelm, auf dem H32 stand. Der Tod des Majors ließ ihm keine Ruhe, und er wollte sich noch einmal im Hotel umsehen.

Der Teich war vier Meter tief und dreißig Meter breit, das Wasser zäh und dickflüssig wie Haaröl. Die drei tapferen Taucher zogen sich bis auf die Unterhosen aus, holten tief Luft und kämpften sich durch den Schlamm am Grund des Kraters, bis ihnen die Lunge wehtat, dann kehrten sie mit ihrer Beute an die Oberfläche zurück. Lit war der bei Weitem versierteste Taucher. Er konnte doppelt so lange unter Wasser bleiben wie Phosy. Zwischendurch hüllten sich die beiden zum Schutz gegen die Kälte in warme Decken und ruhten sich am Ufer aus.

»Sie sind ein hervorragender Schwimmer«, meinte Phosy.

»Ich bin an einem Fluss aufgewachsen und musste jeden Tag für unser Mittagessen sorgen.«

»Sie kommen aus Houaphan?«

»Ja.«

»Komisch, dass wir uns da oben nie über den Weg gelaufen sind.«

»Ich habe einen Großteil meines Militärdienstes in Vietnam verbracht und bin erst vor einem Jahr wieder nach Xam Neua zurückgekehrt.«

»Warum, glauben Sie, hat Dr. Siri Ihren Namen auf die Liste gesetzt?«

»Schwer zu sagen. Wir haben in Vieng Xai zusammen in einem Fall ermittelt. Irgendwie muss ich wohl Eindruck auf ihn gemacht haben.«

»Sieht ganz so aus.«

So saßen sie eine Weile da und bewunderten die Nebelbank, die in der Ferne über einen Bergrücken wallte.

»Meine Frau war mit Dr. Siri in Vieng Xai«, sagte Phosy.

»Ich weiß. Daher kennen wir uns ja.«

»Stimmt. Und deshalb habe ich mich gefragt … Wenn ich mich recht entsinne, hat sie dort seinerzeit einen Sicherheitsbeamten kennengelernt. Einen Sicherheitsbeamten, der ihr Avancen gemacht hat.«

»Ach ja?«

»Doch, doch. Sie wissen nicht zufällig, wen ich meine?«

»Das kommt ganz darauf an.«

»Worauf?«

»Darauf, wie Sie ›Avancen‹ definieren. Wenn damit ein Heiratsantrag gemeint ist, handelte es sich bei besagtem Sicherheitsbeamten um meine Wenigkeit.«

»Ein Heiratsantrag. Ja.«

»Dann muss ich es wohl gewesen sein.«

»Gut. War ja auch nur so eine Frage.«

»Verstehe.«

Sergeant Johnson fiel auf, mit welcher Begeisterung sich die beiden Männer plötzlich in die Fluten stürzten. Inspektor Phosy schien nicht nur von neuer Zuversicht beseelt, sondern auch mit einer neuen Lunge gesegnet. Er blieb sehr viel länger unter Wasser und förderte sehr viel schwerere Wrackteile zutage. Der Sergeant war zwar ein guter Schwimmer, konnte es mit den beiden Laoten jedoch beim besten Willen nicht aufnehmen. Nach einer Weile verschwanden sie in der Tiefe und tauchten nicht wieder auf. Der Teich war so trübe, dass man nicht bis auf den Grund sehen konnte, weshalb Johnson Wasser trat und wartete … und wartete. Er sah zu Rhyme, der die Tauchaktion fotografiert hatte. Auch er wirkte besorgt. Nicht einmal Flussdelfine hielten es so lange unter Wasser aus. Mit dem Kopf voran tauchte Johnson in die schlammige Brühe. Zunächst konnte er die beiden nicht finden, doch nach hektischer Suche entdeckte er erst den einen, dann den anderen Taucher. Sie zerrten an einem großen Gegenstand, der tief im Schlamm zu stecken schien. Er packte mit an. Seine Finger ertasteten die Kante eines riesigen Maschinenteils, doch trotz Johnsons tatkräftiger Unterstützung gelang es ihnen nicht, das Trumm auch nur einen Zentimeter von der Stelle zu bewegen. Die drei Männer brachen durch die Wasseroberfläche und schnappten keuchend nach Luft.

Nach längeren Diskussionen über die Frage, wer das Wrackteil als Erster entdeckt habe, beschlossen die Taucher, ein Seil daran zu befestigen und es mit vereinten Kräften aus dem Schlamm zu ziehen. Rhyme von *Time* war völlig aus dem Häuschen – das Friedensbild par excellence. Eine Siebzigerjahreversion der berühmten Flagge von Iwojima. Laoten und Amerikaner zogen buchstäblich an einem Strang. Männer und Frauen, Soldaten und Zivilisten, Jung und Alt. Von der Kamera beflügelt, entledigte Richter Haeng sich seines Hemdes und ergriff beherzt das Seil. Rhyme schoss an die sechzig Bilder. Er war ganz in seinem Element. Schweiß, Schlamm und Kameradschaftsgeist im Dschungel Indochinas. Insgeheim überlegte er bereits, welche Krawatte er zur Verleihung des Pulitzer-Preises tragen würde.

Zentimeter für Zentimeter zogen sie ihre Beute ans matschige Ufer. Endlich kam sie zum Vorschein, ein klobiges Maschinenteil ohne sichtbare Erkennungszeichen. Bald stellte sich heraus, weshalb die Bergung sich so kompliziert und kraftraubend gestaltete. Es hing an einer Art Anker. An der Maschine war ein Stahlseil befestigt, das sie in die andere Richtung zu ziehen schien. Das Team gewann die erste Runde. Ihr Fang lag vor ihnen am Ufer, aber das Ankertau ragte immer noch ins Wasser. Sie ließen das Hanfseil sinken und zogen stattdessen direkt an seinem stählernen Pendant. Zug um Zug rollte es sich zu ihren Füßen auf, und ein enttäuschter Seufzer entrang sich ihren Kehlen, als sie feststellten, dass sich am Seilende weiter nichts befand als das Seilende.

»Ich hatte eigentlich eher auf einen Fisch gehofft«, sagte Civilai.

Sergeant Johnson ging neben der Maschine in die Hocke und erklärte ihnen, was sie gefunden hatten. Er war offenbar der Hubschrauberexperte im Team der Amerikaner.

»Das ist eine Winde«, sagte er. »Sie stammt eindeutig aus einem Helikopter. Sie ist normalerweise direkt über der Ladeluke angebracht. Sie wird vom Flugmechaniker regelmäßig überprüft. Ursprünglich diente sie zur Notrettung auf See. An dem Stahlseil wurde ein Gurtzeug herabgelassen, um Schiffbrüchige an Bord zu nehmen. Wie sich herausstellte, funktionierte das auch im Dschungel ziemlich gut. So konnte man zum Beispiel abgestürzte Piloten retten, wenn die dichte Vegetation eine Landung unmöglich machte.«

Dieser Fund vermochte die gedrückte Morgenstimmung immerhin ein klein wenig aufzuhellen. Sie waren einen wichtigen Schritt vorangekommen. Sie hatten die Gewissheit, dass der Helikopter tatsächlich hier heruntergekommen war, und noch dazu eine Registriernummer, die sich einem bestimmten Hubschrauber zuordnen ließ. Sie kamen überein, dass sie keine weiteren Wrackteile mehr brauchten, und beschlossen, den Rest des Tages mit der Suche nach menschlichen Überresten zu verbringen.

Während die anderen ihre Lunchpakete auspackten, sah Phosy, wie Madame Daeng neben der Winde in die Hocke ging. Er zog sein Hemd an und trat zu ihr.

»Was gefunden?«, fragte er.

»Nicht direkt«, sagte sie.

»Na los, raus mit der Sprache.«

»Ich habe mich bloß gefragt, ob sich so ein Seil von selbst abrollen kann.« Sie bemerkte sein Lächeln. »Sie fragen sich das auch, nicht wahr?«

»Und damit sind Sie nicht allein«, setzte Peach hinzu.

Die Dolmetscherin stand neben John Johnson.

»Der Sergeant und ich haben uns gerade über dieses Thema unterhalten«, sagte sie.

»Hätte es die Winde in Stücke gerissen«, erklärte Johnson, »hätte sich das Seil vielleicht von selbst abgerollt. Aber von dem einen oder anderen Brandfleck abgesehen scheint das

Ding intakt zu sein. Es hat kaum einen Kratzer abbekommen.«

»Dann gehe ich also recht in der Annahme…«, begann Daeng.

»…dass das Stahlseil herabgelassen war, als der Hubschrauber explodiert ist?«, sagte Johnson. »Ja.«

»Und wann fliegt ein Hubschrauber mit herabgelassenem Rettungsseil?«, erkundigte sich Phosy.

»Gar nicht«, übersetzte Peach. »Das ist erstens gegen die Vorschriften und zweitens extrem gefährlich.«

Alle wechselten vielsagende Blicke.

»Peach, meinen Sie, der Sergeant würde sich eventuell dazu bereit erklären, uns einen kleinen Schnellkurs in Sachen Abstürze zu erteilen?«, fragte Daeng.

»Ich glaube, es wäre ihm ein Vergnügen.«

Sie baten Civilai dazu, ließen sich nieder und mümmelten ihre Astronautennahrung. Richter Haeng und sein Cousin schliefen derweil unter einem Baum. Sergeant Johnson war ein Fachmann auf seinem Gebiet. Der häufigste Grund für den Absturz eines Helikopters in Kriegszeiten war ein Abschuss. Aber da nachts nur sehr wenige Einsätze geflogen wurden, waren die Flugabwehrbatterien nach Einbruch der Dunkelheit nicht mehr besetzt. Boyd war in einer Vollmondnacht abgestürzt. Und dass ein unter Schlaflosigkeit leidender Infanterist ihn mit einem Glückstreffer vom Himmel geholt hatte, war zwar möglich, aber eher unwahrscheinlich.

Wenn der Pilot, wie im Bericht vermerkt, tatsächlich high und betrunken gewesen war, hätte er ohne Weiteres das Bewusstsein und damit die Kontrolle über seine Maschine verlieren können. Sämtliche Experten hielten dies für die wahrscheinlichste Ursache. Dagegen sprach, dass das Team zwar die Absturzstelle gefunden zu haben glaubte, dort aber noch nicht einmal auf einen Zehennagel gestoßen war, der diese Theorie bestätigt hätte. Fest stand nur, dass der Helikopter in der Luft, wahrscheinlich in Baumhöhe, explodiert war. Dies wurde durch die zweifelhafte Aussage der Schamanin untermauert, die den Absturz mit eigenen Augen gesehen haben wollte. Es hatte einen Riesenknall gegeben, der den Hubschrauber in tausend Stücke gerissen hatte, doch ein bloßer Motorbrand war schwerlich in der Lage, im umliegenden Dschungel solche Verwüstungen anzurichten. Es musste also mit dem Rettungsseil zusammenhängen.

»War er womöglich derart weggetreten, dass er das Seil nur so aus Jux und Tollerei herabgelassen hat?«, fragte Madame Daeng.

Johnson erklärte ihnen, dass sich die Steuerung des Seils in der Kabine hinter der Ladeluke befand. Der Pilot hätte also das Cockpit verlassen und in den Frachtraum hinabsteigen müssen, um die Winde zu bedienen.

»Ein Helikopter ist kein Segelflugzeug«, sagte er. »Die Dinger sind ziemlich launisch. Man kann nicht einfach die Hand vom Steuerknüppel nehmen und fröhlich vor sich hin gleiten. Wenn man den Knüppel loslässt, schüttelt einen die Mühle so heftig durch, dass man es niemals bis zur Ladeluke schaffen würde.«

Das gab den Laoten ein Weilchen zu denken.

»Gut, jetzt ich«, sagte Civilai. Er hatte nun schon geraume Zeit geschwiegen, und es war durchaus möglich, dass er sich nur reden hören wollte. Doch er hatte eine ernsthafte Frage. »Angenommen, unser junger Pilot ist weder abgeschossen worden, noch im Drogenrausch vom Himmel gefallen. Angenommen, er machte lediglich eine kleine Spritztour, um den sanften Mondenschein und die herrlichen Berge der Provinz Xieng Khouang zu genießen. Was für stinknormale Katastrophen könnten ihn ereilt haben?«

Peach und der Sergeant gingen die Möglichkeiten gemeinsam durch.

»Die beiden häufigsten Absturzursachen sind Treibstoffmangel und ein mechanischer Defekt. Aber Boyds Maschine war gleich nach der Landung in Long Cheng von seinem Mechaniker Sebastián überprüft und frisch betankt worden. Streng nach Vorschrift.«

»Wie steht es mit Sabotage?«, fragte Phosy. »Vielleicht ein Streit mit dem Mechaniker?«

»Unwahrscheinlich. Erstens flog der Mechaniker gewöhnlich mit dem Piloten, das wäre also einem Himmelfahrtskommando gleichgekommen. Zweitens waren die beiden eng befreundet. Schließlich hatte Boyd sich an diesem Abend nicht umsonst mit dem Mechaniker betrunken. Drittens wurden sämtliche Hubschrauber vom Chefmechaniker Leon, einem ehemaligen Piloten, noch einmal überprüft. Ich kannte ihn schon, als er noch bei den Marines war. Eine verkrachte Existenz. Angeblich war ihm wegen ungebührlichen Verhaltens die Fluglizenz entzogen worden. Ich war ziemlich überrascht, als ich hörte, dass es ihn nach Laos verschlagen hatte. Aber er war ein guter Pilot und nahm seinen Job sehr ernst. Eine Unregelmäßigkeit hätte er niemals durchgehen lassen. Nach der Überprüfung wurden die Helikopter die ganze Nacht bewacht.«

»Und der Wachposten hat einen Betrunkenen in einen Hubschrauber steigen und davonfliegen lassen?«, erkundigte sich Madame Daeng.

»Er wusste doch, dass der H32 Boyds Maschine war. Es

gab in Spook City nicht allzu viele amerikanische Piloten. Die meisten Flugzeuge wurden von Hmong-Piloten geflogen. Und die meisten Wachposten waren circa zwölf Jahre alt, wie also hätte der Kleine ein fünfundachtzig Kilo schweres Muskelpaket daran hindern sollen, seine eigene Mühle zu besteigen?«

»Also doch ein mechanischer Defekt?«, fragte Phosy.

»Ein mechanischer Defekt ist jedenfalls wahrscheinlicher als Sabotage. In einem vom Krieg gebeutelten Hubschrauber kann alles Mögliche schiefgehen. Die Dinger wurden beschossen, überladen und bis an die Schmerzgrenze belastet. Kein Wunder, dass jeder Pilot mit seinem eigenen Mechaniker flog.«

»Das heißt, wenn der Pilot allein gestartet war, und es wäre etwas schiefgegangen, hätte er sich nicht zu helfen gewusst«, sagte Lit.

»Das kann man so nicht sagen. Viele Piloten sind hervorragende Mechaniker.«

»Galt das auch für Boyd?«

»Keine Ahnung.«

»Und was geschieht, wenn man in einer großen Metallkiste sozusagen aus allen Wolken fällt?«, fragte Civilai. »Einen Schleudersitz gibt es doch vermutlich nicht?«

»Mit etwas Glück kann der Pilot auf Autorotation umschalten«, erklärte Johnson der Dolmetscherin. »Das heißt, er stellt den Motor ab und kontrolliert die Sinkgeschwindigkeit, indem er die Rotoren in den richtigen Winkel zum Fahrtwind bringt. So bleibt der Helikopter steuerbar. Auf Autorotation ist es durchaus möglich, einen Hubschrauber heil und unversehrt zu landen. Ich kenne Piloten, die es geschafft haben, ohne dass sie oder die Maschine auch nur einen Kratzer abbekommen hätten. Darum habe ich gefragt, wie viel Zeit zwischen dem Aussetzen des Motors und der Explosion vergangen ist. Je nachdem, in welcher Höhe er sich befand, als der Antrieb ausfiel, könnte die entsprechende Zeitspanne ein Indiz dafür sein, dass der Pilot kontrolliert gelandet und nicht einfach vom Himmel gestürzt ist.«

»Wie groß ist die Chance, dass er lebend aus der Maschine herausgekommen ist, Autorotation hin oder her?«, fragte Phosy.

»Er hätte eine Lichtung finden und darauf zusteuern müssen. Es war Nacht. Er befand sich über dichtem Dschungel. Sein Hubschrauber ist explodiert und dann wahrscheinlich zwischen den Bäumen zerschellt.«

»Aber wie viel Zeit wäre ihm in diesem Fall geblieben, bis zum Absturz, meine ich?«

»Nach Aussage der alten Frau, schwer zu sagen, vielleicht dreißig Sekunden.«

»Könnte er abgesprungen sein, bevor der Helikopter explodierte?«, fragte Daeng.

»Früher wurden auch Hubschrauber mit Fallschirmen ausgestattet«, antwortete Johnson. »Aber die Dinger machten eigentlich nur Ärger. Oft verfingen sie sich in den Rotoren. Die meisten Flieger, die ich kenne, nehmen gar nicht erst einen mit.«

»Also, zurück zur Autorotation«, sagte Civilai. »Hat er die Rotoren erst einmal abgestellt, kennt der Pilot die Sinkkurve vermutlich recht genau. Nicht wahr?«

»Ja, es geht in einem Winkel von circa fünfundvierzig Grad bergab. Und er kommt in einer relativ geraden Linie herunter. Mit einer Geschwindigkeit von sechzig bis siebzig Knoten.«

»Und er hat die Maschine besser unter Kontrolle, als wenn

er bei normalem Flugbetrieb den Steuerknüppel loslassen würde?«

»Ja.«

»Und wie lange dauert es, das Stahlseil herabzulassen?«

»Ziemlich lange, wenn man es per Druckluftmotor macht. Wenn der versagt, kann man die Winde aber auch per Hand auf Freilauf schalten. Dann wird der Mechanismus entsperrt, und das Seil fällt in die Tiefe.«

»Und wie lange würde es dauern, bis es vollständig entrollt ist?«

»Höchstens zehn Sekunden.«

»Civilai, worauf wollen Sie hinaus?«, fragte Daeng.

»Warten Sie's ab, verehrte Daeng, warten Sie's ab. Nur ein kleines Gedankenexperiment«, sagte er. »Also, ich bin ein junger Hubschrauberpilot. Ich habe soeben auf Autorotation geschaltet. Ich rase mit vollem Treibstofftank auf die Bäume zu. Ich kann nirgends landen. Ich weiß, dass ich in dreißig Sekunden in Stücke gerissen werde. Da ich mich eigentlich ganz gern mag, möchte ich das nach Möglichkeit verhindern, also klettere ich in den Laderaum, klinke das Stahlseil aus, packe das Gurtzeug und springe.«

»Und wozu, wenn ich fragen darf?«

»Um das Schicksal zu meinen Gunsten zu beeinflussen, Genossin. Ich hänge am Ende eines dreißig Meter langen Seils und bewege mich mit einer Geschwindigkeit vom sechzig Knoten. Das heißt, ich krache ein paar Sekunden früher in die Bäume als der Helikopter, der – da es sich um ein gleichschenkliges Dreieck handelt – zum Zeitpunkt der Explosion etwa dreißig Meter entfernt ist. Aufgrund des steilen Winkels und der hohen Geschwindigkeit wird durch die Wucht der Explosion eine brennende Gaswolke vorausgeschleudert. Weshalb der Krater sich am Rand statt im Mittelpunkt der Absturzstelle befindet. So hat der Pilot eine Chance von sechzig zu vierzig, nicht mit der Maschine in die Luft zu fliegen. *Voilà.* Mathematik war in der Schule mein Lieblingsfach. Was hält unser amerikanischer Freund davon?«

Kaum hatte Peach diese Fantastereien übersetzt, begann Johnson auch schon zu lachen, bis ihm der Bauch wehtat.

»Sie würden mit achtzig Meilen pro Stunde in die Bäume donnern«, sagte er. »Sie sind an einem Stahlseil in kaum zehn Sekunden dreißig Meter in die Tiefe gesegelt. Wenn das Gurtzeug ihnen nicht längst sämtliche Rippen gebrochen hat, schlagen Sie sich am erstbesten Baum den Schädel ein.«

»Baumkronen bestehen hauptsächlich aus weichem Laub«, klammerte Civilai sich mit aller Macht an seine Hypothese.

Johnson bat den ehemaligen Politbürokraten um seine Telefonnummer. Er habe Freunde in Hollywood, sagte er, die an einem Mann mit derart lebhafter Fantasie gewiss größtes Interesse hätten. Zu seinem Erstaunen zückte Civilai einen Stift und wollte sie eben notieren, da sprang Phosy urplötzlich auf und blickte um sich, als habe er einen Hinterhalt gewittert.

»Mist«, stieß er wütend hervor und verschwand mit dem sprichwörtlichen Affenzahn im Dschungel.

»Sehen Sie? Jetzt haben Sie Phosy verärgert«, sagte Daeng.

»Was ist denn nun schon wieder los?«, fragte Civilai.

Nach dem Mittagessen setzten sie die Suche fort. Mit dem kleinen Unterschied, dass sie nun keine menschlichen Überreste mehr zu finden hofften. Trotzdem hatte Civilais abstruse Theorie, nach welcher der Pilot in letzter Sekunde entkommen war, bei den anderen neue Zuversicht geweckt, auch wenn sie es nicht zugeben mochten. Madame Daeng wusste rein gar nichts über die Persönlichkeit oder die Träume des jungen Fliegers, doch da sie ein ausgeprägtes Faible für Abenteuer hatte, hoffte sie inständig, dass er noch lebte. Alle fragten sich, wo Inspektor Phosy abgeblieben war. Jemand tippte auf akuten Durchfall nach übermäßigem Genuss von NASA-Astronautennahrung. Doch als er gegen drei wieder auftauchte, schien er munter und gesund. Er hatte Vorsteher Ar im Schlepp. Der alte Mann rief nach seinem Sohn, und der Junge kam aus seinem Versteck im Unterholz. Er ging zu seinem Vater und grinste den Polizisten an. Phosy rief die anderen herbei, er habe ihnen etwas mitzuteilen. Er bat Peach, die Übersetzung zu besorgen. Er legte dem Jungen den Arm um die Schultern. Bok schüttelte ihn ab.

»Wie einige von Ihnen bereits wissen«, begann Phosy, »handelt es sich bei diesem jungen Mann um Bok, den Sohn von Dorfvorsteher Ar. Bok kann nicht sprechen und ist etwas schwer von Begriff. Dennoch verfügt er über zahlreiche Talente. Er ist ein guter Jäger und kennt sämtliche Geheimnisse des Dschungels. Wie Sie sehen, ist er besonders geschickt im Fangen von Insekten. Ich habe seinen Vater gefragt, wann sich dieses auffallende Interesse an den possierlichen Tierchen zum ersten Mal bemerkbar gemacht hat, und wie es scheint, war dies etwa zu dem Zeitpunkt der Fall, als die Schamanin sah, wie der Drache mit dem Mond zusammenstieß. Sie war davon überzeugt, dass Boks plötzliche Veränderung unmittelbar mit der Katastrophe dieser Nacht zusammenhing. Denn Bok entwickelte nicht nur besagten Insektenfetisch, sondern begann auch, Bilder zu malen. Anfangs malte er sie in den Sand, aber dann kaufte sein Vater ihm Buntstifte und Papier, und Bok wurde zum Künstler. Ein weiteres Wunder. Bis dahin hatte der Junge Tag und Nacht vor seiner Hütte gesessen und Löcher in die Luft gestarrt. Plötzlich konnte er gehen, und die Kraft kehrte in seine Finger zurück. Er war ein anderer Mensch. Er konnte zwar noch nicht sprechen, aber für seinen Vater ist auch das nur eine Frage der Zeit. Was also hat Boks Verstand, Boks Sinne angeregt?«

Phosy zog einen alten thailändischen Mekong-Whisky-Kalender aus seinem Rucksack. Das Deckblatt zierte ein Farbfoto einer appetitlichen Bikinischönheit. Das Publikum war sichtlich schockiert. Hatten halbnackte Frauen mit einem Glas Whisky in der Hand dem jungen Mann den Kopf verdreht? Zum Glück nicht, wie der Inspektor ihnen nun demonstrierte. Die Rückseiten der Fotos waren nicht bedruckt, und jemand hatte sie als Zeichenpapier zweckentfremdet. Sämtliche Skizzen zeigten ein Monster mit riesigen Füßen und Händen wie Tischtennisschlägern. Man konnte all das natürlich schlicht und einfach auf das Unvermögen des Künstlers schieben. Doch Details wie das geblümte Hemd des Monsters und die Blutfontäne, die ihm aus dem Maul spritzte, waren liebevoll gezeichnet. Und auf allen Bildern umklammerte die Hand des Monsters eine Schnur. Sie reichte in den Himmel hinauf, und an ihrem Ende schwebte ein groteskes Flugwesen mit einem großen Auge.

»Die gar herzerwärmende Geschichte einer Wunderheilung«, spottete Richter Haeng. »Ich bin gerührt. Trotzdem wäre ich Ihnen dankbar, wenn Sie sich jetzt wieder an der Suche beteiligen könnten. Wir haben zwei Stunden für Sie mit geschuftet.«

»Nein, ich habe das dumpfe Gefühl, da ist eine Pointe im Anzug«, sagte Civilai.

»Ganz recht«, bestätigte Phosy. »Und sie lautet wie folgt: Auf keinem dieser Bilder ist der Erdboden zu sehen. Das

Monster fliegt. Seit zehn Jahren dressiert Bok Insekten, damit er fliegen kann wie das Monster. Wie, bitte, kommt ein Junge ohne Schulbildung oder Lebenserfahrung auf so eine Idee? Warum glaubt er allen Ernstes, dass Insekten ihn davontragen könnten?«

»Weil er einen Mann am Ende eines Seils vom Himmel hat schweben sehen«, sagte Daeng.

»Das ist die einzig schlüssige Erklärung«, bekräftigte Phosy. »Aus Boks Perspektive war der Hubschrauber klein wie ein Insekt. Es war eine Vollmondnacht, und er konnte ihn klar und deutlich sehen. Und für ihn war der Mann ein Monster. Civilai hatte recht. Boyd hat sich abgeseilt.«

»Du liebe Güte.« Richter Haeng lachte und sah die Amerikaner entschuldigend an. »Was für ein Unsinn. Dafür werden Sie jedenfalls nicht bezahlt: uns zu erklären, was im Oberstübchen eines Idioten vor sich geht.«

»Also, für mich klingt das durchaus plausibel«, sagte Daeng.

»Kein Wunder, Madame«, entgegnete Haeng. »Schließlich haben Sie, wie wir alle wissen, fünf Jahre die Universität besucht. Da ist es nur logisch, dass Sie … Aber nein, Moment mal, ich glaube, ich habe da etwas verwechselt. Es war nicht die Universität, sondern die Volksschule, nicht wahr? Wenn ich mich recht entsinne, haben Sie es noch nicht einmal auf die Mittelschule geschafft. Andernfalls wüssten Sie nämlich, dass eine derart alberne Theorie jeglicher Grundlage entbehrt. Denn ihr fehlen die beiden entscheidenden Ingredienzen: Logik und ein empirischer Beleg. Mit einem Riesen, der am Schwanz einer Hornisse baumelt, werden sie vor Gericht nicht sehr weit kommen. Gehe ich recht in der Annahme, dass es für all das keinerlei handfeste Beweise gibt?«

»Äh … nein«, gestand Phosy.

»Dachte ich's mir doch. Dann können wir ja jetzt …«

»Nein, ich meinte, Ihre Annahme ist falsch. Wir hatten den Beweis die ganze Zeit vor Augen, wir haben ihn bloß nicht gesehen.«

Er wandte sich auf Phuan an Bok. Bok sah seinen Vater fragend an; der nickte. Langsam und vorsichtig setzte Bok seine Mütze ab. Die beiden erschöpften Insekten saßen auf dem Schirm und ruhten sich aus. Phosy nahm die ehemals gelbe Mütze entgegen und hielt sie in die Höhe.

»Ich weiß nicht, ob Sie es aus dieser Entfernung erkennen können«, sagte er, »aber auf der Mütze prangen die drei Buchstaben UNC. Und wie wir bei der Einsatzbesprechung erfahren haben, hat Boyd für die University of Northern California Football gespielt.«

»Der Junge könnte sie ebensogut auf dem Flohmarkt erstanden haben«, sagte Haeng.

»Zusammen mit Atom-U-Booten und Elvis-Presley-Perücken«, murmelte Civilai.

Phosy stülpte die Mütze von innen nach außen. In das Futter war ein Etikett genäht.

»Peach, würden Sie uns das bitte vorlesen?«, bat Phosy.

Sie nahm ihm die Mütze aus der Hand und lächelte.

»Das ist ein Namensschild. Darauf steht ›BOYD BOWRY, 1960‹. Sollte Bok die tatsächlich auf dem Flohmarkt gefunden haben, hat er einen echten Glückstreffer gelandet.«

Die Entdeckung versetzte alle außer Richter Haeng in freudige Erregung. Er wandte ein, dass die Mütze, wie das Leitwerk, vermutlich bei der Explosion verschüttgegangen und erst viel später wieder aufgetaucht sei. Er hatte allerdings keine Erklärung dafür, dass sie nicht den Flammen zum

Opfer gefallen war. Damit war zwar noch nicht endgültig bewiesen, dass der Pilot den Absturz überlebt hatte, dennoch entschuldigte Sergeant Johnson sich bei Civilai, weil er dessen Hypothese angezweifelt hatte. Er versprach, ihm ein Bier zu spendieren, und erneuerte seine Hollywood-Offerte. Blieb nur eine offene Frage.

»Seit wann können Sie Englisch lesen?«, erkundigte Civilai sich auf dem Rückweg bei Phosy.

Der Polizist lächelte.

»Ich bin vielleicht ein alter Hund«, sagte er, »aber den einen oder anderen Trick hat Dtui mir schon beigebracht. Es kann ja wohl nicht angehen, dass mein Weib gebildeter ist als ich, oder? Dieses Jahr lerne ich Englisch. Nächstes Jahr Russisch. Und ich garantiere Ihnen: Noch bevor die Siebziger vorbei sind, bin ich Chefinspektor bei Interpol.«

16

DER MANN, DER DIE HAND SEINER FRAU MIT EINER SERVIETTE VERWECHSELTE

Als Toua, der Direktor des Hotels Freundschaft, die heimkehrenden Lastwagen erblickte, kam er wild fuchtelnd die Vortreppe herunter.

»Der Senator! Der Senator!«, schrie er.

»Ist was passiert?«, fragte Lit und sprang von der Ladefläche, noch bevor der Laster völlig zum Stehen gekommen war.

»Jemand hat auf ihn geschossen«, rief Siri, der mit einer Büchse Budweiser in der Hand an dem Rattantisch auf der Veranda saß. Angesichts der Umstände wirkte er ziemlich gelassen. Wenn auch nicht ganz so gelassen wie Köter, der in dem Sessel gegenüber lag.

»Ist er tot?«, rief Phosy.

»Nein. Aber er hat eine Verletzung erlitten, die seiner Karriere ein jähes Ende bereiten könnte.«

»Wo wurde er denn getroffen?«, fragte Lit.

Inzwischen waren alle von den Lastern geklettert. Eine Gruppe scharte sich um Toua, der ihnen unter Zuhilfenahme sämtlicher Extremitäten klarzumachen versuchte, was geschehen war, die andere um Siri.

»Er hat die Spitze des rechten Zeigefingers verloren«, antwortete Siri. »Er kann vielleicht nie wieder Hände schütteln.«

»Sie scheinen mir den Ernst der Lage zu verkennen, Doktor«, sagte Richter Haeng und folgte den Amerikanern ins Gebäude.

»Wo ist er?«, fragte Phosy.

»Er sitzt im Speisesaal und badet in Mitleid. Er kann gar nicht genug davon bekommen.«

»Die Sache wird immer absurder.« Phosy schüttelte den Kopf.

»Und das ist noch längst nicht alles«, sagte Siri. »Aber nun ermitteln Sie mal schön. Den Rest erzähle ich Ihnen später.«

Civilai und Daeng setzten sich zu Siri an den Tisch. Köter musterte sie misstrauisch und beschloss, sie gewähren zu lassen.

»Ich war es nicht«, sagte Siri.

»Daran habe ich keine Sekunde gezweifelt«, sagte Daeng und tätschelte ihm die Hand.

»Aber ich war kurz davor«, gestand er. »Ich musste mir den ganzen Nachmittag sein elendes Gejammer anhören. Warum ist eigentlich nie eine Waffe zur Hand, wenn man dringend eine braucht?«

»Wie geht es seinem Finger?«

»Er wird's überleben. Aber er hat geblutet wie ein Schwein. Ziemlich beeindruckend.«

»Meinst du, das war Absicht?«, fragte Civilai. »Ihm nur einen Kratzer zu verpassen?«

Siri nippte an seinem Bier, und Civilai hielt nach der Bedienung Ausschau. Er konnte den Hoteleingang kaum noch erkennen. Die düsteren Wolken hatten es eine Stunde früher als sonst dunkel werden lassen. In der Ferne klapperte, ratterte und gluckste der Generator, und eine kleine, schwache Glühbirne über ihren Köpfen flammte auf.

»Ich war einmal im russischen Zirkus«, sagte Siri. »Da hat ein Mann einer Frau die Troddeln vom BH geschossen. Sie hat nicht mal mit der Wimper gezuckt. Im richtigen Leben ist mir allerdings bis heute kein Scharfschütze begegnet, der in der Lage gewesen wäre, jemandem per Gewehr ein Fingerglied zu amputieren.«

»Dann hat der Täter also …?«

»Auf sein Herz gezielt? Wahrscheinlich.«

»Hat der Senator sich von dir verarzten lassen?«, fragte Daeng.

»Widerwillig. Yamaguchi hat sich damit herausgeredet, er könne besser mit dem Skalpell umgehen als mit der Nadel.«

»Wo ist es passiert?«, fragte Civilai.

»Gleich hier«, sagte Siri und deutete auf eine frisch geschrubbte Stelle neben dem Tisch.

»Und ich nehme an, der Schütze wurde nicht gefasst.«

»Nein.«

Sie starrten in die dunklen Schatten zwischen den Büschen.

»Dann ist es vielleicht nicht besonders klug, bei Festbeleuchtung hierzusitzen«, sagte Civilai.

»Büffeldung landet nie zweimal auf demselben Pilz«, rief Daeng ihm ins Gedächtnis.

»So, so.«

Ohne allzu große Hoffnung auf Erfolg rief Civilai nach der Bedienung. Da plötzlich stürmte ein kleines, kugelrundes Mädchen auf die Veranda. Er bestellte drei Bier.

»Habt ihr das Projektil gefunden?«, erkundigte sich Daeng.

Siri lehnte sich zurück und zeigte auf ein von ungemein dekorativen Rissen umgebenes Loch im Putz.

»Es steckt vermutlich noch da drin«, sagte er.

»Und du hattest nicht das Bedürfnis, es aus der Wand zu klauben?«, fragte Daeng.

»Phosy würde bloß schmollen und mich fragen, wer hier der Polizist ist.«

»Und der Finger des Senators?«

»Dürfte dem Projektil Gesellschaft leisten.«

Heute glich das Abendessen zur Abwechslung einer Szene aus *Die zwölf Geschworenen*. Die Tische hatte man zusammengerückt, und wer nicht gerade ermordet respektive angeschossen worden war oder sich einbildete, er sei als Nächstes an der Reihe, hatte an der Tafel Platz genommen. Auf der Speisekarte stand Frühstücksfleisch mit Kohl aus der Region sowie Muschelsuppe aus der Dose mit Klebreis als Sättigungsbeilage. Die flüssige Begleitung bestand aus Johnnie Walker *off the rocks* und lauwarmer Coca-Cola. Der Senator und Ethel Chin, General Suvan, Richter Haeng und sein Cousin hatten es vorgezogen, sich ihr Essen aufs Zimmer kommen zu lassen. Auch fehlte Rhyme von *Time*, der sein Bad als Dunkelkammer missbrauchte und seine Filme entwickeln musste, solange es noch Strom gab. Dr. Yamaguchi und Tante Bpoo saßen wie schon an den Abenden zuvor an einem separaten Tisch. Was die Gerüchteküche mächtig brodeln ließ.

Nachdem er den Obduktionsbefund kurz und unter Auslassung entscheidender Details zusammengefasst hatte, schickte Siri sich an, die Explosion des Funkmastes in Phonsavan und seine Theorien zum Thema Brandrodung ausführlich zu erörtern. Im Postamt war er dem Regionalgouverneur über den Weg gelaufen. Der Mann hatte keine Ahnung, weshalb rings um die Stadt so viele Feuer brannten. Genau wie

Siri war er der Ansicht, dass es nichts mit Landwirtschaft zu tun hatte. Da den Flugplatz sämtliche Maschinen verlassen hatten, drohte von dieser Seite keine Gefahr, und soviel er wusste, konzentrierten die Rebellen ihre Bemühungen auf die Verteidigung des Stützpunkts in Phu Bia. Doch spätestens seit der Sprengung des Postfunkmastes und dem Anschlag auf Senator Vogals Leben keimte in Siri der Verdacht, dass das eigentliche Ziel das Hotel Freundschaft selbst war oder, genauer, die amerikanische Delegation.

»Können wir sie nicht einfach in einen Bus setzen und in rauchfreiere Gefilde bringen lassen?«, fragte Dtui.

»Ich fürchte, das ist unmöglich«, antwortete Kommandeur Lit mit einem herzlichen Lächeln, das Phosy keineswegs entging. »Angesichts der aktuellen Unruhen ist es auf den Straßen viel zu gefährlich«, fuhr er fort. »Die Lastwagenfahrer in Phonsavan weigern sich beharrlich, uns zu helfen, egal wie viel Geld man ihnen bietet. Das Einzige, was sich bewegt, sind die Konvois der Armee. Die Amerikaner sind hier zwar nicht hunderprozentig sicher, aber weitaus sicherer als unterwegs. Falls überhaupt eine Bedrohung existiert.«

»Was reden Sie denn da?«, fragte Phosy. »Jemand hat auf einen US-Senator geschossen.«

»Stimmt«, sagte Lit. »Aber wie Sie ganz richtig bemerkten, handelte es sich bei dem Geschoss um eine Schrotkugel. Hier im Hotel gibt es zwei Musketiere. Es wäre also durchaus denkbar, dass einer der beiden alten Männer über seine eigenen Füße gestolpert ist und seine Waffe hat fallen lassen. Musketen gehören nicht gerade zum klassischen Handwerkszeug des Scharfschützen. Und die Explosion in Phonsavan sieht mir doch eher nach einem Sabotageakt aus als nach einem Anschlag auf das Leben eines Diplomaten. Wenn jemand den Genossen Gordon hätte umbringen wollen, hätte er das ebenso gut, wenn nicht besser, auf dem Weg in die Stadt erledigen können.«

Hätten Lit und die anderen gewusst, dass auch Major Potter einem Mord zum Opfer gefallen war, hätten sie sich wahrscheinlich eher zu der Einsicht bewegen lassen, dass es dem oder den Tätern darum ging, die amerikanische Bevölkerung zu dezimieren. Siri hatte Phosy über das Obduktionsergebnis informiert und ihn zur Verschwiegenheit verpflichtet. Schließlich stammte der Mörder mit hoher Wahrscheinlichkeit aus ihren Reihen, und Siri und Phosy wussten, dass sich der Täter leichter fassen ließ, wenn er glaubte, ungeschoren davonkommen zu können. Dennoch waren sich alle einig, dass die Sicherheit im Hotel Freundschaft einiges zu wünschen übrig ließ und es neue Wachleute zu rekrutieren galt, Berufssoldaten vom örtlichen Militärstützpunkt, und das so schnell wie möglich, am besten gleich morgen früh.

Dann widmeten sie sich den Fortschritten des zurückliegenden Tages. Für diejenigen, die nicht hatten dabei sein können, gab Civilai eine anschauliche Schilderung der Ereignisse zum Besten. Beide Seiten waren der Ansicht, dass vieles noch nicht recht zusammenpasste. Sekretär Gordon gab bekannt, dass sich sämtliche die Mission betreffenden Papiere bereits im Konsulat in Vientiane befanden. Um den Smog zu umgehen, würden die Postsäcke mit einem Hubschrauber der Lao-Swedish Forestry über Luang Prabang nach Muang Kham geflogen. Von dort aus würden sie mit dem Linienbus nach Phonsavan gebracht, der derzeit von einer bewaffneten Eskorte begleitet werde. Gordon konnte zwar keinen genauen Zeitpunkt nennen, zeigte sich jedoch zuversichtlich, dass die Unterlagen noch vor Abreise der Teams eintreffen würden.

Dem Wetterbericht aus der Hauptstadt zufolge lag alles im Umkreis von fünfzig Meilen unter einer dichten Smogdecke, und es war kein Wind vorhergesagt. Die Brände wüteten noch immer. Siri kam es fast so vor, als habe jemand einen dichten Vorhang von Intrigen um das Hotel gezogen.

Kaum begann der Whisky seine Wirkung zu entfalten, teilte sich die Tischgesellschaft in kleinere Gruppen auf. Phosy nutzte die Gelegenheit, um sein Gespräch mit Sergeant Johnson fortzusetzen. Peach fungierte als Dolmetscherin, und Dtui machte das Quartett komplett. Die Krankenschwester staunte nicht schlecht, als ihr Mann irgendwann im Laufe des Gespräches den Arm über den Tisch streckte und zärtlich ihre Hand ergriff. Sie dachte, er habe sie vielleicht mit einer Serviette verwechselt, doch er ließ sie nicht mehr los. Und das in aller Öffentlichkeit, wo es jeder sehen konnte. Selbst Kommandeur Lit hatte es bemerkt. Sie verbuchte es als kleines Wunder, fast so als habe er an ihren Geburtstag gedacht – was er nie tat.

»Also, ich verstehe das nicht«, sagte Phosy. »Der Sergeant hat im Unternehmen seines Vaters die Fliegerei erlernt und schon im zarten Alter von siebzehn Jahren seinen Pilotenschein gemacht. Auf der Highschool hat er einen glatten Einserabschluss hingelegt, und trotzdem wollten ihn die Marines nicht fliegen lassen?«

»Sie haben's erfasst«, sagte Peach.

»Warum nicht?«, wandte Dtui sich direkt an Johnson. Der lachte.

»Aus demselben Grund, aus dem ich nicht als Quarterback spielen durfte«, antwortete der Sergeant. »Manche Dinge sind eben ausschließlich Weißen vorbehalten.«

»Er durfte kein Pilot werden, weil er schwarz ist?«, fragte Dtui.

»Ich habe mich alle halbe Jahr beim Fliegerkorps beworben und wurde jedes Mal abgelehnt«, erklärte Johnson der Dolmetscherin. »Ich kann wahrscheinlich von Glück sagen, dass ich überhaupt Chefmechaniker werden durfte. Acht Jahre habe ich gebraucht, um mich in diese hehre Position hochzuarbeiten. Und als der Krieg dann vorbei war und sie keine Mechaniker mehr brauchten, steckten sie mich in eine Uniform und ließen mich ein halbleeres Konsulat in Vientiane bewachen. Aber es könnte schlimmer sein. Stellen Sie sich vor, ich wäre dumm *und* schwarz.«

»So etwas macht einen doch bestimmt furchtbar wütend.«

»Seither hat sich einiges getan«, meinte der Soldat. »Es würde mich nicht wundern, wenn mein Sohn es mit fünfzig zum Copiloten gebracht hätte.«

»Wie alt ist er jetzt?«

»Vier.«

In diesem Augenblick platzte Rhyme von *Time* wie ein Cowboy mit lautem »Jiiihaaaa!« zur Tür herein. Unter seinem Arm klemmte eine dicke Mappe. Er schnappte sich das erstbeste Glas und stürzte es hinunter. Der Besitzer hatte offensichtlich nichts dagegen.

»Verehrte Damen und Herren«, verkündete er. »Ich präsentiere Ihnen die Magie der Luftfotografie. Das Wunder des Journalismus. Den Genius des Menschen.«

Er zog ein großes Foto aus der Mappe, hielt es in die Höhe und stakste damit um den Tisch wie ein Nummerngirl durch einen Boxring, Kusshand und sexy Hüftschwung inklusive. Die Laoten glaubten, er sei betrunken, doch nicht der Whisky hatte ihn in einen solchen Rausch versetzt, sondern die Freude über seine Entdeckung. Peaches Gemurmel begleitete seine Bekanntmachung.

»Es war der erste Tag unserer Mission«, begann er. »Und der letzte mit guter Sicht. Als wir auf dem Weg von Spook City nach Ban Hoong über der malerischen Landschaft dahinschwebten, lehnte sich unser furchtloser Fotojournalist todesmutig aus der Ladeluke und hielt unseren Anflug auf jenes herz- und mitleidlose Land, welches das Leben unseres jungen Piloten forderte, mit der Kamera für die Nachwelt fest. Wir folgten der Schneise, die der Ban-Hoong-Fluss durch den dichten Dschungel geschlagen hatte. Und da, keine drei Meilen vom Dorf entfernt, machte der Geist unseres Piloten 1968 Rast und wischte sich das Blut von den Lippen.«

»Woher wollen Sie das wissen?«, fragte Yamaguchi.

»Weil, werter Doktor, er uns das in weiser Voraussicht mitgeteilt hat.«

Rhyme knallte das erste Foto vor Yamaguchi auf den Tisch, zog eine große Lupe aus seiner Gesäßtasche und drückte sie dem Doktor in die Hand.

»Wenn Sie die Freundlichkeit hätten, unserem Publikum zu schildern, was genau Sie an der Biegung des Flusses sehen können.«

Yamaguchi spähte mit zusammengekniffenen Augen durch das Glas und suchte nach der richtigen Brennweite.

»Ein Steinhaufen auf einer Sandbank?« sagte er.

»Ein Steinhaufen. Jawoll. Ein Steinhaufen. Und jetzt geben Sie fein Acht, was passiert, wenn man diesen Steinhaufen näher heranholt.«

Rhyme legte ein zweites Foto vor den Doktor hin, eine Vergrößerung der Steine.

»Meine Güte«, sagte Yamaguchi.

»Ihre Güte in allen Ehren. Aber was sehen Sie jetzt, Sir?«

»Die Steine ergeben ein Wort.«

»Und dieses Wort lautet ... ?«

»BOWRY.«

»Besten Dank für Ihre Hilfe, Sir.«

Und der Journalist verbeugte sich. Alle sprangen auf, um einen Blick auf das Foto zu erhaschen. Es bestand kein Zweifel. Boyd Bowry hatte den Absturz überlebt. Sergeant Johnson schüttelte Civilai die Hand. Herr Geung hüpfte auf und ab. Sie alle hatte das Jagdfieber gepackt – alle außer Kommandeur Lit.

»Ich fürchte, ich muss diese Fotografien konfiszieren«, ließ Lit über Peach ausrichten.

»Was soll das heißen?«, fragte Rhyme. »Die Bilder gehören mir.«

»Die Nahaufnahmen können Sie behalten«, sagte Lit. »Aber die Luftbilder sind beschlagnahmt. Sie hatten keine Genehmigung für Aufnahmen aus der Luft, und das ist ein eindeutiger Verstoß gegen die Sicherheitsvorschriften. Wäre ich dabei gewesen, hätte ich Sie eigenhändig am Fotografieren gehindert.«

»Das ist nicht sein Ernst, oder?«, fragte Rhyme.

»O doch«, sagte Peach.

»Geung, sind Sie sicher, dass es Dr. Siri war, den Sie gestern Abend durchs Fenster haben klettern sehen?«, fragte Madame Daeng.

Dtui und sie waren mit dem Sektionsassistenten in Siris Zimmer gegangen und saßen links und rechts von ihm auf dem Bett. Der Doktor kauerte auf einem Stuhl. Er hatte den ganzen Tag über Geungs Worte nachgedacht. Sein Freund war unfähig zu lügen. Wenn er sagte, dass er Siri nächtens in Major Potters Zimmer habe klettern sehen, dann war das die reine Wahrheit. Geung war sich der Tragweite seiner Aussage offensichtlich nicht bewusst. Im Gegenteil, er hielt das Ganze für ein lustiges Spiel.

»Es gibt nur e… e… ein' Dr. Siri«, sang er zur Melodie eines beliebten Werbejingles aus dem thailändischen Radio.

»Wann genau war das?«, erkundigte sich Dtui. Nicht gerade die sinnreichste Frage an einen Mann, der von der Zeit nur eine sehr abstrakte Vorstellung hatte.

»Sie haben gesagt, ich soll nachsehen, ob der Doktor auf der T-Toilette ist«, begann er.

»Aber als Sie wiederkamen, haben Sie gesagt, Sie hätten ihn nicht gesehen«, sagte Dtui.

»Sie, Sie haben gefragt, ob er auf der T-toilette war.«

»Ja, stimmt.«

»Und ich habe Nein gesagt.«

»Ja. Und wo sonst haben Sie nach ihm gesucht?«

»Überall …«

»Und hinter dem Haus haben Sie ihn dann gesehen?«, fragte Daeng.

»Ja. Ich habe sogar gerufen: ›Doktor, Doktor!‹, aber Sie haben mich nicht gehhhhhört. Und dann sind Sie eingestiegen.«

»Haben Sie durchs Fenster geschaut?«

»Ja.«

»Und was haben Sie dort gesehen?«

»Dr. Siri s… s… saß auf dem Bett und hat geredet.«

»Haben Sie gesehen, mit wem er geredet hat?«

»Nein.«

»Hat ihm jemand geantwortet?«

»Nein.«

»Haben Sie sonst noch jemanden im Zimmer gesehen?«, wollte Siri wissen.

»Nein. Zu dddunkel.«

»Und dann?«

»Bin ich wieder reingegangen.«

»Warum haben Sie uns nicht gesagt, dass Sie ihn gesehen hatten?«, fragte Dtui.

»W… weil Dr. Siri ungezogen war«, flüsterte er. »Und ich ihn nicht verpetzen wollte.«

»Aber was, in drei Teufels Namen, habe ich da drin getrieben?«, überlegte Siri.

»Und warum können Sie sich nicht daran erinnern?«, ergänzte Dtui.

»Ich muss mich stellen.«

»Sei nicht albern«, widersprach Daeng. »Dir geht doch schon die Puste aus, wenn du nur einen Hähnchenflügel stemmen musst. Du hast mit Sicherheit keinen Hundertkilomann erdrosselt und ihn dann auch noch quer durchs Zimmer geschleift.«

»Woher willst du das wissen?«, fragte er. »In letzter Zeit passieren mir die seltsamsten Dinge. Ich bin womöglich zu allem fähig.«

»Aber nicht zu einem Mord, mein Lieber.«

»Ich werde Phosy ins Vertrauen ziehen müssen.«

»Ja, daran führt wohl kein Weg vorbei. Und er wird dir dasselbe sagen wie ich. Nur den Amerikanern brauchst du es nicht unbedingt unter die Nase zu reiben.«

»Ich habe dem Zweiten Sekretär Gordon versprochen, ihn über alles zu informieren.«

»Trotzdem solltest du das lieber für dich behalten, Siri. Glaub mir.«

»Entschuldigt, aber ich muss etwas Dringendes erledigen.«

»Jetzt?«

»Ja.«

Siri schnappte sich ihre Taschenlampe, ging den Korridor entlang und schlich zur Rückseite des Gebäudes. Der Lichtschein lockte einen der beiden Wachposten an, und er bestand darauf, den Doktor zu begleiten. Als sie sich der letzten Hütte näherten, drehte Siri sich zu dem alten Mann um und sagte:

»Vielen Dank, und einen schönen Abend noch.«

Doch so leicht ließ der Wachmann sich nicht abwimmeln. Er wich lediglich einen Schritt zurück und klammerte sich an ein zahnloses Lächeln. Ein schwacher gelber Lichtstreifen umrahmte die Tür. Seufzend klopfte Siri an. Tante Bpoo machte ihm auf. Zum Entsetzen des Doktors trug sie ein wallendes schwarzes Negligé und hochhackige Schuhe.

»Wo bleiben Sie denn?«, fragte Bpoo.

Bevor er sich an ihr vorbei ins Zimmer zwängte, warf Siri einen letzten Blick über die Schulter und sah, dass das Lächeln des Wachmanns sich in ein schwarzes Loch verwandelt hatte, das von einem Ohr zum anderen reichte. Damit war der Ruf Yeh Mings in diesen Breitengraden gründlich ruiniert. Die kleine Hütte wurde von sieben Kerzen erhellt, die sich am Kopfende des Bettes drängten.

»Was wissen Sie?«, fragte Siri, kaum dass Bpoo die Tür geschlossen hatte.

»Ich weiß, dass der Aconcagua und der Himalaja eines Tages die einzigen Landmassen sein werden, die aus den Weltmeeren ragen.«

»Über gestern Nacht.«

»Ach, das.«

Sie setzte sich aufs Bett und verschränkte umständlich die

Beine. Wäre sie kein fünfzig Jahre alter Mann gewesen, hätte man es als aufreizende Geste deuten können. Sie tätschelte den freien Platz neben sich. Siri stemmte die Hände in die Hüften.

»Sie glauben doch wohl nicht, dass ich Sie jetzt, wo Sie sich mit Riesenschritten Ihrem Lebensende nähern, mitten in der Nacht allein durch die Gegend stiefeln lasse.«

»Sie sind mir gefolgt?«

»Selbstverständlich. Im Schutz der Dunkelheit, auf Samtpfoten, geschmeidig wie ein schwarzer Panther.«

»Was haben Sie gesehen?«

»Sie befanden sich in einer Art Trance. Erst sind sie durch das Fenster des schmierigen Majors gestiegen, dann tauchte der arme, liebestrunkene Herr Geung auf, warf einen Blick ins Zimmer und verdrückte sich wieder, und dann haben Sie den Amerikaner erdrosselt und sich schleunigst aus dem Staub gemacht.«

»Ich …? Sie haben gesehen, wie ich …?«

»Kleiner Scherz am Rande, Schätzchen. Ich habe nichts dergleichen gesehen. Keine Ahnung, was Sie getrieben haben. Im Grunde war es ziemlich langweilig. Sie waren eine halbe Stunde da drin.«

»Und Sie haben nicht mal einen klitzekleinen Blick durchs Fenster geworfen?«

»Das soll wohl ein Witz sein. Sie erwarten doch nicht im Ernst, dass ich in meinen Achtzigtausend-Kip-Stilettos in einem Kohlrabibeet herumtrample? Ich bitte Sie.«

»Bpoo. Ich kann mich an rein gar nichts erinnern. Meinen Sie, es gab da eine übernatürliche Verbindung?«

»Wer ist hier der Schamane? Sie oder ich?«

»Sie stehen mit der Geisterwelt in Kontakt.«

»Die rufen mich nur an, wenn bei Ihnen besetzt ist.«

»Kommen Sie. Es ist mir ernst. Was, glauben Sie, ist letzte Nacht passiert? Irgendetwas hat mich in dieses Zimmer gerufen.«

»Ein Zimmer ist doch weiter nichts als eine Kammer aus Beton und Gips, mit geschmackloser Furniertäfelung. Es lebt weder im Diesseits noch im Jenseits. Wenn Sie tatsächlich jemand dorthin zitiert hat, war dieser Jemand mit hoher Wahrscheinlichkeit ein Geist. Und ein ziemlich dreister noch dazu.«

»Der des Majors?«

»Also, man soll über Tote ja nichts Schlechtes sagen, aber mich hat seine Aura nicht sonderlich beeindruckt. Nein, es war vermutlich jemand anders.«

»Wie finde ich das heraus?«

»Der Geist hat Sie nicht ohne Grund dorthin bestellt. In dem Zimmer muss etwas Entscheidendes passiert sein. Da würde ich den Hebel ansetzen.«

»Sie glauben, in dem Zimmer spukt es.«

Bpoo lachte.

»Geister haben weiß Gott Besseres zu tun als irgendwo herumzuspuken.«

»Zum Beispiel?«

»Zum Beispiel, sich in die Dusche der Schwesternschülerinnen zu stehlen und ihnen beim Ausziehen zuzusehen. Geister sind genauso pervers wie Sie und ich. Aber wenn es Sie tröstet, Sie waren nicht der Einzige, der sich gestern Nacht für Potters Zimmer interessiert hat.«

»Wie soll ich das verstehen?«

»Vor Ihnen war schon ein anderer in diesem Zimmer. Aber er hat die Tür benutzt.«

»Wer?«

Mit dem kichernden Wachmann auf den Fersen kehrte Siri in sein Zimmer zurück. Bevor er unter die Decke kroch, richtete der Doktor die Taschenlampe auf das Bett, um sich zu vergewissern, dass auch tatsächlich Madame Daeng darin lag.

»Rieche ich etwa Parfüm?«, fragte sie.

»Ja. Ich war bei Bpoo.«

»Gefällt mir. Ich muss sie bei Gelegenheit fragen, wo sie es herhat.«

»Daeng.«

»Ja, teurer Gatte?«

»Ich glaube, Richter Haeng hat Major Potter umgebracht.«

»Wunschdenken, weiter nichts.«

Er holte tief Luft.

»Da bin ich mir nicht so sicher. Bpoo hat ihn gestern Abend in Potters Zimmer gehen sehen.«

17

AN DER BIEGUNG DES FLUSSES

Wie sich herausstellte, hatten viele Teammitglieder die halbe Nacht kein Auge zugetan. Da sie so recht nichts mit sich anzufangen wussten, erschienen die meisten schon lange vor der Frühstückszeit im Speisesaal. Sie traten an die großen Panoramafenster und betrachteten die Aussicht, die vier Meter vor ihrer Nase endete. Ein dunkler Himmel lag wie eine Glocke über dem Hotel Freundschaft. Die Düsternis rückte von allen Seiten näher. Diejenigen, die von der Ermordung des Majors wussten, hatten das Gefühl, von einer unsichtbaren Macht bedrängt zu werden. Die Luft war dünn und diesig wie in einem Bergdorf in den Anden. Alle rangen krampfhaft nach Atem. Selbst wer nicht unter einer ernsten Lungenkrankheit litt, keuchte wie ein Blasebalg. Rasende Kopfschmerzen waren die Folge. Beim Frühstück blickte man in gähnende Mäuler und verquollene Augen, die auf leere Platzdeckchen starrten.

Siri und Daeng betraten just in dem Moment den Saal, als Würstchen und scharfer Salat auf großen Tabletts aus der Küche kamen. Bevor die beiden Platz nehmen konnten, rief Sekretär Gordon den alten Pathologen an seinen Tisch, an dem auch Tante Bpoo und Dr. Yamaguchi saßen. Siri hatte seiner Frau natürlich von der Obduktion berichtet, doch davon durften die Amerikaner nichts erfahren, da man sich gegenseitig zum Stillschweigen verpflichtet hatte. Und so setzte Daeng sich zu Herrn Geung, der in ein aberwitziges Gespräch mit John Johnson vertieft war.

»Das Botschaftsdossier ist eingetroffen«, sagte Gordon.

»Schon?«, erwiderte Siri. »Wie ist das möglich?«

»Ein Armeekonvoi auf der Durchfahrt nach Phu Bia hat die Unterlagen im Lauf der Nacht auf dem hiesigen Stützpunkt abgeliefert. Sie sind heute Morgen per Kurier gekommen. Zusammen mit den vier bewaffneten Gardisten, die Ihr Richter Haeng angefordert hatte.«

Der Gedanke, dass schießwütige Buschsoldaten das Gelände unsicher machten, behagte Siri gar nicht. Wenigstens waren die Akten eingetroffen. Nun mussten sie nur noch einen Vorwand finden, damit Gordon und Yamaguchi im Hotel bleiben und die Unterlagen in Ruhe durchgehen konnten. Da sie kein Englisch sprachen, waren Siri und Phosy ihnen dabei keine große Hilfe. Dafür heckten sie einen Plan aus, mit dem sie Richter Haeng überlisten wollten. Die Amerikaner würden vorgeben, die erforderlichen Papiere für die Überführung von Major Potters Leiche in die USA vorzubereiten. Und zur Übersetzung der medizinischen Fachbegriffe benötigten sie die Dienste Schwester Dtuis. In Wahrheit würde Dtui die aus den Akten gewonnenen Erkenntnisse zusammenfassen und abends an Siri und seine Entourage weitergeben.

Die meisten anderen Teammitglieder teilten Kommandeur Lits Ansicht, dass es sich bei dem Bombenattentat auf das Postamt um einen feigen Terroranschlag und bei den Schüssen auf den Senator um einen bloßen Unfall handelte. Er war schließlich nur ein kleiner Senator. Potter hatte Selbstmord begangen. Und so wussten nur die Mitarbeiter der Pathologie und die Zeugen der Obduktion um die eigentliche Gefahr. Weshalb sie übereinkamen, dass die anderen den Steinhaufen an der Flussbiegung in Augenschein nehmen sollten – eine Art Betriebsausflug. Es fehlten dieselben Leute, die sich ihr Frühstück aufs Zimmer hatten kommen lassen, und da auch Richter Haeng zu den Abwesenden zählte, war die Atmosphäre entspannter als sonst. Es herrschte eine sonderbare Partystimmung, eine freudige Erregung, als sie auszogen, das Schicksal des verschollenen Fliegers zu ergründen. Den auffallendsten modischen Akzent des Tages setzte wie immer Tante Bpoo, die in Kampfstiefeln, Bomberjacke und kirschroten Hotpants antrat. Zum Missvergnügen des zweiten Fahrers brauchten sie nur einen Wagen. Der Laster setzte die kleine Reisegesellschaft einen Kilometer weiter als sonst am Rand der löchrigen Piste ab. Bewaffnet mit Karten und Kompassen, den Luftbildern, improvisierten Atemmasken und reichlich Wasser, machten sie sich in den Dschungel auf.

Sie erreichten den Fluss sehr viel früher als geplant. Sie waren erst eine halbe Stunde gewandert, und das glucksende Geräusch, mit dem das eisige Wasser die Felsen kitzelte, machte sie stutzig. Doch auf der Karte war nur dieser eine Fluss verzeichnet, und es war ein ziemlich breiter Wasserlauf. Anhand der Fotos, die Rhyme geschossen hatte, ließ sich allenfalls grob schätzen, wie weit die steinerne Nachricht von Ban Hoong entfernt war. Da sie nicht wussten, ob sie nach Süden oder Norden gehen sollten, beschlossen sie, erst einmal eine Stunde flussaufwärts zu marschieren. Falls sie dort nichts fanden, wollten sie umkehren und dem Fluss bis ins Dorf folgen. Siri sah Bpoo nicken und war zuversichtlich, dass sie die richtige Entscheidung getroffen hatten. Nach nur zwanzig Minuten kamen sie zu einer Flussbiegung und einer breiten Sandbank, die sich im Nebel verlor.

»Das sieht vielversprechend aus«, meinte Rhyme und setzte sich an die Spitze der Prozession. »Jetzt brauchen wir bloß noch... aha!« Er entdeckte die undeutlichen, dunkelgrauen Felsbrocken am anderen Ende der Lichtung als Erster und lief sofort los. Der Rest der Mannschaft folgte. Rhyme hatte bereits zwei Kameras hervorgeholt. Er schraubte die Objektivdeckel ab und fing an zu knipsen. Eine Reihe von Felsblöcken so groß wie Fahrradräder ergab den Namen BOWRY.

»Der Pilot hat offenbar nicht einmal eine Schramme abbekommen«, verkündete Civilai seinen Freunden stolz. »Einige dieser Brocken wiegen bestimmt an die hundert Kilo. Das muss eine Heidenplackerei gewesen sein.«

»Ich bräuchte dazu ein Dutzend Elefanten und eine lange Kette«, sagte Siri. »Und ich bin nicht eben erst aus einem Hubschrauber gefallen.«

Die großen Steine stammten vom Flussufer, wo das Wasser sie glattgespült und mit einer schwarzen Moosschicht überzogen hatte. Sie waren quer über die Lichtung gerollt worden, bis zu einer Stelle, wo sie sich gegen den weißen Sand abhoben und an einem klaren Tag aus der Luft leicht zu erkennen waren. Es musste ungeheure Anstrengung gekostet haben.

»Es ist ja geradezu ein Wunder, dass sie noch niemand entdeckt hat«, meinte Daeng. »Die Rettungsflieger. Die Flüge von und nach Spook City.«

»Kein größeres Wunder, als aus einem abstürzenden Helikopter zu entkommen, Madame«, sagte Civilai.

Sie saßen am Ufer des malerischen Flüsschens, ein nebelumrahmtes Tableau, und tranken Tee aus einer Thermoskanne. Siri musste an eine Szene im exotischen Kalender an der Wand seiner französischen Wirtin denken. »Eingeborene im rauen Dschungel.«

»Wie, glauben Sie, hat er hier draußen überlebt?«, fragte Phosy.

»Er war Marineinfanterist«, antwortete Daeng. »Die werden für den Dschungelkrieg ausgebildet.«

»Ich bezweifle, dass ihm so etwas in seiner Ausbildung je vorgekommen ist«, sagte Siri.

Rhyme hatte fast alle Bilder, die er brauchte. Er bat die anderen, sich für ein letztes Gruppenfoto hinter den Felsen aufzustellen. Sie kletterten auf die andere Seite und warfen sich in Pose wie die großen Erforscher des tibetischen Hochlands, die den Kadaver des erlegten Yeti umringen. Der Fotograf trat so weit zurück wie möglich, ohne dass der Rauch ihm die Aufnahme verdarb.

»Sie da«, rief Rhyme. »Würden Sie bitte aufstehen?«

Der Journalist meinte Phosy, der in die Hocke gegangen war und sich zwischen den Felsen zu schaffen machte. Peach übersetzte, doch die Störung hatte bereits ein schönes Foto ruiniert. Jetzt beugten sich die anderen über den Inspektor und verfolgten interessiert, wie er einen großen, mit gelbem Klebeband verschlossenen Plastikumschlag aus dem schmalen Spalt zog. Selbst Rhyme verließ seinen Posten, um sich die Beute aus der Nähe anzusehen. Ohne das Einverständnis der anderen abzuwarten, zückte Phosy sein gefälschtes Schweizer Armeemesser, schnitt den Klebestreifen durch und kippte den Inhalt auf einen Stein. Es war eine englischsprachige Zeitung. Er reichte sie dem amerikanischen Sergeant.

»Das ist die *Bangkok Post*«, sagte Johnson.

»Wie kommt die denn hierher?«, fragte Civilai. »Und von wann ist sie?«

Johnson quittierte die Frage mit einem leisen Pfiff.

»Das ist ja merkwürdig«, sagte der Amerikaner. »Die Zeitung datiert vom 2. Juni 1978. Sie ist gerade mal acht Wochen alt.«

»Ah!« Civilai lachte. »Das kenne ich noch aus meiner Zeit in Frankreich. *Poisson d'avril* – Aprilfisch. Aus irgendeinem Grunde spielt man anderen Leuten am 1. April einen Streich. Unser Politbüro pflegt eine ganz ähnliche Tradition, allerdings 365 Tage im Jahr. Ehe man sich's versieht, springt jemand mit einer Kamera aus dem Gebüsch und ruft: ›Überraschung! April, April!‹«

»Wir haben August«, rief Daeng ihm ins Gedächtnis.

»Und ich habe auch niemanden lachen sehen«, setzte Siri hinzu. »Trotzdem gehe ich jede Wette ein, dass uns jemand hinters Licht führen will.«

»Vielleicht hat die Zeitung ja gar nichts mit den Steinen zu tun«, gab Kommandeur Lit zu bedenken.

»Sie meinen, einer der Dorfbewohner hat gemütlich hier gesessen und Zeitung gelesen, und als es zu regnen anfing, hat er sie in einem Plastikbeutel verstaut und zwischen den Felsen versteckt, damit er sie zu Ende lesen kann, wenn er Englisch gelernt hat?«, sagte Phosy, ohne den Sicherheitsbeamten eines Blickes zu würdigen.

»Nein, ich meinte, dass jemand die Zeitung absichtlich an dieser Stelle deponiert hat, weil er wusste, dass wir hier suchen würden«, entgegnete Lit und starrte auf dieselbe Nebelbank wie der Inspektor.

»Statt sie einfach vor dem Hotel liegen zu lassen?«

»Damit die zwei wackeren Musketiere sie verbrennen, um sich zu wärmen? Prima Idee.«

»Ich wollte, Dtui wäre hier«, sagte Daeng lachend. »Männer sind ja so berechenbar.«

»Ich nicht«, widersprach Siri.

»Ich wusste, dass du das sagen würdest.«

Die Amerikaner hatten die Zeitung unter sich aufgeteilt und gingen sie Seite für Seite durch. Peach übersetzte.

»Ein australischer Journalist ist in Taucherausrüstung nach Laos geschwommen, um seine laotische Freundin zu retten«, sagte sie.

»Die USA schaffen die Einfuhrquote für thailändische Textilien ab«, las Johnson vor.

»Ein Schönheitswettbewerb für dicke Frauen«, sagte Bpoo. »Was für ein zivilisiertes Land.«

»Oha«, stieß Peach hervor. Sie nahm den Zeitungsbogen, den Randal Rhyme soeben beiseitegelegt hatte. Anscheinend war ihm etwas Wichtiges entgangen. »Laos wird hier im Leitartikel erwähnt. Das könnte von Bedeutung sein.

›Gerüchten zufolge macht die kommunistische laotische Regierung mit ihrem alten Erzfeind USA gemeinsame Sache‹«, las sie. »›Trotz des massiven Ausbaus landwirtschaftlicher Produktionsgenossenschaften verzeichnet die Demokratische Volksrepublik auf Grund der letztjährigen Dürre einen Ernterückgang von 113 000 Tonnen Reis. Und wer hat sich bereit erklärt, ihr mit den erforderlichen neun Millionen Dollar auszuhelfen? Niemand anders als Onkel Sam höchstpersönlich! Was sind schon neun Millionen gegen die fünfzig Millionen, die Amerika während des Krieges jährlich nach Laos hineinpumpte? Am Mittwoch hat der Budgetausschuss des Senats unter Führung seines neuen Vorsitzenden, Senator Walter Bowry aus

South Carolina, ein Hilfsprogramm für eines der ärmsten Länder dieser Welt beschlossen. »Aus humanitären Gründen«, wie der Senator anlässlich einer Pressekonferenz mit ernster Miene versicherte. ›Trotz der jahrzehntelangen Feindschaft zwischen unseren beiden Staaten‹, setzte der werte Herr hinzu, ›hegen die USA keinerlei persönliche Animositäten gegen die Pathet Lao.‹ Hehre Worte. Und in der Tat dürfte sich der Unmut des Senators in Grenzen halten, hat seine Familie während des zweiten Indochinakrieges durch Exporte aus der Region doch ein nicht unbeträchtliches Vermögen angehäuft. Es wird ihm jedenfalls nicht zum Nachteil gereichen, sollten sich diese Handelskanäle im Zuge der Entspannung wieder öffnen.

›Ich freue mich, dem Land in der Stunde der Not in offizieller Funktion zur Seite stehen zu können‹, erklärte er Reportern. Schön für Sie, Senator. Wollen wir hoffen, dass diese noble Geste Ihrem politischen Ansehen im von antikommunistischer Hysterie geprägten Washington nicht nachhaltig schadet. Und dass die großzügige Neunmillionenspende es den Laoten ein klein wenig leichter macht, den Forderungen der mächtigen Vermisstenlobby zuzustimmen. Denn dann wäre Senator Bowry einer der beliebtesten Männer auf beiden Seiten des Globus.«

Die Teams saßen auf den Felsen und tauschten eifrig Ansichten und Theorien aus. Wenn dieser Leitartikel sachlich richtig war – und Rhyme wies darauf hin, dass die *Post* es mit den Tatsachen bisweilen nicht so genau nahm, insbesondere wenn sie gegen den Kommunismus zu Felde zog –, dann war er in zweierlei Hinsicht von Belang. Erstens hatten sie die Macht von Boyds Vater, der inzwischen den Vorsitz des Budgetausschusses führte, gehörig unterschätzt. Wenn er tatsächlich die Freigabe der Hilfsmittel für Laos betrieben hatte, war er natürlich daran interessiert, dass hier alles nach Plan lief. Nicht zuletzt, weil er über Verbindungen in der Region verfügte und aus dem Vietnamkrieg finanziellen Profit geschlagen hatte. Weitaus wichtiger und erstaunlicher jedoch war der Umstand, dass der entsprechende Etat bereits vor dem 2. Juni verabschiedet worden war und er die Fotografien von dem abgestürzten Piloten und dem Leitwerk folglich erst *nach* diesem Beschluss erhalten hatte. Mit anderen Worten, der Senator hatte den Ausschuss mitnichten unter Druck gesetzt, weil sein Sohn verschollen war. Was den Laoten durchaus eingeleuchtet hätte. So aber standen sie vor einem Rätsel.

»Vielleicht sind die Fotos ja doch schon früher angekommen, und sie haben es bis nach der Entscheidung des Ausschusses geheim gehalten«, sagte Civilai, der mit den Machenschaften einer Regierung bestens vertraut war.

»Ausgeschlossen«, entgegnete Johnson. »Die eingehende Post wird in der Botschaft mit einem Zeit- und Datumsstempel versehen.«

»Dann müssen wir wohl davon ausgehen, dass die Fotos als Antwort auf die Entscheidung gedacht waren«, sagte Siri.

»Und wozu sollte das gut sein?«, fragte Rhyme.

»Ich habe keine Ahnung.«

»Also, mich würde interessieren« – Johnson schüttelte den Kopf – »was der Kongressabgeordnete aus Laos importiert hat. Kokosnüsse werden es wohl kaum gewesen sein, sonst wäre er heute nicht steinreich.«

»Gut.« Phosy klatschte in die Hände, als sei er unzufrieden mit dem Verlauf, den die Diskussion genommen hatte. »Bleibt die Frage, wer die Zeitung hier deponiert hat. Ich schlage vor, wir gehen in das Phuan-Dorf zurück. Vielleicht hat einer der Bewohner ja jemanden gesehen, der hier eigentlich nichts verloren hatte. Irgendwelche Einwände?« Er sah zu Kommandeur Lit, doch der lächelte bloß.

Bevor sie die Sandbank wieder verließen, suchten sie unter den umstehenden Bäumen und zwischen den Felsen nach weiteren verwirrenden Indizien, ohne Erfolg. Unterwegs setzten sie ihre Debatte fort. War der steinerne Schriftzug tatsächlich das Werk eines abgestürzten Fliegers, der auf Rettung hoffte? Oder war er womöglich jüngeren Datums und stammte von derselben Person, die auch die Zeitung versteckt hatte? Und wenn Boyd seinen Namen nach dem Absturz nicht selber buchstabiert hatte, was war dann aus ihm geworden? Hatten die PL ihn gefasst und umgebracht? War er einer der zahllosen Gefahren des Dschungels zum Opfer gefallen? Oder an Unterkühlung gestorben?

»Sie haben hundert Stunden nach ihm gesucht«, sagte Johnson. »Ich kann mir nicht vorstellen, dass der Namenszug im Sand in all der Zeit niemandem aufgefallen ist. Sie bringen den Jungs bei, Botschaften zu hinterlassen. Genau danach suchen die Rettungspiloten. Da hier so viel brandgerodet wird, hätten sie ein versengtes Fleckchen Erde ohne sichtbare Wrackteile wie das Totenfeld vermutlich links liegen lassen, aber so etwas …«

»Und wie lautet die Botschaft?«, fragte Daeng. »Wenn jemand die Steine extra für uns dort platziert hat, was will er uns damit sagen? Dass Boyd tot ist, oder dass er noch unter den Lebenden weilt?«

»Wenn wir den Boten finden, verstehen wir vielleicht auch die Botschaft«, sagte Phosy.

Als sie schließlich in Ban Hoong ankamen, waren alle froh, ihre Stiefel ausziehen und eine kleine Pause einlegen zu können. Ihr Marsch nach Norden hatte sie überwiegend am Flussbett entlanggeführt, links und rechts flankiert von wildwucherndem Dschungel. Sie ließen ihre feuchten Socken auf den Steinen trocknen, auch wenn das dunstverhangene Käsebällchen namens Sonne wenig Wärme spendete. Für die Mittagszeit war es erstaunlich kühl. Der Himmel glich einer aschgrauen Decke. Ein vielstimmiger Hustenchor hallte wie ein Froschkonzert vom Flussufer herauf.

Siri und Phosy spielten ein Weilchen mit Bok, dann setzten sie sich zu seinem Vater und den Ältesten. Wie es so Sitte war, tranken sie zuerst ein Schlückchen Kräutertrank und bewunderten Mutter Natur, bevor sie zur Sache kamen.

»Woher wussten Sie, wann Sie Ihren Drachenschwanz nach Spook City bringen mussten?«, fragte Phosy. Ar übernahm den Part des Sprechers.

»Kurz vor ihrem Tod hat die Schamanin uns gesagt, uns werde zur gegebenen Zeit ein Zeichen zuteilwerden«, antwortete er.

»Hat Sie Ihnen ein Datum genannt? Oder eine Karte gezeichnet?«

»Nein.« Ar und die Ältesten lachten. »Sie war doch blind. Sie sagte, eines Tages würde seine Tochter kommen und den Schwanz des Drachen zurückfordern, und wir müssten ihrer Bitte Folge leisten.«

»Und so ist es dann auch eingetroffen?«

»Vor zwei Monden. Eines Nachmittags stand sie plötzlich auf dem Dorfplatz. Sie kam mit ihren Leibwächtern aus dem Dschungel wie aus dem Nichts. Sie sah aus wie wir, war gekleidet wie wir, aber sie sprach in einer fremden Zunge. Damals hatten wir hier ein Mädchen, das Laotisch sprach – sie ist inzwischen fort, um in der Stadt Arbeit zu suchen –, aber selbst sie hatte Mühe, die Frau zu verstehen. Sie war wunderschön. Ihr Antlitz trug die Farben der Götter. Sie wollte wissen, ob wir Wrackteile gefunden hätten. Als wir ihr vom Schwanz des Drachen erzählten, bat sie, ihn sich ansehen zu dürfen. Als sie die Versammlungshütte betrat, erkannten wir an ihrem Blick, wie sehr sie sich freute. Da wussten wir, sie war die Tochter des Drachen.«

Phosy sah dem Dorfvorsteher an, dass er die Drachenmär für Humbug hielt. Es ging ihm lediglich darum, die alten Männer bei Laune zu halten.

»Ist die Tochter des Drachen über Nacht geblieben?«, fragte Phosy.

»Nein, Bruder.«

»Hatte sie eine Kamera bei sich?«

»Ich habe keine gesehen.«

»Haben Sie sie mit dem Drachenschwanz allein gelassen?«

»Natürlich. Das war schließlich ihr gutes Recht. Sie brauchte Zeit, um ihrem Vater die letzte Ehre zu erweisen. Bevor sie uns verließ, sagte sie, es werde jemand von der Regierung kommen. Und dass wir ihm von dem Drachenschwanz berichten sollten. Aber wir hatten unserer Schamanin versprochen, ihn persönlich abzuliefern. Und als der Kader in seiner steifen Uniform auftauchte und uns von Ihrem Besuch erzählte, haben wir den Schwanz schnurstracks auf eine Trage gehievt und uns nach Long Chen aufgemacht. Fast wären wir zu spät gekommen. Wir waren ganze zwei Wochen unterwegs.«

Phosy und Siri berieten sich.

»Ein Stück flussaufwärts gibt es eine Sandbank voller dunkler Felsen. Kennen Sie die Stelle?«, fragte Phosy.

»Natürlich.«

»Einige der Steine bilden ein Wort … einen Namen.«

»Die Steine sind ständig in Bewegung. Wenn der Fluss an-schwillt, spült er sie mal hierhin, mal dorthin.«

»Das heißt, wenn aus den Felsen dieses Jahr jemand ein Wort bilden würde ...«

»Wäre es spätestens nach der nächsten Regenzeit wieder verschwunden.«

»Genosse Ar, haben Sie, abgesehen von der Tochter des Drachen, zufällig irgendjemanden bemerkt, der nicht hierher-gehört? Der hier eigentlich nichts verloren hat?«

Ar lachte.

»Ja, Bruder Phosy. Uns selbst.«

»Was glaubt ihr, wer sie war?«, fragte Daeng. »Die Tochter des Drachen?«

Sie saßen auf der Ladefläche des Lasters, der sie über die holprige Piste nach Phonsavan zurückbrachte. Es war noch nicht fünf, und trotzdem fuhr der Lastwagen mit Licht.

»Nun ja, wenn die Sache zwei Monde zurückliegt, muss es nach der Verabschiedung des Etats gewesen sein und bevor die Fotos in Bangkok eintrafen«, piepste Siri mit asthmati-schem Röcheln.

»Es würde mich nicht wundern, wenn sie eine Instamatic in ihrem Büstenhalter versteckt hatte«, sagte Civilai.

»Sie fotografiert das Leitwerk«, fuhr Siri fort, »legt mit den Steinen Bowrys Namen und versteckt die Zeitung. Sie ist ohne Zweifel diejenige, die diese ganze Kriegsgefangenenge-schichte fingiert hat.«

»Dann bist du also davon überzeugt, dass es sich um eine Täuschung handelt?«

»Selbstverständlich. Wer, um Himmels willen, würde einen Amerikaner zehn Jahre hier gefangen halten? Die geheimnisvolle Fremde wusste von Boyd und seiner Verbindung zum Senator. Also muss es jemand sein, der Boyd während des Krieges kennengelernt hat.«

»Oder Boyd selbst hat es ihr erzählt«, warf Daeng ein.

»Gut. Langsam kommt Schwung in die Sache«, meinte Civilai. »Ein Pilot überlebt zehn Jahre unbemerkt im laotischen Dschungel. Bis eines schönen Tages eine Zeitung vom Himmel fällt und er vom Glück – und Geld – seines Vaters liest. Woher, zum Teufel, hat er eine Ausgabe der *Bangkok Post*?«

»Thailand«, sagten Daeng und Siri wie aus einem Munde.

»Ha«, rief Civilai. »Verstehe. Ihr wollt mir meinen Hollywooddeal vermasseln. Boyd seilt sich aus einem abstürzenden Helikopter ab und marschiert sechzig Kilometer nach Thailand, durch feindliches, vom Gegner kontrolliertes Gebiet.«

»Es war nicht alles Feindesland«, rief Daeng ihm ins Gedächtnis. »Er könnte ebenso gut auf Verbündete getroffen sein. Hier gab es jede Menge freundlicher Dorfbewohner, die einem jungen Amerikaner bereitwillig geholfen hätten.«

»Und warum hat er sich dann nicht einfach zu seinem Stützpunkt zurückbringen lassen?«

»Vielleicht weil es ihm peinlich war, dass er einen ihrer Hubschrauber demoliert hatte?«, gab Daeng zu bedenken.

»Vielleicht wollte er aber auch gar nicht dorthin zurück«, sagte Siri.

»Ein Deserteur?«, rief Civilai mit gespieltem Entsetzen. »Ich dachte, er war ein Bilderbuchsoldat. Ohne Fehl und Tadel.«

»Irgendetwas lag ihm auf der Seele in dieser Nacht«, sagte Siri. »Aus irgendeinem Grund hat er sich völlig anders verhalten als sonst. Vielleicht hatte er Angst zurückzugehen.«

»Und wenn der Absturz gar kein Unfall war?«, sagte Daeng. »Was, wenn es jemand auf ihn abgesehen hatte?«

»Na gut.« Civilai hob die Hände. »Ich gebe auf. Wir machen sechzig-vierzig. Mehr ist nicht drin. Aber ich möchte meinen Namen an erster Stelle sehen, außerdem muss natürlich ›nach einer Originalidee von Civilai Songsawat‹ irgendwo auf der Leinwand stehen.« Sie besiegelten die Abmachung per Handschlag.

Nur Lit lachte nicht mit.

»Sie sehen den Wald vor lauter Bäumen nicht«, sagte er.

»Was soll das heißen?«, fragte Phosy.

»Dass Sie sich so sehr vom Fantastischen haben blenden lassen, dass Sie das Offensichtliche nicht sehen wollen. Wenn Sie den Drachen und seine Brut, den explodierenden Mond und die blinde Schamanin mal einen Augenblick vergessen könnten, würde Ihnen vielleicht ein Licht aufgehen. Ihr idyllisches kleines Phuan-Dorf ist der Dreh- und Angelpunkt der ganzen Intrige. Wie wäre es hiermit? Ihr Pilot stürzt ab und überlebt. Die Dorfbewohner nehmen ihn gefangen, schießen ein paar Fotos von ihm und dem Leitwerk des Helikopters und warten auf eine günstige Gelegenheit, um ganz groß abzusahnen.«

»Zehn Jahre?« Phosy lachte.

»Und wie, bitte, sollen Sie an das Geld kommen?«, fragte Daeng.

»Warten Sie's nur ab, Madame. Ich wette um einen Silberarmreif, dass diese Leute wie durch ein Wunder seine sterblichen Überreste finden werden. Der Vater des Piloten wird sie zum Dank fürstlich entlohnen. Oder ihnen wird urplötzlich einfallen, wo er begraben liegt, und sie werden Ihnen ein Vermögen abknöpfen, um Sie dorthin zu führen. Warten Sie's ab.«

Alle wollten widersprechen, besonders Phosy. Doch niemand sagte etwas. Denn diese Theorie war ebenso logisch oder unlogisch wie jede andere.

18

EIN REPUBLIKANISCHER US-SENATOR IN EINEM VERSCHLOSSENEN RAUM

Sie hatten sich den Staub des Tages abgewaschen und zogen sich zum Abendessen um. Dtui bemerkte, dass ihr Mann seit seiner Rückkehr ins Hotel noch bedrückter war als sonst. Zwar hatte er ihr ausführlich von ihrer Exkursion berichtet, die rechte Begeisterung jedoch vermissen lassen.

»Stimmt was nicht?«, fragte sie.

»Nein. Wieso?«

»Phosy?«

»Ich … Er hat gesagt, du wärst eine willensstarke Frau.«

»Wer?«

»Dein Kommandeur.«

»Ach ja? Wann?«

»Als Daeng ihm eröffnet hat, dass du heute für die Amerikaner arbeiten würdest.«

»Aber das ist doch ein nettes Kompliment, findest du nicht?«

»Mag sein. Es sei denn, man übersetzt ›willensstark‹ mit ›stur‹, à la: ›Wäre sie nicht so stur gewesen, hätte sie stattdessen mich haben können.‹«

Dtui konnte sich ein Grinsen nicht verkneifen.

»Hm. Aber ausdrücklich gesagt hat er das nicht?«

»Nicht direkt.«

Dankbar sandte Dtui einen *nop* gen Himmel.

»Sie sind ja eifersüchtig, Inspektor Phosy.«

»Wer? Ich? Auf diesen…? Unsinn. Aber…«

»Was?«

»Warum hast du mir nicht gesagt, dass er es war?«

»Dass er was war?«

»Na, der Bursche, den du in Vieng Xai kennengelernt hast.«

»Ich habe einfach nicht daran gedacht. Ich fand es nicht so wichtig.«

Phosy gab sich die größte Mühe, seine Gefühle im Zaum zu halten. Ein verkrampftes Lächeln spielte um seine Lippen.

»Nicht so wichtig? Er hat dir immerhin einen Heiratsantrag gemacht.«

»Ach, Genosse Polizist«, sagte sie kichernd. »Wenn ich dir sämtliche Männer aufzählen müsste, die je um meine Hand angehalten haben, säßen wir morgen früh noch hier. Wollen wir?«

Sie stand auf, öffnete die Tür und schnupperte an seiner schamroten Wange, als er an ihr vorbeiging.

Die gemeinsamen Abendessen, die vier Tage zuvor in so heiterer Atmosphäre begonnen hatten, atmeten inzwischen den spröden Charme eines nächtlichen Tankstellenbesuches. Obwohl er nach wie vor zur freien Verfügung auf allen Tischen stand, floss der Johnnie Red nicht halb so reichlich, und die Gäste sorgten sich eher um die Qualität der Atemluft als um die des Essens. Civilai gehörte zwar noch immer nicht zum engeren Kreis derjenigen, die an der Obduktion hatten teilnehmen dürfen, war jedoch, wie Madame Daeng, über sämtliche Details im Bilde. Siri wartete auf eine Gelegenheit, die beiden offiziell in den erlauchten Zirkel aufzunehmen, ohne das Vertrauen der Amerikaner zu missbrauchen. Und so kamen sie denn überein, dass Civilai, mit Peach als Dolmetscherin, heute Abend das tun würde, was er am besten konnte. Wer ihn nur als Privatmann kannte, mochte es kaum glauben, aber der alte Herr war ein erstklassiger Diplomat. Er wusste zu charmieren wie kein Zweiter, scheute weder den Pas de deux mit Diktatoren noch den Tango mit Tyrannen. Und konnte selbst den verbohrtesten Despoten dazu bewegen, seinen ideologischen Gürtel weiter zu schnallen. Senator Vogal hatte ihm eine Privataudienz gewährt. Da der Senator seine Gemächer seit dem »Mordversuch« – wie er ihn großspurig nannte – kaum verlassen hatte, war es kein Wunder, dass Ethel Chin ihm das Essen aufs Zimmer bringen ließ. Nach Tisch würde Civilai auf ein kleines Tête-à-tête zu ihnen stoßen.

Für die anderen war die Mahlzeit nach einer knappen halben Stunde beendet. Siri und Bpoo, Dtui und Phosy begleiteten Dr. Yamaguchi zu Sekretär Gordons Zimmer. Köter postierte sich als Wachhund vor der Tür. Drinnen lehnten sie das Bett hochkant an die Wand und breiteten ihre zahllosen Papiere auf dem Fußboden aus. Herr Geung bekam die Rolle des Schmierestehers zugewiesen. Er stand zwischen Vorhang und Fenster und hustete laut, wenn sich jemand näherte. Ursprünglich hatten sie ihm aufgetragen zu pfeifen, doch da er auf diesem Gebiet in etwa so bewandert war wie auf dem der Nuklearphysik, hatten sie davon rasch Abstand genommen. Tante Bpoo verschwand im Bad und ward eine halbe Ewigkeit nicht mehr gesehen.

»Also, was haben wir?«, fragte Siri. Ein leises Knurren hatte sich in seine Stimme geschlichen, und er klang wie ein Straßenhund, der zu sprechen versucht wie ein Mensch.

Die wichtigsten Punkte hatten sie bereits im Laufe des Tages zusammengefasst. Dtui brauchte nur noch ihre Notizen vorzulesen und abzuwarten, wie die Amerikaner auf die Kommentare der Laoten reagierten. Unterdessen wühlten sich Gordon und Yamaguchi weiter durch die ungelesenen Akten.

»Also«, sagte Dtui, »da wären erstens die Unterlagen, die an die US-Botschaft in Bangkok gingen. Darin werden die Gründe für die gemeinsame Vermisstensuchaktion erläutert. Wie nicht anders zu erwarten, knüpft der Senatsausschuss die Billigung des Reisetats in seinem Brief ausdrücklich an die laotischen Zustimmung zu dieser Mission. Ohne Vermisste kein Reis. Aber wie wir inzwischen wissen, hatten sie sich zu diesem Zeitpunkt noch nicht auf den Namen eines bestimmten Fliegers geeinigt. Da die meisten verschollenen Piloten in Vietnam verschüttgegangen waren, wollten sie Laos als Hintertür benutzen, um bei der Kommunistischen Partei Vietnams gut Wetter für ähnliche Aktionen zu machen. Als Boyds Name ins Spiel kam, war auf Grund seiner Beziehung zu dem Senator zwar von einem Interessenkonflikt die Rede, aber ich habe das Gefühl, dass nicht allzu viele abgestürzte Piloten zur Auswahl standen. Jedenfalls keine mit empirischen Belegen wie einem Foto. Da der Ausschuss Erfolge vorweisen musste, entschied er sich für Boyd. Wir haben seinen Lebenslauf. Er war ein kluges Kerlchen. Mit blitzsauberer Personalakte. Air America hat ihn für ›Sondereinsätze‹ ausgewählt.«

»Haben Sie irgendeine Ahnung, was das bedeutet?«, fragte Siri.

»Diese Informationen sind streng vertraulich. In den offiziellen Berichten steht darüber selbstredend kein Wort. Aber es gibt durchaus den einen oder anderen Hinweis. Gordon und Yamaguchi sind in Boyds Flugprotokollen auf Ungereimtheiten gestoßen. Die Piloten wurden per Einsatz bezahlt. Sie bekamen zehn Dollar die Stunde, also ungefähr so viel, wie ich im Monat verdiene, darum führten sie über ihre Flüge ziemlich genau Buch. Im ersten Jahr war alles vorschriftsmäßig, jede Stunde genauestens verzeichnet. Aber vom zweiten Jahr an tauchen immer wieder Leerstellen auf. Ganze Wochen, in denen er angeblich überhaupt nicht geflogen ist.«

»Vielleicht war er auf Urlaub«, gab Phosy zu bedenken.

»Nein. Seine Urlaubszeiten sind in seinem Flugbuch klar und deutlich ausgewiesen. Außerdem gibt es keinerlei Unterlagen darüber, dass er die Region verlassen hätte. Und wer verbringt seinen Urlaub schon in einem Kriegsgebiet? Das sind alles unbelegte Ausfallzeiten. Bei besagten ›Sondereinsätzen‹ dürfte es sich also um geheime CIA-Operationen gehandelt haben. Darum würde Gordon gern Sergeant Johnson hinzuziehen, natürlich nur mit eurem Einverständnis. Er ist der Ansicht, dass wir dringend Insiderinformationen benötigen, und hält den Sergeant für unbedingt vertrauenswürdig.«

Siris Chance war gekommen. Er akzeptierte Johnson im Tausch gegen Civilai und nach etwas gutem Zureden auch Madame Daeng.

»Bleibt uns nur der Hintergrundbericht von Air America«, fuhr Dtui fort. »Darin geht es hauptsächlich um den Verlust des Helikopters. Und die Frage, wie er buchstäblich vom Erdboden verschwinden konnte. Darüber hinaus enthält er Aussagen von Boyds Kameraden am Stützpunkt im thailändischen Udon. Bowry war anscheinend recht beliebt. Und galt als hervorragender Flieger. Im ersten Jahr war er immer vorn dabei und mit allen gut Freund. Aber einige meinten, in den letzten drei Monaten hätte er plötzlich ein ziemlich seltsames Verhalten an den Tag gelegt. Andere fanden sogar, er sei regelrecht paranoid geworden. Anfangs trank er höchstens ein, zwei Gläser pro Abend. Angeblich hatte er mit Alkohol nicht viel am Hut. Gegen Ende soff er sie dann alle unter den Tisch und fing an, krauses Zeug zu reden. Sie sollten sich nicht wundern, wenn er eines Tages eine tödliche Kobra in seiner Koje fände. Oder wenn er von den eigenen Leuten abgeschossen würde. Er sagte, ›sie‹ wären hinter ihm her.«

»Aber wer ›sie‹ waren, hat er nicht gesagt?«, fragte Siri.

»Nein. Die anderen Piloten dachten, er meinte… uns, den Feind.«

»Gut«, sagte Phosy. »Was…«

Er wurde von lautem Husten hinter dem Vorhang unterbrochen. Die Verschwörer dämpften ihre Stimmen.

»Was ist denn, Schätzchen?«, fragte Dtui.

»Ich… Ich habe ein Insekt verschluckt«, sagte Herr Geung. »Tut mir leid.«

Als sich ihr Lachanfall gelegt hatte, widmete sich Dtui wieder ihren Notizen.

»Womit wir bei den Vernehmungen wären«, sagte sie. »Uns liegen unvollständige Abschriften der Befragungen von Nino Sebastián, dem philippinischen Flugmechaniker, und David Leon, seinem Vorgesetzten in Spook City, vor. Sie waren die Letzten, die Boyd Bowry lebend gesehen haben, der Bär nicht mitgerechnet. Sebastián wurde gleich zwei Mal verhört; einmal von dem AA-Ermittler kurz nach dem Absturz, und dann noch einmal auf den Philippinen, von einem Privatdetektiv, den Bowrys Vater eigens zu diesem Zweck engagiert hatte. Diese Befragung umfasste vierzig Seiten. Von denen der Kongressabgeordnete dem Vermisstenausschuss allerdings nur zwölf vorlegte. Sechs von diesen zwölf sind laut Aktenvermerk an Major Potter ›ausgeliehen‹. Wie ihr euch sicher denken könnt, ist den restlichen sechs nicht viel zu entnehmen. Außer dass Boyd und Sebastián etwa vierzig Mal zusammen geflogen sind. An fraglichem Nachmittag waren sie aus Udon heraufgekommen, mit einer Ladung ›Hilfsgüter‹ für Ban Song. Dann überspringen wir sechzehn Seiten, bis zu der Stelle, wo Sebastián stoned und betrunken in einem Bärenkäfig aufwacht und sich fragt, wo sein Pilot abgeblieben ist.«

»Jetzt wissen wir immerhin, dass sowohl der Pilot als auch der Mechaniker unter Drogeneinfluss standen«, sagte Phosy. »Daher der Absturz. Sieht für mich nicht unbedingt nach Fremdeinwirkung aus.«

»Laut Vorschrift war den AA-Fliegern bei ihren Einsätzen im Dschungel der Konsum von Alkohol oder anderen Rauschmitteln strengstens untersagt«, entgegnete Dtui. »Irgendjemand hat unserem Freund Bowry Drogen verabreicht. Das lässt sich durchaus als Fremdeinwirkung auslegen.«

»Was ist mit der AA-Befragung?«, wollte Siri wissen.

»Insgesamt sechs Seiten. Alle bis auf eine an Major Potter ausgeborgt. Diese eine Seite besagt lediglich, dass Sebastián fix und fertig war, weil er nicht alles unternommen hatte, um das Leben seines Kameraden zu retten. Von wem das LSD stammte, wollte er nicht verraten. Er machte sich Vorwürfe, weil er bereitwillig mitgesoffen und Trips geworfen hatte. Ganz davon zu schweigen, dass er den Bärenkäfig hatte offen stehen lassen und das verkaterte Vieh am nächsten Morgen

vier Einheimische verletzt hat, bevor es gebändigt und einge-
fangen werden konnte.«

»Nichts ist schlimmer als ein Bär mit Katzenjammer«, sagte
Siri und nickte.

»Air America teilte Sebastiáns Selbsteinschätzung und
setzte ihn vor die Tür. Er hat in Thailand hier und da als Mechaniker gearbeitet, bevor er auf die Philippinen zurückgekehrt ist und von seinen Ersparnissen eine Tankstelle mit
Reparaturwerkstatt und angeschlossenem Café eröffnet hat.
Dort lebte er glücklich und zufrieden bis an sein Ende.«

»Wann ist er denn gestorben?«, fragte Phosy.

»Vor drei Wochen«, sagte Dtui. »Das Vernehmungsprotokoll
war mit einer entsprechenden Notiz versehen.«

»Ursache?«

»Er ist ertrunken. Unterhalb seines Grundstücks gab es
einen Regenkanal. Er trieb bäuchlings im Wasser.«

»Sagten Sie nicht etwas von einer zweiten Vernehmung?«,
fragte Siri.

»David Leon. Chefmechaniker in Long Cheng. Er gehörte
zu den Ohrenzeugen der Explosion. Er erwähnt auch einen gewissen Mike Wolff, den Piloten, der sich an besagtem
Abend mit Boyd und Sebastian betrunken hat. Wolff ist ein
paar Wochen später verschüttgegangen. Seine Leiche wurde
geborgen. Ein zehnseitiges Verhör. Vier davon eine Leihgabe
an Major Potter. Leon war als Kampfflieger in Vietnam gewesen, bis ihm die Fluglizenz entzogen wurde. Warum, steht
leider nicht in den Akten.«

»Aber diesen Mann hat der Kongressabgeordnete nicht
noch einmal befragen lassen?«, erkundigte sich Siri.

»Nein. Leon war von der Botschaft in Vientiane angeheuert
worden, um die Leitung der Ravens – der Forward Air Con-

trollers – zu übernehmen. Die Botschaft hat die Befragung durchgeführt. Es gab nur die eine. Warum?«

»Ich weiß nicht. Boyds Vater engagiert einen Privatdetektiv auf den Philippinen, damit der einen Mechaniker ausführlich befragt – das Protokoll umfasst immerhin vierzig Seiten –, interessiert sich für den zweiten Zeugen aber nicht die Bohne. Kommt Ihnen das nicht auch merkwürdig vor?«

»Vielleicht ist er gestorben, bevor er befragt werden konnte«, gab Dtui zu bedenken.

»Ist er etwa auch tot?«, erkundigte sich Siri.

»Ja.«

»Seit wann?«

»Knapp drei Wochen. Er starb nur ein paar Tage nach Sebastian.«

»Er ist nicht zufällig in einen Regenkanal gefallen?«

»Nein. Er hatte in einer Go-go-Bar in Thailand einen Herzanfall.«

»Also« – Siri rang hustend nach Luft – »das ist für meinen Geschmack eindeutig zu viel des Schlechten. Kein Wunder, dass Major Potter den Eindruck hatte, an der Sache ist was faul.«

»Am interessantesten scheint mir zu sein, dass wir in Potters Sachen nicht eins der fraglichen Dokumente gefunden haben«, sagte Phosy. »Woraus folgt, dass der Mörder sie an sich genommen haben muss.«

»Jetzt ist mir klar, weshalb Richter Haeng das Zimmer des Majors hat durchsuchen lassen«, japste Siri.

»Meinst du, das Justizministerium hat seine Finger im Spiel?«, fragte Daeng.

»Ich weiß nicht. Haeng hat etwas gesucht, aber nichts gefunden. Er war am Abend zuvor in Potters Zimmer. Und er spielt schon die ganze Woche das Schoßhündchen der Amerikaner. Er führt etwas im Schilde.«

»Du meinst, er macht sich bei ihnen lieb Kind, damit er sie einen nach dem anderen umbringen kann, ohne selbst verdächtigt zu werden?« fragte Daeng.

»Nein. Ich glaube, Major Potters Mörder ist von einem ganz anderen Kaliber als der Schießkünstler, der den Senator eine Fingerkuppe kürzer gemacht hat.«

Phosy nickte.

»Ihr meint also, wir haben es mit zwei verschiedenen Attentätern zu tun?«, fragte Daeng.

»Eventuell sogar mit dreien, wenn man die Explosion des Funkmastes mitzählt.«

Es war an der Zeit, Gordon und Dr. Yamaguchi in die Diskussion einzubeziehen.

Unterdessen, in den Tiefen des Westflügels, war Civilai damit beschäftigt, rege Anteilnahme zu heucheln und Senator Vogals dreißigminütige Lobeshymne auf sich selbst mit einem gelegentlichen Hihi, Aha oder Mh-hm zu quittieren. Ethel Chin wich nicht von des Senators Seite. Aus der Nähe und bei Licht betrachtet, wurde recht schnell klar, weshalb sie sich mit dem Senator in Klausur begeben hatte. Vielleicht war es der Stress, vielleicht aber auch nur der Unmut darüber, an einem so scheußlichen Ort ausharren zu müssen, aber ein böser Ausschlag verunzierte die untere Hälfte ihres Gesichts. Obgleich sie versucht hatte, ihn mit Make-up zu kaschieren, waren die Pusteln nicht zu übersehen. Sie saß am Schreibtisch und las ein Buch, auch wenn sich ihr Interesse offenbar in Grenzen hielt, denn sie blickte bei jedem noch so mauen Witzchen des Senators auf und lachte. Die Unterredung hatte kaum begonnen, da war Civilai auch schon Vogals bester Freund. Der Amerikaner hatte ihm bereits zwei tränenreiche »Nicht einmal meine Familie weiß davon«-Geschichten anvertraut.

Wenn Civilai denn überhaupt einmal Gelegenheit bekam, auf eine Frage zu antworten, so tat er dies mit einer Demut und Ergebenheit, die Peach die Nase rümpfen ließ. Nach exakt achtundzwanzig Minuten klopfte es an der Tür, und herein kam Rhyme, bewaffnet mit einer klobigen Kamera samt Blitzlichtgerät, und machte mehrere Aufnahmen von den beiden ins Gespräch vertieften Elder Statesmen. Kurioserweise sah es auf den Fotos ganz so aus, als habe der Senator dem Laoten ein geneigtes Ohr geliehen und nicht umgekehrt. Mit Rhymes Abgang war auch die Aussprache beendet. Vogal hielt Civilai die Tür auf, doch der rührte sich nicht vom Fleck. Peach stand auf und setzte sich dann wieder. Ethel Chin verdrehte die Augen. Widerstrebend schloss der Amerikaner die Tür, verriegelte sie, kehrte auf seinen Platz am Fußende des Bettes zurück und blickte demonstrativ auf seine Armbanduhr, als habe er einen wichtigen Termin. Civilai beschloss, dass es an der Zeit war, die Schraube ein wenig anzuziehen.

»Peach«, sagte er lächelnd, »fragen Sie den Senator, was für eine Familie einen so großmütigen und intelligenten Sohn hervorgebracht hat.«

»Ist das wirklich nötig?«

»Bitte.«

Kaum hatte er die Frage vernommen, strahlte der Senator über das ganze Gesicht und schlüpfte mit Begeisterung in die Rolle des Interviewten.

»Meine gesamte Verwandtschaft ist im Teegeschäft«, sagte er. »Ursprünglich haben wir ihn aus Ceylon importiert. Die

Firma ist ein Familienbetrieb. Mein Onkel Edwin und ich waren die schwarzen Schafe. Es zog uns in den Staatsdienst. Geld hat mir nie besonders viel bedeutet. Mir ging es vor allem darum, Gutes zu tun, und ich weiß, das klingt jetzt vielleicht kitschig, aber ich wollte, wie es in der Bibel so schön heißt, Liebe und Demut in die Welt tragen. Ich glaube, wir sind es der Menschheit schuldig, nicht nur zu nehmen, sondern auch ...«

Und so salbaderte er zwei geschlagene Minuten vor sich hin, bis er endlich zur Sache kam.

»Über meinen Onkel Edwin bin ich zum diplomatischen Dienst gekommen, und dafür werde ich ihm ewig dankbar sein. Gott hab ihn selig. Er war ein großer Mann.«

»Dann waren Sie also Diplomat«, sagte Civilai. »Das habe ich gleich gemerkt.«

»Woran?«

»An Ihrem Selbstvertrauen. Ihrer Eloquenz. Ihrem natürlichen Gespür für die Sorgen und Nöte der einfachen Menschen.«

Peach hatte derweil einen neuen Weltrekord im Augenrollen aufgestellt. Doch Civilai ließ nicht locker.

»In der Tat«, sagte der Senator. »Ich fühle mich den kleinen Leuten tief verbunden. Ihr Wohl war mir stets Ansporn und Verpflichtung.«

»Einen Mann mit Ihren Fähigkeiten hätten wir in diesen Breitengraden gut gebrauchen können.«

»Aber ich war doch hier.«

»Ach.«

»Wussten Sie das nicht?«

»Nein.«

»Meine Güte, ja. Während des Krieges war ich in Vietnam.

Hätte die Botschaft auf meine Dienste verzichten können, hätte ich mich freiwillig gemeldet. Stattdessen trat ich in die Fußstapfen meines Onkels Edwin. Ich war zwei Jahre in Saigon. Nur ein kleiner Verwaltungsposten.«

»Er war zwei Jahre in Saigon«, las Dtui aus ihren Notizen zu Major Potter vor. »Als Militärattaché. Wie es scheint, war er für die Anstellung und Entlassung von Beratern zuständig. Ein ziemlich mächtiger Posten. Aber in dieser Zeit hat er anscheinend auch das Trinken angefangen. Sieht aus, als wäre er dem Druck nicht ganz gewachsen gewesen.«

»War Sergeant Johnson nicht auch in Saigon?«, fragte Daeng.

Dtui überflog ihre Notizen zu den verschiedenen Lebensläufen.

»Er war von fünfundsechzig bis achtundsechzig dort.«

»Und Major Potter?«

»Sechsundsechzig bis achtundsechzig.«

»Falls sie sich kannten, haben sie sich das nicht anmerken lassen«, sagte Daeng.

»Uniformträger gab es in Saigon wie Sand am Meer«, wandte Siri ein. »Gut möglich, dass sie sich nie begegnet sind.«

»Trotzdem. Merkwürdiger Zufall«, sagte Phosy.

»Und wenn Potter für sämtliche Personalentscheidungen zuständig war und Johnson sich um einen Posten als Pilot beworben hat, müssten sie zumindest schon einmal voneinander gehört haben«, setzte Siri hinzu.

Tante Bpoo kam endlich aus dem Badezimmer, und Siri bemerkte, dass Dr. Yamaguchi im Vorbeigehen ihre Hand drückte. Die Geschmäcker waren verschieden.

»So viel zu Potter«, sagte Dtui. »Über Senator Bowry haben wir nicht allzu viel. Aber wie es scheint, hat der Krieg auch ihm nicht geschadet. Er hatte eine schlecht laufende kleine Importfirma, hauptsächlich Teakmöbel aus Asien. Viel aus Thailand. Ende der Sechziger ist das Teakgeschäft dann explodiert und hat ihm ein Vermögen eingebracht. Seine Profite hat er in Immobilien investiert und wurde quasi über Nacht steinreich. Er hat sein Geld als Eintrittskarte in die Politik benutzt.«

»Das war ja ein kometenhafter Aufstieg, in nur zehn Jahren vom kleinen Botschaftsangestellten zum Senator«, sagte Civilai. »Wie haben Sie das geschafft?«

»Nicht Angestellter, sondern leitender Verwaltungsbeamter. Zugegeben, ein wenig Einfluss hatte ich schon. Aber es herrschte Krieg. Verrückte Zeiten.«

»*Mit anderen Worten, alle guten Leute waren tot*«, fügte Peach ihrer Übersetzung eigenmächtig hinzu. Sie hatte einiges von Tante Bpoo gelernt. Civilai zeigte keine Reaktion.

»Damals konnte sich ein Mann von einem gewissen … Format noch hocharbeiten«, fuhr Vogal fort. »Heute ist das nicht mehr so einfach. Ich hatte eine exzellente Erfolgsbilanz, klar umrissene politische Ziele und einen angesehenen Familiennamen.«

»*Einen Arsch voll Geld und eine hübsche Frau nicht zu vergessen*«, ergänzte Peach. Sie drohte die Beherrschung zu verlieren. Civilai musste zum Angriff übergehen.

»Sie waren also als leitender Verwaltungsbeamter an der Botschaft tätig …?«

»Ich war hauptsächlich für Personalbewegungen zuständig.« Der Senator entsann sich seiner Armbanduhr. Es war noch nicht acht.

»Natürlich, Saigon.« Civilai nickte wissend. »Ich nehme doch an, dort ging alles sauber und mit rechten Dingen zu. Keine geheimen Machenschaften oder fragwürdigen Geschäfte.«

»Wir haben in der Tat versucht, ein gewisses Maß an Transparenz zu wahren.«

»Anders als in Laos.«

»Wie soll ich das verstehen?«

»Hier habt ihr Amerikaner es mit der Transparenz nicht so genau genommen. Ich würde sogar so weit gehen zu behaupten, dass Sie mit Ihrem Geld diverse Koalitionsregierungen gekauft oder gekippt haben, wenn sie Ihnen nicht zusagten.«

Ein republikanischer US-Senator in einem verschlossenen Raum. Ein klassisches Motiv des Kriminalromans. Bei dem Gedanken wurde Civilai ganz warm ums Herz. Das Lächeln des Senators war ungefähr so echt wie eine Mona Lisa mit blondierten Strähnchen. Süßliche Herablassung schlich sich in seine Stimme.

»Ach, Mr Civilai«, sagte er. »Sie dürfen nicht vergessen, dass Sie hier quasi in einem Informationskokon leben. Daher können Sie natürlich auch nicht wissen, wie viel Gutes die Vereinigten Staaten für Ihr Land getan haben. Außerhalb des kommunistischen Indochina ist es allgemein bekannt, dass der bei Weitem größte Teil unseres Laos-Budgets für humanitäre Maßnahmen ausgegeben wurde.«

Civilai lachte, worauf der Senator die Stirn runzelte, sodass ihm sein spärliches, über die Glatze gekämmtes Haupthaar in die Augen fiel.

»Der bei Weitem größte Teil Ihres Budgets ist für Flugzeuge, Waffen und Munition draufgegangen«, sagte Civilai.

»Ein hartnäckiges Missverständnis«, erwiderte Vogal wie aus der Pistole geschossen. »Mit Verlaub, Mr Civilai, aber Sie können doch nicht allen Ernstes Ihrer eigenen Propaganda glauben.«

»Dann werfen wir doch einmal einen Blick auf die Statistik. Der Geschäftsbericht der US-Botschaft für das Haushaltsjahr 1970 ist doch sicher über jeden Zweifel erhaben, oder? Ich habe eine Kopie in meinem Zimmer, nur falls Sie eine spannende Bettlektüre benötigen.«

»Wie kommen Sie …?«

»Ihre Ausgaben für Laos beliefen sich in diesem Jahr auf 284 Millionen Dollar…«

»Es …«

»… davon waren 162 Millionen als Militärhilfe ausgewiesen. Nur 50 Millionen – Pi mal Daumen also rund 18 Prozent ihres Gesamtbudgets – flossen in humanitäre Maßnahmen.«

Der Senator sah hilfesuchend zu Ethel Chin, die sich wieder ihrem Roman widmete.

»Aber das ist doch eine stolze Summe«, meinte Vogal.

»Wenn sie denn tatsächlich ihrem Zweck entsprechend verwendet worden wäre, ja«, fuhr Civilai fort. »Leider verstanden Sie unter humanitären Maßnahmen vor allem die Unterstützung der Königlich-Laotischen Armee sowie mehrerer tausend bewaffneter Kämpfer. Der klägliche Rest wurde in ein Flüchtlingsprogramm gepumpt, das ganz und gar unnötig gewesen wäre, hätten Sie nicht die Häuser eines Drittels der Bevölkerung dem Erdboden gleichgemacht.«

»Seien Sie nicht albern. Die Flüchtlinge in Laos flohen vor dem Kommunismus. Und vor den Grausamkeiten, die Sie ihnen angetan haben.«

»Es gibt Mitglieder des US-Senats, die das ganz anders sehen.«

»Wovon reden Sie?«

»Im Jahre 1969 hat ein US-Unterausschuss unter Vorsitz von Senator Edward Kennedy festgestellt, dass durch die Bombardements der USA gut vierhunderttausend Laoten Haus und Hof verloren haben.«

»Sir, Kennedy ist ein Demokrat, der sich offen zu seinen kommunistischen Neigungen bekennt. Er ist wohl kaum ... Im Übrigen ...« Vogal hatte sich in eine argumentative Besenkammer manövriert, doch er hätte es wohl kaum zum Senator gebracht, wenn er sich kampflos geschlagen gegeben hätte. »Es tut mir leid, aber meine Verletzung verursacht mir Beschwerden«, sagte er mit schmerzverzerrter Miene. »Ich muss meine Medikamente einnehmen und mich ein wenig ausruhen. Ich hoffe jedoch sehr, dass wir Gelegenheit haben werden, dieses faszinierende Gespräch zu einem späteren Zeitpunkt fortzusetzen. Es war mir ein Vergnügen, Sir, ein außerordentliches Vergnügen.«

»Sie waren fantastisch«, sagte Peach.

»Ja, das höre ich öfter«, gab Civilai zurück. Sie gingen über den Flur in Richtung Speisesaal. Einer der neuen Wachsoldaten, die vor Vogals Tür postiert waren, marschierte ihnen hinterdrein.

»Wie merken Sie sich bloß diese ganzen Fakten und Zahlen?«

»Gar nicht.«

»Soll das heißen, Sie ... Sie haben sie erfunden?«

»Ich glaube, ich habe mehr oder weniger ins Schwarze getroffen, wie man bei Ihnen zu sagen pflegt. Fakten haben den entscheidenden Vorteil, dass man sie sich nach Bedarf zurechtfrisieren kann. Ob sie zutreffen, spielt nicht die geringste

Rolle. Sie müssen lediglich resolut dreinschauen und hoffen, dass Ihr Gegenüber kein fotografisches Gedächtnis für Zahlen hat. Ich habe übrigens nicht gelogen. Die Sache mit Kennedy stimmt.«

»Verstehen Sie jetzt, weshalb ich lieber auf Ihrer Seite wäre?«

»Obwohl wir in einem Informationskokon leben?«

»Na klar. Da drin ist es doch viel gemütlicher.«

19
SUPERNAPALM

Man konnte den Ruß förmlich schmecken. Er hing so schwer in der Luft, als ob das Haus in Flammen stünde – und trotzdem war es bitterkalt. Siri saß auf der Bettkante, stützte den Kopf in die Hände und rang japsend nach Atem. Die Dunkelheit war schwärzer als der Ruß, schwarz wie das Innere eines Sarkophags. Und irgendwie wurde er das komische Gefühl nicht los, dass mit dem Zimmer etwas nicht stimmte – es war wie ein Spiegelbild seines eigentlichen Zimmers, doch nichts schien mehr an seinem Platz. Das Fenster stand offen, dabei wusste er genau, dass sie es vor dem Zubettgehen geschlossen hatten. Kein Licht, kein Windhauch drang durch die achtlos zugezogenen Vorhänge, nur ein etwas helleres Schwarz, das die Umrisse des Fensters und der Einrichtung, wenn auch undeutlich, erkennen ließ. Seine Ferse berührte einen Gegenstand, der zwischen seinen Knien unter dem Bett hervorlugte. Er streckte die Hand danach aus. Eine Kiste.

Sein Herz raste. Er wandte den Kopf und betrachtete die schlafende Gestalt. Ein schwarzer Schemen. Nicht Madame Daeng. Ein anderes Zimmer, eine andere Dimension – natürlich. Warum hätte er, in seiner eigenen Dimension, denn auch das Bett mit einem toten Major teilen sollen?

Und da war noch ein zweiter Schatten, fast so unscharf und verschwommen wie er selbst. Er kroch auf allen vieren durchs Zimmer und schien etwas zu suchen. Siri sah ihn nur von hinten. Oder vielleicht doch von vorn, und auf seinen Schultern saß kein Kopf? Unmöglich zu sagen. Schwarz vor schwarzem Hintergrund. Sanft wie eine Taube flatterte sein Herz an seinen angestammten Platz zurück, als ihm klarwurde, dass er sich in einem Albtraum befand. Wieder einmal. Der letzte war schon ein Weilchen her. Er wusste, was hier geschah, konnte ihm körperlich nichts anhaben. Es sei denn, sein Unterbewusstsein erlitt einen so heftigen Schock, dass seine Lunge das Atmen einstellte. Es sei denn, ihm blieb vor Schreck das Herz stehen. Er wusste um die Folgen. Darum blieb er einfach ruhig sitzen und wartete ab.

Die Gestalt krauchte über das Parkett. Und allmählich bekam der Schatten eine Kontur, die Gestalt eine Form. Es war ein älterer Mann. Gedrungen. Gut gekleidet. Er kam ihm irgendwie bekannt vor. Da er sich von ihm wegbewegte, konnte er sein Gesicht nicht sehen. Seine Finger schienen sich regelrecht in den Fußboden zu krallen, als kratzte er alten Lack von den Holzdielen.

»Sind wir uns nicht schon mal begegnet?«, rief Siri.

Die Gestalt hob den Kopf und wollte sich eben zu erkennen geben, als Siri urplötzlich eine kalte Hand im Nacken packte. Sein Herz fiel wie ein Stein in einen bodenlosen Abgrund. Er stieß einen so schrillen Schrei hervor, dass er seine Stimme kaum wiedererkannte, schlug nach der Hand und sprang unvermittelt auf. Die Gestalt auf dem Fußboden verschmolz mit den Schatten. Der Doktor bekam keine Luft.

Hektisch lief er auf und ab, auf der Suche nach einem Rhythmus, der seine Atmung wieder in Gang brachte.

»Siri?«, sagte der Major.

Dann, noch einmal, mit anderer Stimme.

»Siri?«

»Daeng?«

Madame Daeng stieg aus dem Bett und tastete im Dunkeln nach ihrem Mann. Als sie ihn gefunden hatte, massierte sie seine blockierte Lunge und redete beruhigend auf ihn ein.

»Schhh. Schhh. Es ist nur ein Traum, Liebster.«

Er schnappte nach Luft. Und sog sie gierig in seine Brust. Er konnte den Ruß förmlich schmecken. Er hing so schwer in der Luft, als ob das Haus in Flammen stünde – und trotzdem war es bitterkalt.

Beim Frühstück wurde sich ausgiebig geräuspert. Eigentlich hatten sie heute abreisen sollen – es war der fünfte Tag, und es standen keine weiteren Mahlzeiten auf dem Programm. Die Speisekammer der Amerikaner war leer. Sie hatten noch immer keinen Hinweis darauf, ob Boyd tot war oder noch lebte. Da der General ans Bett gefesselt war, weil er die dünne Luft nicht vertrug, und der Senator vor seiner Tür und seinem Fenster Wachen postiert hatte und es nicht wagte, sein Zimmer zu verlassen, wusste niemand so recht, wer die Mission nun leiten sollte. Richter Haeng war selbstverständlich davon überzeugt, dass fortan er das Sagen hatte. Er beschloss, es habe wenig Sinn, in den Rauch hinauszugehen. Und schlug vor, den Tag stattdessen dazu zu benutzen, die Fundstücke zu katalogisieren, die sie von der Absturzstelle mitgebracht hatten. Er bestand außerdem darauf, dass die laotischen Teammitglieder baldmöglichst mit der Arbeit an ihren Berichten begannen. In denen sie sich, bitte schön, auch zu ihren amerikanischen Kollegen äußern sollten, unter besonderer Berücksichtigung sämtlicher privaten Informationen, die sie im persönlichen Gespräch gewonnen hatten. Eher hätten Siri und sein Team sich beim Fruchtbarkeitsfest mit einer Rakete in den Himmel schießen lassen, als Spitzelberichte zu verfassen. Gleichwohl schnappten sie sich mehrere Säcke mit Wrackteilen und zogen sich zu einer »geschlossenen« Sitzung in Siris Zimmer zurück.

Durch die Rekrutierung von Sergeant Johnson, Madame Daeng und Civilai war die Gruppe auf neun Mitglieder angewachsen, fünf Eingeweihte und vier Außenstehende. Was die Sache nicht eben leichter machte. Die Neuzugänge wurden in ihrer jeweiligen Sprache über den Stand der Dinge unterrichtet. Dann ließen sich die Diskutanten im Schneidersitz auf dem Fußboden nieder, alle bis auf Sergeant Johnson, dem es schwerfiel, diese Haltung einzunehmen und in ihr zu verbleiben. Er durfte auf einem Stuhl Patz nehmen. Herr Geung postierte sich hinter dem Vorhang. Sergeant Johnson war die Hauptattraktion, und Tante Bpoo assistierte ihm als Dolmetscherin. Die anderen wollten wissen, wie die Lücken im Flugbuch des Piloten zustande kamen. Angesichts der Größe der Gruppe zögerte Johnson zunächst, Informationen preiszugeben, die womöglich als Staatsgeheimnis galten. Erst als Civilai ihm versicherte, dass alles, was die Amerikaner für geheim hielten, im Verteidigungsministerium en détail dokumentiert sei, lenkte er ein.

»Ich war nie bei Air America«, begann er. »Aber man hört so allerhand. Zwischen den einzelnen Abteilungen fand ein reger Austausch statt. Es herrschte lebhafter Durchgangsverkehr, und Militärs sind nicht gerade für ihre Verschwiegenheit bekannt. Sie müssen einem Soldaten nur ein paar Gläschen Bourbon einflößen, und schon ist er Ihr bester Freund. Auf diese Weise erfuhren wir von einem Stützpunkt im thailändischen Takhli, einem eingezäunten Komplex auf dem Gelände einer regulären Militärbasis. Dort hatten sie die U2 – das Spionageflugzeug – geparkt. Außerdem diente er als Ausgangspunkt unzähliger Geheimoperationen. Da oben trug niemand Uniform. Und diese Aktionen waren nicht etwa ein kleiner Teil des großen Masterplans der CIA. Sondern gingen auf das Konto von Botschafter X oder General Y oder einem der Sektionsleiter – von denen keiner auch nur den blassesten Schimmer hatte, was der Bursche im Nebenzimmer trieb. Es soll sogar vorgekommen sein, dass zwei verschiedene Abteilungen an ein und demselben Tag zwei identische Operationen durchführten. Die Jungs kamen sich ständig ins Gehege.

Daran musste ich deshalb denken, weil die Flugbücher einiger Piloten, die dort stationiert waren, die gleichen Unregelmäßigkeiten aufwiesen. Wenn sie am Monatsende ihre Unterlagen einreichten, fehlten mal vier Tage, mal eine Woche. Dabei waren sie weder in Urlaub gewesen, noch hatten sie sich krankgemeldet. Und das Ganze war offenbar von oben abgesegnet, denn es wurde nie moniert. Einer unserer Kampfflieger nannte das die Takhli-Lotterie. Wenn man Glück hatte und nicht abgeschossen wurde, kam man mit den Taschen voller Geld zurück.«

»Und wie viele kamen nicht zurück?«, fragte Tante Bpoo.

»Schwer zu sagen«, erwiderte Johnson. »Immer wenn jemand verschüttging, hieß es hinterher, er sei im Rahmen eines regulären Einsatzes gefallen. Offiziell ist in Laos kein einziger US-Soldat verschüttgegangen, es sei denn, er hatte sich verirrt. Und es kam immer wieder zu bedauerlichen

Fehleinschätzungen des Grenzverlaufs, wenn Sie verstehen, was ich meine. Den ganzen teuren Cockpitinstrumenten ist anscheinend nicht zu trauen.«

»Dann könnte Boyd Ihrer Ansicht nach in geheimer Air-America-Mission unterwegs gewesen sein?«, fragte Phosy.

»Warum nicht? Air America gehörte zur CIA.«

»Und wie finden wir heraus, was er für einen Auftrag hatte?«, wollte Dtui wissen.

»Wir fragen ihn«, antwortete Civilai, optimistisch wie eh und je.

»Also«, sagte Yamaguchi, »was mir Sorgen macht, ist die Sache mit dem Flugmechaniker. Boyd kehrt völlig unerwartet aus dem Grab zurück, und keine vier Wochen später findet sein Mechaniker ein rätselhaftes Ende.«

»Den Chefmechaniker aus Long Cheng nicht zu vergessen«, setzte Siri hinzu. »Er ist nur wenige Tage nach Sebastián gestorben. Dann wäre da noch der Pilot Wolff, der sich an ihrem letzten gemeinsamen Abend mit den beiden betrunken hat. Seltsam, dass sämtliche amerikanischen Zeugen dieses letzten Fluges das Zeitliche gesegnet haben.«

»Außer Boyd«, sagte Civilai lächelnd.

»Glaubst du wirklich, dein Pilot zieht um die Welt und bringt sie alle um?«, fragte Siri.

»Warum nicht? Aus Rache dafür, dass sie ein Drogenwrack aus ihm gemacht haben. Die letzten zehn Jahre hat er vermutlich in einer Opiumhöhle verbracht.«

»Wissen Sie, ich habe nie so recht verstanden, weshalb Leon von Long Cheng nach Saigon versetzt wurde«, sagte Johnson. »Wenn er sich tatsächlich so ›ungebührlich‹ verhalten hat, dass ihm deshalb die Fluglizenz entzogen wurde, warum war er dann noch bei der Army? Er hat damals regelmäßig Drogen konsumiert, und da war er weiß Gott nicht der Einzige. Er wurde sogar ein paarmal verwarnt. Ungebührliches Verhalten könnte also eine höfliche Umschreibung dafür sein, dass er seine Sucht nicht mehr im Griff hatte oder zu dealen anfing. Aber wer sich dabei erwischen lässt, fliegt raus. Er wird unehrenhaft entlassen. Und nicht etwa auf irgendeinen Ruheposten versetzt. Nicht einmal Air America würde ihn noch nehmen.«

»Und wie, glauben Sie, ist er hier gelandet?«, fragte Gordon.

»Also, entweder er hat sich gar nichts zu Schulden kommen lassen, und die Sache war nur ein Vorwand, um ihn aus Nam herauszuholen und ihn in Laos, aus welchem Grund auch immer, in dieser spezifischen Funktion zu etablieren, oder er hat tatsächlich Mist gebaut und verfügte über verdammt einflussreiche Freude, die ihm hier oben einen lockeren, gut bezahlten Job besorgt haben.«

»Stellt sich die Frage, ob diese ganze Geschichte überhaupt etwas mit Drogen zu tun hat«, sagte Dtui.

»Ich glaube kaum, dass es zum Drogenhandel verdeckter Operationen bedurfte«, sagte Civilai. »Es war schließlich ein offenes Geheimnis, dass die CIA sich von den Hmong mit Opium beliefern ließ, das sie auf den Straßen von Saigon als Heroin verkaufte. Es gab sogar eine reguläre Flugverbindung von Long Chen nach Vietnam. Sie haben das Zeug tonnenweise über die Grenze geschafft. Allein von den Dämpfen bekamen die Piloten den Höhenkoller.«

»Na schön, dann eben keine Drogen«, sagte Yamaguchi. »Worin könnte er sonst verstrickt gewesen sein?«

»Ich fürchte, im Krieg gibt es viele Möglichkeiten, sich eine goldene Nase zu verdienen«, antwortete Madame Daeng.

»Beginnen wir mit den Fakten«, sagte Gordon. »Boyd hatte etwas an Bord, das dort eigentlich nichts zu suchen hatte.«

Er hielt ein maschinengeschriebenes DIN-A4-Blatt in die Höhe.

»Das ist Boyds offizielle Frachtliste aus besagter Nacht«, fuhr er fort. »Auf den ersten Blick ein ganz gewöhnlicher Versorgungsflug – Reis, Decken, Nägel, Konserven. Mit einer Ausnahme, und die findet sich hier unten, am Ende der Liste: zwanzig Zehngallonenkanister Speiseöl. Bestimmt für das Flüchtlingslager in Sam Tong.«

»Und das finden Sie verdächtig?«, fragte Siri.

»Allerdings. Die nächtlichen Zwischenlandungen in Long Chen wurden 1967 eingestellt. Die Piloten hatten eine eigene Baracke gleich neben dem Flüchtlingscamp. Wenn er lediglich Hilfsgüter an Bord hatte, warum saß er dann mit einer voll beladenen Maschine in Spook City und soff mit seinen Kameraden um die Wette?«

»Ich kann mich nicht entsinnen, dass es in den Brandstoffseminaren bei der Army je um Speiseöl gegangen wäre«, sagte Sergeant Johnson. »Im Übrigen glaube ich kaum, dass man mit zweihundert Gallonen Crisco knapp ein Hektar Wald abfackeln oder ein Feuerwerk an den Himmel zaubern kann.«

»Und worum *ging* es in Ihren Seminaren?«, fragte Siri.

»Alles Mögliche. Magnesium, beispielsweise, ist ein echtes Teufelszeug«, sagte Johnson. »Ein einziger Kanister reicht aus, um ein ganzes Dorf niederzubrennen. Aber wir haben uns in erster Linie mit Entlaubungsmitteln beschäftigt: Agent Orange, Napalm. Beides kann verheerende Schäden anrichten.«

»Gibt es denn keine Regeln für – wie heißt das noch gleich – faire Kriegsführung?«, wollte Dtui wissen.

»Nein, was diese Sachen angeht, nicht«, antwortete Johnson. »Sie können sich aus Benzin, Benzol und Polystol einen leckeren Cocktail mixen und den Mist versprühen, wo Sie wollen, ohne gegen eine internationale Vorschrift zu verstoßen. Das interessiert kein Schwein, außer vielleicht die Kinder, die sich unter die Bäume geflüchtet haben, als sie die Bomber haben kommen hören. Ich dachte, ich hätte so ziemlich alles gesehen. Aber etwas, das eine bleibende Narbe in der Landschaft hinterlässt, so wie das Niemandsland bei Ban Hoong, ist mir noch nie untergekommen. Napalm verbrennt lediglich das Laub. Was auch immer Boyd an Bord hatte, das Zeug hat alles vernichtet. Da wächst kein Baum mehr.«

»Wie wird Napalm eigentlich eingesetzt?«, fragte Daeng. »Man schraubt ja wohl kaum einfach den Deckel ab und kippt das Zeug aus einem Helikopter.«

»Normalerweise wird es in Kanister abgefüllt«, sagte Johnson. »Der Kanister explodiert beim Aufprall. Er wird aus geringer Höhe abgeworfen. Und dazu braucht man ein Flugzeug. Eine Skyhawk oder Ähnliches. Aber mit einer Sprühvorrichtung, so wie bei der Schädlingsbekämpfung in der Landwirtschaft, könnte man vermutlich ein begrenztes Ziel ins Visier nehmen, natürlich nur, sofern keine Flugabwehrbatterien in der Nähe sind.«

»Gab es in dem Geheimkomplex in Takhli Skyhawks?«, erkundigte sich Daeng.

»Da gab es praktisch alles, was Flügel hat und fliegt.«

»Bpoo«, sagte Siri, »fragen Sie den Sergeant doch bitte, ob er sich an den Tag entsinnen kann, als er uns von Long Cheng nach Ban Hoong gelotst hat. Die Luke stand die ganze Zeit weit offen, und der Journalist saß neben ihm. Hat er zufällig mitbekommen, ob der Mann die gesamte Strecke über fotografiert hat oder nur den Anflug auf den Fluss?«

Johnson konnte sich noch gut daran erinnern.

»Der Kerl hat in einer Tour geknipst«, sagte er. »Er hat bestimmt ein halbes Dutzend Filme verschossen.«

»Was denkst du, Siri?«, fragte Daeng.

»Nun ja, abgesehen von den Bränden in den umliegenden Bergen hat in Xieng Khouang in den vergangenen zehn Jahren kaum Brandrodung stattgefunden. Falls es hier noch weitere vegetationslose Flächen gibt, haben wir das mit hoher Wahrscheinlichkeit dem gleichen Supernapalm zu verdanken, das auch das Totenfeld verwüstet hat. Wenn dort nach zehn Jahren noch nichts nachgewachsen ist, müsste das eigentlich aus der Luft zu sehen sein. Eine kahle Stelle in einer ansonsten dicht behaarten Landschaft.«

»Einen Versuch wäre es wert«, meinte Daeng.

»Sämtliche Fotos, die Kommandeur Lit bei Rhyme beschlagnahmt hat, befinden sich in seinem Zimmer«, sagte Phosy.

»Er würde mich bestimmt einen Blick daraufwerfen lassen«, sagte Dtui. »Wenn ich ganz …«

»Nein«, fiel Phosy ihr ins Wort. »Lass gut sein. Ich erledige das.«

»Bist du sicher?«, fragte Dtui.

»Und ob ich sicher bin. Ich nehme doch an, Sie haben nichts dagegen, wenn ich ihm von der Supernapalmtheorie erzähle?«

Zu seinem Verdruss protestierte niemand.

Die einzigen beiden Männer, die Schwester Dtui je einen Antrag gemacht – sprich um ihre Hand angehalten – hatten, saßen in eisigem Schweigen am Fußende von Kommandeur Lits Bett und inspizierten die etwa vierzig Schwarzweißfotos, die vor ihnen auf dem Boden lagen. Beide fragten sich, weshalb der Journalist seine kostbaren Filme für Aufnamen von Bäumen vergeudet und diese auch noch zuerst entwickelt hatte, obwohl ihm weitaus interessantere Schnappschüsse gelungen waren. Doch keiner von beiden äußerte diese Fragen, weil er sich vor dem anderen keine Blöße geben wollte. An dieser Bürde trägt der Mensch, seit er auf der Suche nach dem aufrechten Gang ans schlammige Ufer gekrochen ist. Stattdessen hielten die beiden sich an die unumstößlichen Tatsachen und stellten ihre persönlichen Empfindungen hintan.

»Diese beiden Fotos sind interessant«, sagte Lit. »Anhand der Laufnummern auf den Negativen habe ich errechnet, dass sie etwa zwanzig Minuten vor Long Chen aufgenommen worden sind.«

»Sehr scharfsinnig«, meinte Phosy.

»Danke. Sie werden feststellen, dass auf diesem Bild der Rand einer Lichtung zu sehen ist. Aber sie ist auffallend lang und verläuft noch dazu pfeilgerade. Zwar ragen links und rechts Bäume hinein, trotzdem ist der kahle Streifen deutlich zu erkennen. Er erstreckt sich nach beiden Seiten über den Bildrand hinaus. Dort scheint rein gar nichts zu wachsen. Ganz ähnlich wie rings um die Helikopterabsturzstelle. Und nun schauen Sie sich mal das nächste Foto an.« Er reichte Phosy eine Lupe. »Darauf sind mehrere Krater zu sehen.«

»Die Wahrscheinlichkeit, dass sie natürlich entstanden sind, ist ...«

»Praktisch null.«

»Null.«

»Praktisch.«

»Wie weit sind wir von diesem Gebiet entfernt?«

Lit nickte, stand auf und nahm eine große Landkarte vom Schreibtisch. Phosy fiel auf, dass der Gang des Mannes etwas … Feminines hatte. Lit breitete die Karte über die Fotos.

»Hier ist das Hotel«, sagte er und zeichnete die Fluglinie des Helikopters mit der Fingerspitze nach. »Folglich müsste die Lichtung auf dem Foto etwa … hier sein. Am Fuß des Phu-Kum-Berges.«

»Gab es dort in den Sechzigern vielleicht einen Stützpunkt? Oder ein Waffenlager?«

»Nichts dergleichen.«

»Aber all die Krater. Wer wirft denn Bomben auf ein unbewohntes Stück Land?«

»Da bin ich genau so überfragt wie Sie«, brachte Lit widerwillig über die Lippen.

»Das muss ich mir aus der Nähe ansehen«, sagte Phosy und sprang auf.

»Das … kann ich leider nicht zulassen.«

»Was können Sie nicht zulassen?«

»Dass Sie ohne Passierschein eine Sperrzone betreten.«

»Wir befinden uns so oder so in einer Sperrzone.«

»Ja, aber nur, weil ein Vertreter der Staatssicherheit dabei ist.«

»Sie.«

»Exakt.«

»Das heißt, wenn ich mir dieses Gebiet am Fuß des Phu-Kum-Berges anschauen möchte …«

»… muss ein Vertreter der Staatssicherheit dabei sein.«

»Sie.«

»Exakt.«

»Aha. Muss ich dazu Formulare ausfüllen und beim Amt für Innere Sicherheit stundenlang Schlange stehen?«

»Nein. Sie brauchen nur zu fragen.«

»Fragen?«

»Nett und höflich.«

Phosy seufzte.

»Würden Sie mir wohl den Gefallen tun, mich zum Phu-Kum-Berg zu begleiten?«

»Kein Problem.«

»Und wie kommen wir dorthin?«

»Wenn die Karte stimmt, endet die Straße etwa zehn Kilometer vor dem Berg.«

»Zehn Kilometer sind doch keine Entfernung.«

»Das schaffe ich mit links.«

»Ich auch. Und die Laster aus Phonsavan stehen vor dem Hotel. Wie es aussieht, hat den Fahrern niemand mitgeteilt, dass uns das Geld ausgegangen ist.«

»Wo ein Wille ist, ist auch ein Weg.«

»Ich weiß.«

Toua, der Hoteldirektor, war außer sich vor Sorge. Die restliche Astronautennahrung reichte gerade noch fürs Mittagessen, und es war nichts Westliches mehr übrig, was er seinen Gästen zu Abend hätte auftischen können. Das amerikanische Konsulat hatte die Mahlzeiten für die Dauer der Aktion minutiös geplant. Laut Programm hätten sie noch vor Mittag des fünften Tages im Hubschrauber sitzen und heimwärts fliegen sollen. Mission erfüllt.»Dann kochen Sie doch einfach für alle laotisch«, sagte Daeng.

Sie und Siri standen zusammen mit der Belegschaft in der Küche und starrten auf die vielen leeren Regale.

»Aber das sind Amerikaner«, sagte Touas Frau. »Die vertragen unser Essen nicht.«

»Es handelt sich um einen Notfall«, rief Daeng ihr ins Gedächtnis. »Und sie essen bestimmt lieber etwas Laotisches, als qualvoll zu verhungern. Sie müssen es bloß entsprechend verpacken. Sparen Sie nicht mit Ketchup, und lassen Sie die Chilis weg.«

»Auf dem Markt herrscht derzeit ziemliche Ebbe«, sagte Toua.

»Was gibt es denn?«

»Entenfüße im Backteig, Büffelhaut, getrocknetes Eichhörnchen, Schlange, Stachelschwein, Ameiseneier.«

»Gut. Kaufen Sie einfach alles, was nicht zum Himmel stinkt. Wir kriegen das schon irgendwie hin. Vertrauen Sie mir. Ich bin vom Fach. Was haben Sie an Gewürzen und Kräutern da?«

Eines der Küchenmädchen zwängte sich an den großen Zinktöpfen vorbei und riss die Tür zur Vorratskammer auf. Daeng trat hindurch und atmete den süßlichen Geruch von Gewürzen. Sie führte eine rasche Bestandsaufnahme durch: Es gab Zitronengras, Galgant und Trockenpilze, und auch an Knoblauch herrschte kein Mangel. Doch dann fiel ihr Blick auf drei Säcke, die halb versteckt in einer Ecke standen, und ihr kam eine Idee.

»Siri, komm mal her«, sagte sie.

Siri legte seine Sesamkräcker beiseite und folgte dem Ruf seiner Gemahlin in die Speisekammer.

»Die Küche ist doch wohl eher dein Reich«, sagte er.

»Ja, aber wie du weißt, bin ich nicht nur Köchin, sondern auch ziemlich ausgekocht«, rief sie ihm ins Gedächtnis. »Sieh mal hier.«

»Oje.«

»Weißt du noch, wie Civilai beiläufig bemerkte, wenn wir wirklich wissen wollten, was hier vorgeht, müssten wir in sämtlichen Zimmern Mikrofone anbringen?«

»Er war immer schon ein großer Freund der Überwachung.«

»Und wenn alle einfach gestehen würden? Erinnerst du dich an die ganzen Geschichten über das OSS?«

»Aber gewiss doch. Das waren die Schreckgespenster, mit denen man Kindern Angst einjagte, bevor die CIA erfunden wurde.«

»Dann erinnerst du dich doch bestimmt auch noch an ihre geheime Wahrheitsdroge.«

Siri lachte.

»Genf hat ihren Einsatz vermutlich längst verboten«, sagte er.

»Ach, bitte. Damit könnten wir wenigstens ein Weilchen vergessen, dass man hier oben kaum noch Luft bekommt.«

»Na schön. Aber wie gedenkst du ihnen das Zeug zu verabreichen, o Mata Hari? Per Spritze?«

»Kein Problem.«

Sie rief eine der jungen Hmong-Frauen zu sich.

»Kleine Schwester«, sagte sie. »Haben Sie hier eventuell Fett?«

»Fett, Tante?«

»Butter? Schmalz?«

»Wir haben Ziegenbutter … und Ziegenkäse.«

»Perfekt. Zucker?«

»Einen ganzen Zwanzigliterbottich voll.«

»Das sollte reichen.«

Nachdem die Mädchen nach Phonsavan entsendet worden waren und Madame Daeng die Küche in Beschlag genommen hatte, nutzte Siri die Gelegenheit zu einem kleinen Plausch mit dem Hoteldirektor. Tante Bpoo saß derweil wie ein Mafialeibwächter auf einem Stuhl im Kücheneingang.

»Ich wollte Sie nach dem Zimmer fragen, in dem der Major gestorben ist«, sagte Siri.

»Ich schwöre, ich habe seitdem niemanden hineingelassen.«

»Ich weiß.«

»Ich habe beide Schlüssel, und die Fenster sind verriegelt.«

»Sehr schön. Aber darum geht es mir nicht. Ich habe mich gefragt, ob darin vielleicht schon einmal jemand gestorben ist.«

»Was glauben Sie eigentlich, was ich hier für einen Betrieb führe? Ist Ihnen ein Todesfall etwa nicht genug?«

»Mehr als genug, doch.«

Es fiel Siri nicht immer leicht, mit Fremden über das Übernatürliche zu sprechen. Aber Toua war ein Hmong und wusste vermutlich längst von Siris Alter Ego.

»Sie wissen von Yeh Ming?«, fragte er.

»Natürlich. Wer nicht?«

»Gut. Also, Yeh Ming hat in diesem Zimmer etwas gespürt, und das hat mit dem Tod des Amerikaners nichts zu tun.«

»Das Hotel hat eine bewegte Vergangenheit. Wer weiß, was hier alles geschehen ist, bevor meine Frau und ich es übernommen haben?«

»Wohl wahr. Und seit Sie hier sind, hatten Sie keine… namhaften oder ungewöhnlichen Gäste?«

Toua zögerte kurz, bevor er die Frage verneinte, und dadurch verriet er sich.

»Yeh Ming lässt sich nicht belügen«, sagte er.

»Ich bin nicht … aber …«

»Es ist wichtig.«

»Sie haben gesagt, ich darf mit niemandem darüber sprechen.«

»Und wer sind ›sie‹?«

»Einflussreiche Leute.«

»Genosse Toua, unsere Delegation, der unter anderem ein
Richter, ein General sowie ein ehemaliges Mitglied des Politbüros angehören, bringt es auf insgesamt zweihundert Jahre
Mitgliedschaft in der Partei. Ist Ihnen das einflussreich genug?«

Toua blies die Backen auf und prustete durch seine pral-
len Lippen.

»Meine Frau bringt mich um«, sagte er.

»Damit drohen Frauen immer – lassen ihren Worten aber
zum Glück nur selten Taten folgen.«

»Sie haben ihn hierhergebracht, bevor sie ihn nach Vieng
Xai verfrachtet haben. Er war eine Woche hier.«

»Ihn?«

»Ja. Sie wissen schon. Den König. Er war hier, mit einer
ganzen Armee von Würdenträgern. Er wohnte in Potters
Zimmer.«

»Und ist ihm dort etwas zugestoßen?«

»Nein. Nein. Sie haben mich angewiesen, ihn wie einen Eh-
rengast zu behandeln. Das Zimmer war verschlossen und bewacht, aber wir haben ihn fürstlich bewirtet. Alle waren höflich und zuvorkommend. Bei der Abreise hat er mir sogar
die Hand geschüttelt. Einen König trifft man schließlich nicht
alle Tage.«

20

EINEN IM TEE

Es gab eine über sechshundert Jahre alte Legende, die weit hinter die Anfänge der Lan-Xang-Ära zurückreichte. Eine Legende, die in allerlei Palmblattmanuskripten zu finden war, bis hinauf nach Lan Na in Siam. Demnach herrschte einst der Glaube, dass die Geister der Toten etwas erbitten durften, ehe sie ins Jenseits eingingen. Der Geist, so sagte man, hatte das Recht, an Orte zurückzukehren, die ihm zu Lebzeiten lieb und teuer gewesen waren, um den Schritten der Vergangenheit zu folgen und sie einzusammeln. War das vollbracht, so dienten diese Schritte fortan als ewiges Andenken an die glücklicheren Zeiten auf Erden. Doch die Partei ließ wenig Zweifel daran, dass sie derlei Legenden, wie die religiösen Sagen und Gleichnisse der alten Stämme, für ausgemachten Humbug hielt. Was ein anständiger Sozialist sei, falle nicht auf solchen Quatsch herein. Aber was bedeutete das für einen Mann, der die Geister der Toten gesehen hatte und in die Anderwelt der Hmong gereist war?

Siri saß auf dem Bett des Majors und betrachtete das abgewetzte Parkett. Inzwischen wusste er, weshalb er in der Nacht von Potters Tod in dieses Zimmer gekommen war. Der Geist des Königs hatte ihn hierherzitiert. Sie hatten sich zu Lebzeiten flüchtig gekannt, und obgleich ein Mann von königlichem Geblüt und ein reinblütiger Kommunist naturgemäß nicht allzu viel gemeinsam hatten, waren sie einander mit größtmöglichem Respekt begegnet. Sie hatten zwei Flaschen selbstgebrannten Reiswhisky geleert und sich bis in den frühen Morgen über Gott und die Welt unterhalten, wie es nur zwei lebensklugen Greisen gegeben ist. Siri hatte den Mann gemocht, und wie diese Einladung zu einer mitternächtlichen Séance belegte, hatte auch der König Gefallen an dem Arzt gefunden. Siri wusste, dass der hochbetagte Mann in seinem alten Obstgarten in Luang Prabang allerlei Schritte finden würde, die ihm in vergnüglicher Erinnerung geblieben waren.

Ob überhaupt ein Wort gefallen war, während der König in diesem Zimmer seine Schritte eingesammelt hatte, daran konnte Siri sich nicht entsinnen. Er wusste nicht, wie er gestorben war oder weshalb er den Weg durch diese Herberge gewählt hatte. Vielleicht war sie der letzte Ort, an dem man ihn mit Respekt behandelt hatte. Vielleicht war er aber auch nur hierhergekommen, um dem Doktor eine Botschaft zu überbringen. Es war alles ein großes Rätsel. Fest stand lediglich, dass der Regent des Königreiches Laos nicht mehr unter den Lebenden weilte. Obgleich Siri mit dem Tod wie mit dem Jenseits auf durchaus vertrautem Fuße stand, beschlichen ihn gemischte Gefühle, als er den Blick durch das muffige Zimmer schweifen ließ. Er trauerte um einen Freund. Dennoch konnte er ein gewisses Gefühl der Erleichterung, ja der Freude nicht verhehlen. In seinen Augen sprach ihn das von jeglicher Beteiligung an der Ermordung Potters frei. Zwar bezweifelte er, dass das vertrauliche Gespräch mit einem toten König ihm ein brauchbares Alibi liefern würde, doch im Grunde seines Herzens wusste er, dass er unschuldig war. Eine schwere Last fiel von seinen Schultern. Obwohl sie die Sonne in ihrer ganzen Pracht seit drei Tagen nicht gesehen hatten, schien es im Zimmer plötzlich heller. Neue Horizonte taten sich auf. Das musste begossen und gefeiert werden.

Der Whiskyvorrat in der Küche beschränkte sich auf ein paar Fingerbreit in den wenigen verbliebenen Flaschen. Doch unter dem Bett befand sich Major Potters ganz privates Branntweinlager. Der alte Soldat würde es ihnen bestimmt nicht übelnehmen, wenn sie sich das eine oder andere Gläschen davon gönnten. Siri ging auf die Knie und zog die Kiste hervor. Sie war nach guter, altmodischer Art aus Holz gezimmert, doch der Einsatz, der die restlichen acht Flaschen voneinander trennte, war aus Pappe. Er saß so fest, dass Siri all seine Kraft aufwenden musste, um eine Flasche herauszuwuchten. Er hielt sie in die Höhe. Das war kein schnöder Johnnie Walker. *Glenfiddich Single Malt Scotch Whisky, 12 Years Old* stand auf dem glänzenden, goldgerahmten Etikett. Potter war ein wahrer Kenner. Siri überlegte, ob elf Uhr nicht vielleicht doch etwas früh war für einen kleinen Festtagsschluck. Aber dann fiel ihm ein, mit welch riesigen Schritten er sich dem Ende seiner Tage näherte, und er konnte sich wenig Schöneres vorstellen, als mit einem edlen Tropfen auf den Lippen aus dem Leben zu scheiden. Die Kiste war weitaus schwerer als die Flaschen, darum zog er das Kopfkissen ab und stopfte sie in den Bezug, wobei er sorgfältig darauf achtete, dass sie nicht allzu heftig aneinanderschlugen. Als er die vierte Flasche herauszog, löste sich der Pappeinsatz, und plötzlich wurde Siri einiges klar. Major Potter hatte Civilai nicht etwa gebeten, ihm die Schnürsenkel zu lösen. Er hatte auf die Kiste gezeigt. Und als Füllmaterial dieser Kiste dienten drei große braune Briefumschläge.

Als Gewürz verleiht Marihuana vielen Gerichten ein reizvolles Aroma. Besonders gut passt es zu Auberginen. Hätten die Amerikaner kein solches Aufheben darum gemacht, wäre Marihuana – getrocknet, gehackt und in Gläser abgefüllt – in sämtlichen Gewürzregalen dieser Welt ein Ehrenplatz sicher gewesen. Gekocht oder gebraten ist es genauso wenig justiziabel wie Thymian oder Oregano. Taucht man es jedoch in gesättigtes Fett oder serviert es in heißem Zuckerwasser, wird rasch klar, warum der Leiter des United States Federal Bureau of Narcotics es einst als *die schlimmste gewaltfördernde Droge der Menschheitsgeschichte* bezeichnete, *die bei ihren Konsumenten zu Wahnsinn, Kriminalität und Tod führt – Negern vorgaukelt, sie seien den Weißen ebenbürtig, und Pazifismus und kommunistische Gehirnwäsche zur Folge hat.* Der Mann hatte das Zeug anscheinend nie probiert.

In gerauchter Form erzeugt Cannabis schnell einen starken Rausch, der in ein kurzlebiges High übergeht. Damit die Euphorie andauert, muss der Pegel konstant gehalten werden. Marihuanatee hingegen erfordert etwas mehr Geduld. Oft setzt die Wirkung erst nach einer Stunde ein und hält entschieden länger an. Und jeder Konsument reagiert anders auf die Droge. Bei manchen mag sie dazu führen, dass eine latente Paranoia an die Oberfläche bricht wie ein Luft holender Wal. Andere können sich vor Lachen kaum auf den Beinen halten. Und Madame Daengs Erinnerung hatte sie keineswegs getrogen: Bis sich herausstellte, dass die Agenten den Vorrat der Behörde überwiegend zum persönlichen Gebrauch verwendeten, hatte das OSS Gras in der Tat als Wahrheitsdroge eingesetzt, nicht selten mit urkomischem Ergebnis. Bei vielen Probanden führte Marihuana zu Manie und zwanghafter Geschwätzigkeit.

Daeng tüftelte seit einer Stunde an ihrem Tee. Obwohl sie beim Probieren aus guten Gründen äußerste Vorsicht hatte walten lassen, musste sie zugeben, dass ihr ein ungemein schmackhaftes Gebräu gelungen war – zwanzig Liter, den Ausmaßen des Topfes nach zu urteilen. Sie reichte es in großen Bechern und verkaufte es als einheimischen Kräutertee mit leicht belebender Wirkung. Das ideale Mittel gegen eine verrauchte Lunge. Begleitet von den beiden Küchenmädchen, brachte sie den Gästen den Tee zu Mittag persönlich aufs Zimmer. Sie klopfte jedoch beileibe nicht an jede Tür. Ihr Rundgang führte sie zu General Suvan, Richter Haeng und seinem Cousin Vinai, Peach, Senator Vogal und Ethel Chin, die mehr Zeit bei dem Senator als in ihrem eigenen Zimmer zu verbringen schien. Daeng wartete, bis sie von ihrem Tee gekostet hatten. Sie wusste, hatte er erst einmal ihre Lippen benetzt, würden sie nicht mehr davon lassen können und womöglich sogar nach mehr verlangen. Zu guter Letzt gab sie auch dem Küchenpersonal, den beiden alten Musketieren und Herrn Toua und seiner Frau je eine Tasse. Nur bei den jungen Wachsoldaten, die man vom örtlichen Stützpunkt angefordert hatte, machte sie eine Ausnahme, weil sie aussahen, als hätten sie bereits irgendetwas intus. Marihuana und Maschinengewehre sind eine ungute Kombination.

Erschöpft und voller Neugier auf die Wirkung ihres Zaubertranks, zog Daeng sich in ihr Zimmer zurück. Siri war nicht da. Da sie auf ihrem Rundgang keinen der drei gesehen hatte, nahm sie an, dass er mit Dtui und Phosy unterwegs war. Auch Lit und Sergeant Johnson waren verschwunden. Also würde sie wohl oder übel Civilai bitten müssen, ihr bei der Beobachtung ihrer Studienobjekte zu assistieren. Wie immer taten ihr die Beine weh, und so machte sie den Fehler, ihr müdes Haupt auf das Kopfkissen zu betten – nur ein paar Minütchen.

Es war ein Uhr, als sie jemand am Fuß zog. Sie schlug die Augen auf und stellte fest, dass grelle Scheinwerfer das Zimmer erhellten und der spärliche Wandschmuck ausgelassen tanzte. Herr Geung stand am Fußende des Bettes und klammerte sich an ihren Knöchel. Wie es schien, hatte jemand ein Mittel gegen Rheuma erfunden, während sie geschlafen hatte. Zum ersten Mal auf dieser Reise waren ihre Gelenke so geschmeidig wie die einer zehnjährigen rumänischen Turnerin.

»Alle spielen verrückt«, sagte Geung und zog schon wieder an ihrem Fuß.

»Wie bitte?«

»Ich weiß auch nicht, was los ist. Alle spielen verrückt.«

»Geung, was ist denn mit Ihnen passiert?«

»Wieso? Was soll passiert sein?«

»Das gibt's doch nicht.« Als sie sich aufsetzte, begann das Bett wild hin- und herzuschaukeln, als wollte es sie abwerfen. Das Zimmer war wirklich wunderschön. Sie entriss Geung ihren Fuß. »Sie stammeln und stottern ja gar nicht mehr.«

»Tut mir leid.«

»Geung! Was haben Sie getan?«

»Nichts.«

»Haben Sie von dem Tee getrunken?«

Eine Überdosis von Sinneseindrücken drohte Daeng zu überwältigen: Gerüche, Geräusche, der Geschmack ihrer eigenen Zunge.

»Ja«, sagte Geung. »Einen halben Becher.«

Obwohl die Lage ohne Zweifel ernst war, musste Daeng unwillkürlich lachen. Sie hatte nur ein paar Teelöffel ihres Tees zu sich genommen, und trotzdem hatte sie das Gefühl zu schweben. Sie war weiß Gott kein Neuling, was Marihuana anging, aber so etwas hatte sie noch nie erlebt. Das Zeug haute den stärksten Mann um. Und Herr Geung hatte einen halben Becher davon getrunken. Was hatte sie bloß angerichtet? Sie lachte, bis ihr die Tränen über die Wangen rollten.

»Sie haben welche vergessen«, sagte Geung mit todernster Miene, worauf Daeng einen neuerlichen Lachanfall bekam.

»Was?«

»Einige haben keinen Tee bekommen. Genosse Civilai, Tante Bpoo, Dr. Harakiri.«

»Haben Sie ihnen etwa …?« Es war einfach zu komisch.

»Der Tee war sehr lecker. Und es ist ungerecht, wenn die einen welchen kriegen, die anderen aber nicht. Die Wachsoldaten mochten ihn besonders gern.«

»Sie haben allen welchen gegeben?«

Es war so furchtbar, dass sie Angst hatte, sich einzunässen.

»Ein paar haben sogar zwei Becher getrunken.«

Brüllend vor Lachen floh Daeng ins Badezimmer. Verfluchter Mist. Der Schuss war nach hinten losgegangen. Was für ein kolossaler Reinfall. Trotzdem lachte sie. Erst recht, als der Wasserhahn weiter nichts von sich gab als einen trockenen Furz. Wie auf Gummistelzen hüpfte sie zurück ins Zimmer. Geung starrte noch immer auf den Abdruck, den sie in der dicken Steppdecke hinterlassen hatte, als habe er gar nicht bemerkt, dass sie fort gewesen war.

»Hier bin ich«, sagte sie. »Gehen wir.«

»Wohin denn?«

»In den Zirkus.«

Die Entdeckung von Major Potters Papieren hatte einen Nachteil. Sie waren allesamt auf Englisch. Doch die Götter hatten ein Einsehen, denn kaum hatte er sie entdeckt und sich einen Übersetzer herbeigewünscht, wurde ihm dieser Wunsch auch schon gewährt. Als es an der Tür klopfte, sprang er auf, eilte quer durchs Zimmer und öffnete. Auf der Schwelle stand Tante Bpoo mit einem großen Becher in jeder Hand.

»Er steht kurz bevor«, sagte sie.

»Mein Tod?«

»Es sei denn, wir können ihn verhindern.«

»Was haben Sie denn da?«

»Tee. Wie mir Herr Geung versichert hat, ist er gar köstlich. Ich habe mir erlaubt, Ihnen ein Tässchen mitzubringen.«

»Wozu der Aufwand? Nach meiner Obduktion landet er ohnehin als schnöder Mageninhalt in einem Plastikbeutel.«

Der Doktor ging zurück zum Bett und ließ Bpoo in der Tür stehen.

»Wenn ich ehrlich bin«, sagte er, »kommt mir das im Moment ein wenig ungelegen. Ich habe womöglich jede Menge wertvoller Hinweise, Indizien und dergleichen entdeckt, kann das verdammte Zeug aber nicht lesen. Können wir die ganze Sache nicht einfach – ich weiß auch nicht – um ein paar Tage verschieben?«

»Ich glaube kaum, dass der Tod mit sich feilschen lässt«, sagte Bpoo. Sie trat ins Zimmer und stieß die Tür mit dem Hinterteil ins Schloss. Die bizarren Erlebnisse der letzten Jahre hatten Siri gelehrt, die Zeichen ernst zu nehmen. Wenn Bpoo sagte, dass er sterben würde, dann würde er auch sterben. Dennoch hatte er nicht die Absicht, die Hände in den Schoß zu legen und darauf zu warten, dass Gevatter Tod auf seinem Ochsenkarren des Weges kam.

»Na schön«, sagte er. »Wenn die Zeit tatsächlich so sehr drängt. Stellen Sie die Tassen hin, kommen Sie her, und schauen Sie sich das mal an. Vielleicht können Sie mir verraten, was darinsteht.«

Er breitete die Papiere aus und setzte sich damit aufs Bett. Tante Bpoo ankerte in der Zimmermitte.

»Alter Mann«, sagte sie. »Wollen Sie sich denn nicht vorbereiten?«

»Vorbereiten? Worauf?«

»Na, auf den Tod.«

Siri lachte.

»Meine liebe Bpoo, die Sache ist doch die. Wenn es nach den Buddhisten geht, ist der Tod lediglich der Übergang zur nächsten Inkarnation. Und sofern mir nicht in letzter Minute noch ein Benimmbrevier für Stechmücken in die Hände fällt, wüsste ich nicht, wie ich mich darauf vorbereiten sollte. Wenn es nach den Katholiken geht, könnten mir da, wo ich hinkomme, allenfalls ein Asbestanzug und ein Glas Eiswasser aus der Bredouille helfen. Und wenn es nach den Kommunisten geht, tut ein Mensch sein Bestes, bis er sanft entschlummert, und dann wird ihm zu Ehren eine Statue errichtet, an der die Leute ihre Wäsche aufhängen. Kurz, wenn ich abtrete, erben Sie das Vermächtnis des heutigen Tages. Also kommen Sie gefälligst her und übersetzen Sie.«

Eine halbe Stunde später betraten Siri und Bpoo den Speisesaal, wo Fellini anscheinend gerade eine Massenszene inszenierte. Wie die Überlebenden einer Naturkatastrophe hatten sich alle Hotelgäste an einer zentralen Stelle versammelt. Sie scharten sich um den großen Teetopf. Dr. Yamaguchi stand auf dem Tisch und tauchte seinen Becher in die süße Neige.

Siri musste an Civilais Geschichte von den Leichen denken, die man in den Reiswhiskykrügen gefunden hatte. Um sein eigenes Leben schien der Pathologe nicht zu fürchten, denn sein Hintern hing wackelnd in der Luft. Der Senator stand auf einem Stuhl und hielt eine Rede. Sein zahlreich erschienenes Publikum bestand aus einer Handvoll Hmong und Civilai, der so tat, als würde er übersetzen, sich in Wahrheit aber nur über den Staatsmann lustig machte. Beflügelt von Jubelrufen und Gelächter, brüllte Vogal so laut und ruderte so heftig mit den Armen, dass er beinahe vom Stuhl gefallen wäre. In einer Ecke wiegten Daeng und General Suvan sich fast unmerklich in einem stummen *ramwong*-Tanz. Die Musik, die nur sie hören konnten, kam offenbar von einer Kassette, die zu lange in der Sonne gelegen hatte. Ethel Chin saß allein an einem Tisch und schluchzte unglücklich in ihre verschränkten Arme. Herr Geung stand neben ihr, tätschelte ihr den Rücken und sagte immer wieder: »Ist ja gut.« Sekretär Gordon becircte Touas Frau, die wie ein Schulmädchen kicherte und schamrot anlief.

Siri beobachtete erschrocken und amüsiert zugleich, wie Richter Haeng die Hand nach Peaches Brust ausstreckte. Sie lehnte sich gerade noch rechtzeitig zurück, ballte die Faust und landete einen staunenswerten Schwinger auf des Richters Riechorgan. Nach einigen Schrecksekunden hallte ein lautes Krachen durch den Saal, und eine Blutfontäne spritzte aus den Nüstern des Justizbeamten. Während er sich mit der rechten Hand die Nase zuhielt, unternahm er mit der linken einen zweiten Grapschversuch, nunmehr nach der anderen Brust. Diesmal war es das Knie, mit dem Peach den Richter auf die Bretter schickte und jeglicher Hoffnung auf künftige Generationen von Haengs ein jähes Ende machte.

Rhyme von *Time* lief ernsthaft Gefahr, sich zu blenden, denn er starrte fasziniert in das Blitzlicht seiner Kamera und rief jedes Mal begeistert »Wow«, wenn die Birne grell aufflammte.

Blieb nur noch Cousin Vinai, der aus Küchenservietten eine Art Schlinge geknüpft hatte und auf eine Leiter geklettert war, um sie, trotz erheblicher motorischer Schwächen, am Dachbalken zu befestigen.

»Jetzt wissen Sie, warum ich Sie den Tee nicht habe trinken lassen«, sagte Siri.

Bpoo machte auf dem Absatz kehrt, doch Siri packte sie am Arm.

»Wo wollen Sie hin?«, fragte er.

»Auf Potters Zimmer stehen noch zwei volle Becher von dem Gebräu.«

»Kommt nicht in Frage.«

»Aber sehen Sie sich die Leute doch an.«

»Wir brauchen einen klaren Kopf.«

»Den habe ich auch, wenn ich stoned bin. Was das angeht, bin ich flexibel.«

»Bpoo!«

»Bitte.«

»Sie sind meine letzte Hoffnung. Ohne Sie werde ich den heutigen Tag nicht überleben.«

»Na prima. Jetzt versucht er's auf die Mitleidstour. ›Ohne Sie werde ich den heutigen Tag nicht überleben.‹ Meinetwegen. Aber wenn das hier vorbei ist, trinke ich das Zeug. Beide Becher.«

»Meinen Segen haben Sie. Und nun zurück zur Sache. Wir wissen zwar noch nicht genau, wer Potter umgebracht hat, aber es gibt durchaus zwei, drei Leute, die wir guten Gewissens von der Liste streichen können. Bleiben nicht allzu viele

Kandidaten übrig. Darum schlage ich vor, wir machen uns ihre zeitweilige Unzurechnungsfähigkeit zunutze und konzentrieren uns auf die Schwachen und Verwundeten.«

»Wie wär's mit ihr?«, fragte Bpoo und wies mit einem Nicken auf Ethel Chin. Selbst Geung hatte ihr den Rücken gekehrt. Sie saß allein am Tisch, und die Tränen strömten ihr über die geröteten, mit Pusteln übersäten Wangen.

»Ein armes, verirrtes Schaf«, sagte Siri. »Wetzen Sie Ihre Klauen.«

Sie ließen sich links und rechts von der persönlichen Assistentin nieder. Als sie den Kopf hob und ihre neuen Sitznachbarn erblickte, schluchzte sie noch lauter.

»Ich soll im Oktober heiraten«, schniefte sie. »Und nun sehen Sie mich an. So hässlich, wie ich bin, spricht er doch nie wieder ein Wort mit mir.«

Siri nickte.

»Mal ehrlich, Schätzchen«, sagte Bpoo. »Schon bevor die Krätze Sie befallen hat, waren Sie nicht gerade Miss Hong Kong. Ihr Verlobter ist offenbar ein ziemlich toleranter Bursche. Oder seine Augen sind nicht mehr die besten.«

Chin heulte ihr Elend in die Welt hinaus.

»Ich nehme doch an, er weiß, dass Sie auf diesen ›Geschäftsreisen‹ zu Ihrem Chef ins Bettchen hüpfen. Oder haben Sie vergessen, ihm das zu sagen?«

Die Tränenflut wollte kein Ende nehmen. Bpoo machte seine Arbeit ausgezeichnet. Schmutzige Wäsche. Persönliche Beleidigungen. Ein Sturmangriff par excellence. Siri betrachtete Ethel Chins Gesicht. Das Make-up konnte ihren Ausschlag nur notdürftig kaschieren. Wahrscheinlich verschlimmerte es die Infektion sogar. Und da, wie ein Blitz aus heiterem Himmel, traf ihn die Erkenntnis.

»Natürlich«, sagte er und schlug sich die Hand vor die vernarbte Stirn.

»Was ist denn?«, fragte Bpoo, die noch immer auf eine Gelegenheit wartete, ihre Attacke fortzusetzen.

»Wieder einmal habe ich mehrere Tage gebraucht, um zu erkennen, was Inspektor Maigret von der Pariser Sûreté sofort bemerkt hätte.«

»Wer?«

»Ich bin eine Schande für die Detektivzunft.«

Bpoo zog ihre aufgemalten Augenbrauen hoch.

»Sie können das Feuer einstellen«, sagte Siri. »Jetzt haben wir sie am Schlafittchen.«

»In Ordnung, alter Mann. Ich werde so bissig und boshaft übersetzen, wie es irgend geht.«

»Gut. Dann wollen wir mit einer Geschichte beginnen. Der Geschichte der Jesuiten. (Bpoo machte große Augen. Siri ignorierte sie.) Neben ihrem seltsamen Glauben, Käse und Feuerschalen haben die Jesuiten auch Schusswaffen in unser unzivilisiertes Land gebracht. Die Religion allein genügte ihnen anscheinend nicht. Die – in Europa seinerzeit sehr populäre – Waffe ihrer Wahl war die Muskete. Die Laoten waren ein findiges Völkchen und lernten, die Gewehre mit einheimischen Materialien nachzubauen. Aber da es damals noch keine Qualitätskontrolle gab, hatte unsere Version der Muskete die eine oder andere Macke.«

Ethel Chins Quellen waren versiegt. Wütend richtete sie ihre roten, verquollenen Augen auf Bpoo, die den Blick ungerührt erwiderte.

»Kaum zu fassen«, fuhr Siri fort, »dass die Leute vom Land bis heute auf ihre alten Musketen schwören, wo es doch nach dreißig Jahren Krieg praktisch an jeder Ecke weitaus billigere

Waffen zu kaufen gibt. Eines haben sie dennoch gelernt, nämlich sie nicht in Gesichtsnähe abzufeuern, weil Pulverexplosionen gemeinhin recht garstige Verbrennungen nach sich ziehen. Jemand, der mit dieser Regel nicht vertraut ist und seine Schießkünste zum Beispiel amerikanischen Westernserien verdankt, würde mit hoher Wahrscheinlichkeit die Wange an den Gewehrlauf pressen.«

Chin wandte den Kopf.

»Es ist ein Ausschlag«, blaffte sie den Doktor an.

»Mitnichten«, sagte Siri. »Was ich im Übrigen zweifelsfrei belegen kann, denn es lassen sich noch Monate danach winzige Pulverpartikel in der Haut nachweisen. Zum Glück haben wir in unserem Labor ein Elektronenmikroskop.«

Tante Bpoo hatte ihre helle Freude an der Übersetzung... und der Lüge.

»Und warum sollte ich eine Muskete abfeuern?«, fragte Chin, in deren Augen mit einem Mal ganz andere Tränen standen.

»Um den Verdacht von Ihrem Arbeitgeber abzulenken. Das Attentat auf den Senator war weiter nichts als eine Finte, um ihn als Verdächtigen im Mordfall Potter auszuschließen. So gesehen, war er ein Opfer. Ich glaube kaum, dass er sonderlich begeistert war, als Sie ihn tatsächlich getroffen haben. Sie wollten sich vermutlich unauffällig ins Gebüsch schlagen, wo sie Ihre Muskete versteckt hatten, und einen Schuss auf ihn abfeuern, der sein Ziel um ein oder zwei Meter verfehlte. Aber wie ich schon sagte, diese Musketen haben ihre Tücken. Ein Glück, dass Sie den armen Teufel nicht erschossen haben.«

»Das ist absurd«, kreischte Chin. »Der... der Täter war jemand, der... der uns hasst. Ein feiges Attentat. Und Mord? Was heißt hier Mord? Potter hat sich umgebracht.«

Chin war verwirrt. Gut. Er hatte sie, zumindest vorübergehend, aus der Reserve gelockt.

»Aber Sie wissen doch genau, dass das nicht stimmt«, fuhr Siri seelenruhig fort. »Nachdem der Sprengstoffanschlag gescheitert war, mussten Sie sich schleunigst etwas Neues einfallen lassen. Ich nehme an, einer von Ihnen hatte sich während des Abendessens in Potters Zimmer geschlichen und eine alte, instabile Dynamitstange in seinem Rucksack deponiert, wenn nicht sogar scharf gemacht. Aber über die Einzelheiten reden wir später. Ich bin gerade so schön in Fahrt, da lasse ich mich ungern unterbrechen. Wie gesagt, nachdem das schiefgegangen war, mussten Sie sich einen Plan B ausdenken. Nach allem, was man hört, war der Major ein alter Lustmolch. Da passte ein autoerotischer Unfall hervorragend ins Bild. Tot und diskreditiert in einem. Herz, was willst du mehr? Dummerweise waren Sie beide hundertprozentig davon überzeugt, dass Plan A gelingen würde, und auf die neue Situation deshalb nur unzureichend vorbereitet. Sie mussten improvisieren. Ihm heimlich Beruhigungsmittel zu verabreichen, war vermutlich nicht besonders schwer. Nur haben Sie es ein klein wenig übertrieben. Denn da Sie nicht wussten, welche Dosis die gewünschte Wirkung erzielen würde, haben Sie ihm einfach die ganze Packung in den Kaffee getan. Nicht wahr? Als Sie in sein Zimmer kamen, war er bewusstlos, und die eigentliche Vorstellung konnte beginnen. Mir ist aufgefallen, dass Sie seit ein paar Tagen keinen Lippenstift mehr tragen.«

»Wer braucht im Dschungel schon Lippenstift?«

Der gewohnte arrogante Tonfall war aus ihrer Stimme gewichen.

»Dabei hatten Sie ein sehr imposantes Rot aufgelegt, als Sie angekommen sind. Es würde mich nicht wundern, wenn es derselbe Farbton wäre, der auch Potters Lippen zierte. Und dann war da noch der Schönheitsfleck.«

»Sagen Sie dem alten Mann, er soll aufhören«, flehte Chin, doch Bpoo zuckte nur resigniert die Achseln.

»Damit haben Sie sich selbst ein Bein gestellt«, meinte Siri. »Ich weiß nicht, in welchem Verhältnis Sie zu dem Senator...«

»Er ist ein angesehener Staatsm...«

»Und ich will es eigentlich auch gar nicht wissen. Aber wenn ich mir Sie beide in der Mordnacht in Potters Zimmer vorstelle, läuft es mir heiß und kalt über den Rücken. Sie scheinen es regelrecht genossen zu haben. Der Major ist bewusstlos. Sie ziehen ihn aus. Sie schleifen ihn zu zweit zur Tür und binden ihn fest. Ich frage mich, woher Ihr Chef weiß, wie man eine Schlinge mit Laufknoten knüpft. Bei den Pfadfindern lernt man so etwas jedenfalls nicht. Aber damit nicht genug, Sie mussten Potter auch noch erniedrigen: das Spitzenhöschen, der Lippenstift, der Schönheitsfleck. Und der war eindeutig etwas zu viel des Guten. Wenn ein Mann sich zum Feierabendvergnügen als Frau verkleidet, wird er sich hüten, wasserfeste Tinte zu benutzen.«

»Stimmt«, sagte Bpoo.

»Ich habe mir erlaubt, einen der Filzstifte zu entwenden, die Sie und der Senator für Ihr Flipchart benutzen. Der Stift, den wir in Ihrem Zimmer gefunden haben, stammt vom selben Hersteller, und die Fingerabdrücke darauf sind identisch.«

Da er nicht von Daengs Tee gekostet hatte, konnte Siri unmöglich mit Bestimmtheit sagen, was in Ethel Chins Kopf vorging. Aber ihr logisches Ich schien um Anerkennung und Gerechtigkeit zu buhlen. Sie lachte Bpoo rüde und verächtlich ins Gesicht.

»Ich habe Jura studiert«, sagte sie. »In Yale gehörte ich zu den ersten fünf Prozent meines Jahrgangs. Mit anderen Worten, als Anwältin bin ich eine ganz heiße Nummer. Und wissen Sie, was? Mit dem, was Sie mir gerade erzählt haben, hätten Sie vor einem ordentlichen Gericht auch nicht den Hauch einer Chance. Sagen Sie Ihrem komischen Leichendoktor, er hat rein gar nichts gegen mich in der Hand. Er kann mich mal gernhaben.«

Siri und Bpoo quittierten diese bedauerliche Mitteilung mit einem Schmunzeln.

»Und ich habe Medizin studiert«, sagte Siri. »Am Pariser Hôtel de Ville gehörte ich zu den letzten zehn Prozent meines Jahrgangs. Zugegeben, keine besonders heiße Nummer, bestenfalls lauwarm. Aber ich weiß, wie sich mit einer handelsüblichen Nähnadel und einem gezielten Stich ins Rückenmark eine bleibende Lähmung herbeiführen lässt.«

Bpoo quiekte regelrecht vor Freude, bevor sie übersetzte.

»Sie scheinen vergessen zu haben, wo Sie hier sind. Es spielt nicht die geringste Rolle, ob unsere Beweise vor Gericht Bestand hätten, denn wir haben nur einen Richter, und der ist ein Idiot. Sie befinden sich im tiefsten Dschungel Indochinas, ohne Freunde, von Feinden umzingelt. Hier gibt es keine Gesetze. Sie können ›Unrecht!‹ schreien, bis Ihnen die Lunge platzt, aber es wird Sie niemand hören.«

Nachdem Bpoo all das weitergegeben hatte, seufzte sie wie ein durchlöcherter Traktorreifen und nahm zärtlich Siris Hand.

»Wenn Sie nicht schon verheiratet wären …«

»Ich weiß nicht, was hinter der ganzen Sache steckt«, sagte Siri. »Noch nicht. Ich habe keine Ahnung, aus welchem Grund Sie wirklich hier sind oder in welchem Verhältnis Ihr

Chef zu den beiden Bowrys steht, aber ich weiß, dass Potter ihm schon in Ho-Chi-Minh-Stadt auf den Fersen war. Ich habe Potters Notizen gelesen. Aus denen unter anderem hervorgeht, dass Vogal seine Position in der Botschaft schamlos missbrauchte. Und dass er es war, der Potters Entlassung betrieben hat. Vogal schrieb einen Brief an das State Department, in dem er Potters Exzesse schilderte und dem Ministerium nahelegte, den Major zum Rücktritt aufzufordern. Ich bezweifle nicht, dass Potter ein Säufer war und Probleme hatte. Aber allein die Tatsache, dass er diese Mission geleitet hat, sagt mir, dass er ein Getriebener war. Und über einflussreiche Freunde verfügte, die seine Überzeugungen teilten, andernfalls hätte man ihm diesen Posten wohl nicht angeboten.

Die Frage lautet also: Was wird hier eigentlich gespielt? Aus den fehlenden Seiten von Sebastians Befragungsprotokoll geht hervor, dass Boyd im Cockpit stets einen Aktenkoffer mit sich führte, den er seinem Mechaniker gegenüber als seine Versicherungspolice bezeichnet hatte. Angeblich enthielt er genügend Beweise, um die ganze Bande hinter Gitter zu bringen. Sollte dieser Aktenkoffer den Absturz heil überstanden haben, gibt es ohne Zweifel eine Menge Leute, die ihn gern in die Finger bekommen würden. Dafür finanziert man auch schon mal eine kleine Vermisstensuchaktion. Oder fliegt, wie Senator Vogal, persönlich ein, um zu verhindern, dass der Inhalt des Koffers an die Öffentlichkeit gelangt. Und begeht notfalls sogar den einen oder anderen Mord. Ich wette, Potter hat sich diebisch gefreut, als er den Namen des Senators auf der Liste entdeckte. Leider sieht es ganz danach aus, als hätte er die kriminelle Energie Ihres Arbeitgebers sträflich unterschätzt.«

Ethel Chin weinte, und das zu Recht. Sie war erledigt. Siri

sah zu dem spärlich behaarten Senator hinüber: vom Tee berauscht, abstruse Reden schwingend, ahnungslos. Und beim besten Willen nicht in der Lage, sich der Festnahme durch einen greisen Arzt zu widersetzen. Das Böse war besiegt. Der Fall gelöst. Inspektor Siri war der Held des Tages. Ein dreifach Hoch auf Dr. Siri. Und während er wieder einmal damit beschäftigt war, sich auf die Schulter zu klopfen und seiner Großtaten zu rühmen, bemerkte er nicht, wie sich das Schicksal mit gefletschten Zähnen anschlich, um ihn in den Allerwertesten zu beißen.

21

ERZ AUS STEIN

Sie marschierten seit einer Stunde durch die Sorte Dschungel, die Hollywood so perfekt aus Pappmaché und Plastik nachzubilden wusste. Langsam, aber sicher gingen ihnen die Luft und der Gesprächsstoff aus. Eigentlich hatten die beiden unfreiwilligen Genossen Phosy und Lit allein zum Phu-Kum-Berg wandern wollen. Doch da sie ihrer Sache nicht ganz sicher waren, hatten sie die Fotos Sergeant Johnson vorgelegt. Nur um ein paar verbrannte Felder zu besichtigen war der Weg entscheiden zu weit. Leider sprachen beide kein Wort Englisch, und so hatten sie Dtui als Dolmetscherin hinzuziehen müssen. Nach eingehender Betrachtung der Fotos hatte Johnson ihnen erklärt, dass Brandrodung und Napalm ähnliche Schäden verursachten: Baumstümpfe, ja bisweilen sogar komplett verkohlte Bäume, die sich auch mit schwerem Gerät kaum beseitigen ließen. Kein ihm bekanntes Entlaubungsmittel hinterlasse solch verheerende Spuren. Johnsons bescheidener Ansicht nach war das Gebiet auf den Fotografien von demselben »Sprit« verwüstet worden, der auch das Totenfeld in Asche gelegt hatte. Nicht zuletzt darum wollte er unbedingt mitkommen. Diese Bitte konnten sie ihm schwerlich abschlagen. Was zu Phosys Leidwesen bedeutete, dass sie auch Dtui mitnehmen mussten. Bei ihrem Tempo würden sie doppelt so lange brauchen.

Während der Fahrer aus Phonsavan friedlich schlummernd in seiner Hängematte gelegen hatte, waren sie heimlich in seinen Lastwagen gestiegen. Sie hatten die Handbremse gelöst und waren still und leise den Hügel hinunter und durch das Tor gerollt. Die alten Musketiere hatten salutiert, als sie an ihnen vorbeigefahren waren. Erst hundert Meter vom Hotel entfernt hatten sie den Motor angeworfen und sich zum Phu-Kum-Berg aufgemacht.

»Sind Sie sicher, dass wir hier richtig sind?«, fragte Phosy, und das nicht zum ersten Mal. Sie hatten den Laster am Rand der Piste abgestellt und sich ins dichte Unterholz geschlagen. Lit enthielt sich einer Antwort. Da sich der Rauch ein wenig gelichtet hatte, konnte er sich am schemenhaften Umriss der Sonne orientieren. Er hatte seine Landkarte und seine Nase, und niemand, schon gar nicht ein kleiner Polizist aus Vientiane, konnte ihn von seinem Kurs abbringen. Was ihn jedoch nicht daran hinderte, Schwester Dtui für ihr Durchhaltevermögen, ihren unerschütterlichen Humor und ihre Englischkenntnisse zu loben. Phosy hatte dem weiter nichts entgegenzusetzen als:

»Sind Sie sicher, dass wir hier richtig sind?«

Als sie bei der Lichtung ankamen, erhielt er eine anschauliche Antwort auf seine Frage. Es sah aus, als habe eine himmlische Sense den Dschungel gerodet und nichts als die ausgewaschene gelbe Krume zurückgelassen. In nord-südlicher Richtung erstreckte sich eine dreißig Meter lange, kahle Narbe bar jeder Vegetation. Dtui sträubten sich die Nackenhaare. Den Männern ging es ebenso, auch wenn sie es niemals zugegeben hätten.

»Ich werd verrückt«, entfuhr es Johnson.

»Der Berg müsste westlich von uns liegen«, sagte Lit. »Falls er noch da ist.«

Schweren Herzens gingen sie weiter nach Norden, und ihre Stiefel knirschten durch das abgestorbene Gehölz. Hier und da entdeckte Phosy Reifenspuren im Schlamm. Sie stießen auf Plastiktüten und leere Benzinkanister. Sie waren nicht die Ersten, die diese tote Schneise durch den Dschungel benutzten. Nach zwanzig Minuten erhob sich verschwommen eine dunkle Silhouette aus dem Dunst.

»Das ist Phu-Kum«, sagte Lit.

Dtui klopfte ihm auf den Rücken und lobte ihn für sein Orientierungsvermögen. Phosy schlug ein wenig fester zu als nötig.

»Ja, gute Arbeit, Genosse«, sagte er.

Sie gelangten zu einer Art Steinbruch. Riesige Felsbrocken lagen in der baumlosen Landschaft verstreut. Überall klafften tiefe Krater. Der Berg selbst erinnerte an einen ausgehöhlten Schokoladenpudding.

»Was für ein Chaos«, meinte Dtui.

»Wir sind da«, sagte Phosy. »Aber was ist hier passiert?«

»Irgendjemand hat den halben Berg weggesprengt, das ist hier passiert«, erwiderte Johnson. Er stieg auf einen Schutthaufen und sah den verwüsteten Pfad entlang, den sie heraufgekommen waren. »Wie weit ist es von hier bis zur thailändischen Grenze?«

Dtui gab die Frage an Lit weiter.

»Gut vierzig Kilometer«, sagte sie. »Warum?«

»Ich weiß nicht. Es sieht aus, als hätte jemand versucht, einen möglich kurzen Transportweg in Richtung Süden zu schaffen. Mit konventionellen Methoden würde es mindestens ein halbes Jahr dauern, das Land derart gründlich zu roden. Die Schlapphüte haben ständig mit allerlei Chemikalien experimentiert. Vielleicht haben sie ja tatsächlich eine Art Supernapalm entwickelt, und ein findiger Kopf hatte die geniale Idee, es zur Rodung des Dschungels einzusetzen. Dafür muss es einen guten Grund geben. Und der befindet sich mit ziemlicher Sicherheit in diesem Berg.«

Dtui hatte Astronautennahrung und Wasser ausgepackt. Sie setzten sich in den Schatten eines Bauchwehbaums, der den Bomben und dem Napalm auf wundersame Weise widerstanden hatte. Phosy hatte keinen Hunger. Er trank einen Becher Wasser und gab vor, austreten zu müssen. Dann umrundete er einen Wall aus Gesteinsbrocken und machte sich daran, die Felswand zu erklimmen. Er war ein Sklave seiner Neugier. Ein Mann, der nicht so gut in Form war wie Phosy, wäre über das Trümmerfeld vermutlich nicht hinausgekommen. Es war kein leichter Aufstieg. Doch ihn brachte so etwas nicht aus der Puste. Er wusste, dass er es hinauf- und wieder hinunterschaffen konnte, bevor die anderen ihr Mittagessen beendet hatten. Geologie war zwar nicht gerade seine Stärke, aber die von bunten Adern durchzogenen Felsen erfüllten ihn mit Staunen. Nicht ihre Schönheit beeindruckte ihn, sondern der Umstand, dass diese Weiß-, Braun- und Grüntöne im Laufe von Jahrtausenden entstanden waren und er im Vergleich dazu…

Die Kugeln schlugen in den Felsvorsprung zu seiner Linken, und messerscharfe Gesteinssplitter spickten seine Wange. Einer erwischte ihn am Auge. Er erkannte das trockene Bellen eines AK47 – eine zweite Salve, und er zog den Kopf ein und presste seinen Körper an die Felswand. Es gab keine Deckung. Die Schüsse kamen von rechts oben. Da ihm das Blut in den Augen brannte, konnte er den Schützen nicht sehen. Er versuchte, sich so klein zu machen wie irgend möglich, doch er wusste, dass es nur eine Frage der Zeit war, bis ihn eines der 7.62er-Geschosse treffen würde. Plötzlich verstummte das Gewehrfeuer, und er hörte eine vertraute Stimme.

»Das ist einer von uns, Sie Idiot!«, schrie Kommandeur Lit. »Feuer einstellen!« Ein paar Sekunden herrschte Stille, dann hallte die Stimme des Schützen aus einem Höhleneingang.

»Woher soll ich das wissen?«

»Weil ich es Ihnen sage.«

Phosy konnte ihn zwar nicht sehen, aber er konnte hören, dass der Sicherheitskommandeur sich fast direkt unter ihm befand. Er war dem Inspektor den Berg hinauf gefolgt.

»Und wer sind Sie?«, wollte der Schütze wissen.

»Tja, Soldat, sofern Sie die PL-Uniform, die Sie am Leib tragen, nicht gestohlen haben, bin ich verdammt noch mal Ihr Vorgesetzter, also…«

»Davon weiß ich nichts.«

»Nein. Woher auch? Aber meine Dienstpapiere stecken hier in meinem Rucksack. Wenn Sie sich einen Augenblick gedulden können, hole ich sie heraus und zeige sie Ihnen.«

»Ich habe meine Befehle.«

»Ich auch. Ich bin Kommandeur Lit Keovieng, der ehemalige Sicherheitschef von Sektion fünf. Derzeit im Sondereinsatz in Vientiane. Der Mann, auf den Sie soeben geschossen haben, ist der Polizeiinspektor von Vientiane. Sollten Sie einen von uns töten, finden Sie sich noch vor dem Abendessen vor einem Erschießungskommando wieder. Also legen Sie gefälligst Ihre Waffe weg, kommen Sie runter und werfen Sie einen Blick auf die Papiere, bevor ich da raufkomme und Sie runter*hole*.«

Wieder herrschte Schweigen.

»Mir hat niemand gesagt, dass jemand kommt«, sagte der Schütze.

»Und mir hat niemand gesagt, dass jemand hier ist, der uns umbringen will«, erwiderte Lit.

»Da muss ich erst über Funk nachfragen.«

»Haben Sie Verbindung nach Phonsavan?«

»Ja.«

»Richten Sie Hauptmann Chuan aus, dass Kommandeur Lit aus Xam Neua hier ist.«

»In Ordnung. Bleiben Sie, wo Sie sind.«

»Ich würde gern nach meinem Kollegen sehen. Wenn Sie nichts dagegen haben. Wir wollen schließlich nicht, dass er verblutet, oder?«

Lit kletterte die letzten zwanzig Meter und traf auf einen blutüberströmten Phosy, der von einem Ohr zum anderen grinste.

»Das war der pure Wahnsinn«, sagte Phosy.

»Unfug.«

Lit zog einen Lappen aus seiner Umhängetasche, befeuchtete ihn mit Speichel und wischte Phosy damit das Gesicht.

»Dafür, dass Sie unverletzt sind, bluten Sie ziemlich stark«, sagte er.

»Danke.«

»Wofür?«

»Sie haben mir das Leben gerettet.«

»Ach was.«

»Sie haben einem bewaffneten Gardisten die Stirn geboten. Er hätte Sie ohne Weiteres erschießen können. Das war mutig.«

»Der würde aus zwei Meter Entfernung vermutlich nicht mal einen Panzer treffen.«

»Schon möglich. Trotzdem danke.«

Eine kleine Kiesellawine regnete auf sie herab, als der Schütze sich mit geschulterter Waffe an den Abstieg machte. Da er Flip-Flops trug, legte er ein gut Teil der Strecke auf seinem Hinterteil zurück. Sein Lächeln entblößte zwei Reihen dunkelbrauner Zähne.

»Genossen«, sagte er und streckte die Hand aus. »Nichts für ungut.« Er schüttelte Phosy die Hand und entbot Lit einen verunglückten Gruß.

»Kommandeur«, sagte er. »Ich befolge nur meine Befehle.«

»Schon gut.«

»Eigentlich habe ich den Auftrag, Eindringlinge auf der Stelle zu erschießen. Aber normalerweise verpasse ich ihnen nur einen Streifschuss. Dann können sie nach Hause humpeln und ihre Freunde warnen. Wenn sie nicht wiederkommen, wird am Ende bloß nach ihnen gesucht, stimmt's?«

»Stimmt.«

Sie hörten ein Knirschen, Schritte auf Kies, und der Gardist griff nach seiner Waffe.

»Immer mit der Ruhe, Soldat«, sagte Lit. »Das ist nur der Rest unserer Truppe, der nach dem Rechten sieht.«

»Phosy! Phosy, ist alles in Ordnung?«, ertönte Dtuis ängstliche Stimme.

»Ja«, brüllte Phosy.

»Lit?«

»Bei mir auch«, rief Lit. Er sah schulterzuckend zu Phosy. »Danke der Nachfrage.«

Dtui erschien, eskortiert von Sergeant Johnson, hinter einem riesigen Felsbrocken. Als sie sah, dass ihr Mann verletzt war, kletterte sie die letzten paar Meter allein. Sie rang keuchend nach Atem.

»Was will der denn hier?«, fragte der Soldat, als er Johnson erblickte.

»Ein Gefangener. Machen Sie sich deswegen keine Gedanken«, sagte Lit.

»Wer hat dir das angetan?«, kreischte Dtui.

»Das war ich, Genossin«, sagte der Soldat grinsend. »Sieht schlimmer aus, als es ist.«

Sie funkelte ihn wütend an, riss Lit den Lappen aus der Hand und inspizierte die Wunde.

»Dass du aber auch immer den Helden spielen musst«, murmelte sie. »Ständig musst du dich auf eigene Faust davonmachen, um zu beweisen, was für ein Draufgänger du bist. Du kannst nicht ein Mal fünf Minuten warten. In der Gruppe ist man sicherer. Schon mal gehört? Himmel, Phosy, du bist ja regelrecht gespickt mit Steinen… und ein Zahn ist abgebrochen. Und das soll nicht so schlimm sein, wie es aussieht?«

»Ich hätte ihm auch eine Kugel in den Kopf jagen können«, sagte der Schütze, und warf über die Schulter einen Blick auf die Wunde.

Sie holte ein Päckchen Verbandsmull aus ihrem Rucksack und zeigte damit auf den Soldaten.

»Sie«, sagte sie. »Um Sie kümmere ich mich später.«

»Es geht doch nichts über die Fürsorge einer schönen Frau«, erwiderte der Gardist.

»Und was genau bewachen Sie hier oben so eifrig?«, fragte Lit.

»Wissen Sie das etwa nicht, Genosse?«

»Wenn ich es wüsste, würde ich Sie wohl kaum danach fragen, oder?«

»Stimmt. Gold, Herr Kommandeur.«

»Gold?«

»Und das nicht zu knapp.«

»Bei uns gibt es Gold?« Dtui hob erstaunt den Blick.

»Und ob«, sagte der Soldat. »In den Bergen von Xieng Khouang gibt es jede Menge von dem Zeug. Die Einheimischen wissen seit Jahrhunderten davon, aber bis zum Krieg kamen sie an das edle Metall nicht ran. Kein schweres Gerät. Keine Straßen. Hin und wieder machten sich ein paar Dorfbewohner auf, um ein bisschen zu schürfen. Aber der Weg war weit und beschwerlich. Eine Woche hin, eine zurück. Und ihr einziges Transportmittel war ein Esel. Als sie das Gold schließlich an die chinesischen Händler verkauft hatten, deckte das gerade mal die Kosten für den Reiseproviant. Das lohnte sich nicht.«

»Was soll das heißen, ›bis zum Krieg‹?«, wollte Phosy wissen.

Der Gardist blickte zu John Johnson.

»Amerikaner, oder?«, fragte er.

»Ja.«

»Spricht er Laotisch?«

»Nein.«

»Dann ist's ja gut. Es waren nämlich seine Leute. Die Amis. Sie haben Wind davon gekriegt, dass es in den Bergen von Xieng Khouang Gold zu holen gibt. Da haben sie sich einfach den erstbesten Berg hinter der thailändischen Grenze ausgesucht und ihn mit Bomben zugeschüttet. Das ist das Ergebnis.«

Dtui war entsetzt. Sie fragte John Johnson, ob so etwas möglich sei. Er dachte einen Augenblick nach und lachte dann.

»Natürlich«, sagte er. »Die Bomber taten lediglich, was man ihnen sagte. Der Raven lotste sie zu ihrem Ziel, gab ihnen die entsprechenden Koordinaten, und die Piloten warfen ihre Ladung ab. So ein Raven konnte auf jeden beliebigen Berg, den man in die Luft jagen wollte, einen Angriff nach dem anderen fliegen lassen. Und die Piloten hatten keine Ahnung, dass sie einen Felsbrocken bombardierten. Sehen Sie sich doch um. Das müssen mindestens hundert Luftschläge gewesen sein.«

Kaum hatte Dtui ihnen Johnsons Ausführungen übersetzt, wurden Phosy und Lit ganz aufgeregt.

»Wolff«, sagte Phosy. »Der Raven, der in der fraglichen Nacht mit Boyd und Leon gesoffen hat. Er ist ein paar Wochen später abgestürzt. Ich gehe jede Wette ein, dass er der FAC war, der für das Bombardement dieses Berges verantwortlich ist.«

»Und nachdem er seine Schuldigkeit getan hatte, brauchten sie ihn nicht mehr«, ergänzte Lit.

»Es war vermutlich für sämtliche Beteiligten von Vorteil, wenn sie ihn ein für alle Mal zum Schweigen brachten«, bekräftigte Phosy.

»Und wenn es einen gab, der dafür sorgen konnte, dass seine Maschine einen Unfall hatte, dann war es Leon, der Chefmechaniker«, sagte Johnson. »Deshalb war er nach Long Cheng versetzt worden. Er sollte die Piloten im Auge behalten. Verstehen Sie? Ich wette, er hat auch Boyds Hubschrauber manipuliert. Der junge Pilot wurde langsam, aber sicher nervös. Er war zum Sicherheitsrisiko geworden.«

»Und welche Rolle spielte Boyd bei der ganzen Sache?«, fragte Phosy.

»Er war ihr Mädchen für alles«, sagte Johnson. »Er flog das Supernapalm aus Thailand ein. Erledigte die Drecksarbeit für sie. Vielleicht hat er sogar die Kanister abgeworfen, um das Land plattzumachen. Wer weiß? Nachdem sie ein Loch in den Berg gesprengt und die Schneise zur nächstgelegenen Straße geschlagen hatten, brauchten sie die Jungs nicht mehr. Captain Boyd wusste zu viel und musste verschwinden.«

»Sie brauchten eine Fabrik auf der thailändischen Seite«, gab Lit zu bedenken. »Um das Erz zu bearbeiten und das Gold zu extrahieren.«

»Und eine Exportabsprache mit der Thai-Junta des Monats«, setzte Phosy hinzu.

»Teak«, sagte Dtui.

Alle sahen sie an.

»Teakmöbel«, wiederholte sie. »Die sind schwer. Und werden in Kisten verschifft. Fehlt nur noch ein gutwilliger Zollbeamter, der das Zeug – gegen ein kleines Handgeld, versteht sich – ungeprüft durchwinkt. Exotische Holzprodukte aus Südostasien. Es herrschte Krieg. Wer interessiert sich da schon für Esstische?«

»Bowry senior war der Kopf hinter der ganzen Sache«, sagte Johnson. »Während des Krieges nahm das Geschäft urplötzlich Fahrt auf. Und er wurde so reich, dass er sich einen ganzen Staat kaufen konnte. Kein Wunder, er importierte schließlich Gold. Vogal, sein bester Kumpel aus Highschoolzeiten, saß in Saigon, manipulierte die Papiere und nahm die nötigen Personalveränderungen vor. Er installierte einen Piloten, dem man die Lizenz entzogen hatte, als seinen Strohmann in Spook City. Der die Bomber von einem geschmierten FAC umleiten ließ. Mannomann, die haben nichts dem Zufall überlassen. Ich nehme alles zurück, was ich über die CIA gesagt habe. Die hatte damit nichts zu tun. Das war ein rein privates Unternehmen. Und ein ziemlich raffiniertes noch dazu. Vier oder fünf Eingeweihte. Eine Handvoll Helfershelfer für Transport und Abwicklung. Wirklich sauber eingefädelt, das muss man ihnen lassen.«

»Aber Major Potter wurde misstrauisch«, sagte Lit.

»Also hat Vogal dafür gesorgt, dass er entlassen wurde«, sagte Phosy.

»Und hast du nicht gesehen leitet Potter eine Suchaktion nach dem Piloten, den sie damals eliminieren wollten«, sagte Lit.

»Vogal und Bowry senior müssen außer sich gewesen sein«, fuhr Johnson lachend fort. »Angenommen, man würde den Knaben tatsächlich finden. Dann konnten sie einpacken. Also blieb ihnen keine andere Wahl, als Vogal einzufliegen, damit der persönlich dafür sorgte, dass nichts von alledem ans Licht kam. Er musste unbedingt verhindern, dass Boyd und/oder der Aktenkoffer gefunden werden.«

»Was Vogal zum Hauptverdächtigen im Mordfall Potter macht«, sagte Phosy.

»Keine Frage«, bekräftigte Johnson.

»Oh«, entfuhr es Dtui. Ihr war eine Erkenntnis gekommen. »Wenn Captain Boyds Vater der Drahtzieher der ganzen Aktion war, würde das ja bedeuten …«

»Dass er seinen eigenen Sohn hat ermorden lassen«, sagte Phosy. »Genau. Jetzt wissen wir, mit was für Leuten wir es hier zu tun haben.«

Der Soldat kauerte in der Hocke und hatte die Diskussion aufmerksam verfolgt. Er hatte auch etwas beizutragen.

»Zwei geschmolzene Dörfer«, sagte er.

Lit sah ihn an.

»Geschmolzen?«

»Der rosa Regen«, sagte der Soldat. »Als sie das Zeug versprüht haben, sind zwei Dörfer in Flammen aufgegangen. In denen jeweils etwa zehn Familien lebten. Sie lagen ein ganzes Stück abseits des Ho-Chi-Minh-Pfades. Hier gab es keine feindlichen Aktivitäten. Deshalb zogen die Leute auch nicht fort. Sie dachten, hier wären sie sicher. Dann, eines Tages, waren sie plötzlich weg. Wie vom Erdboden verschluckt. Nichts war mehr von ihnen übrig. In einem der beiden Dörfer lebte die Familie meiner Frau. Geschmolzen wie Eis in der Sonne.«

Das braune Lächeln des Soldaten stand in auffälligem Widerspruch zu seiner grauenhaften Geschichte.

»Und das hat Captain Boyd keine Ruhe mehr gelassen«, sagte Dtui. »Darum hat er sich gegen seine Kameraden gewendet.«

»Das müssen wir sofort an das Hotel durchgeben«, meinte Lit.

»Das Funkgerät«, sagte Dtui.

»Das können Sie vergessen«, erwiderte der Gardist. »Die sind alle nach Phu Bia unterwegs, um gegen die Hmong vorzurücken. Ein Wunder, dass ich vorhin überhaupt noch jemanden erwischt habe.«

»Dann müssen wir zurück«, sagte Phosy.

Er schüttelte dem Soldaten noch einmal die Hand.

»Das mit der Familie Ihrer Frau tut mir aufrichtig leid«, sagte er. »Und danke, dass Sie mich nicht erschossen haben.«

»Keine Ursache«, sagte der Soldat.

Sie stiegen den Hang wieder hinunter.

»Übrigens«, rief der Mann ihnen nach. »Fast hätte ich's vergessen. Hauptmann Chuan hat gesagt, es täte ihm leid, aber wegen der Unruhen oben in Phu Bia braucht er jeden Mann und kann die Leute, die Sie angefordert hatten, leider nicht entbehren.«

Die Besucher erstarrten und drehten sich zu dem Gardisten um.

»Soll das heißen, Hauptmann Chuan hat keine Wachsoldaten zum Hotel Freundschaft geschickt?«, fragte Lit.

»Er lässt Ihnen ausrichten, es täte ihm leid. Und Sie nehmen es ihm hoffentlich nicht übel.«

22

SEIT WANN GEHÖREN WIR ZUM ALTEN EISEN?

Der Chef der Leibwächtertruppe des Senators – die vier Männer, die alle für Soldaten hielten – war ein Filipino namens Emiliano. Er war vor Kurzem von einer Reise nach Manila zurückgekehrt, wo er Nino Sabastián getötet hatte, mit einem kleinen Abstecher nach Pattaya, wo er Cueball Dave an einem »Herzinfarkt« hatte entschlummern lassen. Er war ein Meister seines Faches und jeden US-Dollar wert. Da er nur wenig Laotisch und noch weniger Thai sprach, hatte er seit ihrer Ankunft kaum etwas gesagt. Sein Team bestand aus zwei Thais und einem Laoten. Alles Söldner. Mit ihrem Boss kommunizierten sie auf Englisch. Sie sorgten nicht nur für den Schutz des Mannes, der ihnen stattliche Gehälter zahlte, sondern räumten auch sämtliche Hindernisse aus dem Weg. Nachdem sie vier Tage lang den Dschungel angezündet und Funkmasten in die Luft gejagt hatten, konnten sie sich jetzt wieder ihrem eigentlichen Metier zuwenden – Mord. Was heute auf der Tagesordnung stand, war nichts für schwache Nerven. Sie sollten einen ganzen Saal voller Leute massakrieren. Aber sie hatten schon Schlimmeres getan.

Dank des Marihuanatees wirkte die Szene nicht ganz so

bedrohlich. Obwohl sie die Geiseln angewiesen hatten, sich im Schneidersitz auf den Fußboden zu hocken, hatten sich drei von ihnen zusammengerollt und schliefen so fest, dass nicht einmal eine Bombenexplosion sie hätte wecken können. Dr. Yamaguchi vertilgte heißhungrig eine ganze Packung Sesamkräcker, und sein geräuschvolles Knabbern bildete die musikalische Untermalung der Tragödie.

Peach, die allmählich wieder nüchtern wurde, brachte in keiner Sprache mehr ein Wort heraus und ärgerte sich über sich selbst. Sekretär Gordon hatte festgestellt, dass er mit einem Mal den Schneidersitz beherrschte. Er kreuzte fortwährend die Beine und lachte verblüfft, wenn er nicht zur Seite kippte. Statt wie befohlen den Mund zu halten, plapperten alle wild durcheinander, und nur sehr wenige schienen den Ernst der Lage zu begreifen. Siri und Bpoo saßen in einer Ecke und fragten sich, wie sie aus dieser Sache heil herauskommen sollten. Senator Vogal und Ethel Chin hatten den Saal verlassen. In jeder Himmelsrichtung stand ein vermeintlicher Soldat und hielt sein AK47 auf die Köpfe der Geiseln gerichtet. Nur einer von ihnen, Emiliano, schien von der Wirkung des Tees unberührt. Er sah aus wie ein junger Mann, der allem und jedem misstraut. Die anderen drei befanden sich eindeutig in verschiedenen Stadien der Euphorie. Einer machte einen besonders schießwütigen Eindruck. Sein Finger zuckte im Takt seines nervös blinzelnden linken Auges am Abzug. Ein anderer lächelte in einem fort, und seine Bewegungen waren katzenartig, behutsam, weich. Doch seinem Blick war deutlich anzusehen, dass er Spaß am Töten hatte. Madame Daengs Tee ließ sie keineswegs harmlos, sondern, ganz im Gegenteil, noch schurkischer aussehen als ohnehin schon. Vielleicht hatte der Leiter des Federal Bureau of

Narcotics ja doch richtiggelegen, und Marihuana war in der Tat die schlimmste gewaltfördernde Droge der Menschheitsgeschichte.

»Haben Sie gesehen, wie ich von einem Kugelhagel durchsiebt werde?«, erkundigte Siri sich im Flüsterton bei Bpoo.

»Schluss jetzt.«

»Oder dass Sie mit mir sterben?«

»Ich will nicht darüber sprechen. Klar?«

»Wie bitte? Sie haben das alles vorhergesagt. Sie sind ein Genie.«

»Wollen wir uns nicht lieber darauf konzentrieren, wie wir lebend hier herauskommen?«

»Ihnen ist möglicherweise nicht entgangen, dass sich das Blatt zu unseren Ungunsten gewendet hat. Ich glaube, Sie und ich hätten Fräulein Chin überwältigen können, und mit etwas Glück auch ihren kurzfingerigen Chef. Jetzt sieht es allerdings ganz so aus, als ob sie die Oberhand gewonnen hätten. Und ich möchte Ihnen keineswegs zu nahe treten, aber wenn ich tatsächlich massakriert werden soll, dann doch lieber an der Seite meiner Frau.«

Siri stand auf. Sofort waren vier Gewehrläufe auf ihn gerichtet. Die Wachen fingen an zu schreien.

»Siri, setzen Sie sich«, sagte Bpoo.

»Tut mir leid.«

Siri hob die Hände, wie es unter solchen Umständen üblich ist. Die Soldaten brüllten jetzt hysterisch auf ihn ein, jeder in seiner Sprache. Ohne sie eines Blickes zu würdigen, bahnte er sich einen Weg zwischen den sitzenden und schlafenden Leibern hindurch zu Madame Daeng. Er lächelte sie an und tat etwas, was ein Laote niemals, unter keinen Umständen tun würde: Er küsste sie auf die Wange. Die anderen Geiseln klatschten johlend Beifall. Alle vier Soldaten brachten ihre Gewehre in Anschlag. Offensichtlich hätten sie am liebsten jemanden erschossen. Und hatten – nicht minder offensichtlich – Order, ebendies zu unterlassen. Richter Haeng, der am ganzen Leibe zitterte, war sich dieser Tatsache anscheinend nicht bewusst, denn er saß in einer Pfütze, die mit ziemlicher Sicherheit nicht von einem Rohrbruch unter dem Fußboden herrührte. Dr. Yamaguchi brüllte etwas, das die Amerikaner zum Lachen brachte, doch Peach war in Gedanken versunken, und so blieb der Zwischenruf unübersetzt. Die Wachen waren mit diesem komischen Haufen sichtlich überfordert. Der leidige Umstand, dass die Geiseln ihre furchteinflößende Macht nicht gebührend zu würdigen wussten, ließ sie aussehen wie kleine Jungs, die Soldat spielten. Es gab keine Angst, von der sie zehren konnten.

Civilai, der auch ohne den Konsum von zweieinhalb Bechern Marihuanatee nicht eben zur Harmoniesucht neigte, wandte sich an die Laotisch und Thai sprechenden Wachen.

»Leute«, sagte er, »kümmert es euch denn gar nicht, dass ihr euch benehmt wie dressierte Affen, die zur Melodie des amerikanischen Dollars tanzen? Wir sind doch alle vom selben Blut, vom selben Stamm, und trotzdem richtet ihr eure Gewehre auf eure Brüder und Schwestern. Würdet ihr das eurer eigenen Mutter antun? Eurem…«

Ein Schuss durchschnitt die lustige Runde. Civilai griff sich just in dem Moment ans linke Ohr, als das Blut zu spritzen begann. Es war nur ein Kratzer, dennoch ließ sich schwerlich leugnen, dass zwischen seinem Gehirn und seinem Ohrläppchen nur wenige Zentimeter lagen.

»Uuuh!«, rief jemand im Publikum. Einer der Schlafenden erwachte und wollte wissen, was los war. Emiliano, der Filipino, hatte seine Pistole linkshändig aus der Hüfte abgefeuert. Ob er ein entfernter Verwandter Annie Oakleys war oder es ihn einen feuchten Kehricht interessierte, ob er den alten Mann zwischen die Augen traf, sollte niemand je erfahren. Dennoch war es ein bemerkenswerter Schuss. Der junge Mann, der sein AK47 noch immer in der rechten Hand hielt, lehnte sich gegen einen Holzbalken und schob seine Zigarette mit der Zunge von einem Mundwinkel zum anderen. Man sah ihm an, wie sehr er die jähe Aufmerksamkeit genoss. Plötzlich hielt Herr Geung sich den Bauch, sprang auf und lief zur Tür. Er schien sich übergeben zu müssen. Der grinsende Leibwächter beschloss, ihn gewähren zu lassen, und lachte, als er an ihm vorbeilief. Ein harmloser Schwachkopf, weiter nichts.

»Vielleicht herrscht jetzt endlich Ruhe«, sagte Emiliano.

»Typisch«, wandte Siri sich an Civilai, während er den Schießkünstler unverwandt anstarrte. »Ich gehe eines Ohrläppchens verlustig, und was machst du? Lässt dir prompt auch eins abschießen. Hat dieser Neid denn nie ein Ende?«

Civilai hatte anscheinend keine Schmerzen.

»Ist die Kugel auf der anderen Seite wieder ausgetreten?«, fragte er Cousin Vinai.

Wieder brachte Emiliano seine Pistole in Anschlag. Diesmal zielte er.

»Hat jemand was gesagt?«, brüllte Civilai. »Sie müssen schon etwas lauter sprechen. Das ist jetzt nicht mehr mein gutes Ohr.« Er lächelte den Schützen an.

Es war alles eine Frage der Disziplin. War der Filipino wütend genug, um sich über Befehle hinwegzusetzen? War er ein Soldat oder ein Psychopath? Kalt, gefühllos – ohne jede Spur Humor. Die Pistolenmündung wanderte in der Luft hin und her, von Civilai zu Siri und wieder zurück zu Civilai.

»Bitte. Nach ihm.« Siri deutete auf Civilai.

»Aber nicht doch. Nach ihm«, entgegnete Civilai.

Siri spürte, wie Daeng seine Hand drückte, als Senator Vogal mit nassen Haaren den Saal betrat. Er hatte offenbar geduscht, die eine oder andere Tasse Kaffee und Beruhigungs- oder Aufputschmittel zu sich genommen, je nachdem was die Wirkung von Cannabis neutralisierte, denn er wirkte wesentlich beherrschter als zuvor.

»Was geht hier vor?«, brüllte er.

»Wir spielen nur ein bisschen mit den Eingeborenen«, sagte Emiliano lächelnd.

»Dafür ist später noch genügend Zeit«, entgegnete Vogal. Er zerrte Ethel Chin am Handgelenk hinter sich her. Er drückte zu, und das tat weh. »Miss Chin hat beschlossen, sich zu Ihnen zu gesellen.« Er schleifte sie quer durch den Saal und schleuderte sie zu Boden.

»Was? Das können Sie mit mir nicht machen«, kreischte sie. »Nach allem, was ich für Sie getan habe. Und was wird jetzt aus unseren Plänen?«

»Tsk, tsk, tsk«, sagte Vogal. »Frauen und Drogen, eine ungesunde Mischung. Haben Sie im Ernst geglaubt, diese Geschichte hat ein Happy End?«

»Sie Schwein.«

»Sehen Sie? Sie haben Ihre Zunge nicht in der Gewalt. Aber Sie konnten ja noch nie die Klappe halten. Einmal ein schlitzäugiger Schreihals, immer ein schlitzäugiger Schreihals.«

»Das ist nicht wahr. Ich habe ihnen nichts gesagt. Kein Sterbenswort.«

Vogal nickte Emiliano zu.

»Wenn sie noch ein Mal den Mund aufmacht«, sagte er, »knall sie ab.«

»Mit dem größten Vergnügen«, erwiderte der Schütze.

Die Laoten hatten keinen Schimmer, worüber die beiden sprachen, aber es war offensichtlich, dass sie sich nicht besonders gut verstanden. Niemand machte sich die Mühe, ihren Wortwechsel zu übersetzen, und es schien auch niemanden so recht zu interessieren. Da plötzlich wandte Vogal sich an Siri.

»Sie da!«, bellte der Senator.

»*Moi*?«, fragte Siri.

Vogal berief einen der Thais zum Dolmetscher.

»Genau Sie«, sagte er. »Was ab sofort in diesem Raum passiert, hängt einzig und allein von Ihnen ab. Es hätte alles so einfach sein können. Wir finden die Leiche des Piloten und stellen fest, dass der Hubschrauber und seine Fracht beim Absturz vernichtet worden sind, die Vermisstengeschichte mithin eine Ente ist. Potter bringt sich um, was jedoch niemand an die große Glocke hängt, und alle fahren nach Hause. Und wenn sie nicht gestorben sind, dann leben sie noch heute, abgesehen von einem nervtötenden Säufer. All das haben Sie vermasselt, alter Mann. Wissen Sie, warum wir Sie unbedingt dabeihaben wollten? Nein? Dann will ich es Ihnen verraten. Weil Sie einen gewaltigen Sprung in der Schüssel haben. Geister und Dämonen, einmal Hölle und zurück. Ja, da staunen Sie, was? Wir sind bestens über Sie im Bilde. Wir haben unsere Augen und Ohren überall. Sie sollten den ahnungslosen Leichenbeschauer geben. Sie und die Bande von Hohlköpfen, die Ihr komischer Minister uns empfohlen hat, sollten sich ein paar schöne Tage machen, ohne den Hauch einer Ahnung, was hier gespielt wird. Aber Sie mussten ja unbedingt Ihr eigenes Team zusammenstellen, nicht wahr? Sie mussten herumschnüffeln und uns in die Parade fahren. Sie sind eine Enttäuschung auf der ganzen Linie. Ich mache mir normalerweise nur ungern die Hände schmutzig, aber Sie können sich gar nicht vorstellen, wie sauer ich auf Sie bin. Sonst braucht sich hier niemand Sorgen zu machen. Keine Panik, Leute. Sobald ich den Doktor erledigt habe und mich etwas besser fühle, könnt ihr allesamt nach Hause fahren.«

Dass es im Speisesaal des Hotels Freundschaft zu einer Panik kommen würde, war indes mehr als unwahrscheinlich. Wer überhaupt verstand, was vor sich ging, verfolgte das Geschehen wie einen Film. Interessiert, aber unbeteiligt. Was Ethel Chin betraf, hatte Vogal allerdings recht. Sie wusste wirklich nicht, wann sie den Mund zu halten hatte.

»Ach ja? Wollen Sie die Leute hier für dumm verkaufen?«, brüllte sie. »Sie sind so gut wie tot. Sagen Sie ihnen ...«

Genau wie ihre Vorgängerin pfiff die Kugel, die Ethel Chin zum Schweigen brachte, durch den Saal und sorgte für allgemeine Konfusion. Toua und seine Frau hatten hinter ihr gesessen und waren von oben bis unten mit Blut bespritzt. Sie wussten, was geschehen war. Doch die anderen konnten und wollten es nicht begreifen. Chin kippte tot zur Seite, und Emiliano widerstand nur mit Mühe dem Drang, in den Lauf seiner Pistole zu pusten, bevor er sie ins Holster schob. Er wirkte stolz, zufrieden.

»Ah! Welche Ruhe«, sagte Vogal. »Wissen Sie, was? Mord ist eine erstklassige Disziplinarmaßnahme. Mich wundert, dass die Schulen noch nicht darauf gekommen sind. Man jagt dem Klugscheißer in der letzten Reihe einfach eine Kugel in den Kopf, und den Rest des Jahres ist Ruhe im Karton. Ich werde bei nächster Gelegenheit einen entsprechenden Gesetzentwurf in den Senat einbringen.«

Während Vogal gut gelaunt vor sich hin schwadronierte und sein Gefolgsmann mit der Übersetzung kämpfte, sah Madame Daeng ihren Mann sanft lächelnd an.

»Das ist sie doch, oder?«, sagte sie. »Die Schlussszene des Films. Alles ist verloren, die Geiselnehmer schicken sich an, die Gefangenen zu meucheln, als urplötzlich, wie aus dem Nichts, der Held auftaucht, sich an einem Seil in den Saal schwingt und uns befreit.«

»Ich enttäusche dich nur ungern, aber daraus wird wohl nichts werden«, erwiderte Siri mit einem freudlosen Lachen. »Ich hätte Köter heute Morgen nicht füttern sollen. Wenn er Hunger hätte, würde er mich vielleicht mit Zähnen und Klauen verteidigen. Aber so …«

»Ich dachte eigentlich eher an die wundersame Auferstehung von Captain Boyd.«

»Selbst wenn wir für jede Nudel, die wir je gegessen haben, einen Wunsch freihätten, würde das wohl kaum ausreichen, um ihn ins Leben zurückzuholen.«

»Er ist tot, nicht wahr?«

»Ich fürchte, ja.«

»Wir auch.«

»Sieht ganz so aus. Vielleicht tun sie uns ja den Gefallen, sich totzulachen, wenn wir uns auf sie stürzen.«

Daeng sah sich um und kicherte.

»Wir sind schon ein armseliger Haufen«, sagte sie. »Die meisten würden es vermutlich nicht einmal in die Senkrechte schaffen, bevor die ersten Kugeln fliegen.«

»Seit wann gehören wir zum alten Eisen, Daeng? Was ist aus der guten alten Zeit geworden, als wir mit einem Entermesser in jeder Hand durch die Luft wirbelten und zwanzig Gegner auf einmal niedermähten?«

»Ich glaube, das waren nicht wir, mein Schatz. Das war Bruce Lee.«

»Wahrscheinlich hast du recht. Ich verwechsle mich des Öfteren mit Bruce Lee.«

»Du bist mir entschieden lieber.«

»Und ich möchte keine andere als dich.«

Sie nahmen sich fest bei der Hand.

»Es waren herrliche acht Monate mit dir«, sagte sie.

»Ich hatte eigentlich auf ein paar mehr gehofft.«

»Ich auch.«

Es tat sich etwas. Die Wachen versammelten sich auf einer Seite des Speisesaals. Nicht mehr lange und sie würden das Feuer eröffnen. Siri überlegte, was sie tun sollten. Sich auf die Wachen zu stürzen, war zwar immer noch besser, als sich zurückzulehnen und auf den sicheren Tod zu warten, aber er fragte sich, wie viele der berauschten Geiseln wohl in der Lage waren, zum Angriff überzugehen. Der Senator zeigte mit dem Finger auf ihn. Eine der Wachen bahnte sich einen Weg durch die Leiber.

»Ich bekomme ein Solo«, sagte Siri und drückte ein letztes Mal die Hand seiner Frau, bevor er sich umständlich hochrappelte.

»Halte ihnen einfach einen Vortrag«, sagte Daeng. »Zum Beispiel die Endlosrede, mit der du bei Dtuis Hochzeit alle zu Tode gelangweilt hast.«

»Madame, das war meine eigenhändige Übersetzung eines Marot-Sonetts.«

»Genau die. Vielleicht klappt's ja noch mal. Siri …«

Er blieb stehen und wandte den Kopf.

»Ja?«

»Hast du heute Morgen frische Unterwäsche angezogen?«

»Ja.«

»Na, immerhin.«

Er bedachte sie mit einem liebevollen Lächeln und folgte der Wache, die ihm den Gewehrkolben in den Rücken stieß. Irgendwo in den Tiefen des Gebäudes erwachte der Generator ratternd und polternd zum Leben. Das Klappern der losen Bolzen und Rotoren war schlimmer denn je. Tante Bpoo richtete sich auf und spitzte die Ohren. Unweit der Tür versuchte Vogal mit der Pistole in der Hand, Siri auf die Knie zu zwingen. Der Doktor weigerte sich standhaft. Das Klopfen der Rohre wurde lauter.

Bpoo fiel es wie Schuppen von den Augen.

»Siri«, rief sie, »stecken Sie sich die Finger in die Ohren.«

Siri lächelte über den Scherz.

»Siri, ich meine es ernst«, rief sie noch einmal, »es ist kurz nach Mittag. Das *ist* nicht der Generator. Also los.«

Siri begriff sofort, schob sich zu Vogals Erstaunen die Finger in die Ohren und begann zu singen.

»Ich bezweifle, dass ihm das sehr viel helfen wird«, sagte der Senator lachend.

»Daeng, Sie auch«, rief Bpoo. »Civilai, wenn Sie Ihre Sinne noch halbwegs beisammenhaben, stecken Sie sich die Finger in die Ohren, und summen Sie eine Melodie.«

Das Letzte, was Bpoo hörte, bevor sie sich ihrerseits die Ohren zuhielt und etwas von Perry Como summte, war ein rhythmisches Scheppern, das langsam, aber sicher näher kam.

Vogal hielt Siri die Pistole an den Kopf. Er hatte es aufgegeben, den alten Trottel zum Hinknien zu bewegen. Er wollte eben eine bissige Bemerkung von sich geben, bevor er dem Doktor endgültig das Licht ausblies, als er spürte, wie ihm die Zunge schwoll. Zu seiner Linken nickten die thailändischen Wachen im Takt eines fernen Trommelns. Und rechts von ihm wiegte sich selbst Emiliano sanft hin und her. Er hatte zu sabbern begonnen, was Vogal auf die Wirkung des Tees schob, den die alte Hexe gebraut hatte. Er wollte den Filipino fragen, was zum Teufel, er da trieb, doch die Worte, die über seine Lippen kamen, klangen seltsam fremd – er erkannte seine eigene Stimme nicht wieder. Er betrachtete die Geiseln, die ausflippten wie Hippies bei einem Folkkonzert, entrückt, mit geschlossenen Augen. Er blickte auf und sah, wie der Mongoloide mit einem verbeulten Tamburin, das er mit einem Stock traktierte, in den Speisesaal marschiert kam. Er hatte Toilettenpapier in den Ohren und ein Grinsen im Gesicht, das den Senator fast zur Weißglut trieb. Vogal versuchte, seine Waffe auf den Schwachkopf zu richten, doch sie pendelte vor seiner Nase hin und her wie der Taktstock eines Dirigenten. Dann verlor er völlig den Verstand.

Siri stieß ein nervöses Lachen hervor und schüttelte den Kopf. Geung hatte, bis auf den Ausguss, tatsächlich die ganze Pathologie mitgeschleppt, auch das Schamanentamburin. Diejenigen, die es hören konnten, waren in eine rituelle Trance gefallen, wie die Kinder in der Thong-Pong-Mittelschule. Vermutlich hatte der Tee ihre Selbstbeherrschung geschwächt und sie für den gespenstischen Rhythmus des Tamburins empfänglich gemacht. Niemand wusste mehr, wo er sich befand. Weder Vogal noch die Wachen und schon gar nicht die Gäste, die sich sabbernd wiegten und in fremden Zungen redeten. Den wenigen, die sich die Ohren zugehalten hatten, würden nur ein paar Sekunden Zeit zum Handeln bleiben, wenn der Lärm verstummte. Siri bedeutete Geung mit einem Nicken, das Trommeln einzustellen. In Windeseile erleichterte der Doktor Vogal und Emiliano um ihre Waffen.

Tante Bpoo und Daeng nahmen derweil den anderen Wachen die Gewehre ab. Sie leisteten keinen Widerstand. Da Civilai mangels zweier gesunder Ohren sich nur eines hatte zuhalten können, war er dem bösen Zauber der Musik erlegen.

Als Vogal und die Wachen wieder zu sich kamen, starrten sie in den Lauf ihrer eigenen Waffen. Die Thais fanden es urkomisch, dass sie von zwei Fossilien und einem Transvestiten in Schach gehalten wurden. Emiliano hingegen war ein Profi. Er wusste, dass jeder normale Mensch außerstande war, kaltblütig ein lebendes Wesen zu erschießen. Langsam ging er auf die gütige alte Dame zu.

»Noch ein Schritt, und ich drücke ab«, sagte Daeng, bevor ihr – einen Sekundenbruchteil zu spät – klarwurde, dass er sie nicht verstand.

Er machte noch einen Schritt.

Sie drückte ab.

Die Kugel verwandelte die Finger seiner linken Hand in eine blutige Masse, doch davon ließ er sich nicht beirren. Er machte noch einen Schritt. Die zweite Kugel bohrte sich in sein Schienbein, und er sank auf die Knie. Er hob den Kopf und sah der Frau in die Augen. Sie lächelte. Da wusste er, dass er es nicht mit einer gewöhnlichen alten Dame zu tun hatte. Ihm und den anderen Leibwächtern wurde klar, dass die nächste Kugel für sein Herz bestimmt war und sie ohne Zögern abdrücken würde.

»Sie glauben doch nicht etwa, Sie könnten mich einfach über den Haufen knallen?«, fragte Vogal etwas zu ängstlich für die doch recht beherzte Formulierung. »Ich bin ein Senator der Vereinigten Staaten. Wenn ich nicht heil und unversehrt nach Hause komme, können Sie sich schon mal auf den nächsten Krieg gefasst machen.«

Bpoo übersetzte.

»Ich glaube, der gute Mann überschätzt seine Bedeutung«, sagte Siri. Er trat dicht vor den schwitzenden Senator hin und rammte ihm die Pistole in den Bauch. »Nach allem, was ich gehört habe, kann sich jeder hergelaufene Verbrecher einen Senatssitz kaufen. Die Amerikaner werden froh sein, Ihre Visage nicht mehr sehen zu müssen. Sie sind ein Mörder. Und es gibt gut und gerne zwanzig Zeugen, die gehört haben, wie Sie mich bedroht und den Mord an Potter gestanden haben.«

Bpoo übermittelte die Botschaft.

»Unsinn«, widersprach Vogal. »Sehen Sie sich die Leute doch an. Zugedröhnt bis unter die Schädeldecke.«

»Dann werden sie wohl einfach glauben müssen, was wir ihnen sagen. Die Kugel, mit der sie die arme kleine Chinesin erschossen haben und die sich eindeutig Ihrer Waffe zuordnen lässt, nicht zu vergessen. So oder so, Sie stecken bis über beide Ohren in der Jauche, Senator Vogal.«

»Vergessen Sie's, Doktorchen. Sie haben ja keine Ahnung von den Gepflogenheiten der internationalen Diplomatie. Unsere Leute werden das schon deichseln. Sie tauschen mich gegen einen politischen Gefangenen aus, und ich werde mit blütenweißer Weste entlassen.«

Bpoo und Siri lachten.

»Senator, was glauben Sie, wo Sie hier sind? Wir befinden uns in Laos. Diplomatie ist für uns ein Fremdwort. Wir haben kaum genug gebildete Männer, um unsere ausländischen Botschaften zu besetzen. Bei uns gibt es keine politischen Gefangenen. Dafür wird sich unser Politbüro todsicher ins Fäustchen lachen, wenn Sie öffentlich desavouiert werden und Ihre Regierung in Erklärungsnot gerät. Wir werden Ihren Prozess gespannt verfolgen und eine kleine Party schmeißen, wenn Sie hinter Schloss und Riegel wandern. Aber nein, Moment mal. Gibt es bei Ihnen nicht den elektrischen Stuhl? Das wird ein Spektakel, ach, was sag ich: ein wahres Feuerwerk wird das.«

»Sie ...«

Endlich war der Senator sprachlos.

23

GUERILLA IM NEBEL

Lit war gefahren wie ein Irrer, und als er das Steuer herumriss und auf die Bremse stieg, schlitterte der Laster durch den Kies vor dem Hotel und krachte mit solcher Wucht gegen die Vortreppe, dass dabei drei Stufen zu Bruch gingen. Er und Phosy waren aus dem Führerhäuschen und im Gebäude, noch bevor der Motor seinen letzten Seufzer ausgestoßen hatte. Dtui und Johnson hetzten ihnen hinterdrein. Sie liefen in den Speisesaal, doch der war leer. Ebenso die Küche. Auf dem Weg hinaus entdeckte Dtui den Fleck.

»Das ist Blut«, sagte sie. »Und zwar eine ganze Menge.«

Mit wachsendem Unbehagen gingen sie von Zimmer zu Zimmer, erst im Ost-, dann im Westflügel. Keines war verschlossen, und alle waren leer. Blieben nur noch die Bungalows hinter dem Haus und das alte Opiumlager. Und in dem offenen Schuppen wurden sie schließlich fündig. Civilai blickte auf, als sie ankamen. Um seinen Kopf schlang sich ein weißer Mullverband. Er sah aus wie ein Sikh.

»Wir müssen uns dringend über das Thema Pünktlichkeit unterhalten«, rief er ihnen zu. Er war einer von sieben – neben Daeng, Dr. Yamaguchi, Sekretär Gordon, General

Suvan und den beiden alten Musketieren –, die auf der erhöhten Betonterrasse saßen und ihre Waffen auf den Zaun gerichtet hielten, an den sie Senator Vogal und seine vier Leibwächter gefesselt hatten. Der Amerikaner und seine Beschützer waren bis auf ihre Unterhosen nackt. Ob sie vor Kälte zitterten oder vor Angst, spielte im Grunde keine Rolle. Rhyme stand vor dem Zaun und verknipste seinen letzten Film, um Vogal in Teddybärshorts für die Nachwelt festzuhalten. Genau wie die anderen war der Journalist während des gesamten Geiseldramas stoned gewesen und hatte erst von Siri und Tante Bpoo erfahren, was tatsächlich geschehen war. Er war fest entschlossen, aus Bpoos maßlosen Übertreibungen eine reißerische »Vor Ort«-Reportage zu machen. Tantchen hatte Wort gehalten und den kalten Tee in Potters Zimmer getrunken. Nun war sie high und die anderen nüchtern.

»Meine Idee«, prahlte sie. »Sie bis auf die Unterwäsche auszuziehen. Meine Idee.« Und brüllte vor Lachen.

Dtui, die erleichtert war, weil sich keine ihrer Befürchtungen bewahrheitet hatte, schüttelte ihren Freunden die Hand und rieb ihnen den Rücken – ihre Version einer laotischen Umarmung. Wer nicht zum Wachdienst eingeteilt war, saß mit einem Gläschen Whisky um den großen Tisch, sichtlich gezeichnet von den Nachwirkungen des Tees.

»Was ist denn mit Ihrem Gesicht passiert?«, fragte Siri den Inspektor.

»Ich bin gegen einen Berg gelaufen«, erwiderte Phosy.

»Gegen einen Berg voll Gold«, setzte Lit hinzu.

»In Laos gibt es Gold?« Siri zog seine buschigen Augenbrauen hoch.

»Ausgeschlossen«, rief Civilai herüber. »Meint ihr nicht, das Politbüro hätte das längst verkündet? Damit jeder ein oder zwei Unzen für sich abzweigen kann, bevor die Regierung sich damit die Taschen füllt? Unsinn. Nichts als ein Gerücht.«

»Komisch. Als ich meinen Mann verarztet habe, ist zufällig ein winziger Klumpen dieses Gerüchts vom Himmel gefallen und in meinem Rucksack gelandet«, sagte Dtui und holte ein kleines Nugget daraus hervor, das aus purem Gold zu bestehen schien. Sie ließ es herumgehen, während Kommandeur Lit sie mit ihrer Theorie vertraut machte. Siri konterte mit den Erkenntnissen, die er aus Potters Papieren gewonnen hatte, und damit war das Bild komplett.

»Bei der ganzen Sache ging es einzig und allein um Gold?«, fragte Daeng.

»Genug, um einige wenige sehr reich zu machen«, sagte Lit.

»Und viele andere sehr tot«, ergänzte Phosy. »Sie haben zwei Dörfer ausradiert, um ihre Kriegsbeute außer Landes schaffen zu können.«

»Es ist noch jede Menge übrig«, sagte Lit. »Ich weiß nicht, ob die örtlichen Pioniere das Zeug bewachen, damit sie es unter sich aufteilen können, oder ob sie Order von ganz oben haben. Jedenfalls gibt es dort einen ganzen Berg voll Gold. Ich werde davon ausführlich Meldung machen.«

»Also, ich glaube Ihnen kein Wort«, sagte Richter Haeng, der sich bislang, in frischer Hose, am anderen Ende des Tisches versteckt gehalten hatte. Seit dem Aufruhr war er stumm und unsichtbar. »Sobald wir zurück sind, werde ich landesweite Ermittlungen in die Wege leiten. Ein guter Sozialist …«

Siri schrieb etwas auf einen Zettel und faltete ihn zwei Mal, bevor er ihn dem Richter hinschob. Haeng las und erbleichte. Was auch immer darauf stand, hatte ihnen die neueste Losung erspart und Seine Ehren für den Rest des Tages zum Schweigen gebracht. Siri behielt sein Geheimnis für sich.

Die Neuankömmlinge ließen sich an der Tafel nieder und tranken ein Schlückchen von dem edlen Scotch.

»Haben Sie den Papieren entnehmen können, inwieweit Potter in die ganze Sache verstrickt war?«, wollte Phosy von Siri wissen.

»Ich glaube, er ahnte etwas von den illegalen Luftschlägen und wahrscheinlich sogar von dem Napalmeinsatz. Ich habe die Kopie eines an Herrn Rhyme adressierten Briefes gefunden, in dem er ihn bittet, möglichst viele Luftaufnahmen zu schießen und sich dabei besonders auf gerodete und bombardierte Landstriche zu konzentrieren. Wir wissen, dass der Major schon in Ho-Chi-Minh-Stadt den Verdacht hegte, dass da im wahrsten Sinne des Wortes etwas im Busch war. Er hatte Zugang zu denselben Unterlagen wie Vogal. Er wusste von den Unstimmigkeiten in den Flugbüchern. Er schickte Memos an die Botschaft in Bangkok, bis Vogal Wind davon bekam. Vogal sorgte über den Kopf des Botschafters hinweg für Potters Entlassung. Aber die Botschaft stand nach wie vor fest hinter dem Major. Sieht ganz so aus, als ob Potter und der Botschafter diese kleine Exkursion gemeinsam geplant hätten. Nicht wahr, Gordon?«, fragte er auf Thai.

Der Zweite Sekretär blickte auf und lauschte Peaches leicht bereinigter Übersetzung von Siris kleinem Referat.

»Ich … äh …«, begann Gordon.

»Ich habe hier einen Brief vom Botschafter persönlich«, sagte Siri. »Er lag bei Potters Papieren.«

»Ja, vermutlich«, lenkte Gordon ein.

»Da gibt es nicht viel zu vermuten«, sagte Siri. »Schließlich werden Sie in dem Brief namentlich genannt. Darin heißt es, dass die Botschaft Potters Ernennung zum Teamleiter ausdrücklich unterstützt in der Hoffnung, dass sich dadurch sämtliche noch ausstehenden Unklarheiten beseitigen lassen. Und dass seine rechte Hand, Mr Mack Gordon, ihn nach Laos begleiten wird, um den Major bei seinen Bemühungen tatkräftig zu unterstützen.« Siri sah den Amerikaner an.

»Sie und Potter haben zusammengearbeitet. Sie wussten von Anfang an, was hier gespielt wird«, sagte der Doktor.

Gordon legte seine Waffe beiseite und trat an den Tisch. Er blickte in die Runde und sah erwartungsvolle Gesichter.

»Das kann man so nicht sagen«, widersprach er. »Ich war in manches eingeweiht, anderes behielt Potter streng für sich. Wir hatten keine Ahnung, was Vogal und Bowry hier oben getrieben hatten, wir wussten nur, dass es illegal war und sie reich gemacht hatte. Und dann gab es Dinge, von denen ich zwar wusste, über die ich aber nicht mit Ihnen sprechen durfte. Tut mir leid.«

Er nahm einen Stuhl und setzte sich.

»Den Fotos, die in der Botschaft eingegangen waren, lag ein Brief bei«, fuhr er fort. »Es war einer dieser Erpresserbriefe, wie man sie aus dem Kino kennt, aus ausgeschnittenen Zeitungsbuchstaben. Er lautete ungefähr folgendermaßen: ›Hallo, Dad, herzlichen Glückwunsch zur Beförderung. Wie Du siehst, bin ich gesund und munter. Danke der Nachfrage. Der Kerl, der in Deinem Auftrag meinen Hubschrauber sabotiert hat, war nicht der Hellste. Wenn man seinen einzigen Sohn umbringen will, sollte einem dabei kein Fehler unterlaufen, sonst kann es passieren, dass er im ungünstigsten Augenblick von den Toten aufersteht.‹«

Die Bewacher hingen gebannt an Peaches Lippen. Keiner von ihnen bemerkte, dass sich der Senator langsam hin und her bewegte. Der Zaunpfahl, an den er gefesselt war, hatte sich gelockert. Indem er sich immer wieder rücklings dagegenstemmte, löste er ihn langsam aus seiner Verankerung. Als Emiliano sah, was Vogal vorhatte, begann auch er, seinen Pfahl aus dem Boden zu ziehen.

»Ich floh nach Thailand«, zitierte Gordon weiter aus dem Gedächtnis. »Dort lernte ich ein einheimisches Mädchen kennen und fand Arbeit. Es ist ein angenehmes Leben. Ich hatte Dich und Deine verräterischen Machenschaften fast vergessen. Aber wie ich aus der Zeitung erfahren habe, bist Du inzwischen eine große Nummer und schwimmst förmlich im Geld. Darum habe ich beschlossen, mein Erbe einzufordern. Eine halbe Million könnte ich gut gebrauchen. Kein schlechter Preis, wenn man bedenkt, was ich weiß. Und was ich Deinen Senatskollegen bei Euren Ausschusssitzungen alles erzählen könnte.‹ Dann folgten Anweisungen zur Geldübergabe. Und das war's im Wesentlichen.«

»Darum also war Senator Bowry sich so sicher, dass auf den Fotos sein Sohn zu sehen war«, sagte Phosy.

»Nein«, widersprach Gordon. »Er hat den Brief nie zu Gesicht bekommen.«

»Sie haben ihn zurückgehalten?«

»Aus zwei Gründen. Erstens hätte es den Senator von seiner Vermisstenmission abgelenkt. Die Aktion wäre völlig aus dem Ruder gelaufen, wenn er sich nach Thailand aufgemacht hätte, um seinen Sohn zu suchen. Und zweitens wussten wir, dass der Brief nicht von Captain Bowry stammte.«

»Was?«, sagte Daeng. »Von wem denn dann?«

»Leon. Der Chefmechaniker in Long Cheng. Sein Name tauchte sowohl in Potters Akten und als auch in diversen Botschaftsberichten auf. Wir haben umfangreiche Daten über amerikanische Auswanderer, die in Thailand leben, vor allem Vietnamveteranen. Viele von ihnen eröffnen irgendwo eine Kneipe oder Bar und bewegen sich nur selten von dort weg. Auf dem Briefumschlag war als Absender ein Postfach in Pattaya angegeben. Es war auf den Namen eines Mannes registriert, der Teilhaber derselben Kneipe war wie Leon. Wie es aussieht, ist er mit dem Alter nicht klüger, sondern dümmer geworden.«

»Das Gefühl kenne ich«, sagte Civilai.

»Wir brauchten nicht allzu lange, um die Verbindung zu Leon herzustellen. Wir haben ihm einen kleinen Besuch abgestattet, Major Potter und ich. Es war nicht ganz einfach, ihn davon zu überzeugen, dass es uns lediglich um Informationen zu Senator Vogal ging und wir genug Beweise gegen ihn in der Hand hatten, um ihn hinter Gitter zu bringen, wenn er uns die Mithilfe verweigerte. Wir versprachen ihm, die Polizei aus der Angelegenheit herauszuhalten, wenn er uns verriet, wo Boyd Bowry steckte. Darüber lachte er sich fast kaputt. Boyd sei tot, sagte er. Leon hatte die Sache mit den Fotos ausgeheckt. In einer Bar hatte er einen Burschen kennengelernt, der Captain Boyd halbwegs ähnlich sah, und ein paar Schnappschüsse von ihm gemacht, mit dem Aktenkoffer als Knalleffekt. Wir fragten ihn, woher er wüsste, dass Boyd bei dem Absturz ums Leben gekommen ist. Er erzählte uns, dass er den Hubschrauber mit einem Peilsender ausgestattet hatte. Er wusste genau, wo die Maschine heruntergekommen war. Er arbeitete im selben Büro wie die Forward Air Controllers und hatte in der Absturznacht Spätdienst. So konnte er den Suchmannschaften falsche Koordinaten durchgeben. Er hatte die Explosion gar nicht gehört. Das hatte er nur zu Protokoll gegeben, um sie auf die falsche Fährte zu führen.

Nachdem Air America die Suche nach Bowry aufgegeben hatte, flog Leon zur Absturzstelle und sah sich dort ein wenig um. Anscheinend hatte Boyd es fast geschafft. Irgendwie war es ihm gelungen, der Explosion zu entgehen. Wie er das gemacht hatte, wissen wir ja inzwischen. Er hatte sich an dem Stahlseil herabgelassen. Nicht zu fassen, dass er das überhaupt versucht hat. Leon fand seine Leiche übel zugerichtet in den Bäumen. Er holte ihn dort herunter und beerdigte ihn. Leon hat zwar nicht direkt gestanden, dass er den Helikopter sabotiert hatte, aber zutrauen würde ich es ihm. Er hatte irgendwie etwas Verschlagenes. Er unternahm einen diskreten Erkundungsgang in das nahe gelegene Dorf, und da entdeckte er das Leitwerk. Ich vermute, die Idee keimte schon damals in ihm, aber erst als er von der angekündigten Vermisstensuchaktion und Bowrys einflussreichem Posten in DC erfuhr, setzte er sie in die Tat um.

In Leons Go-go-Bar arbeiteten auch ein paar Laotinnen. Eine davon hatte Familie in Xieng Khouang. Zwei Brüder. Sie lebte schon seit Anfang der Sechzigerjahre in Thailand, aber jetzt, wo der Krieg vorbei war, wollte sie unbedingt ihr Heimatdorf wiedersehen. Es lag etwas außerhalb des alten Xieng Khouan, nicht weit von Ban Hoong. Wenn man Freunde auf der anderen Seite hat, ist es nicht allzu schwer, über die Grenze zu gelangen. Leon erklärte sich bereit, ihr die Reise zu bezahlen, sofern sie ihm zwei kleine Gefallen tat. Und versprach ihr eine Prämie, wenn sie ihm die gewünschten Resultate lieferte.«

»Das Foto und die Steine«, sagte Daeng.

»Sie war die Tochter des Drachen.« Civilai lachte.

»Dann waren die Steine also …?«, fragte Yamaguchi.

»Nur ein weiterer Hinweis, für den Fall, dass wir zu dumm

waren, um von selbst darauf zu kommen«, sagte Gordon. »Ein Plan B für den Fall, dass die Dorfbewohner an einem kollektiven Herzinfarkt verendeten, wenn sie das Leitwerk durchs Gebirge schleppten. Leon musste Vogal und Bowry weismachen, dass Boyd noch lebte, damit sie seine halbe Million herausrückten. Leons Versuch, Bowry zu erpressen, passte perfekt in unsere Pläne. Und nun mussten wir nur noch in Ruhe darauf warten, dass jemand einen Fehler machte.«

»Haben Sie Leon denn nicht gefragt, worin Boyd und die beiden Senatoren verstrickt waren?«, fragte John Johnson.

»Doch, natürlich. Aber mehr war nicht aus ihm herauszukriegen. Er hatte eine Eigentumswohnung mit Whirlpool und Panoramablick aufs Meer. Das hätte er sich von seiner mageren Pension schwerlich leisten können. Er war auf demselben Weg zu Geld gekommen wie die Senatoren. Und er wollte das, was er sich aufgebaut hatte, nicht gefährden.«

»Aber damit war er nicht zufrieden«, sagte Siri.

»Er sah, dass die anderen es nach ganz oben geschafft hatten, und da wollte er auch hin. Er wurde gierig. Zwei Wochen nachdem wir mit ihm gesprochen hatten, war er tot.«

»Meinen Sie, sie haben spitzgekriegt, dass er hinter der Erpressung steckte?«, fragte Phosy.

»Nein, denn sonst hätten sie sich die Vermisstenmission sparen können. Ich glaube, sie wurden allmählich nervös. Es war Zeit, reinen Tisch zu machen. Sie beseitigten die letzten beiden Mechaniker, die wussten, was passiert war. Nun waren nur noch Captain Boyd und Potter übrig. Durch den Erpresserbrief hatte der gute Captain ein Eigenleben entwickelt. Leon hatte ihn erfolgreich reanimiert, und wir in der Botschaft beschlossen, ihn für unsere Zwecke einzuspannen. Der Major wollte Vogal auf frischer Tat ertappen, wenn er die

Mission sabotierte. Aber wir haben den Senator unterschätzt. Er tauchte nämlich nicht nur persönlich hier auf, sondern ließ auch sämtliche Verkehrs- und Funkverbindungen kappen, was es ihm ermöglichte, erstens Major Potter aus dem Weg zu räumen und sich zweitens ein Alibi zu verschaffen. Notfalls konnte er uns alle umbringen und die Schuld irgendwelchen Banditen in die Schuhe schieben. Er hat nichts dem Zufall überlassen.«

»Genial«, sagte Civilai. »Maximale Effektivität ohne den Hauch eines Gewissens. Kein Wunder, dass sie die Führer der freien Welt sind.«

»Vogal«, sagte Dr. Yamaguchi.

»Genau«, sagte Gordon.

»Nein, ich meinte, er ist nicht mehr da.«

Sie blickten zum Zaun und sahen, dass der Abendnebel aufgezogen war. Drei der gefesselten Leibwächter saßen gesichtslos im Dämmerlicht, und neben ihnen lagen zwei Holzpfähle am Boden. Vogal und Emiliano waren verschwunden. Die beiden Musketiere nahmen die Verfolgung auf. Einer von ihnen hatte den Zaun fast erreicht, als Kommandeur Lit die beiden zurückpfiff.

»Warten Sie!«, rief er. »Ich glaube, das regelt sich von selbst.«

Alle standen schweigend da und warteten auf die unvermeidliche Detonation. Bisweilen brachten schon Feldmäuse, die kaum mehr wogen als ein Schluck Wasser, die empfindlichen Blindgänger zur Explosion. Selbst ohne den Ballast ihrer Kleidung brauchten die Flüchtigen ein gerüttelt Maß an unverdientem Karma, um wohlbehalten auf die andere Seite zu gelangen. Alle warteten. Lauschten. Mit gespitzten Ohren … Nichts.

»Meint ihr, wir sollten ›Seien Sie vorsichtig!‹ oder so etwas rufen?«, fragte Daeng.

»Ich vermute, sie waren sich der Gefahren durchaus bewusst«, antwortete Siri. »Sie glauben wohl, da draußen hätten sie bessere Chancen als hier.«

Die Stille hielt an. Siri wollte den Moment irgendwie festhalten. Die Spannung. Die Erwartung. Es wäre die perfekte Filmszene gewesen. Er überlegte, ob dies der richtige Augenblick war, um mit Civilai über seine Drehbuchidee zu sprechen. Was hätte Kurosawa aus solch einer Szene wohl herausgeholt? Zwei verzweifelte Männer in Unterwäsche, die im dichten Nebel durch eine mit Bomben übersäte Landschaft irrten. Schwarzweiß. Etwas anderes kam nicht in Frage. Er sah sich um. Männer und Frauen, die den dampfenden Atem anhielten. Nagende Zweifel. Was, wenn die endlosen Luftangriffe ein Mythos waren, eine Geschichte, die sich die Propagandisten ausgedacht hatten? Was, wenn es gar keine …

Es war weniger ein Knall als vielmehr ein … ein dumpfer Schlag. Wie ein Boxhieb. Laut und endgültig. Aber nicht das donnernde Krachen, das man erwarten würde. Da Bombies für ihre sofortige Wirkung bekannt waren, hörten sie keine Schreie. Wenn einen die Druckwelle erfasste, war Schreien das Letzte, was einem in den Kopf kam. Sofern der Kopf noch auf den Schultern saß. Alle fragten sich, welchen der beiden Entflohenen es wohl erwischt hatte, und die Antwort ließ nicht lange auf sich warten. Die zweite Explosion mündete in ein schrilles Pfeifen, das wie das Jaulen eines Querschlägers in der nebelfeuchten Luft hing.

24

EIN GUTER GEIST

Alle waren sich einig, dass seine schwarze Hautfarbe John Johnson nicht daran gehindert hatte, ein erstklassiger Hubschrauberpilot zu werden. Ohne sich um das Flugverbot zu kümmern, hatte er einen der beiden hinter dem Haus geparkten Helikopter kurzgeschlossen und bereits zwei Flüge nach Muang Kham außerhalb der Smogzone absolviert. Siri und Tante Bpoo saßen auf der ramponierten Vortreppe des Hotels Freundschaft und warteten auf die dritte Tour.

»So. Mission erfüllt«, sagte Siri.

»Ich hatte mir eigentlich etwas mehr Spannung erhofft«, gestand Bpoo. Sie fädelte eine Perlenkette auf, die im Eifer des Gefechts gerissen war. »Ich dachte, ich müsste Sie unter den Rädern einer rasenden Lokomotive hervorziehen.«

»In einem Land ohne Eisenbahn?«

»Es war eine Fantasie, alter Mann. In der Fantasie sind der technischen Infrastruktur keine Grenzen gesetzt.«

»Der Finger im Ohr war mir dramatisch genug. Und dafür danke ich Ihnen.«

»Gern geschehen.«

»Kann ich mich dafür eventuell in irgendeiner Form revanchieren?«

»Nein.«

»Nicht einmal, wenn Sie mir verraten, was mit Ihrer Gesundheit nicht stimmt?«

Sie starrte den Doktor mit Augen groß wie Melonenscheiben an.

»Wie kommen Sie darauf, dass mit meiner Gesundheit etwas nicht stimmt?«

»Ich kann in die Zukunft sehen.«

»Dass ich nicht lache. Sie haben ja schon Schwierigkeiten mit der Gegenwart.«

»Touché. Aber mit der Vergangenheit tue ich mich entschieden leichter, und ich erinnere mich genau, dass Sie und Dr. Yamaguchi bei jeder sich bietenden Gelegenheit die Köpfe zusammengesteckt haben.«

»Tja. Er ist eben ein leidenschaftlicher Mann mit einem Faible für Glanz und Glamour.«

»Und obendrein ein hervorragender Forscher.«

»Der Hubschrauber hat Verspätung.«

»Ich habe mir seinen Lebenslauf angesehen. Er ist Onkologe.«

»Ich werde mich bei der Fluglinie beschweren. Ich will mein Geld zurück.«

»Sie haben ihn gefragt, wie viel Zeit Ihnen noch bleibt.«

»Wie lange wollen Sie mir eigentlich noch auf die Nerven gehen – und falsche Schlüsse ziehen?«

»Dann sagen Sie mir die Wahrheit.«

Tante Bpoo suchte den Himmel nach Sergeant Johnson ab.

»Ich bin Wahrsagerin«, sagte sie. »Ich brauche niemanden zu fragen, *wann* es so weit ist. Ich kann Ihnen das Datum und die exakte Uhrzeit nennen. Ich könnte Eintrittskarten verkaufen.«

»Und das heißt?«

»Das heißt, dass Sie mir auf die Nerven gehen.«

»Bpoo?«

»Ich wollte von ihm wissen…«

»Ob es sich verhindern lässt.«

»Jetzt reicht's aber! Ich kann es auf den Tod nicht ausstehen, wenn man mich nicht ausreden lässt. Das ist sehr…«

»Frustrierend.«

Siri lächelte. Bpoo musste lachen.

»Wenn eine Chance auf Heilung bestünde, würde ich einen Chirurgen zu Rate ziehen«, sagte Bpoo leise. »Und keinen Rechtsmediziner. Yamaguchi ist Pathologe. Ein Leichendoktor. Ich wollte wissen, wie er aussieht. Ich meine, nachdem er sein böses Werk vollbracht und einen dahingerafft hat. Freut er sich? Schwillt er an und brüstet sich mit seiner unheilvollen Macht, à la: ›Seht mal, was ich alles kann?‹ Oder ist er erschöpft, verlegen, voller Reue?«

»Ich bezweifle, dass sich Yamaguchi solche Fragen je gestellt hat.«

»Ich kenne die Fachbegriffe nicht. Ich konnte mich dem Thema nur auf menschlicher, emotionaler Ebene nähern. Verstehen Sie? Unter Umständen erleichtert es mir diese letzten Monate, wenn ich ihn nicht hasse. Wenn ich es nicht persönlich nehme. Ich möchte meinen Tumor lieben. Ich möchte, dass wir gemeinsam abtreten und jeder die ihm zugewiesene Rolle spielt. Partner, die Hand in Hand von einer steilen Klippe springen.«

»Hm. Was hat er gesagt?«

»Er hat die Frage ignoriert und mir stattdessen ärztlichen Rat erteilt.«

»Na prima. Sind Sie deshalb hier heraufgekommen, um mir das Leben zu retten?«

»Sozusagen.«

»Möchten Sie mir das vielleicht näher erklären?«

»Ich kenne außer Ihnen niemanden, der die Toten sehen kann.«

»Und?«

»Wenn Sie auch sterben würden, wären Sie mir keine große Hilfe.«

»Wenn ich …? Gütiger Himmel.«

»Sehen Sie?«

»Aber Sie haben doch nicht etwa vor, mich heimzusuchen?«

»Leiten, Siri. Böse Geister suchen heim. Gute Geister leiten. Sie werden mich nie vergessen. Wir werden bis in alle Ewigkeit zusammen sein.«

Sie begann zu singen. Es war die Thai-Version von »Auld Lang Syne«. Siri schob sich die Finger in die Ohren und summte.

»Das hilft Ihnen jetzt auch nicht mehr«, rief sie.

Siri zog die Finger wieder heraus und nahm zögernd ihre Hand. Sie ließ ihn gewähren.

»Ein Gedicht könnte ich jetzt gut gebrauchen«, sagte er.

»Nein. Keine Lust.«

25

DER ZIVILORDEN FÜR HERVORRAGENDE VERDIENSTE UM SICHERHEIT UND AUFBAU DER DEMOKRATISCHEN VOLKSREPUBLIK LAOS (2. KLASSE)

Die Zeremonie hatte um zwei Uhr nachmittags beginnen sollen. Jetzt war es Viertel nach drei. Die anwesenden Amerikaner glaubten, der Minister habe sich verspätet. Die Laoten wussten, dass man von Glück sagen konnte, wenn er den richtigen Tag erwischte. Abgesehen von Major Potter und Ethel Chin, die wieder in den Staaten und vermutlich längst unter der Erde weilten, und – dem noch immer leicht zerstreuten – Senator Vogal hatten sämtliche Gäste aus dem Hotel Freundschaft den Weg hierher gefunden. Gordon war eine Woche in Bangkok gewesen, wo er Berichte geschrieben und vor diversen Gremien ausgesagt hatte, und eigens zu diesem Anlass nach Laos zurückgekehrt. Er bestätigte, dass Senator Bowry verhaftet worden war und die CIA feierlich geschworen hatte, umfassende Nachforschungen zu Herstellung und Einsatz des mysteriösen Supernapalms und anderen illegalen Aktivitäten in den letzten Kriegsjahren einzuleiten. Dr. Yamaguchi hatte seinen Rückflug verschoben, um Urlaub zu machen und dem heutigen Festakt beiwohnen zu können. Rhyme war geblieben, weil ihm zum Abschluss seiner Pulitzer-Reportage noch das eine oder andere Foto fehlte.

Die Preisverleihung sollte auf einer kleinen Bühne in einer Ecke der Kantine des Bildungsministeriums stattfinden. Normalerweise wurde der Zivilorden für hervorragende Verdienste um Sicherheit und Aufbau der Demokratischen Volksrepublik Laos (2. Klasse) von einem Mitglied des Politbüros auf der Besuchertribüne des Regierungshauses überreicht. Doch da es sich um eine »äußerst delikate Angelegenheit« handelte, hatte sich auf die Schnelle niemand finden lassen. Die Minister für Justiz, Information und Kultur hatten sich rundweg geweigert, und nur der stellvertretende Bildungsminister war klug genug gewesen, den Wert der Übung zu erkennen. Doch obwohl er sich bereit erklärt hatte, den Orden zu überreichen, hatte er nicht mehr als zwei Fotos gestattet. Keines von beiden würde in einer Publikation erscheinen, die man in Laos käuflich erwerben konnte.

John Johnson und General Suvan trugen Paradeuniform. Im Unterschied zu dem Laoten hätte den Amerikaner wohl niemand mit einem Postboten verwechselt. Siri und Daeng, Phosy und Dtui, Civilai und seine Frau, Madame Noy, saßen in einer Reihe. Jeder hielt ein mit einer Papierserviette umwickeltes Glas in der Hand, wagte es jedoch nicht, daraus zu trinken. Die bunt zusammengewürfelten Gefäße enthielten ein verdächtiges Agent-Orange-Gebräu, das im Dunkeln leuchtete. Tante Bpoo, die wie eine biedere Bestattungsunternehmerin gekleidet war, scherzte mit Dr. Yamaguchi. Auch Kommandeur Lit trug Uniform und sah darin, wie Dtui ihrem Mann genüsslich unter die Nase rieb, besonders schneidig aus. Er hatte sich die Haare mit Pomade zurückgekämmt und seine Brille in seiner Brusttasche verschwinden lassen, weshalb er den anderen ständig auf die Füße trat.

»Er sieht heute ein wenig wie Payao Poontarat aus«, meinte Dtui.

»Der Badewasserverkäufer?«

»Der Boxer. Sehr elegant.«

»Stimmt. Er hat etwas leicht Verbeultes.«

»Ich kann Peach nirgends entdecken«, sagte Dtui und sah sich suchend um. Aus den Augenwinkeln bemerkte sie, wie Siri und Civilai einen vielsagenden Blick wechselten. Was ihr, nicht zum ersten Mal, ins Bewusstsein rief, dass sie den anderen ein paar Schritte hinterherhinkte.

»Was? Ist ihr etwas passiert?«, fragte Dtui.

»Nein, das glaube ich kaum«, antwortete Siri.

»Sie sitzt wahrscheinlich bei Mummy und Daddy in Indiana und schreibt fleißig Spendenbriefe«, sagte Civilai.

»In Indiana? Sie ist in die USA zurückgegangen?«

»Ja.« Siri nickte.

Dtui war verwirrt. »Aber ich dachte, sie hasst Amerika.«

»Wohl doch nicht ganz so sehr, wie sie uns glauben machen wollte«, sagte Siri.

»Gut.« Dtui hob die Hände. »Was halten Sie davon, wenn wir uns die Kommissar-Migräne-Nummer ausnahmsweise einmal schenken und Sie mir einfach sagen, was ich verpasst habe?«

»Ihr Visum ist nicht verlängert worden«, sagte Siri. »Und es heißt Maigret.«

»Mit welcher Begründung?«

»Man hat ihr gesagt, sie brauche ein abgeschlossenes Studium, um im Bildungssektor arbeiten zu können. Aber das war natürlich nur vorgeschoben. Der eigentliche Grund war ein ganz anderer.«

»Nämlich?«

»Spionage.«

Dtui musste husten. »Spionage? Für wen?«

»Die CIA.«

Dtui lachte.

»Rekrutiert die CIA seit Neuestem siebzehnjährige Missionarstöchter?«

»Nein.«

»Peach ist noch keine achtzehn.«

»Peach ist noch keine achtzehn«, bestätigte Siri. »Aber das Mädchen, das mit uns nach Phonsavan gekommen ist, war ein völlig anderes Früchtchen.«

»Banane?«

»Kirsche.«

»Ich verstehe kein Wort.«

»Die Fruchtfamilie aus Luang Prabang hatte vier Kinder«, erklärte Siri. »Peach war die Jüngste. Cherry – Kirsche – die Älteste. Und zwei Jungs namens Melon und Mango. Mit vierzehn verließ Cherry Laos, um in den Staaten weiter zur Schule und anschließend zur Universität zu gehen. Kurz vor ihrem Abschluss wurde sie von der CIA angeworben, die händeringend nach intelligenten Leuten mit asiatischen Sprachkenntnissen suchte. Außerdem hatte sie das Glück, sehr viel jünger auszusehen, als sie war.«

»Genau wie ich«, sagte Civilai.

»Wenn dem tatsächlich so wäre, müsstest du circa 130 sein«, sagte Siri und fuhr fort: »Als die Fruchtfamilie aufgefordert wurde, Laos zu verlassen, entschloss sich das Konsulat zu einem waghalsigen Manöver. Die Visumsbehörde in

Vientiane stellte Cherry ohne Wissen der Familie einen zweiten Pass auf den Namen Peach aus. So wurde Cherry zu ihrer kleinen Schwester, was nicht weiter auffiel, da die Mädchen in Vientiane niemand kannte. Sie gab vor, nicht nach Amerika zurückgehen, sondern hierbleiben zu wollen, um das neue Regime zu unterstützen. Sie stellte ihre unverbrüchliche Loyalität unter Beweis, indem sie ihr Flugticket zerriss, und durfte am *lycée* fortan ein paar Stunden unterrichten. Bis die Amerikaner Peach als Dolmetscherin für die Mission anforderten.«

»Womit die Frage beantwortet wäre, weshalb sie sich, statt für einen der vielen zweisprachigen Mischlinge mit jahrzehntelanger Erfahrung, für ein dürres, kleines Gör entschieden«, sagte Civilai. »Die böse CIA wollte unbedingt einen der ihren dabeihaben und ging, nicht ganz zu Unrecht, davon aus, dass wir gegen einen unschuldigen Teenager mit antiamerikanischen Neigungen nur wenig einzuwenden hätten.«

»Unglaublich«, sagte Dtui.

»Und es hat funktioniert«, sagte Daeng.

»Es hat funktioniert. Bis unser guter Doktor sich nach dem Verbleib der älteren Schwester erkundigte«, ergänzte Civilai.

»Woher wussten Sie...?«, fragte Dtui.

»Ich wusste gar nichts«, sagte Siri. »Es war eher so eine Ahnung. Bei Henry James heißt es, eine jede stolze Amerikanerin brauche eine gute Kinderstube und eine solide Ausbildung. Ich konnte mir einfach nicht vorstellen, dass Peaches Fähigkeiten von ein wenig Hausunterricht in einem abgelegenen nordlaotischen Dorf herrührten.«

»Obwohl ihre Eltern Missionare waren.«

»Gerade weil ihre Eltern Missionare waren. Dazu beherrschte sie den zentrallaotischen Dialekt einfach zu gut. Sie war zu weltgewandt. Zu diplomatisch. Ich war mir ziemlich sicher, dass sie in Übersee studiert hatte.«

»Wie scharfsinnig. Wann sind Sie ihr auf die Schliche gekommen?«, fragte Dtui.

»Kurz nachdem sie meiner Teamauswahl zugestimmt hatten«, antwortete er.

»Aber das war vor unserer Abreise.«

»Eine Woche vorher.«

»Und warum haben Sie das Mädchen dann nicht einfach auffliegen lassen?«

»Ah, da kommen die überaus geistreichen Kollegen vom Nachrichtendienst ins Spiel«, sagte Civilai. »Deren Geist so weit denn doch nicht reicht. Nach ausführlicher Beratung an einem streng geheimen Ort kam der ND zu dem Schluss, es sei von größtem nationalen Interesse, sie trotzdem mitzunehmen und mit Falschinformationen zu versorgen, auf dass sie selbige an ihre Vorgesetzten weitergebe. Und wer wäre für diese Aufgabe besser geeignet als Genosse Falschinformation höchstpersönlich, Richter Haeng? In der Annahme, dass sie inzwischen nicht nur den Richter satt, sondern auch all seine irreführenden Informationen geschluckt hatte, haben sie die Kleine ziehen lassen. Der ND glaubt allen Ernstes, er hätte einen großen Spionagecoup gelandet. Ich habe gestern auf einen Sprung bei den Herren vorbeigeschaut. Sie haben ihren vermeintlichen Erfolg kräftig begossen.«

»Woher wussten Sie, wo sie zu finden sind?«, fragte Daeng.

»Was?«

»Wenn sie sich an einem geheimen Ort versammeln ...«

»An der Tür hängt ein Schild.«

»Typisch.«

Und während sie noch vom Teufel sprachen, sah Siri, wie

der Richter sich dem Tisch mit den ungenießbaren Häppchen näherte. Er entschuldigte sich einen Augenblick.

»Immer recht freundlich«, rief Madame Daeng ihm hinterher.

»Ah, Siri«, sagte Haeng, als der Doktor neben ihn trat. »Ich wollte ohnehin mit Ihnen sprechen. Es wird Sie freuen zu erfahren, dass es mir gelungen ist, das kleine Problem, von dem Sie mir erzählt haben, aus der Welt zu schaffen. Ich habe das Luftwaffenkommando gebeten, in Anbetracht der Umstände jenes letzten Tages in Phonsavan Nachsicht walten zu lassen und großzügig darüber hinwegzusehen, dass Sie unter sträflicher Missachtung der Vorschriften ein lebendes Tier an Bord einer Regierungsmaschine geschmuggelt haben. Ich glaube, man war sich einig, dass die innenpolitische Bedeutung dieses… Hundes sich in Grenzen hält. Ich habe den Bericht des Piloten eigenhändig vernichtet.«

»Das ist sehr anständig von Ihnen, Herr Richter.«

»Brüder, Siri. Sie und ich. Wenn ich irgendetwas für Sie …«

»Ehrlich gesagt, es gäbe da eine Kleinigkeit.«

»Ach.«

»Nichts, womit ein Mann Ihres Formates überfordert wäre. Meine Frau und ich werden erpresst.«

»Was? Erpresst? Das ist ja furchtbar.«

»Vor ein paar Tagen, ich war gerade nicht zu Hause, kam ein Kleinkrimineller in das Restaurant und drohte, der Polizei zu melden, dass unser Gästezimmer eine bescheidene Bibliothek fremdsprachiger Bücher beherbergt.«

»Einer derart infamen Lüge würde die Polizei niemals Glauben schenken.«

Siri hielt nach einem Häppchen Ausschau, das er bedenkenlos verzehren konnte.

»Es ist doch eine infame Lüge, oder, Siri?«

»Nein.«

»Sie haben eine Bibliothek?«

»Im Hinterzimmer. Mehrere hundert Bücher. Französisch.«

Die recht dunkle Haut des Richters verfärbte sich grau, als er erbleichte.

»Ich... Also, ich... Ich würde sagen, solange sie nicht unter die Leute geraten, können sie keinen allzu großen Schaden anrichten.«

»Das sehe ich ähnlich. Madame Daeng hat dem Erpresser Ihre Telefonnummer gegeben und ihm geraten, sich mit Ihnen in Verbindung zu setzen. Dann hat sie ihm eine Bratpfanne über den Schädel gezogen. Es könnte also sein, dass er sich bei Ihnen meldet.«

»Ich... Ich kümmere mich darum.«

»Sie sind zu gütig.«

»Aber nicht doch, Doktor.«

Sie tauschten einen warmen Händedruck. Siri sah dem kleinen Richter nach, wie er davonging. Wer ihr Gespräch mit angehört hatte und um die stürmische Geschichte der beiden Männer wusste, musste unweigerlich zu dem Schluss gelangen, dass das Marihuana Richter Haengs Neuronen nachhaltig geschädigt hatte. Aber selbst die eifrigsten Horcher und Lauscher ahnten nichts von dem letzten braunen Briefumschlag in Siris geheimem Fußbodenversteck. Und hatten demzufolge auch keinen Schimmer, dass sich in besagtem Umschlag der Brief eines gewissen Richters Haeng verbarg, worin dieser sich den Vereinigten Staaten als politischer Überläufer anbot. Er war dem Leiter der US-Vermisstensuchaktion in der Nacht von Potters Tod persönlich ausgehändigt worden. Es war sehr bedauerlich, dass er verlorengegangen war, insbesondere wenn man bedachte, was darin stand. In dem Brief hieß es, der Richter werde auf Grund seiner furchtlosen Kritik am Kommunismus vom Obersten Rat bedroht und schikaniert und fürchte deshalb um sein Leben. Zudem befinde er, Haeng, sich im Besitz einer Reihe streng geheimer Unterlagen, die für die CIA gewiss von brennendem Interesse seien. Sollten die Amerikaner sich entschließen können, ihn außer Landes zu schmuggeln, werde er ihnen nicht nur besagte Unterlagen, sondern auch seine persönliche Erfahrung als ranghohes Parteimitglied unentgeltlich zur Verfügung stellen. Die Unterschrift war derart verschnörkelt und prätentiös, dass kein Fälscher dieser Welt sie hätte nachmachen können. Wie jeder anständige Feigling wollte Haeng sich durch seine Flucht an all jenen rächen, von denen er sich ungerecht behandelt fühlte.

Major Potter hatte die Offerte offenbar für interessant genug befunden, um den Umschlag in seiner Whiskykiste zu verstecken, bevor er den Kaffee mit dem Betäubungsmittel getrunken hatte. Leute wie Richter Haeng schienen mit dem angeborenen Talent gesegnet, sich zielsicher den ungünstigsten Zeitpunkt auszusuchen. Statt sie mit Falschinformationen zu versorgen, hatte er sich Peach vermutlich anvertraut, weil er sie als potenzielle Verbündete bei seiner Flucht in den Westen betrachtet hatte. Siri wusste, solange er diesen Brief besaß, wäre ihm der Richter nicht nur wohlgesinnt, sondern auch nützlich. Siri beschloss, diesen Trumpf ein Weilchen auszuspielen, doch im Grunde seines Herzens wusste er, dass er den Brief zurückgeben würde. Wie sollte er seinen Ruhestand genießen, wenn Richter Haeng ihm nicht mehr pausenlos im Nacken saß?

Um exakt fünfzehn Uhr fünfundzwanzig kam der stellvertretende Minister in den Saal geeilt, in Begleitung eines Sekretärs, der ihm flüsterte, weshalb er hier war und was er zu tun hatte. Er erkannte und grüßte General Suvan, Richter Haeng und dessen Cousin Vinai. Er erkannte und ignorierte Siri und Civilai, die er über seinen Brillenrand hinweg anstarrte, sodass er um ein Haar die Bühnentreppe hinaufgesegelt wäre.

»Habt ihr euch bei dem etwa auch unbeliebt gemacht?« Daeng schüttelte den Kopf.

»Haben wir?«, fragte Siri.

»Keine Ahnung«, sagte Civilai. »Moment mal. Ist das nicht der Knabe, dessen Limousine wir mit Enten vollgestopft haben?«

»Nein. Das war der stellvertretende Landwirtschaftsminister.«

»Natürlich. Also, nein, Madame. Ich kann guten Gewissens sagen, dass wir uns bei diesem Mann mitnichten unbeliebt gemacht haben. Noch nicht.«

Der stellvertretende Minister pustete ins Mikrofon, und sein Atem fauchte aus den Lautsprechern in allen vier Ecken der Kantine. Siri hielt das Mikrofon für ebenso unnötig wie die bis zum Anschlag aufgedrehte Lautstärke.

»Befindet sich der Empfänger des Ordens im Saal?«, fragte der Minister.

»Ja, hier«, rief Siri.

»Sehr schön.« Der stellvertretende Minister kniff die Augen zusammen und suchte nach dem Namen, der sich irgendwo im Text versteckte. »Ich möchte Herrn Geung Watajak auf die Bühne bitten.« Er staunte nicht schlecht, als sich die Zuschauer daraufhin tief wie japanische Höflinge verbeugten, wenn auch nur, um ihre Brille auf den Boden zu legen, damit sie beide Hände frei hatten für einen Beifallssturm, wie er einem König gebührte. In seinem Mahosot-Blazer, dem weißen Hemd und der schwarzen Krawatte, die er sich von Civilai geliehen hatte, sah Herr Geung von Kopf bis Fuß aus wie ein Held. Links neben ihm saß Tukda, die in ihrem khakifarbenen Klinikhemd und dem marineblauen *phasin* nicht minder hinreißend aussah. Während ihr strahlendes Lächeln allseits freudig erwidert wurde, hielt Geung das Kinn gereckt und die Lippen fest zusammengepresst. Vor einigen Monaten hatte er sich die Sowjetparade angesehen und war zu dem Schluss gelangt, dass der langsame Marsch die einzige einem so feierlichen Anlass angemessene Gangart sei. Vor jedem Schritt hing sein Fuß eine Sekunde in der Luft.

»Wenn er in dem Tempo weitermacht, sitzen wir im November noch hier«, flüsterte Civilai.

»Geht das vielleicht ein wenig flotter, junger Mann?«, dröhnte die Stimme des stellvertretenden Ministers aus vier Richtungen. Doch der Sektionsassistent ließ sich nicht drängen.

Natürlich hatte man Geungs Heldentat im Hotel Freundschaft für die Belobigung ein wenig ausschmücken müssen. Man konnte ihm schwerlich einen Orden dafür verleihen, dass er ein Schulorchestertamburin geschlagen hatte. Auch wenn dieses Tamburin von einem bösen Geist besessen war. Aber bis auf Siri und Tante Bpoo hatten sich zum fraglichen Zeitpunkt alle in einer schamanischen Trance befunden. Weshalb niemand so recht wusste, was an jenem Nachmittag tatsächlich vorgefallen war. Da Herr Geung es mit der Wahrheit sehr genau nahm, hatte er dem Doktor strengstens untersagt, allen zu erzählen, er habe sich mit einer Machete auf die gefährlichen Banditen gestürzt und sie in Stücke gehackt. Sie hatten die Rede mehrmals umschreiben müssen, bis er damit zufrieden war.

»Geung Watajak«, las der stellvertretende Minister, der offenbar nicht warten konnte oder wollte, bis Geung die Bühne erklommen hatte. »Trotz der erdrückenden Übermacht des Gegners haben Sie im Speisesaal des Hotels Freundschaft in Phonsavan fünf bewaffnete Männer attackiert. Was umso bemerkenswerter ist, als Sie selbst lediglich mit einem Stock bewaffnet waren.« (Da er das Tamburin mit einem Stock geschlagen hatte, handelte es sich streng genommen nicht um eine Lüge.) »In der anschließenden Verwirrung ist es Ihnen und Ihren Kollegen gelungen, die Terroristen zu überwältigen und zu entwaffnen und so mehreren hochrangigen Würdenträgern und ausländischen Experten das Leben zu retten. Es ist mir eine Freude, Sie für Ihre Tapferkeit und Ihren Mut mit der höchsten Auszeichnung zu ehren, die einem Bürger dieses Landes zuteilwerden kann, dem Zivilorden für hervorragende Verdienste um Sicherheit und Aufbau der Demokratischen Volksrepublik Laos 2. Klasse.«

Geung war eben auf der obersten Stufe angekommen, als das Band aus seiner Schachtel geholt wurde. Als man es ihm über den Kopf zog, gerieten seine Haare in Unordnung, und er versuchte hektisch, sie wieder glattzustreichen. Doch als er sich umdrehte und in das jubelnde Publikum blickte, hatte er sich wieder fest im Griff. Die Frisur saß perfekt. Er nickte erst den Zuschauern, dann Tukda zu. Doch nicht ein einziges Mal ließ er das Lächeln, das sich so sehr nach Freiheit sehnte, über seine Lippen kommen.